湖南师范大学外国语言文学学科

学学半丛书

◎本书为湖南省社科基金外语科研联合项目"法国象征主义对戴望舒诗歌的影响"（项目编号19WLH19）的结题成果。

◎本书获得湖南师范大学世界一流建设学科——外国语言文学学科的出版基金资助。

法国象征主义对中国新诗的影响

以戴望舒诗歌的现代性追求为中心

方丽平 著

湖南师范大学出版社

·长沙·

图书在版编目（CIP）数据

法国象征主义对中国新诗的影响：以戴望舒诗歌的现代性追求为中心 /
方丽平著. —长沙：湖南师范大学出版社，2020.12
ISBN 978 - 7 - 5648 - 4059 - 4

Ⅰ.①法… Ⅱ.①方… Ⅲ.①戴望舒（1905—1950）—诗歌研究 Ⅳ.
①I207.22

中国版本图书馆 CIP 数据核字（2020）第 236388 号

法国象征主义对中国新诗的影响：以戴望舒诗歌的现代性追求为中心
Faguo Xiangzheng Zhuyi dui Zhongguo Xinshi de Yingxiang: Yi Daiwangshu Shige de Xiandaixing Zhuiqiu wei Zhongxin

方丽平 著

◇出 版 人：吴真文
◇组稿编辑：李　阳
◇责任编辑：马妮娅
◇责任校对：李　航
◇出版发行：湖南师范大学出版社
　　　　　　地址/长沙市岳麓区　邮编/410081
　　　　　　电话/0731-88873071　88873070　传真/0731-88872636
　　　　　　网址/http://press.hunnu.edu.cn
◇经销：新华书店
◇印刷：湖南省美如画彩色印刷有限公司
◇开本：710 mm×1000 mm　1/16
◇印张：19.5
◇字数：380 千字
◇版次：2020 年 12 月第 1 版
◇印次：2020 年 12 月第 1 次印刷
◇书号：ISBN 978 - 7 - 5648 - 4059 - 4
◇定价：69.80 元

目　录

引 论

在检视中国新文学最初十年（1917—1927）成绩的时候，负责诗歌编选工作的朱自清（1898—1948）说："若要强立名目，这十年来的诗坛就不妨分为三派：自由诗派、格律诗派、象征诗派。"① 这种分法确实很勉强，因为分类的标准不统一：自由派、格律派之分着眼于诗歌形式，而象征却主要是一种诗歌技巧。然而，由这种不得已而为之的分类中，我们可以看出这样一个事实：象征派是一个引人注目、特色明显、不容忽视的诗歌流派。

中国新文学初期的象征派是在西方象征主义文学影响下产生的。在之后的二十多年里，它持续影响了一批中国现代诗人，产生了不少象征派诗歌，其中有些作品已经成为中国现代诗歌的经典和后人诵读、研究的对象。这个现象给我们这些外国文学和比较文学研究者提供了一个值得探讨的课题。

我们的研究就是分析问题、解释现象的一个学术尝试。我们期望探讨西方象征主义为何能对中国诗人产生吸引力，又是如何影响了中国诗人的创作。但研究者却不能不首先解决这样一个问题：怎样着手去写？因为西方象征主义对中国现代诗歌的影响几乎是与中国现代文学的三十年历史相伴始终的，而且受到影响的诗人也很多。经过反复考虑，我们决定选择一些受到影响又比较有成就的诗人进行具体分析。这样，李金发（1900—1976）、戴望舒（19005—1950）、卞之琳（1910—2000）、何其芳（1912—1977）、艾青（1910—1996），以及九叶诗人就成为我们的研究对象。这其中，以戴望舒的成就最高。

戴望舒不仅在新诗艺术上进行着勇敢的、不懈的探寻和创造，还以严谨而又独具特色的艺术实践和大量精美璀璨的译诗，拓宽着新诗的发

---

① 朱自清．中国新文学大系第八集·诗集［M］．上海：良友图书印刷公司，1935：8.

展路径，在中国现代新诗第一个十年所开创的新传统、新方向中，在革命现实主义诗歌和后期新月派浪漫主义诗歌已经取得的成就的基础上，又展示了现代派象征主义的新天地，在中国古典诗歌传统和西欧现代主义敏感、复杂的情愫之间架通了桥梁。应该说，无论是透过感觉、想象和朦胧的情绪所展示的中国一代知识分子的心灵轨迹，还是在新诗艺术成长长途中的试验、突破、创新，戴望舒都给中国现代文学史留下了一笔不算菲薄的历史财富。不管从积极方面去汲取，或为了消极方面的鉴戒，都值得我们今天进一步认真地研究探讨。①

戴望舒所处的历史环境及其诗风转变的过程，基本上可以展示中国古典诗歌向现代诗歌转变的过程，也体现了象征主义从前期到后期的走向和对中国新诗的影响。

对于其他一些过渡诗人，我们也做了略写。虽然这些诗人具有象征色彩的诗歌创作分布于各个时期，但作为坐标系，大致可以勾勒出这一段文学影响史的轮廓。

戴望舒对中国新诗的贡献和对法国象征主义的借鉴

中国现代诗歌开始于"五四"时期，在 20 世纪二三十年代走向了繁荣和昌盛，在四十年代有了进一步的创新和深入。在"五四"运动时期，新诗的发展主要围绕着新与旧，破与立这一主题。在这一时期，新诗革命者背负着两大任务：建立新诗理论，从事新诗的创作实践。罗振亚说：

> 现代新诗如果没有外来诗歌的刺激与冲击就无从谈起这种引发的模式特征，这恐怕是有目共睹，谁也无法不认同的。"五四"时期，面对几千年古老强大的诗歌传统，不借助外国诗歌力量做矫枉过正的偏激革命，白话诗的生命难以破土；……此间，被人视为怪胎的西方现代派诗歌（包括意象派、象征派、超现实主义派等），也因自身正值生命旺季与一批心灵苦闷的中国知识分子情思需要，而被援引入境，促成了象征诗派的异军突起。②

---

① 梁仁. 戴望舒诗全编 [M]. 杭州：浙江文艺出版社，1989：1-2.
② 罗振亚. 中国现代主义诗歌史论 [M]. 北京：社会科学文献出版社，2002：12.

然而，面对不断涌入的各种文艺思潮和文学流派，新诗革命者主张破除旧的传统的人虽多，对新诗该如何"立"却少有统一的看法，而能够进行实践并坚持到底的人更少之又少。

戴望舒的诗歌创作就始于这一时期。从二十年代开始创作到四十年代搁笔，戴望舒出版了四本诗集：《我底记忆》、《望舒草》、《望舒诗稿》和《灾难的岁月》，共九十多首诗。诗的数量不多，但正如施蛰存所说："这九十余首所反映的创作历程，正可说明'五四'运动以后第二代诗人是怎样孜孜地探索前进的道路。在望舒的四本诗集中，我以为《望舒草》标志着作者艺术性的完成，《灾难的岁月》标志着作者思想性的提高。"①

戴望舒将《我底记忆》编为三辑：《旧锦囊》《雨巷》《我底记忆》。这三辑的标题加上后来的抗战时期，正可以将诗人的创作划为四个时期："旧锦囊"时期是诗人创作的最初尝试期；"雨巷"时期是诗人受魏尔伦"音乐高于一切"的影响，将中国古典诗歌的音乐性与西方象征主义诗歌的特点完美结合的顶峰期；"我底记忆"时期是戴望舒认为"诗不能借重音乐"，走向散文化的创新期；抗战时期由于诗人思想性的提高，其创作也进入了一个超越自我的时期。这四个时期戴望舒诗艺的提高和诗风的转变，也代表着中国新诗从古典到现代的转变，因此比较具有代表性。从历时性的角度看，向内，戴望舒的诗歌记录了中国新诗从尝试逐渐走向成熟的过程；向外，在对象征主义的借鉴中，也经历了从前期象征主义到后期象征主义的过渡。从共时性的角度看，戴望舒意识到应当将中国的古典与外国的现代相结合，在当时各种文艺思潮中，他选择了象征主义作为切入点。从翻译到模仿、突破、创新，戴望舒自觉地从欧洲现代诗歌中寻求灵感的启迪，不断地进行艺术创新。这使得戴望舒的诗歌始终处于动态发展与变化之中，为我们对其诗歌进行研究提供了很好的理由。

中国现代诗歌从诞生到现代，已经有将近一百年的发展和演变历史。对于经过了时间的检验、已经成为新文学经典诗人的戴望舒进行研究，有助于我们总结文学经验，以期许中国诗歌的更大成就。同时，通过对他本人之于欧洲诗歌的学习与翻译成果进行研究，也有助于我们深入理解现代欧洲诗歌的精髓，扩展我们的世界文学眼光，提高我们的诗歌鉴赏力，加深我们对西方文学精义的理解。

---

① 施蛰存.戴望舒诗全编·引言［M］//戴望舒诗全编.梁仁，编.杭州：浙江文艺出版社，1989：4.

第一章
戴望舒诗歌创作面临的现实处境

　　中国现代派诗歌无论是在诗歌的内容、形式还是诗歌的精神上，都与中国古典诗歌有了很大的差异。然而，在经过了五千年的中国传统文化的历史积淀后，想要完全摆脱中国文化传统，似乎是不可能的。所谓的现代，一定是扎根在历史的基础上的，而中国现代派诗歌正是在中国古典诗歌的传统根基上发展起来的。虽然中国现代派诗歌的建立是为了打破传统诗歌的束缚，但是现代派诗在"立"的同时，也有意或无意地继承了中国传统诗歌中所固有的东西，例如诗歌的哲学思想、表现方法、音乐性等。所以，要想更深地了解中国现代派诗歌，必须先了解中国古典诗歌的文化传统。

第一节　中国诗歌的传统与特色

　　无论是在中国文学还是西方文学里，在文学从口口相传转向文字记录以后，诗歌都曾经是数千年里最重要的文学体裁，诗人也因此在各民族的文化活动中，长期占据着非常重要的地位。

　　中国文学一方面是对真、善、美、爱、智、义的普遍追求的文字表达，另一方面又是中国文化的产物。中国文化相对于其他文化有很特殊的地方，这也使得文学在中国历史和文化中具有特殊的地位。法国汉学家康德谟①的夫人（Odile Kaltenmark）指出：

　　　　从耶稣诞生之前八世纪以来，中国一直拥有没有中断的编年史文献。

---

　　① 康德谟（Maxime Kaltenmark，1910—2002）是法国著名的汉学家，主要研究中国的宗教思想，尤其是道教思想。

这在人类历史上是独一无二的。这些文献让人至少可以从大线条上理解这个文明的各个发展阶段。它以令人惊异的坚韧性，清醒地保持了自己文明的完整性。由于对高级文明的意识，而不是对强制和暴力的追求，在漫长的历史中，中国社会在面对外族人群时表现出了自我肯定的非凡凝聚力。引人注目的是，在中国历史的黎明时期，或多或少具有传说意味的领袖人物，既不是军事家，也不是立法者，而是教育家或智者。这就是为什么在这个大体上和平的国家里，文人的声望远远盖过了武人。①

中国社会对文化建构力、整合力的注重，使得儒家能够借助于帝国权力的强力干预，从"百家争鸣"的竞争中脱颖而出，成为中国社会的主导思想体系。传统儒家的基本经典由"四书"（《论语》、《孟子》、《大学》和《中庸》）和"五经"（《诗经》、《尚书》、《礼记》、《周易》和《春秋》）构成。从《诗经》位列"五经"之首的事实，② 可以看出在儒家的思想、伦理、道德、语言、修辞，以及审美趣味的教育和培养方案中，诗歌占据着何等重要的地位。这一点从《论语》中孔子对学生读《诗经》的谆谆教诲中，即可得到证明。从世界文学史的角度来看，中华民族是为数不多的较早具有明确的诗歌创作意识的民族，也是使用同一种文字写诗超过两千年历史的唯一民族。延续而漫长的创作史，使中国拥有全世界最庞大的诗歌数量。一直到现代文学随着"五四"新文化运动而兴起并在第一个十年里取得了巨大的成就，在中国人的观念里，"诗歌"就是最重要的文学体裁。因此，有些人把中国称为"诗国"并不是夸大其辞。

在西方文学史中，文学体裁也有高下之分，而抒情诗占据着无与伦比的显赫地位。"尽管亚里士多德的诗学③里并没有将其列入④，它却居于各种文学体裁的首位。"⑤ 一直到 1920 年代，T. S. 艾略特（Thomas Stearns Eliot，1888—1965）仍然认为：诗越是"纯粹"、"绝对"和"高逸"，它就越能够

---

① Odile Kaltenmark. La littérature chinoise ［M］. Paris：PUF，1977：6.

② 古文经学和今文经学对五经的排序方法有所不同。前者按文献出现的时代早晚排序，将《易经》列为五经之首。然而，最为通行的是今文经学家的排序方法，以《诗经》为五经之首。我们认同的是今文经学的排序。

③ 早期的文学作品都属于是诗歌体裁，连长篇叙事作品，比如悲剧、史诗都属于诗歌。由于亚里士多德的《诗学》是西方第一部系统的文学理论著作，"诗学"一词在后代就常被作为"文学理论"的代名词。

④ 亚里士多德在《诗学》中主要讨论悲剧诗，即悲剧。

⑤ Stéphane Santerres-Sarkany. Théorie de la littérature ［M］. Paris：PUF，1990：98.

创造出超越一切臆测的艺术效果，也越能够进而成为整个文学的精髓所在。他的文学批评文集在 1932 年出版以后，分别在 1936 年、1950 年和 1960 年修订出版，对结构主义诗学兴起之前的欧美文学批评界产生过极大的影响。他要求建立一个跨越历史的诗人行会，由一切时代里能够确保其对文学的持久支配地位的诗人组成。在德语里，直到今天，"Dichter"① 这个词依然被用来称呼最完美的文学。雅各布逊（Roman Jakobson，1896—1982）是结构语言学（即"布拉格学派"）的创始人之一，也是其最重要的学术代表。他将"诗性"（poéticité），或者说是语言的"诗性功能"（fonction poétique），置于整个文学的核心位置。②

为了发现和确认中国诗歌的传统与特色，我们首先看看西方文化里对"诗人"的特殊身份和"诗歌"的特殊功能的探讨。

古希腊人相信诗人是与神明相通的，是神的代言人，诗歌在某种意义上具有神谕的性质。德谟克利特（Democritus，前460—约前370）认为："荷马由于生来就得到神的才能，所以创造出丰富多彩的伟大的诗篇。"他说："没有一种心灵的火焰，没有一种疯狂式的灵感，就不能成为大诗人。"③ 柏拉图（Plato，约前427年—前347年）认为："诗人是神的代言人，正像巫师是神的代言人一样，诗歌在性质上也和占卜预言相同，都是神凭依人所发的诏令。神输送给诗人的灵感，又由诗人辗转输送给无数的听众，正如磁石吸铁一样。"④

现代思想家仍然有人认同这种"诗通神"的观点，比如新托马斯主义哲学家雅克·马利坦（Jacques Maritain，1882—1973）。他在《艺术与经院哲学》《艺术和诗中的创造性直觉》等著作中，提出了他的艺术哲学和文艺观点。他认为诗（文学）属于"上帝的启示"，诗的全部美与善是上帝的品格。诗乃是人在"精神的无意识"基础上的"智性"与上帝赋予的"创造性直觉"的结合。它看上去没有目的，实际上却有任何目的以外的目的——上帝的启示。因此，就连美也不是诗的对象，而是诗的超然关联物：

这样美不是诗的对象，它是——我正在这儿探寻一个恰当的词，我

---

① "Dichter"源于形容词"dicht"（意为"密集的""浓厚的""稠密的"，对应于法文和英文的"dense"）。

② Stéphane Santerres-Sarkany. Théorie de la littérature［M］. Paris：PUF, 1990：98 - 99.

③ 朱光潜. 西方美学史［M］. 北京：人民文学出版社, 1979：35 - 36.

④ 朱光潜. 西方美学史［M］. 北京：人民文学出版社, 1979：57 - 58.

要说美是——诗的超然的关联物（corrélative）。美纵然是无限的（就如存在之于科学），但却不成其为一个对象；美不指定诗，诗也不从属于美。但对诗来说，美是它的必要的关联物。它像诗的天生的气候和它自然地吸入的空气，又像朝着目标跑的赛跑者的生命和存在——一个超越目的的目的。因为诗没有目标，没有指定的目的。但它却有超越的目的。美是诗的必要的关联物和超越任何目的的目的。①

受到泛神论影响，浪漫主义诗人大多都将自然、心灵、宇宙和神性联系在一起。比如华兹华斯（William Wordsworth，1770—1850）的观点：

> 诗人这个字眼是什么意思呢？诗人是什么呢？他是向谁讲话呢？我们从他那里得到什么语言呢？——诗人是以一个人的身份向人们讲话。他是一个人，比一般人具有更敏锐的感受性，具有更多的热忱和温情，他更了解人的本性，而且有着更开阔的灵魂；他喜欢自己的热情和意志，内在的活力使他比别人快乐得多；他高兴观察宇宙现象中的相似的热情和意志，并且习惯于在没有找到它们的地方自己去创造。除了这些特点以外，他还有一种气质，比别人更容易被不在眼前的事物感动，仿佛这些事物都在他的面前似的，他有一种能力，能从自己心中唤起热情，这种热情与现实事件所激起的很不一样，但是（特别是在令人高兴和愉快的一般同情心范围内），比起别人只由于心灵活动而感到的热情，则更像现实事件所激起的热情，他由于经常这样实践，就获得一种能力，能更敏捷地表达自己的思想和感情，特别是那样的一些思想和感情，它们的发生并非由于直接的外在刺激，而是出于他的选择，或者是他的心灵的构造。②

波德莱尔（Charles Baudelaire，1821—1867）对基督教上帝的态度是暧昧的。他在诗歌中对上帝有时候热烈赞美，有时候又大声诅咒。他把诗看作人类心灵深处对于最高的美的向往。他对诗的本质做了如下的概括和描述：

---

① ［法］雅克·马利坦. 艺术与诗中的创造性直觉［M］. 刘有元，罗选民，译. 北京：三联书店，1991：142 – 143.

② ［英］华兹华斯.《抒情歌谣集》1800 年版序言［M］//西方古今文论选. 伍蠡甫，主编. 曹葆华，译. 上海：复旦大学出版社，1984：119.

　　诗的本质不过是，也仅仅是人类对一种最高的美的向往。这种本质表现在热情之中，表现在对灵魂的占据之中。这种热情是完全独立于激情的，是一种心灵的迷醉，也是完全独立于真实的，是理性的材料。因为激情是一种自然之物，甚至过于自然，不能不给纯粹美的领域带来一种刺人的、不谐和的色调，它也太亲切，太猛烈，不能不败坏居住在诗的超自然领域中的纯粹的愿望、动人的忧郁和高贵的绝望。①

　　波德莱尔把这样的使命和目标赋予了诗："正是由于诗，同时也通过诗，由于同时也通过音乐，灵魂窥见了坟墓后面的光辉；一首美妙的诗使人热泪盈眶，这眼泪并非极度快乐的证据，而是表明了一种发怒的忧郁，一种精神的请求，一种在不完美之中流徙的天性，它想立即在地上获得被揭示出来的天堂。"②

　　无神论者海德格尔（Martin Heidegger，1889—1976）则认为"思"与语言具有同一性。"思"因此与诗同一，因为二者都是真理发生的方式，都具有语言的本性。一切诗的根源是"思"，诗的本质寓于思之中。也就是说，"思"是诗所以为诗的本质根据。"思"是思想者在历史性对话中、在存在之谜中创造的存在真理；也就是说，作为真理的发生，"思"是一个诗意的创造过程，诗是"思"成为"思"的本质根据。诗与"思"不是同一事物的不同名称。二者既同一又不等同的关系体现在"诗的思"和"思的诗"这种命题之中。作为人之存在的"思"，不同于一般认识论意义上的概念把握，它在方式上不完全是逻辑的，包含着感觉、体验、意志等广泛的因素，这种方式似乎更接近"诗"的方式。海德格尔认为："真理，作为所是的澄明和遮蔽，在被创造中产生，如同一诗人创造诗歌。所有艺术作为让所是的真理出现的产生，在本质上是诗意的。艺术的本性，即艺术品和艺术家所依靠的，是真理的自身投入作品。这由于艺术的诗意本性，在所是之中，艺术打开了敞开之地，在这种敞开之中，万物是不同于日常的另外之物。"③ 因此，"语

---

① ［法］波德莱尔. 波德莱尔美学论文选 ［M］. 郭宏安，译. 北京：人民文学出版社，1987：206.

② ［法］波德莱尔. 波德莱尔美学论文选 ［M］. 郭宏安，译. 北京：人民文学出版社，1987：206.

③ ［德］海德格尔. 思·语言·诗 ［M］. 霍夫斯达特，编选. 彭富春，译. 北京：文化艺术出版社，1991：67.

言本身在根本意义上是诗"。① "艺术的本性是诗",但"诗的本性却是真理的建立"②。

综上所述,在西方文化中,诗总是与终极追寻有关。对于有神论者来说,诗通向神明,具有神谕性质,使芸芸众生的短促渺小生命与不受时空限制的神明联结。对于无神论者来说,它承载着真理,或者引向对真理的追求与认识。

中国人也很早就探讨诗歌的性质。最早的文字记录保存在《尚书·尧典》之中。舜帝对夔说:"诗言志,歌永言,声依永,律和声,八音克谐,无相夺伦,神人以和。"③"诗言志"可能是远古留下的文学观念,被后人广泛接受。先秦诸子也多有认同。比如《左传·襄公二十七年》记载赵文子对叔向说:"诗以言志。"《庄子·天下》说:"诗以道志。"《荀子·儒效》说:"诗言是其志也。"

"志"并不是一个含义确切清晰的概念,它包含情感、思想和意志等心理与精神活动。因此,"志"可以有不同的具体表现状态。《国语·鲁语下》说:"诗所以合意。"在《惜颂》中,屈原说自己"发愤以抒情";在《悲回风》中,他写道:"介眇志之所惑兮,窃赋诗之所明。"在屈原那里,"抒情"与"明志"意思相近。唐代学者孔颖达(574—648)对"诗言志"做了这样的解释:"诗者,人志意之所适也。虽有所适,犹未发口,蕴藏在心,谓之为志。发见于诗,乃名为诗。言作诗者,所以舒心志愤懑,而卒成于歌咏。"④ 我们认为孔颖达的解释比较符合"诗言志"的最初内涵。

远古时代的诗是要用来歌唱的,所以,诗必须符合音律,而且"八音克谐",即各种音符要和谐地组织在一起,给人以美的享受。早期儒家的思想非常重视音乐,孔子(前551—前479)尤其如此:"子在齐闻韶,三月不知肉味,曰:'不图为乐之至于斯也。'"(《论语·述而第七》)孔子与弟子被围困于陈蔡之间,"绝粮七日,外无所通,藜羹不充,从者皆病。孔子愈慷慨讲诵,弦歌不衰。"(《孔子家语·在厄第二十》)先秦儒家编纂的《礼记·

① ［德］海德格尔. 思·语言·诗［M］. 霍夫斯达特,编选. 彭富春,译. 北京:文化艺术出版社,1991:69.

② ［德］海德格尔. 思·语言·诗［M］. 霍夫斯达特,编选. 彭富春,译. 北京:文化艺术出版社,1991:69.

③ 郭绍虞,王文生,编. 中国历代文论选:第1册［M］. 上海:上海古籍出版社,2001:1.

④ 孔颖达. 诗大序正义［M］//中国历代文论选:第1册. 郭绍虞,王文生,编. 上海:上海古籍出版社,2001:5.

乐记》对于音乐的本质、起源、功能都做了系统的论述，可以帮助我们深入理解音乐的重要性。

《乐记·乐本篇》认为音乐产生于人的内心，是感情的外在表现，因此与政治社会有着密切的关系，甚至与政治相通："凡音者，生人心者也。情动于中，故形于声。声成文，谓之音。是故治世之音安以乐，其政和。乱世之音怨以怒，其政乖。亡国之音哀以思，其民困。声音之道与政通矣！"① 这说明儒家是出于对政治的高度关切才重视音乐的。

《乐记·乐本篇》还认为音乐与伦理相通，只有君子真正懂得音乐，能透过音乐去理解政治的良与恶："凡音者，生于人心者也；乐者，通伦理者也。是故知声而不知音者，禽兽是也；知音而不知乐者，众庶是也。唯君子为能知乐。是故审声以知音，审音以知乐，审乐以知政，而治道备矣！"②

《乐记·乐论篇》则认为大乐应和天地之精神，大礼对应天地之节律，看得见的乐和礼取悦的是看不见的鬼神，目的是实现"四海之内合敬同爱"的政治社会理想："大乐与天地同和，大礼与天地同节。和故百物不失，节故祀天祭地。明则有礼乐，幽则有鬼神，如此，则四海之内合敬同爱矣！礼者殊事，合敬者也；乐者异文，合爱者也。"③《乐记·乐礼篇》说："天高地下，万物散殊，而礼制行矣。流而不息，合同而化，而乐兴焉。春作夏长，仁也；秋敛冬藏，义也。仁近于乐，义近于礼。乐者敦和，率神而从天；礼者别宜，居鬼而从地。故圣人作乐以应天，制礼以配地。"④

古希腊人也表现出对音乐的高度重视。音乐在他们的宗教、文化、娱乐中都占有重要地位。柏拉图认为："音乐是一种道德律，它使宇宙有了魂魄，心灵有了翅膀，想象得以飞翔，使忧伤与欢乐有如醉如痴的力量，使一切事物有了生命；它是秩序的本质，引向成为真、善、美的一切。"⑤ 在柏拉图看来，音乐能够表现宇宙精神，赋予万物以生命，引导他们向着真善美的升华。

既然诗与乐的关系密不可分，诗也自然地被赋予了两个重要职责：其一是"无相夺伦"，即教育人遵守伦理秩序；其二是"神人以和"，即建立起人

---

① 吉联抗. 乐记译注 [M]. 北京：音乐出版社，1958：3.

② 吉联抗. 乐记译注 [M]. 北京：音乐出版社，1958：5.

③ 吉联抗. 乐记译注 [M]. 北京：音乐出版社，1958：11.

④ 吉联抗. 乐记译注 [M]. 北京：音乐出版社，1958：16.

⑤ 英译："Music is a moral law. It gives a soul to the universe, wings to the minds, flight to the imagination, a charm to sadness, gayety and life to everything. It is the essence of order, and leads to all that is good, just, and beautiful." 见：维基语录. 网址：http://zh. wikiquote. org/zh-cn/% E6% 9F% 8F% E6% 8B% 89% E5% 9B% BE.

与神之间的和谐关系。因此，道德化倾向非常强烈的汉代儒生将"志"解释为一种合乎规范的道德内容，"诗言志"成为儒家诗教的一个命题，强调诗的人格教育作用。这当然也是对一个长期传统的概括与强化，因为《尚书》中已经讲到虞舜命夔以诗乐"教胄子"，培养其敦厚的品德，而孔子也以诗乐作为对弟子进行人格教育的重要内容。孔子劝弟子们学《诗》，因为它能帮助学习者改进家庭关系，提高政治素养，还可以增加知识："《诗》可以兴，可以观，可以群，可以怨；迩之事父，远之事君；多识于鸟兽草木之名。"（《论语·阳货》）

西周建立以后，废弃了商王以淫祀取悦于神明却忽视民众意见的非理性政治传统，确立了"天视自我民视，天听自我民听"（《尚书·泰誓中》）理性化政治观念。在这样的思想背景下，"神人以和"的诗乐理想就被转换为"君民以和"的可见目标，使其承担了在政治上促进上下沟通，在社会上增强认同的使命。先秦时代的诸侯卿大夫，在交往过程中"必称诗以谕其志"（《汉书·艺文志》），此即所谓"赋诗言志"。因为诵诗已经成为士人交往中的重要沟通手段，孔子才劝告弟子们要认真学习《诗经》，因为"不学诗，无以言"（《论语·季氏》）。

根据汉代文献记载，周王朝有"采诗"以观民风的制度。历史上是否真的有过这种制度，存在着不同意见。重要的是语意含混的"诗言志"观念，被作为理论基础，以论证这样一个文学社会学的推论：诗是民间政治意向的表达，是社会风情的反映。汉代儒生们把"采诗"视为广开言路的一种方式，是君主考察社会现状的依据，并有助于政治教化。对诗的政治作用的强调，提升了诗在政治社会生活中的重要性，同时也使诗沦为政治教化的工具，使得诗作为文化创造物的自主性受到忽视，"纯诗"难于在中国历史上获得合法性，常常被贬低为文字游戏。

"诗言志"说确立了中国诗学注重表现性的基本倾向。中国诗学就是以其为基本叙述而建构起来的。因此，东汉学者郑玄（127—200）说："诗道放于此。"（《诗谱序》）朱自清则明确地将"诗言志"称作是中国诗学的"开山的纲领"[①]（《〈诗言志辨〉序》）。

对后世影响深远的《毛诗序》继承了儒家的诗学观念，在探讨诗的起源时，沿袭了《尚书·尧典》的说法，但做了比较详细的阐发和推论："诗者，志之所之也。在心为志，发言为诗。情动于中而形于言，言之不足故嗟叹之，

---

① 朱自清. 朱自清讲国学［M］. 北京：金城出版社，2008：98.

嗟叹之不足故永歌之，永歌之不足，不知手之舞之，足之蹈之也。"① 关于诗的娱神教人功能，《毛诗序》写道："情发于声，声成文谓之音。治世之音安以乐，其政和；乱世之音怨以怒，其政乖；亡国之音哀以思，其民困。故正得失，动天地，感鬼神，莫近于诗。先王以是经夫妇，成孝敬，厚人伦，美教化，移风俗。"② 这个论述文字极为简洁，但递进关系却非常清晰，环环相扣，很有说服力。

沿着这一思路，三国时期的曹丕（187—226）将文学定义为"经国之大业，不朽之盛事"③。南朝钟嵘（约468—约518）在其《诗品·序》中，认为诗可以"动天地，感鬼神"。他说："气之动物，物之感人，故摇荡性情，行诸舞咏。照烛三才，晖丽万有，灵祇待之以致飨，幽微藉之以昭告，动天地，感鬼神，莫近于诗。"④ 诗因此而具有了无与伦比的崇高地位。这使中国社会形成了一个将近两千年的尊崇诗人，喜爱诗歌的文化传统。

中国文字是表音表意的象形文字，每一个字都对应着一个具体事物，不同文字的组合也就代表着不同物象的搭配，产生不同的画面，带来不同的心理感受。正如法国比较文学家兼汉学家艾田伯（René Etiemble，1909—2002）所说："中文是由表意成分构成。一个词儿，一旦构成，永无变化，……。这个词儿的形式不是为听，而是为读的。其笔划告诉人们它所属的意群。……与啰嗦的口语表达相比，中文为视觉而构建，简单明了。"⑤ 因此，文字本身的象征功能更加激发作者对象征手法的运用。

毛苌对中国诗学的最大贡献，应该是他的"诗有六义"论。他在将《诗经》按内容分为风、雅、颂三大类的同时，在技术层面指出了赋、比、兴三个重要的创作技巧：

> 故诗有六义焉：一曰风，二曰赋，三曰比，四曰兴，五曰雅，六曰颂。上以风化下，下以风刺上，主文而谲谏，言之者无罪，闻之者足以戒，故曰风。至于王道衰，礼义废，政教失，国异政，家殊俗，而变风、

---

① 郭绍虞，王文生，编. 中国历代文论选：第1册［M］. 上海：上海古籍出版社，2001：63.

② 郭绍虞，王文生，编. 中国历代文论选：第1册［M］. 上海：上海古籍出版社，2001：63.

③ 曹丕. 典论·论文［M］//魏晋南北朝文论选. 郁沅，张明高，编选. 北京：人民文学出版社，1999：14.

④ 钟嵘. 诗品·序［M］//中国历代文论选：第1册. 郭绍虞，王文生，编. 上海：上海古籍出版社，2001：308.

⑤ 艾田伯. 比较文学之道［M］//艾田伯论文集. 胡玉龙，译. 北京：生活·读书·新知三联书店，2006：215.

变雅作矣。国史明乎得失之迹，伤人伦之废，哀刑政之苛，吟咏情性，以风其上，达于事变而怀其旧俗者也。故变风发乎情，止乎礼义。发乎情，民之性也；止乎礼义，先王之泽也。是以一国之事，系一人之本，谓之风；言天下之事，形四方之风，谓之雅。雅者，正也，言王政之所由废兴也。政有大小，故有小雅焉，有大雅焉。颂者，美盛德之形容，以其成功告于神明者也。是谓四始，诗之至也。①

现代学者陆侃如（1903—1978）、冯沅君（1900—1974）认为"六艺"之说本于《周礼·春官》："大师……教六诗：曰风，曰赋，曰比，曰兴，曰雅，曰颂。""四始"之说则本于《史记》卷四十七《孔子世家》："《关雎》之乱以为《风》始，《鹿鸣》为《小雅》始，《文王》为《大雅》始，《清庙》为《颂》始。"②

在《毛诗大序》所总结的三种诗歌表现方法中，"赋"是直述其事，不借助外界的形象来比拟，"比"和"兴"都需要借助外物来表达作者的思想感情，可以将其视为是中国式象征诗的来源。其特征是有象征的意味，但大多停留在明喻的层次，较少隐喻的意义暗示和延伸，更少现代象征诗歌"远取譬"的神秘、悠远和灵动。

在《诗品·序》中，钟嵘对这三种方法做了更细致的描述："诗有三义焉：一曰兴，二曰比，三曰赋。文已尽而意有余，兴也；因物喻志，比也；直书其事，寓言写物，赋也。"他认为三种技艺不能偏废，应该综合运用，以期达到最好的艺术效果："宏斯三义，酌而用之，干之以风力，润之以丹彩，使味之者无极，闻之者动心，是诗之至也。"③

毛泽东在给陈毅的信中曾谈到过诗歌："诗要用形象思维……所以比、兴两法是不能不用的。赋也可以用，如杜甫（712—770）之《北征》，可谓'赋陈其事而直言之也'，然而其中也有比、兴，'比者以彼物比此物也'，兴者'先言他物以引起所咏之词也'。"④ 比和兴的创作手法在这里更提到了思

---

① 孔颖达. 诗大序正义［M］//中国历代文论选：第1册. 郭绍虞，王文生，编. 上海：上海古籍出版社，2001：63.

② 陆侃如，冯沅君. 中国诗史［M］. 天津：百花文艺出版社，1999：9.

③ 郭绍虞，王文生，编. 中国历代文论选：第1册［M］. 上海：上海古籍出版社，2001：309.

④ 毛泽东. 致陈毅（1965年7月21日）［M］//毛泽东书信选集. 北京：人民出版社，1983：607－608.

维的高度。"比"是"以彼物比此物"，如《硕鼠》中，将剥削者比喻为大老鼠。"兴"的原意是兴起感发，即见物起兴。读《诗经》中的"关关雎鸠，在河之洲。窈窕淑女，君子好逑"，由水上嬉戏欢叫的鸟儿，想到人也应该有美好的伴侣，所以写下"窈窕淑女，君子好逑"的诗句来，所谓"情动于中而行于言"。这种由物及心的作用，便是古典诗歌中"兴"的表现方式。

周作人（1885—1967）在其《〈扬鞭集〉序》里，认为中国古典诗歌的基本表现方法"兴"就是象征：

> 新诗的手法，我很不佩服白描，也不喜欢唠叨的叙事，不必说唠叨的说理，我只认抒情是诗的本分，而写法则觉得所谓"兴"最有意思，用新名词来讲或可以说是象征。让我说一句陈腐话，象征是诗的最新的写法，但也是最旧，在中国也"古已有之"。我们上观《国风》，下察民谣，便可以知道中国的诗多用兴体，较赋与比更普遍而成就亦最好。但起兴云者并不是陪衬，乃是也在发表正意，不过用别一说法罢了。……正当的道路恐怕还是浪漫主义——凡是差不多无不是浪漫主义的，而象征主义是其精意。这是外国的新潮流，同时也是中国的旧手法。①

由此可看出："兴"并不仅是陪衬，同时也是在"发表正意"，只是用了"别一说法"来表达。这里的"别一说法"就是用象征的手法含蓄隐晦地表达。梁宗岱（1903—1983）在《象征主义》一文中对"兴"与象征关系的论述则更加具体。他引用刘勰（465—520）《文心雕龙》中"兴者，起也；起情者依微以拟义"，做了如下的阐发：

> 所谓"微"，便是两物之间微妙的关系。表面看来，两者之间不相联属，实则一而二，二而一。象征底微妙，"依微拟义"这几个字颇能道出。当一件外物，譬如，一片自然风景映入我们眼帘的时候，我们猛然感到它和我们或喜，或忧，或哀伤，或恬适的心情相仿佛，相逼肖，相会合。我们不模拟我们底心情而把那片自然风景做传达心情的符号，或者，较准确一点，把我们底心情印上那篇风景去，这就是象征。②

---

① 周作人. 扬鞭集·序 [M] //周作人卷. 黄乔生，编. 沈阳：辽宁人民出版社，2009：6.
② 梁宗岱. 象征主义 [M] //诗与真·诗与真二集. 北京：外国文学出版社，1984：66.

"兴"和象征都有"依微拟义"的特征，看似"不相联属"的事物可以作为"传达心情的符号"来表现主观的想法。

从诗歌的历史发展来看，中国古典诗歌多以抒情诗为主。在《毛诗大序》中，对诗歌有着精辟的阐释："诗者志之所之也。在心为志，发言为诗。情动于中而行于言，言之不足，故嗟叹之；嗟叹之不足，故永歌之；永歌之不足，不知手之舞之，足之蹈之也。"① 为达到抒情的目的，诗歌不仅可以"吟"，还可以"唱"，甚至还可以配以舞蹈，种种方式都是为了让作者尽情地抒发情感。由此也可以看出，有限的语言无法表现事物之间，特别是人与自然之间的奥秘，这也是中国古典诗论认为的"言有尽而意无穷"。而且，中国古典诗歌体裁短小精悍，要想在有限的篇幅中融入强烈的情感和深刻的思想，以造成"意无穷"的效果，作者需要在表达方式上下功夫。正如中国古代的水墨画，不做琐屑细微的描摹，而是追求大手笔的写意，它所产生的模糊朦胧的效果，给人以意境深远的感觉。在这点上，英美意象派诗和中国古典意象诗是有相同之处的。美国诗人艾兹拉·庞德（Ezra Pound，1885—1972）说："正是因为有些中国诗人满足于把事物表现出来而不加说教和评论，所以人们不辞繁难地迻译。"② 美国女诗人艾米·罗厄尔（Amy Lowell，1874—1925）说："含蓄是我们从东方学来的东西之一。"③

中国古典艺术崇尚委婉，诗人通常不直接表述，而是通过设计情境来表达既定的内容。也就是说，作者先有一个既定的目标，再去寻找能反映目标的对应物，通过对这一事物进行刻画来呈现诗人真正的所思所想。这种方法被称之为写意，是中国艺术的基本特征。在写意的过程中，作者的感受不直接表现，需要有个思维转换的过程，正如用"比"和"兴"的方法一样。通过对"实境"的描摹来刻画心里的"虚境"，以达到"物我合一"的境界。这种写意的方法，使得画面朦朦胧胧，造成诗旨多义的效果。正如唐代诗人兼诗歌理论家司空图（837—908）所说："诗象之景如蓝田日暖，良玉生烟，可望而不可置于眉睫之前也。象外之象，景外之景，岂容易可谈哉！"④ 中国古典哲学的影响和中国人惯用形象、直觉和整体思维这一特质，造成了中国

---

① 毛苌. 毛诗序［M］//中国历代文论选：第1册. 郭绍虞，王文生，编. 上海：上海古籍出版社，1979：63.

② ［英］彼得·琼斯. 意象派诗选［M］. 裘小龙，译. 桂林：漓江出版社，1989：1.

③ 转引自赵毅衡. 意象派与中国古典诗歌［J］. 外国文学，1979（4）：4.

④ 司空图. 与极浦书［M］//中国历代文论选：第2册. 郭绍虞，王文生，编. 上海：上海古籍出版社，1979：201.

传统诗歌里诗意朦胧、含蓄的突出特点。

由于中国语言的象形性特征，中国人善用形象思维。语言是为"视觉而建"的，所以古人常常会通过意象来构建几个有感而发的画面，去表达他们对现实和人生的理解。意象也成为中国古典诗歌表情达意的主要手段。刘勰在其《文心雕龙》中指出意象的重要性："独照之匠，窥意象以远今，此盖驭文之首术，谋篇之大端。"① 诗人首先将主体客观化为艺术形象，在意象的基础上进行艺术创造。在西方，意象也非常重要。德国哲学家黑格尔（Georg Wilhelm Friedrich Hegel，1770—1830）说："在艺术里，感性的东西是经过心灵化了的，而心灵的东西也借感性而显现出来。"②

意象就是被诗人心灵化的东西，它反映着诗人的思想活动。如唐代诗人张继的《枫桥夜泊》："月落乌啼霜满天，江枫渔火对愁眠。姑苏城外寒山寺，夜半钟声到客船。"读这首诗，我们的眼前仿佛出现了这样的画面：漆黑寒冷的江面上，乌鸦寂寂地叫着，舟人的羁旅之愁油然而生，即使江边的枫树和生起的渔火，也难消除诗人旅夜无眠的愁绪，只有远处寒山寺的钟声不断传来。诗到此戛然而止，然而，言虽止，意未尽。在虚实相应的氛围中，读者感受到的可能是千愁万绪：对故乡的思念、羁旅的惆怅、仕途的失意、理想的幻灭……作者没有将这一切平铺直叙地讲出来，而是通过几个画面，生动地将自己"对愁眠"的复杂心理表现出来。其他的思想是读者在作者所创造的氛围中"读而思之"所产生出来的附属品。诗歌的意象和内涵之间存在着某种说不清但是却可以感知的联系。这种关联使诗歌反映出了超出诗歌内涵以外的东西，就像俄国文学理论家别林斯基（1811—1848）说的那样："诗人用形象思索，他不证明真理，却显示真理。"③

与西方意象诗歌追求抓住瞬间的、单一的画面不同，中国古典诗歌的意象往往不是单个的，而是由多个意象组成的复合的画面。不同意象的搭配使画面产生出朦胧的美感，意象之间些微的关联使得诗歌产生了某种特殊的意境，并且能够引起读者的共鸣。马致远（约1251—1321）的《天净沙·秋思》是比较典型的由意象的铺陈而产生了意境美的作品：

枯藤老树昏鸦，

---

① 刘勰. 文心雕龙·神思［M］. 范文澜，注. 北京：人民文学出版社，1958：493.
② ［德］黑格尔. 美学：第2卷［M］. 朱光潜，译. 上海：上海译文出版社，1979：96.
③ ［俄］别林斯基. 智慧的痛苦［M］// 别林斯基选集：第2卷. 上海：上海译文出版社，1979：96.

小桥流水人家。

古道西风瘦马，

夕阳西下，

断肠人在天涯。

　　十一个不同的意象叠加在一起，为我们勾勒出了秋日黄昏时分，乡村道路上一位孤独客旅的复杂情绪。"枯藤老树昏鸦"似乎是千年不变的黄昏时的景象，"小桥流水人家"却在精致的画面里添加了许多生趣：桥下小河的潺潺流水昭示着时光的流逝，小桥旁的人家已经开始准备晚餐，屋顶上袅袅的炊烟增加了画面的朦胧感，也更加激发了漂泊游子的思家之情。读者看不到"断肠人"的面容，但是可以体会得到他的感伤：或许是人生的失意、旅途的困顿、对亲人的思念……"古道""西风""瘦马"本是三个毫无关联的物象，但在"夕阳西下"的背景下却产生了别样的意境。

　　意象组合的模糊、朦胧的特点，虽然产生的意境深远，但缺乏明确的指向性，不同的读者可能会有不同的理解，很难把握作者真正的所指。出于准确和精炼的想法，作者往往将单个的意象固定下来，使意象所暗示的思想更加明确，避免产生歧义，这样，意象就发展成为象征。在象征性意象的选择上，古代诗人往往深掘精义，选取最能体现诗歌内涵的意象。

　　在中国古典诗歌中，人与自然之间存在着千丝万缕的关联：自然万物并不是孤立存在的"物"，而内心世界也不是与世隔绝的"心"。对"物"的吟咏目的在于表现"心"，而"心"的抒发则寄托于"物"。心与物的交融是中国古典诗歌的一大特质，"托物言志"是古代文人创作善用的表现方法。屈原（约前339—约前278）的《橘颂》被认为是中国最早的象征诗之一。屈原通过对橘树"受命不迁，生南国兮"和"深固难徙，更壹志兮"的赞颂，表达了自己热爱楚国，誓死不离的爱国情怀。在这首诗里，橘树的象征意味非常明确。

　　在《诗言志辩》中，朱自清将《诗经》以后的"比"概括为以古比今、以仙比俗、以男女比君臣、以物比人等。这些"比"都是"言此而意彼"，其与象征的功能是一致的。

　　作为中国古典诗歌的主要表现方法，"比"可以分得更细。"比"作为比喻，分明喻与暗喻。比较明显的比喻，如《诗经》的《魏风·硕鼠》中，"硕鼠硕鼠，无食我黍。三岁贯汝，莫我肯顾"，诗人以硕鼠来比喻贪官。又如西晋诗人左思（约250—305）的《咏史》："郁郁涧底松，离离山上苗。

以彼径寸茎，荫此百枝条。世胄涉高位，英俊居下寮。地势使之然，由来非一朝。"谷中青松虽然高大茂盛，但天然地处于卑下的地势，即使竭尽全力都无法高过山头而彰显自己的价值。作者以此比喻那些因出身低微而无法施展才干的贫寒之士。虽然在本质上根本无法与谷底的青松相比，但由于占据了山顶的有利位置，稀疏、矮小、细弱的小树也能够沐浴到更多的阳光雨露，得到更多的关注和尊重。作者以此比喻不学无术，仅仅凭借其显赫出身就占据了高位，得到了更多机会的世家子弟。两个意象并列，作者没有任何主观意见的表达，但读者却很容易感受到作者对于等级制度的强烈不满。

使用暗喻的诗，如唐代诗人卢照邻（约635—约685）的《曲池荷》："浮香绕曲岸，圆影浮华池。常恐秋风早，飘零君不知。"池里盛开的荷花暗喻正值壮年的有才之士，飘零则暗喻年华老去。曹植（192—232）《七步诗》中的暗喻更加明显："煮豆持作羹，漉豉以为汁。萁在釜下燃，豆在釜中泣。本是同根生，相煎何太急！"豆和豆萁之相煎，暗喻骨肉相残。

"比"还有"拟"的意思，即拟人。受道家思想的影响，中国古典诗歌精神的最高境界是"天人合一""物我两忘"。要将"物"与"我"完全地融为一体，需要将"我"的感情渗透进自然景象之中，同时自然景象也体现着"我"的情感和心境。比如李白（701—762）的"相看两不厌，唯有敬亭山"（《独坐敬亭山》），杜牧的"蜡烛有心还惜别，替人垂泪到天明"（《赠别》），杜甫的"岸花飞送客，樯燕语留人"（《赠别》），诗人赋予这些没有生命的物以意识和感情，将自己的主观意识通过物象来体现，在物与我之间形成了感情的交流，显得生动亲切。

"兴"常与"起"连用，比如：起兴、兴起，有开始或衬托之意。《毛诗大序》中说："兴者，先言他物以引起所咏之词也。"中国古典诗歌贵含蓄，通常不直奔主题，而是先说点别的来带入诗旨。这样的开头看似与全诗在意义上没有什么关联，但它在诗中的作用却不可或缺。在作为所咏之物的意象的选择上，作者或根据整首诗的韵脚来选择意象，或根据诗的题旨来选择，这样可以让诗歌显得比较委婉，并且朗朗上口。比如陶渊明（约365—427）的《饮酒·其四》：

栖栖失群鸟，日暮犹独飞。
徘徊无指定，夜夜声转悲。
厉响思清远，去来何依依。
因值孤生松，敛翮遥来归。
劲风无荣木，此荫独不衰。

托身已得所，千载不相违。

第一联的末字"飞"，与后几联的末字"悲""归""衰""违"都押韵，使得整首诗有着较强的音乐性。"失群鸟"与"孤生松"象征着文人的失意与君子卓尔不群的品质，"劲风"比喻社会的动荡和世事的无常。徘徊不定的飞鸟遇到了静静生长的松树，动与静之间的对比表现了诗人对返璞归真的渴望。所以，"兴"是需要很高技巧的，它也常与"比"连用。比、兴的艺术手法，是以联想为基础的，所以在诗歌意象的选择上，古代诗人常选用有象征意义的意象。

古代诗人喜欢用具有象征性的意象，因为他们除了在写实之外，更主要的还是在诗歌中托物言志。在李白的诗句"浮云游子意，落日故人情"（《送友人》）中，浮云漂游，落日西沉与人的情感相映照，写出了对自身飘零无着的感慨和对昔日友人的思念。选择什么样的象征意象主要取决于诗人所要表达的情感。使用比较频繁的象征意象有：浮云（漂泊）、杨柳（离别）、鱼鸟（隐逸）、鸿雁（羁游）、乌啼（离愁），等等。

这些意象一般都出自经典。比如杨柳，在《诗经》里就有"昔我往矣，杨柳依依"（《小雅·采薇》）的诗句。自唐以后，临别赠柳成为一种风俗，所以，杨柳就成为送别和离愁的象征。它们通常作为实景出现在诗中，有时却不一定是实景，只是起到对象征意义进行点缀的作用，以表达某种深层次的含义，或起到渲染某种情绪或气氛的作用，比如"万里杨柳色，出关送古人"（戴叔伦《送友人东归》），"羌笛何须怨杨柳，春风不度玉门关"（王之涣《凉州词》）。这些诗句中的"柳"不一定是写实，但却都起到了渲染气氛、烘托离情的作用。如果知道杨柳的典故，就能更深地理解诗人的情绪；倘若不知道，也不影响读者对诗歌的欣赏。诗人对象征手法的使用，不仅扩展了读者的联想空间，而且扩大了诗意的容量，大大提升了作品的文学价值。

在选择意象时，中国古代诗人也比较注意意象的暗示作用。唐代诗人王昌龄（698—757）在《诗格》中说："山林、日月、风景为真，以歌咏之，犹如水中见日月，文章是景，物色是本，照之须了见其象也。"[1] 它说明了诗歌中的情境与现实世界的景象之间的关系：作者在构思想象过程中，其情感与通过各种感官获得的与现实世界有关的感觉经验相融合，不再单纯地反映事物，而是根据自己的主观愿望对事物进行选择和组合，客观的景象因此成

---

[1]　王昌龄. 诗格［M］∥张伯伟. 全唐五代诗格校考. 西安：陕西人民教育出版社，1996：149.

为主观的意象。南宋诗人兼诗歌理论家严羽认为诗的最高境界是"不涉理路，不落言筌"。在《沧浪诗话·神辩》中，他写道："盛唐诗人唯在兴趣，羚羊挂角，无迹可求。故其妙处莹澈玲珑，不可凑泊，如空中之音，相中之色，水中之月，镜中之象，言有尽而意无穷。"① 严羽借用庄子"得鱼而忘筌"的比喻，暗示诗境中无法清楚表达的"莹澈玲珑，不可凑泊"的属性。它就像"空中之音，相中之色，水中之月，镜中之象"，只能感觉到，却无法触摸到，在"象"与实际中总是隔着雾、蒙着纱，所以"言有尽而意无穷"。所以古人追求的"韵外之致""象外之象""味外之旨意"，都有不可确定的暗示之意。

当然，中国古典诗歌所使用的比、兴的表现手法与西方的象征主义，在本质上是有区别的。只是二者在诗歌的某些表现手法与达到的效果上，有异曲同工之妙。西方象征主义诗学在中国的出现，唤醒了古老传统的中国本土诗学，为中国诗学在现代转型中找到了完美的结合点。

除了比兴的表现方法，中国古典诗歌在形式上还讲究对称的美。诗句通常使用相同的字数，这样，押韵也就成为一件自然的事情。由于汉语言文字的特点，它既表意，又表音。四声的存在，为诗歌的对仗和押韵提供了条件，使诗句之间，诗句的内音节之间的和谐搭配成为可能。人们在诵读时不仅朗朗上口，更可以感觉到诗句的回环往复和音韵的和谐之美。

中国诗歌从很早就开始讲究押韵。在《诗经·周南·关雎》的开头四句（"关关雎鸠，在河之洲；窈窕淑女，君子好逑。"）中，"洲"和"逑"押韵。这种押韵的情况，是根据日常口语，随其自然地押韵，没有很多讲究。从六朝以后，人们逐渐开始重视诗歌的用韵。清代袁枚（1716—1797）在谈到用韵时说："诗歌之有声无韵，是瓦缶也。"② 近代的刘铁冷（1881—1961）则讲得更透彻："诗之有韵，犹柱之有础。础不稳则柱必倾，韵不稳则诗必劣。诗之美丑，关系于韵者至巨，是以学诗者必讲押韵之法。"③ 诗歌用韵不但可以增加文字的美，而且由于诗句最后一个字所用之韵的反复出现（一般最后一个字都会拖得比较长），也增加了诗歌不断回环的音韵之美。这样的诗歌读起来很上口，感觉很有韵味、很和谐，同时也便于记忆。

唐代盛行歌舞，民间有一些俚语小曲，文人们也开始尝试为歌舞填词。《全唐诗》所采集的唐五代词，有李白作的十四首，其中《菩萨蛮》《忆秦

---

① 严羽. 沧浪诗话·神辩［M］//郭绍虞. 沧浪诗话校译. 北京：人民文学出版社，1998：26.
② 袁枚. 随园诗话［M］. 南京：凤凰出版社，2006：292.
③ 刘铁冷：作诗百法［M］. 北京：文化艺术出版社，2018：89.

娥》两首词高古雄浑、凄婉哀怨，达到了很高的艺术境界。总的来说，词来源于唐代的五言、七言绝句。但是完全按照绝句的格式，音乐的乐调就不会整齐，而整齐的律绝也不适合歌唱。于是，有诗人根据音乐开始尝试长短句。这样就形成了讲究平仄的近体诗，即格律诗的一种特殊形式——词。词本来是依据乐谱创作的，但后来乐谱逐渐失传，后来人就按前人作品的句法和平仄来填写。所以词的音乐性比诗的更高。

　　从诗歌的形式上看，由诗到词，诗体虽然发生了变化，显得更自由，但诗歌对押韵的讲究却从来没有改变过。中国历代对诗歌的用韵，都有着严格而繁复的规定，以至于大诗人杜甫写诗时，也要找出韵书，对照着作诗。中国古代教育很重要的手段是背诵。所背之书，从《百家姓》《三字经》到《千家诗》等，几乎没有不押韵的。俗话说："熟读唐诗三百首，不会作诗亦能吟。"中国诗歌的音韵之美，在潜移默化中已经渗透在中国诗人的气质中，变成了自然而然的流露。

　　汉字是"声情并茂"的，在表音的同时又传递出了感情。汉语的发声与它所指称的对象之间，有一种对应的关系。比较明显的是对各种声响的表现，如"大弦嘈嘈如急雨，小弦切切如私语。嘈嘈切切错杂弹，大珠小珠落玉盘"（白居易《琵琶行》）。"嘈嘈切切"表现了乐曲的急促和弹奏琵琶的人有满腹的心事想要诉说的情境，大珠小珠更是将声音以物的形象体现出来。除了表音的双声叠韵词，还有一些形容词性的双声叠韵词出现在诗中，如"离离原上草，一岁一枯荣"（白居易《赋得古原草送别》）、"荣荣窗下兰，密密堂前柳"（陶渊明《拟古》）、"寂寂春将晚，欣欣物自私"（杜甫《江亭》）。使用形容词性的双声叠韵词，不仅在音响上烘托了气氛，而且使情感意蕴中意象的表现更加生动。即使不看诗句，"寂寂"和"欣欣"就足以将我们带到诗人所创造的氛围中。这些双声叠韵词的使用，对意象的烘托和象征起到了一定的作用。其他叠韵词，如李清照（1084—约1155）的"寻寻觅觅，冷冷清清，凄凄惨惨戚戚"（《声声慢·寻寻觅觅》），七个叠韵词的运用，将作者当时的情境和心态表现得淋漓尽致，具有相当高的艺术性。

　　除了双声叠韵词具有拟声和象征的特点，中国古典诗歌中字句的吐纳也具有一定的象征意义。例如，在诗句"长太息以掩涕兮，哀民生之多艰"（屈原《离骚》）中，"长"字的韵母"ang"和"艰"字的韵母"an"在鼻腔的作用下具有回荡的韵味，"ang"的扬声提起全句，"an"的平声给人以悠远回旋的感觉；又如"昔人已乘黄鹤去，此地空余黄鹤楼。黄鹤一去不复返，白云千载空悠悠。晴川历历汉阳树，芳草萋萋鹦鹉洲。日暮乡关何处是，烟波江上使人愁。"（崔颢《黄鹤楼》）整首诗在"ou"的韵脚中，给人以嗟叹、悠远和寂寥的感觉。

诗人在选择韵脚时，除了要考虑音韵和谐、悦耳动听以外，对韵脚的象征意蕴也非常重视，因为它关系到整首诗歌风格的体现。例如创作离别诗时，要表现惆怅、不舍和对未来的迷惘时，一般使用气息比较长，语调比较平的韵脚，像"an""ang""ou"等，如李白的《送孟浩然之广陵》："故人西辞黄鹤楼，烟花三月下扬州。孤帆远影碧空尽，唯见长江天际流。"

又如现代诗人李叔同（1880—1942）古意盎然的《送别》：

> 长亭外，古道边，芳草碧连天。晚风拂柳笛声残，夕阳山外山。
> 天之涯，海之角，知交半零落。一壶浊酒尽余欢，今宵别梦寒。

作者不仅注意到韵脚的选择，也考虑到意象刻画的节奏，使用三字、五字和七字，让各个意象有层次地出现，体现图画的美和音韵节奏的美。在表现悲愤、激烈的情绪时，宜使用气息短促的韵脚，诗歌多三字和四字、五字等交替使用，如岳飞（1103—1142）的《满江红》：

> 怒发冲冠，凭栏处，潇潇雨歇。抬望眼，仰天长啸，壮怀激烈。三十功名尘与土，八千里路云和月。莫等闲，白了少年头，空悲切。
> 靖康耻，犹未雪；臣子恨，何时灭？驾长车、踏破贺兰山缺。壮志饥餐胡虏肉，笑谈渴饮匈奴血。待从头、收拾旧河山，朝天阙。

"u"音的短促和低沉正如诗人心中积郁的悲愤，元音与爆破音的搭配使得气流短促，如"处""土""雪""缺""血""阙"。短句与长句的交替加快了情绪的表达，使原本长的音，如"眼""闲""切"等，都变得急促，果断。诗人对清浊辅音和字句以及韵脚的处理，将悲愤和豪迈的情怀体现得淋漓尽致。

在篇幅比较长的诗中，为了更好地表达情感的跌宕起伏，作者也常常换韵，最著名的是张若虚（约647—约730）的《春江花月夜》，全诗四句一换韵，平仄交替，回环往复，让人有荡气回肠之感：

> 春江潮水连海平，海上明月共潮生。滟滟随波千万里，何处春江无月明。江流宛转绕芳甸，月照花林皆是霰。空里流霜不觉飞，汀上白沙看不见。江天一色无纤尘，皎皎空中孤月轮。江畔何人初见月，江月何年初照人。人生代代无穷已，江月年年只相似。不知江月待何人，但见

长江送流水。……

　　换韵和平仄交替使用，象征着作者起伏的情感，它所产生的效果就像一波又一波的轻浪，将作者的情感逐渐推向高潮。

　　关于中国诗歌音韵的象征性特征，研究的人比较少，基本上停留在可感知的阶段，只有李石岑（1892—1934）在《象征之人生》中提到过"音响象征"，如"高音表纯洁神圣，低音表恶人恶魔"①。但在西方，人们对诗歌的音乐性的要求很高，象征主义运动的目标"是从音乐中重新获取诗人们本有的一切"②。法国象征主义诗人保尔·福尔（Paul Fort，1872—1960）深谙音律，即使对哑音的"e"的轻重高低都很讲究。他曾说："音响的一高一低，天然地与我们的情感相应，我们在这高低音调中表示出我们许多的意思，所以不能不讲究；愈讲究得细，愈表示得深。"③ 中国古典诗歌的音韵的象征特性与象征主义对诗歌的音乐的象征性的要求是暗合的，这也使得象征主义有了成为中国传统诗歌向现代诗歌转变的接洽的可能。

　　中国古典诗歌的发展到盛唐时达到了极点，李白的豪迈和王维（701—761）的清淡将不同风格的诗歌艺术推向了高峰。到中晚唐时期，国力削弱，物质和精神两方面都相对匮乏，诗人们不再追求积极进取的政治生活，转而比较关心日常琐事，追求生活的情调。李商隐（约813—约858）是这一派的代表。他的诗歌语言瑰丽，诗风沉郁，常抒写自己的身世之感及家国情怀。在他的诗中，充满着哀怨凄伤、恍惚迷离的氛围，洋溢着女性的温馨和细腻的情调。《锦瑟》是李商隐诗歌的代表作，一直为爱诗的人所喜吟乐道。

　　　　锦瑟无端五十弦，一弦一柱思华年。
　　　　庄生晓梦迷蝴蝶，望帝春心托杜鹃。
　　　　沧海月明珠有泪，蓝田日暖玉生烟。
　　　　此情可待成追忆，只是当时已惘然。

　　往事千重，情肠九曲，幻梦已醒，惆怅满怀。美玉明珠代表昔日的感情，曾经那样真切可触，现在却是遥不可及，只留下今日的怅惘苦痛。李商隐取生活中常见的乐器锦瑟来抒怀，用庄周梦蝶和杜鹃啼血的典故，突出了一个

---

　　① 李石岑. 象征之人生 [J]. 东方杂志，1921（18）：12.
　　② [法] 梵乐希. 女神底诞生《序言》[M] //现代诗论. 曹葆华，编译. 上海：商务印书馆，1937：226.
　　③ 李璜. 法兰西诗之格律及其解放 [J]. 少年中国，1921（2）：12.

"怨"字。沧海蓝田，明珠暖玉足见其语言的华美，对仗的工整。末句对往事的哀叹，不知引起过多少人的共鸣。

从屈原开始，中国古典意象诗就不断得到发展。到晚唐时期更是达到了相当的高度。"中晚唐时期李贺、李商隐的意象诗，标志着我国古代意象诗的高度成熟。它除了特定社会时代和文人对社会生命价值更深入地思考、更执著地探索的悲剧心态共同作用外，艺术技巧的高度成熟为诗人们提供了开拓心灵世界的丰富表现手法，是一个重要因素。"①

盛唐诗人为古典诗歌奠定的华丽基调，以及晚唐诗人对国事衰败和自身飘零的感叹，与法国诗人在 19 世纪初的情绪有些许的相似之处：中国传统文化有着辉煌的过去，但在 20 世纪初期却面临着惨淡的现状和未来。晚唐诗风对戴望舒的影响也很大。董乃斌认为戴望舒的写作与李商隐的诗风有继承关系："从意象遴选和意境缔构来看，李商隐与现代诗人戴望舒在审美观念和价值取向上颇有相通之处。戴望舒之感伤凄清、朦胧婉曲的爱情诗，与李商隐开创的玉溪诗风，特别是他的爱情诗风格非常接近。除了戴望舒本人的特殊条件之外，李商隐的影响应该是造成其独特风格的因素之一。"② 戴望舒经常使用中国古典诗词中的意象，为突破古典意象的陈腐之气，只在这些意象前加些比较口语化的词语，如"小小的""浅浅的""渐渐地""徐徐地"等。

现代诗人兼诗歌理论家废名③（1901—1967）认为"真有诗的感觉如温

---

① 吴晟. 中国意象诗探索 [M]. 广州：中山大学出版社，2000：27.

② 董乃斌. 李商隐和现代诗人戴望舒 [J]. 天中学刊，2002（1）：32.

③ 原名冯文炳，字蕴仲，湖北黄梅人。他早年就读于湖北第一师范学校，1922 年考入北京大学预科，开始在胡适主编的《努力周报》发表作品，1925 年加入"语丝派"。1929 年毕业于北京大学英国文学系之后，经周作人推荐担任北京大学中国文学系讲师。《谈新诗》是废名 1935 年前后在北京大学中文系开设现代文艺课时的讲义，共十二章。废名在书中纵论古今，将新诗从内容到形式与旧体诗进行比较，并结合自己的写作体会，对"五四"至三十年代代表性新诗人胡适、沈尹默、刘半农、鲁迅、周作人、康白情、"湖畔"四诗人、冰心、郭沫若、卞之琳、林庚、冯至等创作的成败得失作了细致的剖析，还发掘了鲜为人知的诗人朱英诞，进而对新诗的发展前景提出独到己见。全书解读眼光独特，发人所未言。他在写作讲义的过程中，与周作人多有交流。"七七事变"后，他返回家乡躲避战乱。黄雨根据自己保存的印刷讲义编定《谈新诗》，由周作人作序，于 1944 年 11 月列为"艺文社艺文丛书"之五，由北平新民印书馆出版。这是中国新文学的亲历者讨论新诗的唯一专著，具有很高的学术价值。1946 年废名返回北大之后，又续写了四章，但生前未公开发表。1984 年 2 月，人民文学出版社将前后两部分合并，删去初版本的序、跋和附录，增加了废名写于 1934 年的《新诗问答》一文，出版了《谈新诗》增删本，成为新诗研究的重要参考文献。最新的版本是由中国现代文学版本专家陈子善编订而成的《论新诗及其他》，被列入辽宁教育出版社的《新世纪万有文库·近世文化书系》，于 1998 年出版。这个版本以北平新民印书馆初版本为底本，参校人民文学出版社增删本，恢复了序、跋和附录，将初版本未刊之末四章则移入"集外"部分。在"集外"部分又收入《新诗问答》及作者三十年代关于新旧诗的序、跋、通信和随笔共九篇。我们因此可以更完整地了解体废名的诗论观点。

李一派","他们都是自由表现其诗的感觉与理想"①。晚唐诗风注重暗示、朦胧和幻象的诗美特征，与象征主义诗学的某些特点契合。"比废名理论上的主张更有说服力的是现代主义诗人的具体创作实绩。他们对于西方象征主义诗艺与古典诗学的沟通，对于中西方具有普遍价值的诗美精髓的领悟，既标志着古典诗学已经纳入世界文学的视野，也预示着文学传统向现代汉语诗学生成与转型的未来取向。"②

废名认为"现代派是温、李这一派的发展"③。1930 年代出现的中国现代派诗歌，很容易让人想到李商隐的格调。戴望舒的爱情诗就带有明显的温、李派的特点。戴望舒写的爱情诗歌常常是感伤、柔弱的，带有鲜明的女性色彩。他喜欢写一些以女性身份为主题的诗歌，并以女性的身份和气质感慨，如叹息"妾薄命"（《妾薄命》），"我惨白的脸，我哭红的眼睛"（《回了心儿吧》），"小病的身子在浅春的风里是软弱的"（《小病》）。

道家文化的影响在戴望舒的诗歌中也表现明显，如《我思想》就使用了庄周梦蝶这一典故："我思想，故我是蝴蝶……/万年后小花的轻呼/透过无梦无醒的云雾，/来振撼我斑斓的彩翼。"作为诗人，戴望舒深受非功利的道家哲学的影响。他常常感觉到与社会的"隔膜"（《无题》）。"寂寞"（《寂寞》）、"忧郁"（《忧郁》）或许是诗人一生的写照。

经过几千年历史沉淀和积累的中国古典诗歌，无论在诗歌的思想内容和表现形式上都达到了相当的高度。清初文人编纂的《全唐诗》收录了唐代二千五百二十九位诗人的四万二千八百六十三首诗作。中华书局正在编辑中的《全明诗》已经收录诗歌四十万首。在世界诗歌史中，一种语言有这样庞大的作品数量，堪称无与伦比。其间，名家辈出，如屈原、陶渊明、李白、杜甫、李商隐、苏轼、辛弃疾等。他们的作品被后人反复吟诵和学习。中国古典诗歌光辉灿烂的传统是中国文化的宝贵遗产，几千年来一直为人们所传唱，历久不衰。

由于中国古典诗歌受道家思想的影响颇深，老庄玄禅的超然物外、悠闲自适的生活态度深深地影响了古代文人的生活情趣，使他们的人生态度不可避免地带上了消极的色彩。道家提倡的诗歌的最高境界——"天人合一""物我两忘"，更是让文人们不断地"隐退"自我，让"我"完全融入自然的

①　废名. 论新诗及其他 [M]. 沈阳：辽宁教育出版社，1998：36.

②　刘宝昌. 戴望舒传 [M]. 武汉：湖北长江出版社，2007：228.

③　冯文炳（废名）. 谈新诗 [M]. 北京：人民文学出版社，1984：6.

"物"。在物化于我，我化于物的过程中，个人意志已经完全丧失了，这与追求自我的现代情感相悖。中国古典诗歌的创作，需要先有情感；有了情感，再去找相对应的物来表现。这一过程是非常理性的，而押韵的需要，更增加了创作理性的程度。这些与反映潜意识和未知冲动的复杂性的现代创作，是完全不同的。

诗歌的产生是因为"情动于中而形于言"。只是当"情"开始变化时，诗歌作为载体也同时发生改变。全新的思想带来了中国诗歌的全新的变动。

第二节　中国社会现代化与中国现代文学的要求

从鸦片战争以来，中国社会的结构开始发生变化：由封建社会变成了半封建社会，从独立的国家变成了殖民地和半殖民地的国家。保全中国传统的"中体西用、以夏变夷"的最后一丝幻想也不复存在。在民族存亡的现实面前，中国社会的各种矛盾在不断激化，爱国的知识分子也一直在思考如何挽救民族危亡。严复（1853—1921）是向西方寻求真理的先行者之一，与其他爱国知识分子不同的是，他突破了科技、政治的顺序限制。在《论世变之亟》一文中，他认为西方的强盛并不只是因为有先进的武器和船炮——这些只是"形下之粗迹"，其真正的根源在于"于学术则黜伪而崇真"[1]。严复将达尔文（Charles Darwin，1809—1882）、赫胥黎（Thomas Henry Huxley，1825—1895）、亚当·斯密（Adam Smith，1727—1790）、穆勒（John Stuart Mill，1806—1873）、斯宾塞（Herbert Spencer，1820—1903）、孟德斯鸠（Montesquieu，1689—1755）等人的哲学、社会学、经济学的思想介绍给了国人。戊戌变法失败后，梁启超（1873—1929）在流亡日本期间撰写了大量的"泰西学案"，介绍了培根（Francis Bacon，1561—1626）、笛卡儿（René Descartes，1596—1650）、康德（Immanuel Kant，1724—1804）、卢梭（Jean-Jacques Rousseau，1712—1778）等人的学说。各种西方文学思潮的涌入，不断影响着中国知识分子的思考。之前，人们因为中国政治、经济、军事的落后，而急于改变中国的现状，所以认为"中国文胜于质而百弊生"[2]。另外，

---

[1]　严复. 论世变之亟——严复集 [M]. 胡伟希，选注. 沈阳：辽宁人民出版社，1994：3.

[2]　中国史学会. 湖南龙南致用学会章程序 [M] //中国近代史资料丛刊·戊戌变法：第4册. 上海：上海人民出版社，1957：466.

人们对旧文学完全丧失了信心，认为那些无病呻吟的诗文词曲和细枝末节的辞章考据没有一点儿用处。所以，产生了"文学误国"的社会思潮。历史学家钱穆（1895—1990）在总结这一时期时曾说：

> 中国在以往政治失其统一，社会秩序崩溃，人们精神无可寄托之际，既可接受外来之"宗教"（如魏、晋以下，讫隋、唐初期）。中国在今日列强纷争，专仗富强以图存之时代，何尝不可接受外来之"科学"？惟科学植根应有一最低限度之条件，即政治稍上轨道，社会稍有秩序，人心稍得安宁是也。（此与宗教输入之条件恰相反。）而我国自晚清以来，政治骤失常轨，社会秩序，人民心理，长在极度摇兀不安之动荡中。此时虽谋科学之发达，而科学乃无发达余地。论者又倒果为因，谓科学不发达，则政治、社会最终无出路。又轻以中国自来之文化演进，妄比之于西洋之中古时期，乃谓非连根铲除中国以往学术思想之旧传统，即无以萌现代科学之新芽。彼乃自居为"文艺复兴"、"宗教改革"之健者，而不悟史实并不如是。此又不明国史真相，肆意破坏，轻言改革，仍自有其应食之恶果也。①

严复和梁启超对西方文艺思潮的推介，改变了国人对中国文学的看法。特别是梁启超的"文学新民救国论"，将文学与救国和政治改良紧密联系在一起，文学又重新获得了地位，对传统文学的全面革新也应运而生。②

1899年底，梁启超在《夏威夷游记》中呼吁：

> 诗之境界，被千余年来鹦鹉名士占尽矣。虽有佳章佳句，一读之，似在某集中曾相见者，是最可恨也。故今日不作诗则已，若作诗，必为诗界之哥伦布、马赛郎而后可。犹欧洲之地力已尽，生产过度，不能不求新地于阿米利加及太平洋沿岸也。欲为诗界之哥伦布、马赛郎，不可不备三长：第一要新意境，第二要新语句，而需以古人之风格入之，然后成其为诗。不然，如移木星金星之动物以实美洲，瑰伟则瑰伟矣，其如不类何？若三者俱备，则可以为20世纪支那之狮王矣。宋明人善以印度之意境语句入诗，有三长具备者，以东坡之"溪声便是广长舌，山色

---

① 钱穆. 引论 [M] //国史大纲（修订本）. 北京：商务印书馆，1996：20 – 21.
② 参见 Odile Kaltenmark. La littérature chinoise [M]. Paris：PUF, 1977：114 – 117.

岂非清净身？夜来八万四千偈，他日如何举似人"之类，真觉可爱。然此境至今日，又已成旧世界。今欲易之，不可不求之于欧洲。欧洲之意境语句，甚繁复而玮异。得之可以陵轹千古，涵盖一切，今尚未有其人也。……吾虽不能诗，惟将竭力输入欧洲之精神思想，以供来者之诗料可乎？要之支那非有诗界革命，则诗运殆将绝。虽然，诗运无绝之时也。今日者革命之机渐熟，而哥伦布、马赛郎之出世，必不远矣。①

梁启超的《饮冰室诗话》是"诗界革命"的理论指导。在第六十三则诗话中，他写道："过渡时代，必有革命。然革命者，当革其精神，非革其形式。吾党近好言诗界革命。虽然，若以堆积满纸新名词为革命，是又满洲政府变法维新之类也。能以旧风格含新意境，斯可以举革命之实也。"②"新意境"是指新的思想内容和新的艺术境界。在写于 1899 年 12 月 25 日的《夏威夷游记》中，梁启超正式提出了"诗界革命"的问题，并且把欧洲作为学习的对象："今欲易之，不可不求之于欧洲，欧洲之意境语句，甚繁复而玮异，得之可以陵轹千古，涵盖一切，今尚未有其人也。"他说："吾虽不能诗，惟将竭力输入欧洲之精神思想，以供来者之诗料可乎？要之支那非有诗界革命，则诗运殆将绝。虽然，诗运无绝之时也。今日者革命之机渐熟，而哥伦布、马赛郎之出世，必不远矣。"③

"欧洲之精神思想"就是梁启超提倡的"新意境"，它主要包括这些方面："西方的政治思想和立国精神；进化论的哲学思想和近代自然科学知识；爱国御辱和勇于牺牲的尚武精神；崇高的人格和雄伟的气魄；关心时局、参与政治的态度；对于科技进步和生活中新事物的敏感，等等。"④虽然梁启超说："当革其精神，非革其形式"，但是思想内容的改变必然影响到诗歌的形式。梁启超本人也主张以"日本译西书之语句"入诗。

"诗界革命"的身体力行者黄遵宪（1848—1905）也提出了"我手写我口"的主张。他还将古典诗歌的表现方法与古文表现方法结合起来，主张以散文入诗歌，以便诗歌更加自由。他说："尝于胸中设一诗境：一曰复古人比兴之体，一曰以单行之神，运排偶之体；一曰去离骚乐府之神理而不袭其

---

① 梁启超. 夏威夷游记［M］//梁启超全集. 北京：北京出版社，1999：1219.
② 梁启超. 饮冰室诗话［M］. 北京：人民文学出版社，1959：51.
③ 梁启超. 夏威夷游记［M］//梁启超全集. 北京：北京出版社，1999：1219.
④ 马良春，张大明. 中国现代文学思潮史［M］. 北京：北京十月文艺出版社，1995：62.

貌；一曰用古文家伸缩离合之法以入诗。"①

在戊戌变法以前，维新派人士就开始了白话文运动。1898 年，白话文先驱裘廷梁（1857—1943）将白话提高到维新之本的高度，提倡"崇白话而废文言"。他写道：

> 二千年来海内重望，耗精敝神，穷岁月为之不知止，自今视之，廑廑足自娱，益天下盖寡，呜呼，使古之君天下者，崇白话而废文言，则吾黄人聪明才力，无他途以夺之，必且务为有用之学，何至暗昧如斯矣。吾不知夫古人之创造文字，将以便利天下之人乎？抑以困天下之人乎？人之求通文字，将驱遣之为我用乎？抑将穷老尽气，受役于文字，以人为文字之奴隶乎？②

> 由斯言之，愚天下之具，莫如文言，智天下之具，莫如白话，……一言以蔽之曰：文言兴而后实学废，白话行而后实学兴，实学不兴，是谓无民。③

白话文运动得到了大部分知识分子的认同，在社会上也取得了极大的反响，但真正实施起来却绝非易事。梁启超曾指出完全使用白话的难处："字不够用，这是做'纯白话体'的人最痛苦的一桩事。……有许多文字，文言里虽甚通行，白话却成僵弃。我们若用纯白话做说理文，最苦的是名词不够。若一一求其通俗，一定弄得意思浅薄，而且不正确。"④ 做文尚且如此，做诗就更难。梁启超、谭嗣同（1865—1898）、夏曾佑（1863—1824）等都曾尝试作"新诗"，然而谁都不能完全摆脱古体诗的影响，其所作之"新诗"，不过是加入了些新名词而已。梁启超后来评价自己的诗，感叹说："真有以金星动物入地球之观矣！"⑤ "诗界革命"的主张就是在否定"新诗"实践的基础上建立起来的。

对"诗界革命"诗歌创作贡献最大的是黄遵宪。在诗歌的语言上，他很

---

① 黄遵宪. 人境庐诗草［M］. 北京：中国青年出版社，2000：2.
② 裘廷梁. 论白话为维新之本［M］∥中国文论选·近代卷：下册. 邬国平，黄霖，编. 南京：江苏文艺出版社，1996：27.
③ 裘廷梁. 论白话为维新之本［M］∥中国文论选·近代卷：下册. 邬国平，黄霖，编. 南京：江苏文艺出版社，1996：33.
④ 梁启超. 晚清两大家诗钞题辞［M］∥饮冰室合集. 北京：中华书局，1989：73.
⑤ 梁启超. 夏威夷游记［M］∥饮冰室合集. 北京：中华书局，1989：189.

早就提出了"我手写我口"的主张，还指出诗歌语言的取材可以更广："自群经三史，逮于周秦诸子之书，许郑诸家之注，凡事名物名切于今者，皆采用而假借之。其述事也，举今日之官书、会典、方言、俗谚、以今古人未有之物，未辟之境，耳目所历，皆笔而书之。"① 在诗歌的内容上，他较多选取与时世有关的题材，更贴近生活。黄遵宪所身体力行的诗歌主张对传统诗歌无疑是个巨大的挑战，对推动传统诗歌走向现代起到了承前启后的作用。

"诗界革命"是 19 世纪末中国文学革新运动的顶点，为"五四"新诗歌运动奠定了一定的历史基础。但是，"诗界革命"并不能被定义为中国现代诗歌的开端，它只能算是古典诗歌的尾声。因为，首先"诗界革命"并不是思想上的革命。梁启超说的"新意境"是完全输出欧洲的精神思想。从这一点上来说，梁启超似乎完成了旧传统的打破和新传统的建立，但是，打破并不意味着割断。完全输出欧洲的精神思想，事实上是与中国几千年的历史文化传统的决裂，它影响了中国诗歌的推陈出新。中国文化悠久的历史底蕴和中国古典诗歌高超的艺术造诣，决定了中国诗歌的发展必须站在中国古典诗歌的基础之上。其次，在诗歌的创作上，梁启超的《饮冰室诗话》是"诗界革命"的理论指导。但是，这本文集是梁启超流亡日本时所作的一部随笔体诗话，是其随想式的感言，缺乏系统的理论分析和总结，不能成为真正意义上的诗论。在诗歌的语言上，梁启超提出了以"新语句"入诗，认为要在欧洲寻找"新语句"，因为"欧洲之意境语句，甚繁复而玮异"。他同时又说"需以古人之风格入诗"，可见当时梁启超对诗歌在内容和艺术上进行革新的考虑都不太成熟。

在"五四"新文化运动前后，诗坛上主要是以白话诗为主。这主要是为了冲破旧体诗的束缚和树立新文化理论的观念，催促中国新诗以全新的面貌同旧体诗彻底划清界限。当时白话诗的创作面临着"写什么"和"怎么写"的问题，胡适关于"有什么话，说什么话；话怎么说就怎么写"的观念，恰好回答了这两个问题，也因此引导了当时的大批诗人。当时有不少人都以为创作诗歌是很轻而易举的事情：只要把情绪的自然流露写成口语化的句子，就是诗了。因此，当时诗歌的数量非常多，大都没有艺术的加工和升华，诗歌成了分行大白话。人们都忙着与旧体诗划清界限，很少有人注意到诗美。周作人的《小河》一诗在当时引起了很大的反响，但他说："有人问我，这诗是什么体，连自己也回答不出的，或者算不得诗，也未可知；但这是没关

---

① 黄遵宪. 人境庐诗草 [M]. 北京：中国青年出版社，2000：8.

系的。"①

其实，在新诗初创时期，还是有人注意到了诗学建设的必要性，对诗美提出了一些重要见解。宗白华（1897—1986）虽然很强调"自由的形式"，但他认为"完满诗底艺术"与"完满诗人人格"同样重要。他把"诗"定义为"用一种美的文字——音律的绘画等文字——表写人底情绪中的意境"。他还将诗分为"形"和"质"两个部分，"形"就是"诗中的音节和词句的构造"，"质"就是"诗人的感想情绪"②。康白情（1896—1959）也给"诗"下定义说："在文学上把情绪的想象的意境，音乐的刻画出来，这种的作品就叫做诗。"③ 田汉（1898—1968）说："诗歌者，以音律的形式写出来而诉之情绪的文学。""诗歌之目的纯在有情绪，诗歌的形式不可无音律。"④

在1920代初期，这些新诗理论家对新诗特质的探讨其实已经比较成熟，只不过那时候人们都忙着破除旧诗，他们的理论没有引起多少重视。当然，"想怎么说就怎么写"的白话诗也走不了多远。1920年，成仿吾（1897—1984）发表《诗之防御战》，对初期的白话诗进行了批评："大抵是一些浅薄无聊的文字；作者既没有丝毫的想象力，又不能利用音乐的效果，所以他们总不外是一些理论或观察的报告，怎么也免不了是一些鄙陋的噪音。"⑤ 后来，梁实秋（1903—1987）对早期的新诗运动作总结说："新诗运动最早的几年，大家注重的是'白话'，不是'诗'，大家努力的是如何摆脱旧诗的藩篱，不是如何建立新诗的根基"，"诺大的一个新诗运动，诗是什么的问题竟没有多少讨论，而只见无量数的诗人在报章杂志上发表不知多少首诗"⑥。

新诗中衰以后，人们开始反思新诗危机的原因。"诗体解放"虽然彻底改变了中国传统诗歌的面貌，推动了中国诗歌由近代化到现代化的进程，但是，白话诗将诗歌的语言等同于说话的语言，将诗歌的特征与文章的特征相混淆，在某种程度上也是对诗歌的破坏。当破坏的狂潮过去后，人们开始重新审视中国新诗。他们逐渐意识到："文学革命之外面，虽为白话文与文言

---

① 周作人.《小河》前记［M］//泽泻集·过去的生命. 石家庄：河北教育出版社，2002：5.

② 宗白华. 新诗略谈［J］. 少年中国，1920（1）：8.

③ 康白情. 新诗底我见［M］//中国现代诗论（上）. 杨匡汉，刘福春，选编. 广州：花城出版社，1985：33.

④ 田汉. 诗人与劳动［J］. 少年中国. 1920（1）：8.

⑤ 成仿吾. 诗之防御战［M］//中国现代诗论（上）. 杨匡汉，刘福春，选编. 广州：花城出版社，1985：81.

⑥ 梁实秋. 新诗的格调及其他［M］//中国现代诗论（上）. 杨匡汉，刘福春，选编. 广州：花城出版社，1985：142.

文之争，其真意义所在，则为对于文学观念之不同。进言之，乃一种人生意义之争也。"①

诗歌的新旧体现了诗歌作者在思想上的新旧，诗歌的形式为作者的思想服务，诗句出现长短更自然地体现了音节，从而更自然地抒发作者的思想感情。对新诗的建设，应该回到对新诗根基的建设，新诗的创作应回到诗的本体和诗的要素上，新诗应该建立在古典诗歌的优秀的传统上。他们重新认识到诗歌是一门艺术，新诗的建设更应该解决好诗的情绪、想象、意境和音律等问题。

梁实秋在《读〈诗底进化的还原论〉》中表达了"艺术是为艺术而存在"的立场，他提出："艺术没有善恶，只有美丑，美即是真，真即是善。"② 周作人在《诗的效用》一文中反对唯善的诗学，提倡"为诗而诗"的唯美诗学，强调诗歌的超功利性和诗歌创作的冲动。他认为诗歌的创作是"一种非意识的冲动，……个人将所感受的表现出来，即是达到了目的，有了他的效用，此外功利的批评，……都是不相干的话"③。中国新诗在经历了白话诗的消退期后，又迎来了闻一多（1899—1945）所说的"新诗的第二纪元"。

在《中国新诗六十年》中，艾青（1910—1996）指出：中国现代文学史上的现代派诗是由新月派和象征派演变来的。④ 新月派与象征派几乎同时出现，在中国新诗向现代化转变的过程中，起到了不可或缺的作用。

> 20 年代中后期的中国诗坛是由象征派和新月派共分天下的。象征派或直接向法国象征诗学习，或从浪漫主义直接跨入象征主义，其中不免存在许多缺失。而新月派则是在他们省略过去的地方停留下来，探索耕耘，有所建树，然后再转向象征主义。如果以法国诗歌的历史演变作为参照系，就不难看出，新月派在转向象征主义之前所提倡的唯美主义，与以戈蒂耶、李勒为代表的帕尔纳斯派⑤尽量不动感情，一味追求造型美的形式主义诗风极为相似。如果说法国象征诗派是从帕尔纳斯派的躯壳内再生的，那么新月派的文学活动则为 30 年代以戴望舒为代表的"现

---

① 钱穆. 国学概论 [M]. 北京：商务印书馆，1997：334.

② 梁实秋. 读《诗底进化的还原论》[N]. 晨报副刊，1922 – 05 – 28.

③ 周作人. 诗的效用 [N]. 晨报副刊，1922 – 02 – 26.

④ 艾青. 中国新诗六十年 [J]. 中国文艺，1980（5）.

⑤ 即巴拿斯派。

代派"的形成，提供了一个不可或缺的历史环节。①

　　早期新月派诗人的诗作大多受到了浪漫主义的影响。自从郭沫若（1892—1978）的诗集《女神》在 1921 年出版以后，"女神精神"就作为一种时代精神引领着"五四"时期的诗坛。闻一多在这一时期的创作也不可避免地受到了郭沫若的影响。他对《女神》所表现的自由、反抗和革命精神非常赞赏，对郭沫若也非常崇拜。闻一多的诗歌创作还受到英国诗人济慈（John Keats，1795—1821）的影响。济慈的浪漫主义诗歌带有浓郁的唯美色彩。闻一多在这一时期创作的《红烛》，一直被看作唯美主义与浪漫主义的结合。新月派的创始人徐志摩（1897—1931）早期也受到美国诗人惠特曼（Walt Whitman，1819—1892）的影响，《志摩的诗》里像"山洪暴发"的情感正是对惠特曼的呼应。

　　自从诗体解放以来，中国诗坛一直充斥着"自由"的气氛。胡适"有什么话，说什么话；话怎么说就怎么写"的观念，使当时的诗歌出现了散文化、口语化的特征，而郭沫若笔下惠特曼式的狂飙使得诗歌不仅在形式上，更在情感上没有了节制。"五四"以后的中国新诗受惠特曼的影响，流行无节制的"狂叫"。直到将近二十年以后，戴望舒在给艾青的信中，仍然批评这种诗风："抗战以来的诗我很少有满意的。那些肤浅的、烦躁的声音、字眼，在作者也许是真诚地写出来的，然而只有真诚的态度未必是能够写出好的诗来。"②

　　闻一多也很早就觉察出了情感直接表达的弊病。他受到唯美主义的影响，认为诗歌应该理性节制，冷静观照现实生活，反对感伤。在《律诗底研究》中，闻一多表达了对浪漫主义倾向的不满："盖热烈的情感的赤裸裸之表现，每引起丑感。"③ 早在诗集《红烛》的创作过程中，浪漫主义与唯美主义就显现出了不可调和的矛盾。当闻一多对浪漫主义表现出不满时，唯美主义就成为他衡量诗歌的唯一标准。他在这一时期创作的《死水》，抛弃了《红烛》中幼稚的感伤和焦躁的情绪，代之以更宽广的胸怀和更深沉的情绪。在《死水》这首诗中，向死水中投入残羹冷炙、破铜烂铁的诗句，暗示诗人化丑为美，在绝望中求希望的理想。"一个从提示里变化出的理想比从逼真的事实

---

　　① 唐正序，陈厚诚. 20 世纪中国文学与西方现代主义思潮［M］. 成都：四川人民出版社，1992：117.

　　② 周红兴，葛荣. 艾青与戴望舒［J］. 新文学史料，1983（4）：145.

　　③ 闻一多. 诗律底研究［M］//闻一多集外集. 北京：教育科学出版社，1989：162.

里显出的总是更深入一些。"①

持唯美主义观点的新月派诗人，对感伤主义和浪漫主义持批评的态度，认为诗歌应去掉感伤的成分，反对滥情，主张理性和节制。有感于"五四"时期诗体解放和自由诗盛行所导致的诗坛混乱状况，以及受惠特曼的影响导致的感情过剩，新月诗派的诗人认为是时候该结束那个时代了。他们认为造成这种结果的原因在于，新诗受浪漫主义的影响出现散文化的形式，缺少格律，而格律可以束缚感情，避免情感泛滥。孙大雨（1905—1997）曾经批评过惠特曼的作品缺少结构：

> 惠特曼主要是对维多利亚时代英美诗坛上流行的诗情诗意以及诗人们底人生态度起了绝大的反感，因而也连带影响到他对于形式方面的风格问题和格律问题的看法：……而惠特曼的作品的艺术性就比较差。……惠特曼作品不耐多读久读，理智不够，感情过甚，缺少结构。一句话，浪漫得过了头，叫人受不了。而探本溯源，造成他艺术性差而重复单调，情感泛滥，理智微弱的重大原因，恐怕就是这形式方面的大缺陷——没有整齐的节奏，没有音组，因而毋须有任何结构。②

邓以蛰（1892—1973）认为："如果只在感情的漩涡里沉浮着、旋转着，而没有一个具体的境遇以作知觉依皈的凭借，这样的诗，结果不是无病呻吟，便是言之无物了。"③ 闻一多在《诗的格律》中说："律诗的格律与内容不发生关系，新诗的格式是根据内容的精神制造成的。""律诗的格式是别人替我们定的，新诗的格式可以由我们自己的意匠来随时构造。"④ 中国的新诗应该"带着脚镣跳舞"。中国古诗和外国诗歌都讲究诗歌的押韵，正如朱自清所说："新诗一开始就注重押韵，这押韵自然首先是现代生活和外国的影响，但'也曾在我们的泥土里滋长过'，足见写作新诗'不能完全甩开它'，这可算'新诗独独的接受了这一宗遗产'。"⑤

---

① 闻一多. 冬夜评论［M］//闻一多, 梁实秋. 冬夜草儿评论. 北京：清华文学社, 1922：115.

② 孙大雨. 诗歌的格律［M］//孙大雨诗文集. 孙近仁, 编. 石家庄：河北教育出版社, 1996：102 - 104.

③ 邓以蛰. 诗与历史［N］. 晨报·诗镌. 1926 - 04 - 08.

④ 闻一多. 诗的格律［N］. 晨报副刊诗镌, 1926 - 05 - 13.

⑤ 朱自清. 诗韵［M］//新诗杂话. 上海：作家书屋, 1949：148.

闻一多在格律诗的探索上的贡献是最大的。他将古典格律诗的艺术长处用在新诗的创作上，讲究艺术的节制，注重语言的锤炼，重音律和节奏。古诗里讲究的对仗工整和"起承转合"的结构规律，在新诗中仍很有用。一些现代诗人参照中国古典诗歌的格律建构，研究西方的十四行体诗，在这种中西诗歌相互的参照中摸索新诗的道路。

作为中国新诗有机组成部分的新格律诗派，虽然没有成为新诗的主流，但是它的存在却是与"诗界革命"和"白话文运动"有着本质的区分。前两次诗歌运动主要是在政治立场上与中国古典诗歌传统做了分割，而新格律派的产生是中国新诗自身发展的要求所决定的，它使中国新诗的发展从政治上的需要，回归到了艺术本身。与前两次诗歌的改革不同，新格律诗派没有盲目地与中国传统诗歌做割断，而是对优良的传统诗学规律进行继承和发展，这点是以往任何诗歌运动都不曾涉及的。

新格律诗的产生是为了抑制当时浪漫主义的滥情和白话诗对中国诗坛的影响。然而，新格律诗的目的并不是要给新诗套上僵硬的枷锁，诗人们的理念是为每一首诗都找到适合的形式。他们认为"格律根本就不是束缚情绪的东西，而是根据诗人内在的要求而形成的，假使诗人有自由的话，那必然就是探索适应于内在的要求的格律的自由"①。新月诗人提倡的这种创作自由是对中国古典诗学的超越和改变，它使中国新诗向现代诗歌又靠近了一步。

中国新诗从打破束缚思想的诗体结构和语言开始，到从浪漫主义直接过渡到象征主义，在短短的十几年里就完成了西方需要几百年才能完成的转变。这个过程中的缺失，基本上都是由新月诗派来补充完成的。在概括新月诗派在新诗发展中的地位时，许霆说：

> 闻一多和其他新月诗人的诗论和诗作，为我国现代主义诗潮的兴起提供了艺术积累和发展基础，成为新诗由浪漫主义到现代主义发展的一个不可或缺的重要环节和基石，而现代主义诗潮对闻一多和其他新月诗人又做出了超越，推动着新诗的进步。……新月诗人也在这种趋向中前进，包括闻一多在内的一部分新月诗人，由前期发展到后期，走的正是象征主义演变的道路。②

---

① 叶公超. 论新诗 [J]. 文学杂志, 1937 (1)：1.
② 许霆. 中国现代主义诗学论稿 [M]. 上海：上海文化出版社, 2005：41.

在法国，巴拿斯派是联系浪漫主义和象征主义的中间环节；在中国，新月派也起到了连接浪漫主义与象征主义的作用。象征诗派的许多理论都是从新月派的思考中得出的。例如，新月派追求形式，讲究不以功利为目的，不单单追求诗的内容的纯粹的形式，并着力于诗的艺术美和形式美，认为音乐美和形式美可以表达内心的微妙。戴望舒认为纯诗是不借重音乐和绘画的，诗的韵律是在情绪的抑扬顿挫而非语言的抑扬顿挫。他认为格律诗是诗意与格律的混合物，而诗应该是纯粹情绪的，诗体应该是自由的。① 其次是反对感伤主义与朦胧诗风。新月诗派反对浪漫主义的感伤，认为诗歌的情绪应该理智和节制，诗应该呈现一种"没有忧愁，也没有欢欣"的宁静淡泊的风格。戴望舒最初也写过一些浪漫感伤的作品，后来感到太直白的表达方式不适合诗的本质。他认为，一个人在诗里泄露隐秘的灵魂，正如在梦里泄露潜意识，境界只能是朦胧的。新月派虽反对感伤，但并不反对抒情，主张客观地抒情，尽量避免主观的和个人的情绪。象征派则认为诗是一种暗示和隐喻。

当然，新月诗派没有成为新诗的主流也有它的历史原因。新月派诗人追求唯美主义，而唯美主义仅仅是在 19 世纪后期的英国和法国得到了小范围发展。相对于当时欧美正在流行的象征主义，唯美主义在新诗发展过程中不属于最新的文学潮流。"五四"运动前后，胡适一直主张诗歌的进化论。他在《尝试集·自序》中说："那时影响我个人最大的，就是我平常所说的'历史的文学进化观念'。这个观念是我文学革命论的基本理论。"② 而闻一多提倡的格律无疑是反其道而行之。虽然，新月派提倡格律结束了新诗浪漫主义的高亢情绪，但格律毕竟为新诗上了"脚镣"。新月派主张对诗歌进行苦练，但过分的讲究和雕琢使得普通读者对诗歌产生了距离感。

新月诗派对戴望舒曾经发生过影响。他早期的诗歌，如《乐园鸟》《寻梦者》都是按照"情绪的抑扬顿挫"写成的，读起来也非常优美。但是戴望舒也很快感觉到了新月派的缺点。在《雨巷》取得成功之后，他开始对"音乐的成分"勇敢地反叛了。

从新诗史上新诗形式的演变看，这种反叛主要是对新月派所倡导的诗歌格律的挑战。新月派倡导诗的格律有很重要的历史地位，不应该抹煞，但当一种诗风停止成长或热过了头而变成一种习气的时候，它的局

---

① 梁仁. 戴望舒诗全编 ［M］. 杭州：浙江文艺出版社，1989：691 – 693.
② 胡适. 尝试集·自序 ［M］//胡适学术文集. 姜义华，主编. 北京：中华书局，1993：373.

限性和缺陷也就较为显著。格律诗在形式上过重的束缚，它的流弊，连徐志摩也注意到了。戴望舒的过人之处在于，他从实践上找到了代替格律诗的诗形，及时地写出了《我底记忆》那样的集散文美为特色的自由体，同时在理论上做过一些思考。后来戴望舒还进一步提出过一个观点，他认为自由诗是不乞援于通常意义的音乐的纯诗，而韵律诗则是通常意义的音乐成分和诗的成分并重的混合体。①

当新月派还在纠结于诗的艺术时，象征派已经超越了这一点，开始思考"诗本身"。

第三节　中国现代诗歌要表达的现代体验

在欧洲中世纪晚期，随着西欧封建制度的瓦解和资本主义的产生，新兴的市民阶级随之出现了。为了扩大经济实力和政治影响力，新兴的资产阶级在政治、经济、文化和科学领域试图建立新的法权观点，要求在意识形态领域打破教会的精神统治和神学世界观，主张建立和发展世俗的资产阶级新文化。意大利的文艺复兴运动便是在这一背景下产生的，其指导思想就是"人文主义"，目的是要将人从神学的束缚中拯救出来。它提倡以"人"为中心，尊重"人性"，主张人的"个性自由"。

文艺复兴运动很快传遍西欧各国，统治欧洲文明的宗教的神圣光环渐渐退去，宗教越来越世俗化，在宗教神学中更多地融入了人的因素，促进了西欧各国的个人意识的觉醒。如果当时人们对拥有个人意识还不太自觉的话，笛卡儿的命令式格言"我思故我是"（Je pense, donc je suis.）则赋予人们以勇气去追求个人意识。个人成为西方国家的基础。每个人都需要思考才能确认自己的身份，思考是成为"个人"的前提，个人在社会中始终保持着清醒的意识。

在传统社会中，由于个人意识不强烈，因而个人与社会的冲突也不激烈。但是，在现代社会中，随着个人意识的觉醒，每个人对自己的存在特别关注。每个人都认识到自己和别人不一样，但都希望自己被社会认同，被社会所接纳。但是越是对自我敏感的人，越会发现这是多么的不可能。自我的定位与

---

① 蓝棣之．现代诗的情感与形式［M］．北京：人民文学出版社，2002：257.

社会的现状之间永远存在着差距，想要认同却终究无法认同，结局就是失望、孤独、痛苦甚至绝望，这就是作为个体的现代人的体验。

个人意识在中国的觉醒，和在西方的觉醒有着相似之处。中华民国建立以后，旧的政治体制已经解体，国家百废待兴，尝试建立一种全新的政治、经济和社会秩序。在新的秩序还没完全建立起来时，每个诗人的心里都对未来的社会抱有自己的幻想，每个人都希望自己能够适应未来的社会，与社会统一。然而，"作为社会人，更多需要忘我，为统一与社会的一致性，个体性必须忍受扼杀；自我人则更多保存个体差异性，他既表现出社会公众的一致性特征，也不可避免地表现出个人对社会公众倾向的歧义或逆反。这在一个人身上就构成社会人与自我人的矛盾。"① 现实社会总是不尽如人意，让人无法融入，这反而刺激了自我意识的不断强化。

自 19 世纪末以来，西方哲学思想大量涌入中国。其中既有文艺复兴以来形成的理性主义和人道主义，还有各种揭示人与社会的矛盾的西方现代哲学。在"五四"运动的过程中，西方现代哲学为其增添了浓厚的现代主义成分。不少学者都注意到了新思潮与新文学之间互为因果的关系。沈雁冰指出："中国自有文化运动，遂发生了新思潮新文学两个词，现在差不多妇孺皆知了。新思潮和新文学有多少的关系，自然也是人人都知道——新文学要拿新思潮做源泉，新思潮要接新文学做宣传。"② 正是由于西方哲学对当代文人和文化的影响，中国文学才实现了从古典到现代的转变。"相对而言，五四文学革命的文学观念是以人为本，其思想基础正如周作人所言是个人本位的人道主义。人的觉醒与人的解放是这个时代最强大的文化口号，以现代的语言表现现代人的思想与生活，严肃认真地探索人生问题，抒发觉醒后的个人的自然情感，肯定人的基于生理需求的正当欲望，是这个时期文学创作的原动力。"③

中国的传统诗学是崇尚感性的诗学，参禅和顿悟是作诗的心理机制，所以传统诗歌多是有感而发，诗情也随之油然而生，处处体现着"情动于中而行于言"的作诗原则。从内容来看，传统诗歌受道家思想的影响，整体呈现出人与自然的和谐，处处透露出"无我"的境界：作者将自己完全融入自然之中，采取"以物观物"的方式，让自己的情绪和思想随自然万物涌动，自

① 吴忠诚. 现代派诗歌精神与方法 [M]. 北京：东方出版社，1999：28.

② 沈雁冰. 为新闻学研究者进一解 [J]. 改造，1920（3）：1.

③ 谭桂林. "二十世纪中国文学"概念性质与意义质疑 [J]. 海南师范学院学报，1999（1）：3.

由兴发。而上世纪二三十年代的中国现代派诗人，经历过社会改制、大革命的失败，在起起伏伏的革命运动中，诗人们感受到了世事的无常，也变得更加敏感迷惘。他们从"家事、国事、天下事，事事关心"转为只关心自己的内心世界。在他们的诗中，体现着"现代诗人的现代情绪"。蓝棣之指出：

> 《现代》杂志的编者说，《现代》中的诗是"纯然的现代诗"，"它们是现代人在现代生活中所感受的现代情绪"。综观现代派诗，这里所谓"现代人"，实际上是一批受到西方意识形态和象征主义文学影响的青年知识分子，他们生活在大城市，多数在大学读书，不过问政治，远离人民。按其所处的地位和思想，他们属于上层小资产阶级知识分子。所谓"现代生活"，实际上是半封建半殖民地社会条件下，畸形变态的大都市生活。所谓"现代情绪"，也大多是一些感伤、抑郁、迷乱、哀怨、神经过敏、纤细柔弱的情绪，甚至还带有幻灭和虚无。①

20世纪二三十年代，中国诗人的作品中充满着浓郁的忧郁色彩。戴望舒的《雨巷》是这一风格的代表，丁香姑娘作为一种美的幻象，出现又消失，表达了诗人青春理想幻灭的感伤忧郁的情绪。"但在悒郁的时候，我是沉默的，悒郁着，用我二十四岁的整个的心。"（《我的素描》）诗人是如此的感伤，以至于有了"病的心"，"我是青春和衰老的集合体，我有健康的身体和病的心"。那个时代大多数的诗人都有着深深的忧郁和感伤。带着浓浓的忧郁的爱情常常带着颓废的色彩，戴望舒将之称为"绛色的沉哀"（《林下的小语》）。爱情对诗人来说也常常是不如意的，充满了哀怨和悲叹，常常是"你想微笑，而我却想啜泣"（《夜》）。何其芳认为爱情是一滴"苦泪"（《慨叹》），充满着"悲哀"和"忧郁"（《赠人》）。此外，金克木（1912—2000）的《忏情诗》、陈江帆（1910—1970）的《恋女》等都带有忧伤颓废的情绪。现代诗人的感伤忧郁的审美情调，除了时代的原因外，中国晚唐诗风的影响也在现代诗风里得到了延伸。李商隐"沧海月明珠有泪，蓝田日暖玉生烟"那种独立于生活之外的朦胧和柔婉常常出现在戴望舒的诗歌中。此外，戴望舒和杜衡（1907—1964）曾经翻译过英国诗人道生（Ernest Dowson，1867—1900）的诗歌全集，后者的颓废情绪也对戴望舒有所影响。

孤独也是那个时代大多数的诗人的感受。大革命的失败让人看不到社会

---

① 蓝棣之. 现代派诗选［M］. 北京：人民文学出版社，1987：22.

的希望，在起伏不定的运动中，个人发展也没什么前途，人除了悲哀和绝望似乎什么都没有，敏感的诗人唯有逃遁到自己的内心世界才能得到一些安慰。传统诗人多是因为孤独而显得孤傲，他们可以遁入山林与自然为伴，颐养身心；而现代派诗人则是因为孤独而显得颓废，他们可以逃到哪里去呢？他们的寂寞只能在诗里抒发。戴望舒称"我是一个寂寞的夜行人"（《单恋者》），"日子过去，寂寞永存"（《寂寞》）。金克木对孤独有着独特的见解："我在热闹场中更感到孤独，在无人处却并不寂寞"（《肖像》）；卞之琳用冷峻的笔调写出了他"小处敏感，大处茫然"① 的心态："古镇有两种声音，／一样的寂寥：／白天是算命锣，／夜里是梆子"（《古镇的梦》）；"小时候他常常羡慕／墓草做蝈蝈的家园；／如今他死了三小时，／夜明表还不曾休止"（《寂寞》）。《断章》是卞之琳技巧性很高的作品，它充满了哲思，突出了人与人、人与社会、人和时代之间的隔膜，给人以谜一般的感受，加深了人的迷惘感。卞之琳在另一首诗《妆台》中写道："装饰的意义在于失去自己"，"我完成我以完成你"，作者突出了自我，使自我的价值在诗句中得到了体现。

在西方的诗作中，也不乏展示孤独和迷惘的作品，如法国诗人波德莱尔、耶麦（Francis Jammes，1868—1938）、保尔·福尔等。他们虽然苦闷孤独，却并不迷惘。在他们的诗作中，除了这两个因素外，还有很强烈的反抗情绪。他们的目的不是要在孤独中沉沦，而是要在孤独中崛起，带有积极的意义。而中国现代派诗人的作品似乎受晚唐诗风的影响更重，消极的成分更多，如戴望舒所感觉到的颓唐和幻灭感："我颓唐地挨度这迟迟的朝夕，／我是个疲倦的人儿，我等待着安息。"（Spleen）颓唐和幻灭感是漂泊在城市里无所依靠的大多数诗人的心态。他们特别敏感，所以也特别容易迷失自我。何其芳感叹说："夜色和黑暗的思想使我感到自己的迷失。我现在到底在哪儿？"（《十里街》）孙玉石评价现代派诗"缺乏时代使命感，与人民大众生活和情感的距离太远了"，认为"这种颓唐与伤感也是必然的"②。

---

① 卞之琳在《雕虫纪历》自序中说："方向不明，小处敏感，大处茫然，面对历史事件、时代风云，我总不知要如何表达或如何表达自己的悲喜反应。这时期写诗，总象是身在幽谷，虽然心在巅峰。"

② 孙玉石. 中国现代诗歌艺术［M］. 北京：北京大学出版社，2010：209.

第二章
波德莱尔与象征主义的发生和发展

作为一种文学潮流，象征主义早在 19 世纪中期就出现了。1857 年，法国诗人波德莱尔的诗集《恶之花》（*Les fleurs du mal*）在巴黎出版，引起了强烈的社会反响。与此前的一切诗歌相比，这部作品显得怪异、新颖而富有魅力。大诗人雨果（Victor Hugo，1802—1885）称赞波德莱尔"创造出了新的战栗"（nouveau frisson）[①]。波德莱尔本人也被视为影响广泛而深远的象征主义文学运动的开创者和现代主义文学的宗师。20 世纪最伟大的法国诗人之一保尔·瓦雷里[②]（Paul Valéry，1898—1969）在一篇演讲中称颂道："波德莱尔的最大光荣，……无疑就是他产生了几位十分伟大的诗人。魏尔伦、马拉美、兰波等，如果在未有决定性的年龄读了《恶之华》，那么他们也许不会有这样的成就。"[③] 1886 年 9 月 18 日，诗人让·莫雷亚斯（Jean Moréas，1856—1910）在巴黎《费加罗报》上发表了《象征主义宣言》（*Le manifeste du symbolisme*），正式提出了"象征主义"这个概念。

从此，象征主义就作为一种自觉的文学运动风靡了整个法国诗坛，而魏尔伦（Paul Verlaine，1844—1896）、兰波（Arthur Rimbaud，1854—1891）、马拉美（Stéphane Mallarmé，1842—1898）三人则成为这一运动的代表人物。

---

①　波德莱尔的《七个老头子》和《小老太婆》都是题献给当时执法国诗坛牛耳的雨果的。它们一同发表于 1859 年 9 月 15 日的《现代评论》后，波德莱尔将杂志寄赠给雨果。后者在 10 月 6 日的回信中写道："你写《七个老头子》和《小老太婆》这种感人的诗篇干什么呢？你把这些诗篇献给我，不胜感激，你在进步，你在前进。你给艺术的天空带来说不出的阴森可怕的光线。你创造出新的战栗。"

②　在中文里，对其姓氏的翻译还有使用者较多的"瓦莱里"和使用者较少的"梵乐希"。我们行文在统一写作"瓦雷里"，但在引文和脚注中保留其他译法，以存其真。

③　［法］保尔·瓦雷里. 波德莱尔的位置［M］//戴望舒译诗集. 施蛰存，编. 长沙：湖南人民出版社，1983：117－118.

第一节 波德莱尔与现代审美观念的确立

在波德莱尔开始诗歌创作的年代，法国虽然已经出现了拉马丁、雨果等浪漫主义大诗人，但浪漫主义已呈衰相，其末流的弊端已经很明显，引起了矫枉过正的巴拿斯运动。

十九世纪中期法国诗坛上曾经发生过一次很大的争执，就是"帕尔纳斯"派对于浪漫主义的反动。在浪漫派看，诗本是抒情的，而情感全是切己的，诗人就要把自己的悲欢怨爱赤裸裸地写出来，就算尽了职责，"帕尔纳斯"派诗人嫌这种主观的描写大偏于唯我主义，不免使诗变成个人怪癖的表现。他们要换过花样来，采取所谓"不动情感主义"，专站在客观的地位描写恬静幽美的意象，使诗变成和雕刻一样冷静明晰（在散文方面这个反动就是写实主义）。①

尽管对浪漫主义和巴拿斯派②的一些诗人都很敬重，波德莱尔并没有把自己简单地归入任何一派之中。"在巴尔扎克和福楼拜之后，他专注于自己在浪漫主义最深层次的创造活动。他将使其承受最激烈的现代性之冲击，引领一个文学传统趋于完成状态。如是，这位超自然主义者（surnaturaliste）使浪漫主义成为未来文学运动——比如象征主义——的传递者，并透过其他渠道引向了超现实主义。"③

波德莱尔努力寻求自己的诗歌道路。他虽然被公认为象征主义文学的开创者和最伟大的象征主义诗人，他本人却从来没有把自己归到"象征主义"这一文学标签之下。

---

① 朱光潜．诗的主观与客观．朱光潜全集（第3卷）［M］．合肥：安徽教育出版社，1997：366－367.

② 巴拿斯派（Parnasse）又被译为"高蹈派"，是介于浪漫主义和象征主义之间的法国诗歌流派，代表人物有里尔、普鲁东、马拉美、法朗索瓦·科佩等。巴拿斯是希腊神话中诗神缪斯居住处的小山。巴拿斯派得名于该派诗人的杂志《当代巴拿斯》（*Le Parnasse contemporain*，1866—1876）。

③ Madeleine Ambrière（dir.）. Précis de littérature française du XIXᵉ siècle［M］. Paris：PUF，1990：503－504.

这是一位真正兼容并蓄、而又敢于标新立异的"奇才"。他推崇浪漫主义大师雨果，赞颂现实主义巨匠巴尔扎克，也尊敬唯美主义的才子戈蒂耶，他还把神秘的"美国乌鸦"爱伦·坡引进了法国……但是，你又能把他归于谁家的门下呢？不，他不属于哪一支队伍，他孤傲地趟着自己的路；而尊奉他为先驱的许多后来者，亦分属不同的行列。从一定意义上说，波特莱尔①是前无古人、后无来者的。②

法国学者菲利普·梵·第根（Philippe Van Tieghem，1871—1948）指出：波德莱尔处于几个文学思潮的交叉路口上——蔚为大观的浪漫主义、独树一帜的巴拿斯派和草创阶段的象征主义。"人们可以在他的作品中发现带有这些流派基本特点的诗歌。但是，作为理论家，波德莱尔具有极为个性化的立场。他的诗歌观念是诗人最内在感受的回声，他也直截了当地否定了浪漫主义、巴拿斯派，以及现实主义最有特点的那些方面。"③

波德莱尔本人很清楚地知道：在他生活的时代，"伟大的传统业已消失，而新的传统尚未形成"④。那么，这"伟大的传统"是什么呢？波德莱尔说："无非是古代生活的诗人感到习以为常的理想化。那是一种坚强而好战的生活，人人都处于自卫状态，因而产生了严峻的行动的习惯，养成了庄严或暴烈的举止。此外再加上反映在个人生活中的公共生活的排场。古代生活代表着许多东西，它首先是为了悦目而存在的，这种日常的异教作风对艺术大为有利。"⑤

从古希腊以来，在西方文学艺术中都把真善美视为密切联系、不可分割的整体，美的必然是真的，也是善的，而文艺是引人认识永恒真善美的手段。欧洲17世纪古典主义文学和18世纪古典主义艺术都将古希腊人的文学艺术原则变成普遍化的金科玉律，导致了虚假做作的新古典泛滥，文学艺术家也因此而忽视现实生活，去古代神话传说中寻找灵感和题材。

在19世纪中期，西方社会出现了文学艺术家不能忽视的两个新因素：一

---

① 即波德莱尔。

② 黄晋凯，张秉真，杨恒达. 象征主义·意象派［M］. 北京：中国人民大学出版社，1989：2.

③ Philippe Van Tieghem. Les grandes doctrines littéraires de France, 2ᵉ édition［M］. Paris：PUF, 1993：243.

④ ［法］波德莱尔. 一八四六年的沙龙［M］//波德莱尔美学论文选. 郭宏安，译. 北京：人民文学出版社，1987：299.

⑤ ［法］波德莱尔. 一八四六年的沙龙［M］//波德莱尔美学论文选. 郭宏安，译. 北京：人民文学出版社，1987：300.

是由于工业革命与科技发展而造成了生活的巨大变化，一是由于全球贸易促进了文化交流，来自东方国家的文学艺术（如埃及的法老时代工艺品、中国的文学作品和工艺品、日本的绘画等）进入了西方人的视野。这些因素对习惯了古典主义观念的读者和欣赏者提出了挑战。

首先是如何面对来自于非西方国家的艺术品。"这个问题是：一位现代的温克尔曼①（我们有的是，各国都有的是，懒汉们爱之若狂）将做些什么、说些什么？面对一件中国作品，他会说什么呢？那作品奇特，古怪，外观变形，色彩强烈，有时又轻淡得近乎消失。"没有人能够否认它是"普遍美的一个样品"，但是，现成的文艺理论却无法来解释它美在何处。因此，波德莱尔认为必须打破理论桎梏："为了理解它，批评家、观众必须在自己身上进行一种近乎神秘的变化，必须通过一种作用于想象力的意志的现象，自己学会进入使这种奇异得以繁盛的环境中去。"这种艺术观念上的自我破茧很不容易，但也不是不可能："很少有人全面地具有这种非凡的世界性的恩惠，但是，人人都可以不同程度地获得它。这方面最有天赋的是那些孤独的旅行者，他们多年生活在密林深处，无垠的草原腹地，除了枪之外没有别的伙伴，他们沉思冥想，仔细分析，写作。"这些孤独的旅行者之所以能够形成开放的艺术判断和审美趣味，原因在于"没有任何学校的帷挽、大学的奇谈怪论、教育的乌托邦横亘在他们和复杂的真理之间。他们深知形式和功能之间的奇妙、永恒、不可避免的关系。这些人并不批评，他们凝视，他们探索。"②

相形之下，言必称希腊的理论家的表现是非常可笑的：

> 我再说一遍，这位才子面对异常现象会说些什么，写些什么？他是一位亨利·海涅所说的宣过誓的现代的美学教授，如果他朝拜神祇更勤一些，他会成为一个天才吗？这位发了疯的美学空谈家大概会胡说八道，他关在他那体系的令人眼花缭乱的堡垒里，咒骂生活和自然，他那希腊的、意大利或巴黎的狂热将促使他禁止这异常的民族用不同于他自己的方法去享受、梦幻或思想，而他自己的方法却是满纸涂鸦的学问，混杂的趣味，比野蛮人还要野蛮，他忘记了天空的颜色，植物的形状，动物

---

① 即 Johann Joachim Winckelmann（1717—1768），德国启蒙运动的代表人物之一。他认为古典艺术的理想是"高贵的单纯，静穆的伟大"。其观点发生了广泛影响。

② ［法］波德莱尔. 论一八五五年世界博览会美术部分［M］//波德莱尔美学论文选. 郭宏安，译. 北京：人民文学出版社，1987：359.

的动作和气味，他的手指痉挛，被笔弄成瘫痪，再也不能灵活地奔跑在应和的广阔键盘上了！①

波德莱尔说自己也曾经想在理论体系中一劳永逸地解决审美问题，但是却遭遇到一次次失败，这促使他放弃了这个念头，才真正得到了心理的释放：

> 我像我的朋友们一样，也不止一次地想把自己封闭在一个体系之内，以便舒舒服服地进行鼓吹。但是，一种体系就是一种可以入地狱的罪过，促使我们发誓永远弃绝，因此总需要不断地创造出另一种体系，这种疲劳是一种残忍的惩罚。并且我总觉得自己的体系是美的，巨大，开阔，便利，尤其是它既干净又光滑，至少我自己这样觉得。但是，又总有一件出自普遍活力的自发而意外的作品来否定我那幼稚然而陈旧的学问，这乌托邦的可悲的女儿。我也曾变换或扩大标准，却终属徒劳，它总是落后于普遍的人，不断地尾追着形式众多、五光十色、在生活的无限螺旋中运动的美。我总是不断地经受改换门庭的屈辱，我终于痛下决心。为了避免哲学上的背弃所造成的恐惧，我骄傲地自甘谦逊：我满足于感觉，我又返身到完美的天真中求一栖身之处。我向各式各样的学院派请求原谅，他们现正住在我们的艺术生产的各种作坊之中。我的哲学良心是在天真之中得到平静的，我至少可以说，像一个人可以为他的美德担保一样，我的思想现在具有更多的公正。②

对古典文艺信条的最大冲击来自迥异于传统社会的现代生活，它完全不符合古典文艺理论的审美要求。"法国人的这种对古典主义的愚蠢的新迷恋有长久持续下去的危险，幸亏不时地有反抗的有力征候表现出来。"③

早在评论浪漫主义绘画之时，波德莱尔就认为"每个时代和每个民族都拥有自己的美和道德的表现"，并且"把浪漫主义理解为美的最新近、最现

① ［法］波德莱尔. 论一八五五年世界博览会美术部分［M］//波德莱尔美学论文选. 郭宏安，译. 北京：人民文学出版社，1987：360.
② ［法］波德莱尔. 论一八五五年世界博览会美术部分［M］//波德莱尔美学论文选. 郭宏安，译. 北京：人民文学出版社，1987：361.
③ ［法］波德莱尔. 对几位同代人的思考［M］//波德莱尔美学论文选. 郭宏安，译. 北京：人民文学出版社，1987：137.

代的表现"①。因此，现代生活中必然有我们的时代所特有的美："寻找哪些东西可以成为现代生活的史诗方面以及举例证明我们的时代在崇高主题的丰富方面并不逊于古代之前，人们可以肯定，既然各个时代、各个民族都有各自的美，我们也不可避免地有我们的美。这是正常的。"② 同时，波德莱尔也断然否认文艺家们讴歌的绝对的、永恒的美之存在，认为美的事物必然包含着永恒与过渡的双重性："同任何可能的现象一样，任何美都包含某种永恒的东西和某种过渡的东西，即绝对的东西和特殊的东西。绝对的、永恒的美不存在，或者说它是各种美的普遍的、外表上经过抽象的精华。每一种美的特殊成分来自激情，而由于我们有我们特殊的激情，所以我们有我们的美。"③ 几年之后，他对这个问题有了更明确的看法："构成美的一种成分是永恒的，不变的，其多少极难加以确定，另一种成分是相对的、暂时的，可以说它是时代、风尚、道德、情欲，或是其中一种，或是兼容并蓄。它像是神糕有趣的、迷人的、开胃的表皮，没有它，第一种成分将是不能消化和不能品评的，将不能为人性所接受和吸收。"④

法国学者菲利普·梵·第根指出："事实上，在美的永恒性与过渡性这两个方面，波德莱尔独独强调的是第二方面。或许，《恶之花》里著名的第十七首诗所描绘的美——福楼拜对此感受非常强烈——可能表达了波德莱尔对美的永恒性的体会。然而，带着更多的热情和细致，他专注于美的现代方面！这不仅表现在他对康斯坦丁·盖伊绘画的高谈阔论中，而且表现在他所处的每一个场合里。"⑤ 中国学者郭宏安也认为："波德莱尔真正的兴趣在于特殊美，即随着时代风尚而变化的美，既包括着形式也包括着内容。这样，他就断然抛弃了那种认为只有古代古人的生活才是美的观念，而为现实生活充当艺术作品的内容进行了有力的鼓吹。"⑥

---

① ［法］波德莱尔. 一九四六年的沙龙［M］//波德莱尔美学论文选. 郭宏安，译. 北京：人民文学出版社，1987：217.

② ［法］波德莱尔. 一九四六年的沙龙［M］//波德莱尔美学论文选. 郭宏安，译. 北京：人民文学出版社，1987：300.

③ ［法］波德莱尔. 一九四六年的沙龙［M］//波德莱尔美学论文选. 郭宏安，译. 北京：人民文学出版社，1987：300.

④ ［法］波德莱尔. 现代生活的画家［M］//波德莱尔美学论文选. 郭宏安，译. 北京：人民文学出版社，1987：475.

⑤ Philippe Van Tieghem. Les grandes doctrines littéraires de France, 2ᵉ édition［M］. Paris：PUF，1993：243.

⑥ 郭宏安. 译本序［M］//波德莱尔. 波德莱尔美学论文选. 郭宏安，译. 北京：人民文学出版社，1987：15.

针对古典主义画家一定要让笔下人物穿上古希腊式服装才以为美，波德莱尔认为现代服装一样有美的效果，而且是自然的美：

> 然而，这种多少次被当作牺牲的衣服难道不具有一种土生土长的美和魅力吗？难道这不是我们这个痛苦的、在黑而瘦的肩上扛着永恒的丧事的时代所必需的一种服装吗？请注意，黑衣和燕尾服不仅具有政治美，这是普遍平等的表现，而且还具有诗美，这是公众的灵魂的表现；这是一长列殓尸人，政治殓尸人，爱情殓尸人，资产阶级殓尸人。我们都在举行某种葬礼。①

波德莱尔认为在"公共的、官方的题材，满足于我们的胜利和我们的政治英雄气概"——甚至接受政府订单的艺术家们都对之厌恶——之外，"还有些个人的题材，具有另一种英雄气概"。他举例说：

> 上流社会的生活，成千上万飘忽不定的人——罪犯和妓女——在一座大城市的地下往来穿梭，蔚为壮观，《判决公报》和《箴言报》向我们证明，我们只要睁开眼睛，就能看到我们的英雄气概。
>
> 一位部长，被反对派的放肆的好奇纠缠不休，他以他特有的傲慢而威严的雄辩一劳永逸地现出他对所有无知而爱找麻烦的反对派的轻蔑和厌恶；你们晚上可以在意大利人街听到这样的话："今天你去议会了吗？你见到部长了吗？他妈的！他真美！我从未见过这样骄傲的人！"②

从这些现代生活中的场景和人们的自然感受出发，波德莱尔认定："你们脱口而出的这些话说明你们相信有一种新的、特殊的美，它既不是阿喀琉斯的美，也不是阿伽门农的美。"他对于人们忽视在现代生活中发现美感到非常遗憾："巴黎的生活在富有诗意和令人惊奇的题材方面是很丰富的。奇妙的事物像空气一样包围着我们，滋润着我们，但是我们看不见。"③

---

① ［法］波德莱尔. 一八四六年的沙龙［M］//波德莱尔美学论文选. 郭宏安，译. 北京：人民文学出版社，1987：301.

② ［法］波德莱尔. 一八四六年的沙龙［M］//波德莱尔美学论文选. 郭宏安，译. 北京：人民文学出版社，1987：302.

③ ［法］波德莱尔. 一八四六年的沙龙［M］//波德莱尔美学论文选. 郭宏安，译. 北京：人民文学出版社，1987：303.

现代生活不符合古典美的理想，追求利益的都市人没有古希腊人那样崇高，政治家举止也不像古代人那样优雅，现代服装也没有古代那么飘逸，快节奏的现代生活也没有古代那样的宁静安详，但是在这一切现象中都存在着美，存在着诗意，需要发现美并将其表现出来。因此，波德莱尔向《人间喜剧》的作者巴尔扎克表达了他的崇高敬意："啊，伏脱冷、拉斯蒂涅、皮罗多①，《伊利亚特》中的英雄们只到你们的脚脖子；而您，丰塔那莱斯②，您不敢向公众讲诉您那些隐藏在我们大家都穿着的阴郁、紧紧箍在身上的燕尾服下面的痛苦；而您哪，奥诺雷·德·巴尔扎克啊，您是您从胸中掏出来的人物中最具英雄气概、最奇特、最浪漫、最有诗意的人物！"③

在表面上平淡、琐屑的日常生活中，抽离出"像空气一样包围着我们，滋润着我们"的"奇妙事物"④，这是波德莱尔为现代文学艺术制定的使命和责任。像真正的画家一样，真正的诗人应该善于"寻找哪些东西可以成为现代生活的史诗方面"⑤。所以，"一切真正的诗人都应该是其时代的化身，应该把传递给他的人类思想的富有旋律的颤动表现在诗行中。他不仅应该脚踩此地，而且不能眼望别处。他要捕捉他的时代灵魂里最特别的东西"⑥。

波德莱尔冲破了"真善美"三位一体的古典主义文艺法则，为象征主义及后来的现代主义宣泄个人忧郁之情和表现社会的"病态之花"开辟了道路。他把诗歌从浪漫主义讴歌的大自然拉回到诗人们身居其中的大都市，以其独有的洞察力深入歌咏畸形变态的巴黎生活，为诗歌创作拓开了一个新的领域，吸引了几代诗人步其后尘。

雅克·马利坦对艺术和诗中的创造性直觉的深入细致分析，很好地解释了波德莱尔以丑入诗的深刻意义。他提出了"超然美"的概念，以便我们摆脱感官和知觉对审美活动的束缚。由于感觉和知觉在面对事物时会产生愉悦或厌恶的反应，人就因此很自然地把事物分为美与丑两类。这有点像老子批

---

① 这些是巴尔扎克小说中的三个人物。

② 轮船的发明者，因其发明被窃而破产。

③ ［法］波德莱尔. 一八四六年的沙龙［M］//波德莱尔美学论文选. 郭宏安，译. 北京：人民文学出版社，1987：303.

④ ［法］波德莱尔. 一八四六年的沙龙［M］//波德莱尔美学论文选. 郭宏安，译. 北京：人民文学出版社，1987：303.

⑤ ［法］波德莱尔. 一八四六年的沙龙［M］//波德莱尔美学论文选. 郭宏安，译. 北京：人民文学出版社，1987：300.

⑥ Philippe Van Tieghem. Les grandes doctrines littéraires de France, 2e édition［M］. Paris：PUF，1993：245.

评的那样："天下皆知美之为美，斯恶已。"（《道德经》第二章）

　　因为一开始审美，我们就得涉及美的领域。在这一领域中，感官和知觉起着基本的作用，结果，并不是一切事物都美。感官的存在，依赖于我们肉体的结构，它是固有地包容在审美的概念中的。我要说它对人并不都美，但对人的思想最自然的比例来说是美的——是对超然美的特定的限定：超然并不简单地面对智性，但智性与感觉以一种单一的动作一道行动，可以说，是超然美面对着充满智力的感觉，或是智力活动参与感知。结果，在审美领域，说得更精确些，就渗透着智力的感觉的要求而言，或就适合或不适合人类的感觉而言，事物区分为美与丑。就人而言，或就渗透着智力的感觉面言，事物区分为这两大类。①

马利坦认为，对于纯粹的精神和上帝来说，感觉已经被超越了，对事物和现象做出美与丑的区分是没有意义的，因而一切事物都是美的：

　　因为纯粹的精神只以一种智性的方式，而非感觉的方式看待一切。丑是什么，是被人睹见后的不快。何处无感觉，何处就不存在丑的种类。存在着在某方面丧失适当的比例、光彩或完整的事物，但在这些事物中，存在仍是丰富的，它在真正的程度上不断地愉悦视觉。对纯粹的智性来说，正如毕达哥拉斯所认识到的那样，一切事物都是一种时间——空间的数字。纯粹的智性正是在数字、尺度、时空的位置、物理能置和物理性能这样的词语中知悉物质的事物的。明白了这一点，那么自然中一切都是美的，不存在丑。在上帝的眼中，万事万物多多少少都是美的，而丑则不存在。②

　　模仿自然并不是艺术的使命，它应该模仿的是纯粹精神，使我们因为艺术而超越美丑。这并不是人们常说的"化腐朽为神奇"，而是使我们的审美活动上升到超然美的高度。"艺术力图以它自己的方式去模仿纯粹的精神而有的状态：它从丑的事物和怪诞中吸取美，它试图通过吸收范围更广的美的

---

　　① ［法］雅克・马利坦. 艺术与诗中的创造性直觉［M］. 刘有元，罗选民，译. 北京：三联书店，1991：137－138.
　　② ［法］雅克・马利坦. 艺术与诗中的创造性直觉［M］. 刘有元，罗选民，译. 北京：三联书店，1991：138.

种类中的丑以克服美丑之间的区分，并通过转移而使我们超越（审美的）美丑。换言之，艺术为克服审美和超然美之间的区别而斗争，为吸取超然美中的审美而斗争。"①

如果美是超然的，它又如何被人感知呢？马利坦说："美为了在事物中存在，它在人类的智性中被预先地感知和养育。然后，面对着出自人之手的作品，智性通过感觉的直觉，以对经验最适合的状态发现了既是关于感觉的，又是关于智力的欢娱——根据普桑的看法，这种欢娱就是艺术的目的；智性对人类艺术品越是熟悉，它对美的这种超然而又类似的特性也就越明了。"②

美是超然的，因而是永恒的，超越时空的，不因为个别的事物的消亡而消亡。超然的美既然要被一代代不同文化区的人们所感知，它必然是开放性地呈现在人们面前，体现为多姿多彩的事物与作品。"正是通过这种本质的类似，艺术才不断地在努力发现新的美的类似物，而戈雅的油画才完整、和谐和具有光彩——虽说它完全有别于中国的绘画或伦勃朗的绘画。也正是通过美的、甚至审美的这种超然性，所有伟大的诗作才以种种方式在我们心中唤起神秘的同一之感而把我们引向存在之源。"③ 值得注意的是，梁宗岱与马利坦几乎同时探讨了超越感觉和知觉对事物的美丑划分，与宇宙精神契合，才会达到物我交融，超越美丑的境界：

> 正如我们官能底任务不单在于教我们趋避利害以维护我们底肉体，而尤其在于与一个声、色、光、香底世界接触以娱悦、梳洗和滋养我们底灵魂：同样，外界底事物和我们相见亦有两副面孔。当我们运用理性或意志去分析或挥使它们的时候，它们只是无数不相联属的无精彩无生气的物品。可是当我们放弃了理性与意志底权威，把我们完全委托给事物底本性，让我们底想象灌入物体，让宇宙大气透过我们心灵，因而构成一个深切的同情交流，物我之间同跳着一个脉搏，同击着一个节奏的时候，站在我们面前的已经不是一粒细沙，一朵野花或一片碎瓦，而是一颗自由活泼的灵魂与我们底灵魂偶然的相遇：两个相同的命运，在那

---

① ［法］雅克·马利坦. 艺术与诗中的创造性直觉［M］. 刘有元，罗选民，译. 北京：三联书店，1991：138 – 139.

② ［法］雅克·马利坦. 艺术与诗中的创造性直觉［M］. 刘有元，罗选民，译. 北京：三联书店，1991：139.

③ ［法］雅克·马利坦. 艺术与诗中的创造性直觉［M］. 刘有元，罗选民，译. 北京：三联书店，1991：139.

一刹那间，互相点头，默契和微笑。①

　　推理到这一步，马利坦自然地否定了在世界上寻求"完美"的做法。"因为，各方面皆完美的事物——世界上'完全完美'的事物——既是完全的终止，又无任何不足，从而它对于欲望什么也没有留下。同时它还缺乏波德莱尔所说的那种期待和'被浇灌的忧郁'，而这些东西对于下文的美却是必不可少的。"他甚至宣称："没有什么东西比某种神圣的缺乏更宝贵。"② 因为这种缺乏引导我们去认识超越美，从而使生命升华到神性的层次。马利坦令人信服地证明了波德莱尔在《再论埃德加·爱伦·坡》中所说的充满了悖论却发人深省的话："正是由于诗，同时也通过诗，由于同时也通过音乐，灵魂窥见了坟墓后面的光辉；一首美妙的诗使人热泪盈眶，这眼泪并非极度快乐的证据，而是表明了一种发怒的忧郁，一种精神的请求，一种在不完美之中流徙的天性，它想立即在地上获得被揭示出来的天堂。"③

　　梁宗岱对象征主义的理解和对《恶之花》的解读也是深谙其中三昧，对我们仍然具有启发作用。他说：

　　　　从题材上说，再没有比波特莱尔底《恶之花》里大部分的诗那么平凡，那么偶然，那么易朽，有时并且——我怎么说好？——那么丑恶和猥亵的。可是其中几乎没有一首不同时达到一种最内在的亲切与不朽的伟大。无论是伛偻残废的老妪，鲜血淋漓的凶手，两个卖淫少女互相抚爱底亲昵与淫荡，溃烂臭秽的死尸和死尸上面喧哄着的蝇蚋与汹涌着的虫蛆，一透过他底洪亮凄惶的声音，无不立刻辐射出一道强烈、阴森、庄严、凄美或澄净的光芒，在我们灵魂里散布一阵"新的战栗"——在那一战栗里，我们几乎等于重走但丁底全部《神曲》底历程，从地狱历净土以达天堂。因为在波特莱尔底每首诗后面，我们所发见的已经不是偶然或刹那的灵境，而是整个破裂的受苦的灵魂带着它底对于永恒的迫切呼唤，并且正凭借着这呼唤底结晶而飞升到那万籁皆天乐，呼吸皆清和的创造底宇宙：在那里，臭腐化为神奇了；卑微变为崇高了；矛盾的，

---

　　① 梁宗岱. 象征主义［M］//梁宗岱文集：第 2 卷. 北京：中央编译出版社，2003：77.

　　② ［法］雅克·马利坦. 艺术与诗中的创造性直觉［M］. 刘有元，罗选民，译. 北京：三联书店，1991：140.

　　③ ［法］波德莱尔. 波德莱尔美学论文选［M］. 郭宏安，译. 北京：人民文学出版社，1987：206.

一致了；枯涩的，调协了；不美满的，完成了；不可言喻的，实行了。①

传统的文学观念认为文学艺术的使命是表现美，使人认识美。也就是说，美是文学艺术的对象。马利坦对此也提出了他的看法。他认为科学和艺术都有对象，"但诗却没有对象。这就是为何在诗中，精神的创造性是自由的创造性。"② 他解释说："就诗而言，没有什么东西要朝向精神的创造性，以便被指定和被形成，就这种创造性而言，没有什么东西最初地起着指定的作用成形成性的决定作用。因而，没有什么可能指挥或控制它。"③

虽然诗没有对象，"但只要智性的自由的创造性一开始发生作用，它就不得不通过一种含蓄的必然性朝向那个目的。在这一朝向中，智性有它最终的狂喜。换言之，它造就了智性的快感或愉悦"④。按照这个逻辑，马利坦认为就连美也不是诗的对象，而是诗的超然关联物：

> 这样美不是诗的对象，它是——我正在这儿探寻一个恰当的词，我要说美是——诗的超然的关联物（correlative）。美纵然是无限的（就如存在之于科学），但却不成其为一个对象；美不指定诗，诗也不从属于美。但对诗来说，美是它的必要的关联物。它像诗的天生的气候和它自然地吸入的空气，又像朝着目标跑的赛跑者的生命和存在——一个超越目的的目的。因为诗没有目标，没是指定的目的。但它却有超越的目的。美是诗的必要的关联物和超越任何目的的目的。⑤

关于"超越任何目的的目的"，马利坦做了这样的阐释：

> 诗不从属于美；因而我要说诗在词语上与美相互平等或同一：它们互相爱慕，既无任何从属性，又无任何明确的目的。诗倾向于美，不是

---

① 梁宗岱. 象征主义 [M] //梁宗岱文集：第2卷. 北京：中央编译出版社，2003：79.
② [法] 雅克·马利坦. 艺术与诗中的创造性直觉 [M]. 刘有元，罗选民，译. 北京：三联书店，1991：142.
③ [法] 雅克·马利坦. 艺术与诗中的创造性直觉 [M]. 刘有元，罗选民，译. 北京：三联书店，1991：142.
④ [法] 雅克·马利坦. 艺术与诗中的创造性直觉 [M]. 刘有元，罗选民，译. 北京：三联书店，1991：142.
⑤ [法] 雅克·马利坦. 艺术与诗中的创造性直觉 [M]. 刘有元，罗选民，译. 北京：三联书店，1991：142 – 143.

倾向于得认识或得完成的对象，或不是倾向于得在认识中达到或得在存在中认识的确定的目的，而是朝向你的真正的生命，爱已把你的这一真正的生命从这个你改变为另一个你自己。这就是我说过的超越任何目的的目的。①

梁宗岱也指出，只有在超越了日常生活的理性考量和功利核算以后，我们才能够体味到小我与宇宙万物的大和谐。他说：

> 不幸人生来是这样，即一粒微尘飞入眼里，便全世界为之改观。于是，蔽于我们小我底七情与六欲，我们尽日在生活底尘土里辗转挣扎。宇宙底普遍完整的景象支离了，破碎了，甚且完全消失于我们目前了。我们忘记了我们只是无限之生底链上的一个圈儿，忘记了我们只是消逝的万有中的一个象征，只是大自然底交响乐里的一管一弦，甚或一个音波——虽然这音波，我刚才说过，也许可以延长、扩大、传播，而引起无穷的振荡与回响。只有醉里的人们——以酒、以德、以爱或以诗，随你底便——才能够在陶然忘机的顷间瞥见这一切都浸在"幽暗与深沉"的大和谐中的境界。②

波德莱尔在《美的赞歌》③ 这首诗里对于他的现代审美观做了诗性陈述。他说：

> 你是从天而降，或是从深渊上来，
> 美啊？你那地狱的神圣的眼光，
> 把善行的罪恶混合着倾注出来，
> 因此，可以把你比作美酒一样。

希腊哲人们认为美与真和善密不可分，引到人的生命升华到神性层次。因此，美是属于并来自高天的。柏拉图认为具体的美的事物只不过是绝对美

---

① ［法］雅克·马利坦. 艺术与诗中的创造性直觉［M］. 刘有元，罗选民，译. 北京：三联书店，1991：144.
② 梁宗岱. 象征主义［M］//梁宗岱文集：第 2 卷. 北京：中央编译出版社，2003：71.
③ ［法］波德莱尔. 美的赞歌［M］//恶之花·巴黎的忧郁. 钱春绮，译. 北京：人民文学出版社，1991：56—57.

的摹本，文学艺术则是美的摹本的摹本。基督教神学把美视为上帝的本质特征之一。圣奥古斯丁（Saint Augustine, 354—430）认为：上帝是伟大与美的本体，世界是上帝的伟大作品，世界作为整体尤为美好，丑与恶也有其存在理由，一切形式和美都应归之于数，人在智慧、善与美上类似上帝，上帝借有形体的美彰显自己，有形体的美是虚幻的。①

然而，在《美的赞歌》里，我们可以看到波德莱尔对美的来源有了与传统美学不同的看法。他根本不能确定——或者说根本就不感兴趣——美是来自于天堂还是来自于地狱。他注意到美的悖论性表现：美有"地狱的神圣的眼光"，混合着善行与罪恶。这个美学观点在今天来看也还是惊世骇俗的。由此我们可以想象波德莱尔对于他所生活的时代的读者们产生了何等强大的冲击力。但波德莱尔却把美比喻为美酒，会产生强烈的吸引力，让人痛饮并为之沉醉。

> 你来自黑暗深坑，还是来自星际？
> 命运迷恋你，像只狗盯住你的衬裙；
> 你随手撒下欢乐和灾祸的种子，
> 你统治一切，却不负任何责任。

黑暗深坑意味着地狱，是死亡和诅咒的所在。星际意味着高天，是永生与福乐的地方。二者根本不可能共存。但波德莱尔却感到疑惑，因为对他来说，二者都可能是美的来源。对于古希腊人来说，命运（尤其是悲剧性命运）是天神早已预定好了的，人无论如何都无法逃脱它，一切的挣扎都是徒劳，就像俄狄浦斯王的故事所表明的那样。在这里，波德莱尔将美等同于那些"随手撒下欢乐和灾祸的种子"，"统治一切，却不负任何责任"的古希腊神话里的放纵任性的神祇。通过这个联想和比喻，波德莱尔切断了美与善的联系，使得美不再受到道德的评判，也为他自己歌咏那些不道德的人、事与物的艺术创新做了辩解。

既然美与善无关，而且像拿悲剧命运随意播弄众生的希腊诸神一样，它对死亡无动于衷，对于死者毫无怜悯，散布恐怖，促成凶杀，就成为它的自然表现了：

> 美啊，你踏着死尸前进，对死者嘲讽，

---

① 阎国忠. 美是上帝的名字——中世纪美学［M］. 上海：上海社会科学院出版社，2003：79－92.

在你的首饰上，恐怖也显得妩媚多娇，

凶杀夹在最贵重的小饰物当中，

在你傲慢的肚子上面妖冶地舞蹈。

因此，波德莱尔呼喊着说，他对于美来自天堂或地狱，被上帝或魔鬼差派这些来源问题统统不感兴趣。他唯一的祈求，就是美能够在地狱般的人间为他打开"爱而不识的无限之门"，从而减少宇宙中的丑恶，减轻无法逃脱的时间之重压。这当然也是他写《恶之花》的目的。

美啊，巨大、恐怖而又淳朴的妖魔！

你来自天上或地狱，这有何妨碍？

只要你的眼睛、微笑、秀足能为我

把我爱而不识的无限之门打开！

是魔王或天主派遣，你是人鱼或天神，

这又何妨？——眼睛像天鹅绒的仙女，

节律，香和光，唯一的女王！——只要你能

减少宇宙的丑恶，减轻时间的重负！

第二节　从主观的感情投射到对象征的运用

诗人这个字眼是什么意思呢？诗人是什么呢？他是向谁讲话呢？我们从他那里得到什么语言呢？——诗人是以一个人的身份向人们讲话。他是一个人，比一般人具有更敏锐的感受性，具有更多的热忱和温情，他更了解人的本性，而且有着更开阔的灵魂；他喜欢自己的热情和意志，内在的活力使他比别人快乐得多；他高兴观察宇宙现象中的相似的热情和意志，并且习惯于在没有找到它们的地方自己去创造。除了这些特点以外，他还有一种气质，比别人更容易被不在眼前的事物所感动，仿佛这些事物都在他的面前似的，他有一种能力，能从自己心中唤起热情，这种热情与现实事件所激起的很不一样，但是（特别是在令人高兴和愉快的一般同情心范围内），比起别人只由于心灵活动而感到的热情，则更像现实事件所激起的热情，他由于经常这样实践，就获得一种能力，能更敏捷地表达自己的思想和感情，特别是那样的一些思想和感情，它们的发生并非由于直接的外在刺激，而是出于他的选择，或者是他的心灵的构造。①

皮埃尔·杜邦（Pierre Dupont，1821—1870）的诗歌风行一时，却又很快被人淡忘了。波德莱尔高度赞扬他说："没有人曾以更温柔更动人的语言唱出普通人的小欢乐和大痛苦。他的歌谣集表现了一个完整的小世界，在那里，人发出的叹息比欢乐的叫声更多，我们的诗人出色地感觉到自然的永生的新鲜，它的使命似乎是安慰和抚爱穷人和被抛弃的人，使他们平静下来。"② 波德莱尔认为杜邦的诗歌真挚自然，同时又在现实感中增加了以永恒为维度的沉思："一切属于温柔和亲切的感情都被他表现得充满青春气息，并且由于感情的真挚而呈现出崭新的面目。然而，他在温柔和博爱的感情中增加了一种沉思的精神，这对法国歌谣来说是前所未见的。在他的那些小诗中，对事物的永恒的美的沉思不断地同人的愚昧和贫穷引起的悲伤混合在一起。"③

波德莱尔注意到杜邦的诗歌中，有一种"物—我"相互投射的密切互动关系："由于一种身为诗人的恋人们或者热恋中的诗人们的特殊的精神活动，女人因风景的优雅而美丽，风景也意外地获益于被爱的女人无意中撒向天空、大地和海洋的优雅。这仍然是彼埃尔·杜邦常有的特色之一，当他满怀信心地投身到对他有利的环境中时，当他不理会那些他不能真正地说是自己的东西而让他的本性自由发展时，这种特色就使他与众不同了。"④ 也就是说，在杜邦的诗中，不仅"物皆著我之色彩"，而且"我亦著物之色彩"，属于王国维诗学中的"有我之境"。

在《人间词话》中，王国维区分了"有我之境"和"无我之境"："有我之境，以我观物，故物皆著我之色彩。无我之境，以物观物，故不知何者为我，何者为物。古人为词，写有我之境者为多，然未始不能写无我之境，

---

① ［英］华兹华斯.《抒情歌谣集》［M］//伍蠡甫. 西方古今文论选. 曹葆华，译. 上海：复旦大学出版社，1984：119.
② ［法］波德莱尔. 对几位同代人的思考［M］//波德莱尔美学论文选. 郭宏安，译. 北京：人民文学出版社，1987：140.
③ ［法］波德莱尔. 对几位同代人的思考［M］//波德莱尔美学论文选. 郭宏安，译. 北京：人民文学出版社，1987：140 – 141.
④ ［法］波德莱尔. 对几位同代人的思考［M］//波德莱尔美学论文选. 郭宏安，译. 北京：人民文学出版社，1987：141.

此在豪杰之士能自树立耳。"①

王国维创立"有我之境"和"无我之境"这一对诗学概念，其哲学基础是叔本华对于"意志世界"和"表象世界"的区分。叔本华认为意志带来痛苦，而在纯粹表象的世界里，人摆脱了造成痛苦感受的自我，进入到一种澄明之境：

> 还有这么一种现象：尤其是在任何一种困难使我们的忧惧超乎寻常的时候，突然回忆到过去和遥远的情景，就好像是一个失去的乐园又在我们面前飘过似的。想象力所召回的仅仅是那客观的东西，不是个体主观的东西，因此我们就以为那客观的东西在过去那时，也是纯粹地，不曾为它对于意志的任何关系所模糊而出现于我们之前，犹如它现在在我们想象中显出的形象一样，而事实上却是在当时，那些客体的东西和我们意志有关，为我们带来痛苦，正无异于今日。我们能够通过眼前的对象，如同通过遥远的对象一样，使我们摆脱一切痛苦，只要我们上升到这些对象的纯客观的观审，并由此而能够产生幻觉，以为眼前只有那些对象而没有我们自己了。于是我们在摆脱了那作孽的自我之后，就会作为认识的纯粹主体而和那些对象完全合一，而如同我们的困难对于那些客体对象不相干一样，在这样的瞬间，对于我们自己也是不相干的了。这样，剩下来的就仅仅只是作为表象的世界了，作为意志的世界已消失（无余）了。②

对于广受好评的"有我之境"和"无我之境"之区分，朱光潜运用现代心理学的研究成果做了辨析。他认为王国维恰好把二者弄颠倒了：

> 王先生在这里所指出的分别实在是一个很精微的分别，不过从近代美学观点看，他所用的名词有些欠妥。他所谓"以我观物，故物皆著我之色彩"，就是近代美学所谓"移情作用"。"移情作用"的发生是由于我在凝神观照事物时，霎时间由物我两忘而至物我同一，于是以在我的情趣移注于物；换句话说，移情作用就是"死物的生命化"，或是"无

---

① 王国维. 人间词话 [M] //邬国平，黄霖. 中国文论选·近代卷：下册. 南京：江苏文艺出版社，1996：455.

② 叔本华. 作为意志和表象的世界 [M]. 石冲白，译. 北京：商务印书馆，1982：277–278.

情事物的有情化"。这种现象在注意力专注到物我两忘时才发生，从此可知王先生所说的"有我之境"实在是"无我之境"。他的"无我之境"的实例为"采菊东篱下，悠然见南山"，"寒波澹澹起，白鸟悠悠下"，都是诗人在冷静中所回味出来的妙境，都没有经过移情作用，所以其实都是"有我之境"。①

因此，朱光潜建议使用表述更加准确的"同物之境"和"超物之境"来代替容易造成误解的"有我之境"和"无我之境"这一对诗学概念。他举例说："'感时花溅泪，恨别鸟惊心'，'徘徊枝上月，空度可怜宵'，'数峰清苦，商略黄昏雨'都是同物之境。'鸢飞戾天，鱼跃于渊'，'微雨从东来，好风与之俱'，'兴阑啼鸟散，坐久落花多'，都是超物之境。②

王国维认为描写"无我之境"比描写"有我之境"的诗句境界要更高："古人为词，写有我之境者为多，然未始不能写无我之境，此在豪杰之士能自树立耳。"③ 朱光潜赞同王国维的观点，但认为他没有把其中的道理说透。朱光潜指出：

"超物之境"所以高于"同物之境"者就由于"超物之境"隐而深，"同物之境"显而浅。在"同物之境"中物我两忘，我设身于物而分享其生命，人情和物理相渗透而我不觉其渗透。在"超物之境"中，物我对峙，人情和物理猝然相遇，默然相契，骨子里它们虽是訢合，而表面上却乃是两回事。在"同物之境"中作者说出物理中所寓的人情，在"超物之境"中作者不言情而情自见。"同物之境"有人巧，"超物之境"见天机。④

明乎此，就很容易看出杜邦诗歌的优缺点了：他的诗歌淳朴自然真挚，但还停留在"有我之境"或"同物之境"。虽然波德莱尔称赞"他在温柔和

---

① 朱光潜. 朱光潜全集：第3卷［M］. 合肥：安徽教育出版社，1997：358.
② 朱光潜. 朱光潜全集：第3卷［M］. 合肥：安徽教育出版社，1997：359.
③ 王国维. 人间词话［M］//邬国平，黄霖. 中国文论选·近代卷：下册. 南京：江苏文艺出版社，1996：455.
④ 朱光潜. 朱光潜全集：第3卷［M］. 合肥：安徽教育出版社，1997：359.

博爱的感情中增加了一种……对事物的永恒的美的沉思"①，但还处在介于
"无我之境"或"超物之境"的初级阶段。同为诗人，波德莱尔为杜邦打抱
不平。他希望读者们能够接受他们看来不完美的诗人，只要他们有很突出的
优点："那就让我们与我们的诗人作伴吧，只要他们具有最高尚的、不可缺
少的优点，上帝如何造就他们，如何把他们给予我们、我们就如何接受吧，
既然人家对我们说，某种优点的发扬必须以或多或少地完全牺牲另一种优点
为代价。"② 波德莱尔说这话其实也是为自己另辟蹊径的诗歌创作和探索寻求
读者的理解和接纳。

社会在演化，生活在变化，诗歌艺术也应该随之发展变迁。波德莱尔认
为"诗最伟大、最高贵的目的"是"美的观念的发展"③。他指出："诗的本
质只不过是，也仅仅是人类对一种最高的美的向往。"④

由于不受古典主义的束缚，波德莱尔对美的看法别具一格。传统的观念
认为美是一种引起愉悦的特质，但波德莱尔却说："我发现了美的定义，我
的美的定义。那是某种热烈的、忧郁的东西，其中有些茫然、可供猜测的东
西。神秘、悔恨也是美的特点。"⑤ 传统的观念认为美的事物是和谐的，使人
赏心悦目，但波德莱尔却说："不规则，就是说出乎意料，令人惊讶，令人
奇怪，是美的特点和基本部分。"⑥ 他列举了十一种造成美的精神，大都与忧
郁感、厌倦感有关。他得出结论说："我不认为愉快不能与美相联系，但是
我说愉快是美的最庸俗的饰物，而忧郁才可以说是它的最光辉的伴侣，以至
于我几乎设想不出（难道我的头脑是一面魔镜吗？）一种美是不包含不幸的。
根据——有些人则会说，执着于——这种思想，可以设想我难以不得出这样

---

① ［法］波德莱尔. 波德莱尔美学论文选［M］. 郭宏安，译. 北京：人民文学出版社，1987：
140 – 141.
② ［法］波德莱尔. 波德莱尔美学论文选［M］. 郭宏安，译. 北京：人民文学出版社，1987：
143.
③ ［法］波德莱尔. 波德莱尔美学论文选［M］. 郭宏安，译. 北京：人民文学出版社，1987：
201.
④ ［法］波德莱尔. 波德莱尔美学论文选［M］. 郭宏安，译. 北京：人民文学出版社，1987：
206.
⑤ 郭宏安. 译本序［M］//波德莱尔. 波德莱尔美学论文选. 郭宏安，译. 北京：人民文学出
版社，1987：14.
⑥ 郭宏安. 译本序［M］//波德莱尔. 波德莱尔美学论文选. 郭宏安，译. 北京：人民文学出
版社，1987：14.

的结论："最完美的雄伟美是撒旦——弥尔顿的撒旦。"① 郭宏安断定："众所周知，英国17世纪诗人弥尔顿笔下的撒旦是一个反抗的英雄形象。由此可见，波德莱尔的美是一种不满和反抗的表现，打上了鲜明的时代的烙印。所谓'美是古怪的'，'美总是令人惊奇的'正是要让平庸的资产者惊讶，要惊世骇俗，要刺痛资产者的眼睛"②。

作为诗人，波德莱尔为自己确立的艺术使命是摆脱"真善美三者不可分割"的传统观念，竭力在不符合古典美的现代生活中发掘那些能够观照永恒的美的事物或者现象，并且要使节奏、韵脚和风格等诗歌要素都根据所要表现的主题、感受等做出调整和改造。在为《恶之花》草拟的序言中，波德莱尔说："什么是诗？什么是诗的目的？就是把善和美区别开来，发掘恶中之美，让节奏和韵脚符合人们对单调、匀称、惊奇等永恒的需要，让风格适应主题、灵感的虚妄和危险，等等。"③

第三节　从象征到象征主义

波德莱尔发展了18世纪瑞典哲学家伊曼努埃尔·斯威登堡（Emanuel Swedenborg，1688—1772）的"对应论"。在《感应》（*Correspondances*）一诗中，他认为整个世界是一些"象征的森林"（forêts de symboles），它们同个人的内心世界之间存在着隐秘的相互呼应的关系，而且人的各种感官之间也是相互沟通的。因此，诗人的任务就是要读懂这部"象形文字"的字典，把这种关系揭示给世人。为此，诗歌不应该满足于模仿自然、状物写景，而应该深入内心世界，借助于暗示，把个人幻觉"翻译"出来，从而实现"艺术救赎实现灵魂"（le salut par l'art）的高远目标。这首被誉为"象征派宪章"的诗歌，还不代表理论的成熟，却预示着一场诗歌的革命。

虽然波德莱尔被公认为象征主义文学的先驱者和奠基人，但"象征"却是一个古老的观念。那么，究竟什么是"象征"呢？在古希腊，它指一块木

① 郭宏安. 译本序 ［M］//波德莱尔. 波德莱尔美学论文选. 郭宏安，译. 北京：人民文学出版社，1987：14.

② 郭宏安. 译本序 ［M］//波德莱尔. 波德莱尔美学论文选. 郭宏安，译. 北京：人民文学出版社，1987：14.

③ 郭宏安. 译本序 ［M］//波德莱尔. 波德莱尔美学论文选. 郭宏安，译. 北京：人民文学出版社，1987：3.

板被分成两半，由双方各执其一，作为保证互相款待的信物。后来引申为凡是能表达某种观念及事物的符号或物体就叫"象征"。然而，文学中的"象征"却是一个近代观念。象征与修辞学上的比喻（包括显喻和隐喻）、拟人、托物不同，后三者只是修辞技巧的局部使用，而象征关联的是整部作品。在现代语言中，"象征"这个词被广泛运用到人文社会学科之中，意思是"以某一事物代表另一事物"。象征主义诗歌中的"象征"，既不同于作为修辞格的象征，也不同于文学中作为表现手法的象征。在日常生活中，有些象征具有人所共知的意义，比如维纳斯象征爱情与美，十字架象征基督教。但是，在象征主义诗歌中，象征则是由诗人选择并赋予象征意义，有很强的任意性。而且，象征是一种内在的素质，渗透在整首诗歌之中，从而使诗作具有整体上的象征意味。整首诗的语言构成了"象征的森林"，被象征的则是未曾言明的东西。诗人无法确切地讲清楚，也不能被换成一种通俗的说法。一旦说出，象征就会消失，诗味无复存在。

> 拟人或托物可以做达到象征境界的方法；一篇拟人或托物，甚或拟人兼托物的作品却未必是象征的作品。最普通的拟人托物的作品，或借草木鸟兽来影射人情世故，或把抽象的观念如善恶、爱憎、美丑等穿上人底衣服，大部分都只是寓言，够不上称象征。因为那只是把抽象的意义附加在形体上面，意自意，象自象，感人的力量往往便肤浅而有限，虽然有时也可以达到真美底境界。屈原、庄子、伊索、拉方登①等底寓言，英文里的《仙后》（*Fairy Queen*）和《天路历程》都是很好的例子。不过那毕竟只是寓言，因为每首诗或每个人物只包含一个意义，并且只间接地诉诸我们底理解力。②

梁宗岱认为"象征"和《诗经》六义中的"兴"有相似之处。刘勰在研究了"比"和"兴"的区别之后，对"兴"做了如此定义："兴者，起也……起情者依微以拟义。"③梁宗岱对此做了引申，说明了中国传统诗学里的"兴"与现代诗学里的"象征"的联系：

① 即 Jean de La Fontaine（1621—1695），今通译为"拉封丹"。
② 梁宗岱．象征主义［M］//梁宗岱文集：第2卷．北京：中央编译出版社，2003：60.
③ 刘勰．文心雕龙．卷36《比拟》［M］//周振甫．文心雕龙今译．北京：中华书局，1986：319 – 321.

所谓"微"，便是两物之间微妙的关系，表面看来，两者似乎不相联属，实则是一而二，二而一。象征底微妙，"依微拟义"这几个字颇能道出。当一件外物，譬如，一片自然风景映进我们眼帘的时候，我们猛然感到它和我们当时或喜，或忧，或哀伤，或恬适的心情相仿佛，相逼肖，相会合。我们不摹拟我们底心情而把那片自然风景作传达心情的符号，或者，较准确一点，把我们底心情印上那片风景去，这就是象征。①

梁宗岱特别强调说情景配合并不等于象征：

有人会说：照这样看来，所谓象征，只是情景底配合，所谓"即景生情，因情生景"而已。不错。不过情景间的配合，又有程度分量底差别。有"景中有情，情中有景"的，有"景即是情，情即是景"的。前者以我观物，物固著我底色彩，我亦受物底反映。可是物我之间，依然各存本来的面目。后者是物我或相看既久，或猝然相遇，心凝形释，物我两忘：不知何者为我，何者为物。前者做到恰好处，固不失为一首好诗；可是严格说来，只有后者才算象征底最高境。②

梁宗岱认为象征有两个特性：一是融洽或无间，二是含蓄或无限。"所谓融洽是指一首诗底情与景，意与象底倘恍迷离，融成一片；含蓄是指它暗示给我们的意义和兴味底丰富和隽永。"③

19 世纪苏格兰文学批评家卡莱尔（Thomas Carlyle，1795—1881）指出："一个真正的象征永远具有无限底赋形和启示，无论这赋形和启示底清晰和直接的程度如何；这无限是被用去和有限融混在一起，清清楚楚地显现出来，不但遥遥可望，并且要在那儿可即的。"④ 这段话的原文是："In the symbol proper, what we can call a symbol, there is ever, more or less distinctly and directly, some embodiment and revelation of the Infinite；the Infinite is made to blend itself with the Finite, to stand visible, and as it were, attainable there."⑤。梁宗岱

---

① 梁宗岱. 象征主义 [M] //梁宗岱文集：第 2 卷. 北京：中央编译出版社，2003：63.
② 梁宗岱. 象征主义 [M] //梁宗岱文集：第 2 卷. 北京：中央编译出版社，2003：63.
③ 梁宗岱. 象征主义 [M] //梁宗岱文集：第 2 卷. 北京：中央编译出版社，2003：66.
④ 梁宗岱. 象征主义 [M] //梁宗岱文集：第 2 卷. 北京：中央编译出版社，2003：66.
⑤ Thomas Carlyle. A Carlyle Reader [M]. Cambridge：Cambridge University Press，1984：276.

的翻译清晰、准确、优美地传达了卡莱尔的思想观念。

梁宗岱对象征的分析阐述着重于它的第二种意义。他用充满诗意和哲理的语言为象征下定义说："所谓象征是借有形寓无形，借有限表无限，借刹那抓住永恒，使我们只在梦中或出神的瞬间瞥见遥遥的宇宙变成近在咫尺的现实世界，正如一个蓓蕾蕴蓄着炫熳的芳菲的春信，一张落叶预奏那弥天满地的秋声一样。所以它所赋形的、蕴藏的，不是兴味索然的抽象观念，而是丰富、复杂、深邃、真实的灵境。"①

现代文学上的象征主义，即强调用象征的方法暗示作品的主题和事物的发展，表达作者隐蔽的思绪和抽象的人生哲理。他们认为诗人可以通过艺术的想象创造出能充分表达主观情感的客体。梁宗岱认为象征是一种普遍存在的文学元素："这所谓象征主义，在无论任何国度，任何时代底文艺活动和表现里，都是一个不可缺乏的普遍和重要的原素罢了。这原素是那么重要和普遍，我可以毫不过分地说，一切最上乘的文艺品，无论是一首小诗或高耸入云的殿宇，都是象征到一个极高的程度的。"②

诗歌中的象征一般来说可分为两种：一种是用具体意象表达抽象的思想和感情。对于传播象征主义有殊功的斯蒂芬·马拉美就断言说："与直接表现对象相反，我认为必须去暗示"，因为"指出对象无异是把诗的乐趣四去其三"。他认为象征是"一点一点地把对象暗示出来，用以表现一种心灵状态"③，比如波德莱尔的《黄昏的和谐》：

> 时节到了，花在梗上摇颤，
> 芳菲蒸腾，朵朵似香炉；
> 夜空中旋转着声响和花馥；
> 忧郁的华尔兹和倦人的晕炫。
> 芳菲蒸腾，朵朵似香炉；
> 小提琴抖动，如悲痛的心田：
> 忧郁的华尔兹和倦人的晕炫！
> 天空象圣坛，美丽又凄苦。
> 小提琴抖动，如悲痛的心田：

---

① 梁宗岱. 象征主义 [M] //梁宗岱文集：第 2 卷. 北京：中央编译出版社，2003：66 – 67.
② 梁宗岱. 象征主义 [M] //梁宗岱文集：第 2 卷. 北京：中央编译出版社，2003：60.
③ [法] 马拉美. 关于文学的发展 [M] //伍蠡甫. 西方文论选：下册. 上海：上海译文出版社，1979：262.

> 一颗爱心，憎恨广而暗的虚无！
>
> 天空像祭坛，美丽又凄苦；
>
> 太阳沉没在自己的凝血里面。
>
> 一颗爱心，憎恨广而暗的虚无，
>
> 搜集灿烂的往昔的每一块残片！
>
> 太阳沉没在自己的凝血里面……
>
> 我心中记起你，闪光如圣物！①

刚接触这首诗，读者会以为这是在写景。有视觉：摇颤的花、凄美的天空、血色的黄昏；有听觉：忧郁的华尔兹、凄凉的小提琴；有嗅觉：蒸腾的花香。只是这一切事物，都带着极浓厚的悲苦色彩。读到最后一节时，读者才知道，诗人是在"搜集灿烂的往昔的每一块残片"；"我心中记起你，闪光如圣物"一句暗示读者：诗人在追怀那已逝的爱情。到这时候，读者会突然悟到诗人前面反复吟咏的景物，原来只是他内心情怀的客观对应物，它们的作用就在于在读者心中复现作者回忆往昔爱情时所体验的感情。

正是在这种意义上，英国学者查尔斯·查德威克（Charles Chadwick，1924—2016）把象征主义定义为"一种表达思想和感情的艺术，但不直接去描述它们，也不通过具体意象明显的比较去限定它们。而是暗示这些思想和感情是什么，运用未加解释的象征使读者在头脑里重新创造它们"②。

另外一种象征有时被称为"超验象征"，其中具体意象用一个广大而普遍的理想世界（现实世界只是它不完善的表现）的象征，而非诗人内心特定的思想与感情的象征。这种思想的产生可以上溯到柏拉图的文艺论著里，他认为艺术只是理念的摹本的摹本。中世纪基督教也使用了许多象征，比如十字架、圣餐、洗礼等。基督教衰落以后，这种思想又得到了斯威登堡的阐发和推广。他认为在自然界万物之间存在着神秘的相互对应的关系，在可见的事物和不可见的精神之间有相互契合的情况。在《论现代俄国文学衰退的原因及各种新流派》③ 一文中，梅列日科夫斯基（Dimitri Merejkovski，1865—1941）将象征手法与神秘主义内容等量齐观。在《颓废派与象征派》一文中，俄国文学理论家沃伦斯基（A. Vronsky，1861—1926）说："象征主义就

---

① 钱春绮译文。

② ［英］查尔斯·查德威克. 象征主义［M］. 周发祥，译. 昆明：昆仑出版社，1989：3.

③ ［俄］德米特里·梅列日科夫斯基. 论当代俄国文学的衰落原因及其新兴派流［J］. 俄罗斯文艺，1998（2）：37-38.

是在艺术描写中现象世界与神的世界的结合。"俄国诗人索洛古勃（Fyodor Sologub，1863—1927）认为：在本质上，象征就是表现偶然现象后面形成的某种同全世界过程相联系的东西。①

宗教在近代失去了吸引力，但人们仍在寻找出路以逃脱这个世界的丑恶残酷。于是有人以诗歌来作为其代替品，并提出"诗歌的宗教"。波德莱尔在《再论埃德加·爱伦·坡》中说："正是由于诗，同时也通过诗，由于同时也通过音乐，灵魂窥见了坟墓后面的光辉；一首美妙的诗使人热泪盈眶，这眼泪并非极度快乐的证据，而是表明了一种发怒的忧郁，一种精神的请求，一种在不完美之中流徙的天性，它想立即在地上获得被揭示出来的天堂。"②波德莱尔及其后继诗人们所努力的也就是扮演祭司或先知的角色（即兰波所说"诗人——通灵人"）。诗歌变成了通过巧妙地改造我们所了解的现实而为读者创造现实之外的理想世界的方式。英国诗人叶芝（William Butler Yeats，1865—1939）的诗《因纳斯弗利群岛》可以为例：

> 我就要动身走了，去因纳斯弗雷群岛，
> 搭起一个房子，筑起泥笆房；
> 支起九行芸豆架，一排蜂蜜巢，
> 独个儿住着，荫阴下听蜂群歌唱。
> 我就会得到安宁，它徐徐下降，
> 从朝雾落到蟋蟀歌唱的地方；
> 午夜是一片闪亮，正午是一片紫光，
> 傍晚到处飞舞着红雀的翅膀。
> 我就要动身走了，因为我听到
> 那水声日日夜夜轻拍着湖滨；
> 不管我站在车道或灰暗的人行道，
> 都在我心灵的深处听到这声音。③

该岛只是一个不知名的小岛，但叶芝却把它作为一个理想之地来歌咏，

---

① 黎皓智．论俄国象征派诗歌——俄国象征派诗选．译者自序［M］//20 世纪俄罗斯文学思潮．黎皓智，译．北京：北京大学出版社，2006：118.

② ［法］波德莱尔．波德莱尔美学论文选［M］．郭宏安，译．北京：人民文学出版社，1987：206.

③ 袁可嘉译。

以表达他对现实世界的渴求和追寻。

虽然没有使用"象征主义"这个标签，但《恶之花》为这一文学运动奠定了坚实的基础。虽然法院以有伤风化为名对波德莱尔进行罚款，并勒令他删去《累斯博斯》等六首诗，大作家维克多·雨果却在读了波德莱尔的《七个老头子》和《矮小的老太婆》等诗之后，写信给他表示了自己的欣喜和钦佩："你用了人家所不懂得死灭的闪光装饰了艺术的天堂，你创造出了一种新的颤栗。"① 瓦雷里指出："在波德莱尔的最好的诗句中，有灵与肉的结合，庄严、热烈与苦涩、永恒性与亲密性的混合，意志与和谐的极其稀有的联合，这些使他的诗句跟浪漫派的诗句大相径庭，也跟帕尔纳斯派的诗句截然有别。"②

波德莱尔去世以后，出现了一些像他这样的"被诅咒的诗人"（poètes maudits）。他们以"颓废者"（décadents）自居，以放浪形骸的生活和奇装异服的打扮，挑战他们所鄙视的市民社会循规蹈矩的生活方式与注重物质，轻视理想的价值观念。其中，以魏尔伦和兰波最为引人注目，成就和影响也最大。

我们不应该看到"被诅咒的诗人""颓废者"这些字眼就轻易地否定这些诗人的人格和作品。《颓废者》（Le Décadent littéraire et artistique，1886—1889）杂志的创办者阿纳多尔·巴许（Anatole Baju，1861—1903）在《颓废者和象征主义者》中写道："颓废者代表一批对自然主义非常反感的年轻作家，他们寻求艺术的革新，他们以敏感而响亮的诗歌来取代帕尔纳斯派呆板单调的诗律。在这种诗中，人们感到有生命的颤动掠过。为表现感觉和意念，他们扫除了旧文学中的一切空话。他们的著作都是精华。他们接受文明的一切进步。"③ 自称为"颓废之末的帝国"的魏尔伦则强调，颓废主义是"颓废时代光彩夺目的文学"，"但它不是按照其时代的步伐前进，而是'完全逆向'而行，是叛逆"，是"以考究、教养、精致，去反对文学和周围其他事物的平庸和卑鄙"④。

---

① 转引自张大明. 中国象征主义百年史［M］. 郑州：河南大学出版社，2007：79.
② ［法］瓦莱里. 波德莱尔的地位［M］//瓦莱里散文选. 唐祖论，钱春绮，译. 天津：百花文艺出版社，2006：167.
③ 黄晋凯. 序［M］//黄晋凯，张秉真，杨恒达. 象征主义·意象派. 北京：中国人民大学出版社，1989：6.
④ 黄晋凯. 序［M］//黄晋凯，张秉真，杨恒达. 象征主义·意象派. 北京：中国人民大学出版社，1989：6.

　　由此可见，象征主义和颓废主义是难分难解的。有人把前者看成是后者的一个组成部分，有人则将它们比作一棵树干上的两根枝条。因为，它们产生于共同的时代背景，具有共同的情感特征：苦闷、彷徨、愤懑……也都以否定传统为己任，既反对当时的社会秩序，也反对现有的艺术法则。然而，狭义地讲，颓废主义者又是有相对独立的集团性的，尤其是在 1886 年 4 月《颓废者》杂志创刊后。还要顺便指出的是，我们似乎不应把"颓废主义"简单地视为"没落"、"衰朽"、"悲观"的同义语，其中包含的强烈的反叛精神和执著的艺术追求，是值得我们注意的，象征主义，当然也应作如是观。①

　　魏尔伦曾经是浪漫派与巴拿斯派的追随者，他以一批清新流畅的诗作蜚声文坛。他高度敬重"恶魔诗人"（poète satanique）波德莱尔②。他主张艺术的"真诚"，强调"至高无上"的内在音乐美，追求"模糊与精确"的结合，从而与前两者分道扬镳。也许是太钟爱自己参与并领导的"颓废派"，魏尔伦始终拒绝把自己归入"象征主义"旗下。1891 年，即莫雷亚斯的《象征主义宣言》发表五年之后，在接受文学刊物记者的访谈时，魏尔伦嘲讽地说："象征主义？……搞不懂！……嗯，这也许是一个德语词吧？它要说什么呢？我对它毫不关心。"③尽管他本人不情愿，一般的读者和学院的研究者还是将他视为象征主义诗人，而且是最重要的象征主义诗人之一。

　　波德莱尔要求诗人作"洞观者"（le visionnaire），少年早慧的兰波提出了诗人应成为"通灵者"（le voyant）的主张。他的《元音》一诗，别具一格地发挥了波德莱尔"应和论"。他的作品对 20 世纪的法国诗人影响极大。

---

　　① 黄晋凯．序［M］//黄晋凯，张秉真，杨恒达．象征主义·意象派．北京：中国人民大学出版社，1989：6.
　　② 波德莱尔常常痛斥撒旦，比如《恶之花》中的《致读者》《破坏》《意想不到者》等，但在《恶之花》的《叛逆》一辑中有《献给撒旦的祷文》（Les litanies de Satan），表达他的叛逆情绪。波德莱尔赞美撒旦是"最博学最俊美的大使"，"无所不知"的"地下的君王"，为他抱屈，说他是"被命运出卖，横遭世人谩骂"，被"人家亏待"了的"流亡之君"，但他"屡败屡起，一日强似一日"，而且"教流亡者目光平静而高傲"，他"常常医治人类的焦虑和恐慌"，甚至连"麻风病人，受诅咒的残民"也因他"尝到天堂的滋味"。他在撒旦带给世界的死亡中看到了希望："死亡是你年迈却强壮的情侣，/你让她生出希望——迷人的疯子。"他甚至模仿基督徒向耶稣基督的祷告来祈求："撒旦啊，我赞美你，光荣归于你/你在地狱的深处，虽败志不移，/你暗中梦想着你为王的天外！/让我的灵魂有朝一日憩息在/智慧树下和你的身旁，那时候/枝叶如新庙般荫蔽你的额头！"译文见［法］波德莱尔．恶之花［M］//郭宏安．郭宏安译文集．桂林：广西师范大学出版社，2002：336–338.
　　③ Bertrand Marchal. Le symbolisme［M］. Paris：Armand Colin，2011：13.

马拉美曾经是魏尔伦的仰慕者。他和波德莱尔一样喜爱并翻译爱伦·坡（Edgar Allan Poe，1809—1849）的作品。反复修改后发表的《牧神的午后》使马拉美一举成名。他个性内敛，性格压抑，但是，他对诗歌艺术的探索殚精竭虑。在阅读黑格尔时，他得出一个结论：如果"老天死了"（Le Ciel est mort），则虚无（néant）就是引人走向美与理想的出发点。他说："我获得了对宇宙的看法，仅仅是通过感觉（而且，比如说，为了保持对纯粹虚无的不可磨灭的观念，我得要在头脑中强加绝对虚空的感觉）。"①

马拉美认为这种哲学需要一种强调言语的神圣能力的新诗学与之对应。通过节奏、句法与生僻词汇，马拉美创造了一种新的语言。诗歌变成了一个自我封闭的世界，其意义诞生于回响。诗句造就了对颜色、音乐的丰富感受，所有引起奇迹的艺术都参与其中。在马拉美的大力推动下，暗示成为反现实主义诗学的基础，象征主义被引向了文学印象主义（impressionnisme littéraire）。

1884年6月，在书面回答《时尚》（La Vogue）主编雷奥·多尔菲（Léo d'Orfer，1859—1924）的问题"诗是什么"时，马拉美为诗下了这样的定义："诗是通过被恢复到其基本节奏的人类语言，对于存在的各个方面之神秘感的表达。因此，它赋予我们的居停以真实性，并且形成了唯一的灵性工作。"②

波德莱尔去世以后多年，他的《恶之花》都只是被一小部分读者所欣赏。直到1880年代，一部分青年诗人，比如于斯曼（Joris-Karl Huysmans，1848—1907）和布尔热（Paul Bourget，1852—1935），对波德莱尔表达了他们毫无保留的仰慕之情。1880年代是法国象征主义的鼎盛时期，象征主义诗歌开始在一部分文学青年人中间风行。马拉美因其在诗歌创作和理论思考方面的成就而成为"象征主义的象征"。在他周围聚集了一些青年人，他们在巴黎市内罗马街5号马拉美寓所的小餐厅里举行"周二聚会"，参加者有拉弗格（Jules Laforgue，1860—1887）、亨利·雷尼耶（Henri de Régnier，1864—1936）、果尔蒙（Remy de Gourmont，1858—1915）、居斯塔夫·科恩（Gustav Cohen，1879—1958）。稍后参加的有纪德（André Gide，1869—1951）、瓦雷里、克洛代尔（Paul Claudel，1868—1955）等。

于斯曼出版于1884年的小说《逆流》（À rebours）反映了这一审美心理

---

① Stéphane Mallarmé. Correspondance t. I（1862—1871）［M］. Paris：Gallimard，1995：367.

② Stéphane Mallarmé. Correspondance t. I（1862—1871）［M］. Paris：Gallimard，1995：572.

的社会变化。主人公弗勒阿是个读书癖，但他读的书只是爱伦·坡、魏尔兰、玛拉美，特别是波德莱尔的作品。在题词页，作者引用了中世纪神学家"可敬的鲁斯布鲁克"（Ruysbroeck l'admirable, 1293—1381）① 的话，借以表明这一代年轻人追求新的文学趣味的勇气和信心："我应该超越时代以享受愉悦……，尽管世人对我的喜悦感到震骇，尽管粗鄙使其无法明白我想说的。"（Il faut que je me réjouisse au-dessus du temps..., quoi que le monde ait horreur de ma joie, et que sa grossièreté ne sache pas ce que je veux dire. ）② 未来的大诗人瓦雷里在十八岁时曾把这部小说当成"圣经"。

正是在这样的历史背景下，象征派的另一位重要人物，原籍希腊的诗人，《象征主义者》杂志主编让·莫雷亚斯，将已经蓬勃发展的象征主义诗歌运动推到了公众面前。1886 年 9 月 18 日，他在《费加罗报》的增刊上发表了《象征主义宣言》（Le manifeste du symbolisme）。他说："我们曾建议用象征主义作为目前这一种在艺术方面具有创造精神的新的倾向的定名，只有这个名字能恰当地表明其特点。"③ 由波德莱尔开创的这一文学思潮至此才有了公认的名字。

> 请注意："象征主义者"（symboliste）这个词出现在 1880 年左右。那时候，被我们今天用来冠上这个头衔的诗人，要么消失已久（比如波德莱尔和兰波），要么早已是驰名文坛（比如马拉美和魏尔伦）。实际上，"象征主义者"适用于那些更年轻的诗人。1880 年，他们的年纪都在二十岁左右。而且，他们从未名声大振过。再请注意：在法国、比利时和俄国，"象征主义者"几乎无人使用。④

莫雷亚斯反对自然主义文学着重描写外界事物的倾向，要求诗人表现内心微妙的真实和美；反对刻板描述的抽象观念，强调诗歌要有可感知的艺术

---

① Jan Van Ruusbroec（或写作 Ruysbroeck）。他出生于离布鲁塞尔不远，属于布拉邦特公爵领地的一个村庄，其姓氏即取自该村之名。作为神职人员，他被认为是埃克哈特大师（Maître Eckhart）的追随者，在莱茵—弗拉芒神秘思潮中占据重要地位。1908 年，教皇庇护十世将他封为圣人，将 12 月 2 日定为他的纪念日。

② Joris-Karl Huysmans. À rebours［M］. Paris：Gallimard et Musée d'Orsay, 2019：13.

③ ［法］让·莫雷亚斯. 象征主义宣言［M］//象征主义·意象派. 黄晋凯，张秉真，杨恒达，主编. 北京：中国人民大学出版社，1989：45.

④ Jean-Louis Backès. La littérature européene［M］. Paris：Belin, 1996：356.

形象；反对直抒感情和客观描写，强调暗示、幻觉和联想的表现方法。① 莫雷亚斯指出：

> 象征主义诗歌作为"教诲、朗读技巧，不真实的感受力和客观描述"的敌人，它所探索的是：赋予思想一种敏感的形式，但这形式又并非是探索的目的，它既有助于表达思想，又从属于思想。同时，就思想而言，决不能将它和与其外表雷同的华丽长袍剥离开来。因为象征艺术的基本特征就在于它从来不探入到思想观念本质。因此，在这种艺术中，自然景色，人类的行为，所有具体的表象都不表现它们自身，这些富于感受力的表象是要体现它们与初发的思想之间的秘密的亲缘关系。②

同年，各类自我标榜为象征主义的刊物和文学团体纷纷出现，作为文学流派的象征主义因此形成。从此，象征主义就作为一种自觉的文学运动风靡了整个法国诗坛，而魏尔伦、兰波、马拉美三人则成为这一运动的代表人物。"象征主义的勃起，既反对已成强弩之末的浪漫主义的浮夸热情，也不满于仍占据着诗坛的帕尔纳斯派的雕琢空泛，更针对几乎与之同时崛起的主张忠实描摹现实的自然主义。可以说，他们在重新思考、重新把握文学的特征。主观的抒情，客观的再现，纯形式的追求，都不能使他们感到满足。他们在努力寻求主客观之间新的契合点，努力寻求新的艺术表现途径。"③

---

① Jean Moréas. Le manifeste du symbolisme［M/OL］. （2013 - 04 - 12）http：//www. poetes. com/moreas/manifeste. htm.

② ［法］让·莫雷亚斯. 象征主义宣言［M］//象征主义·意象派. 黄晋凯，张秉真，杨恒达，主编. 北京：中国人民大学出版社，1989：46.

③ 黄晋凯. 序［M］//象征主义·意象派. 黄晋凯，张秉真，杨恒达，主编. 北京：中国人民大学出版社，1989：5 - 6.

第三章
象征主义进入中国文学

　　"清末以来，中国普通人的价值观念和实际生活已经在西方冲击下发生了缓慢而持续的变化。中华民国成立以后，民国政府以行政命令强力推进的改革，加速了人们的社会心理转变。""新生的中华民国至少在沿海的各大城市里造成了'咸与维新'的热烈景象，极大地重塑了普通人的思想观念，改变了许多人的日常生活。"① 民国的建立表明了中国社会融入现代世界的普遍意愿。但是，具有强大思想基础的复辟势力始终威胁着新生的民国之存续。这促使了许多渴望中国走向现代化的人去思考努力奋斗的方向。陈独秀认识到要拯救中国、建设共和，首先得进行思想革命。他指出："如今要巩固共和，非先将国民脑子里所有反对共和的旧思想，一一洗刷干净不可。"他说："这腐旧思想布满国中，所以我们要诚心巩固共和国体，非将这班反对共和的伦理文学等等旧思想，完全洗刷得干干净净不可。否则不但共和政治不能进行，就是这块共和招牌，也是挂不住的。"②

　　1915 年 9 月 15 日，由陈独秀担任主编的《青年杂志》③ 在上海创刊，由他执笔的发刊词《敬告青年》被视为新文化运动的宣言书。《敬告青年》批判了中国社会老气横秋的现状，希望塑造奋进、努力的新一代中国青年，赋予中国社会以更新的活力。新文学成为新文化运动的载体。要创造新文学，

---

① 张弛. 中国文化的艰难现代化——"现代"焦虑视点中的 20 世纪中国文化演进［M］. 西安：西北大学出版社，2011：150.

② 陈独秀. 陈独秀著作选编：第 1 卷［M］. 任建树，编. 上海：上海人民出版社，2009：335.

③ 自第 2 卷（1916 年 9 月）起，改名为《新青年》，成为反传统文化、宣扬民主思想的中心刊物。1917 年初，编辑部迁到北京。《新青年》从第 4 卷第 1 号（1918 年 1 月）起改为白话文，使用新式标点，带动其他刊物形成了一场白话文运动。1920 年上半年，《新青年》编辑部移到上海编印。从 1920 年 9 月的 8 卷一号起，成为中国上海共产主义小组的机关刊物。1922 年 7 月休刊。1923 年 6 月改为季刊，成为中共中央正式理论性机关刊物。1925 年 4 月起出不定期刊，共出 5 期，次年 7 月停刊。

最重要的参照就是外国文学，尤其是欧美文学。因此，新文化运动的领导者和参与者就在两个方面努力：一方面是积极试验并推广白话文文学，另一方面是大力介绍外国文学。

1911 年和 1912 年，比利时作家梅特林克（Maurice Maeterlinck，1862—1949）与德国作家霍普特曼（Gerhart Hauptmann，1862—1946）先后因其戏剧作品获得诺贝尔文学奖。这个奖项推动了象征主义文学在世界范围内的进一步发展，也使象征主义受到中国新文学家们的特别关注。与此同时，奥地利的里尔克（Rainer Maria Rilke，1875—1926）、法国的瓦雷里和美国的 T. S. 艾略特在欧美渐渐引人注目。1923 年，叶芝成为第一个获得诺贝尔文学奖的象征派诗人。

第一节　象征主义发展为国际文学运动

在 1880 年代末期，出现了一些专门传播和研究象征主义的论著，除让·莫雷亚斯的论文集《象征主义最早的武器》[①] 外，比较重要的还有乔治·瓦诺尔（Georges Vanor，1865—1906）的《象征主义艺术》[②] 和夏尔·莫里斯（Charles Morice，1860—1919）的《刚刚过去的文学》[③] 等。

马拉美家里的"周二聚会"甚至吸引了英国的王尔德（Oscar Wilde，1854—1900）、比利时的维尔哈伦（Emile Verhaeren，1855—1916）、德国的斯蒂芬·格奥尔格（Stefan Anton George，1868—1933）等人参加。"周二聚会"不仅扩大了象征主义对法国文坛的影响，也使这一文学运动开始向欧洲各国传播。在这一发展过程中，波德莱尔在象征主义诗歌中的宗师地位也越来越得到广泛的承认。"到了波德莱尔，法国诗歌终于走出国境。它在世界上被人阅读；它被公认为现代性的诗歌本身；它产生模仿，它使众多有才智的人获得丰产。像史温伯温[④]、加布里埃勒·邓南遮[⑤]、斯特凡·格奥尔格[⑥]

---

① Jean Moréas. Les premières armes du symbolisme, Paris：Librairie Léon Vanier, 1889.
② Georges Vanor. L'art symboliste, Paris：Librairie Léon Vanier, 1889.
③ Charles Morice. La Littérature de tout à l'heure, Paris：Librairie Perrin, 1889.
④ Algernon Charles Swinburne（1837—1909），英国诗人，今通译为"斯温伯恩"。
⑤ Gabriele D'Annunzio（1863—1938），意大利诗人。
⑥ Stefan George（1868—1933），德国诗人。

那样的人，都堂堂地显示出波德莱尔在国外的影响。"① 因此，瓦雷里认为："在我国诗人们中间，比波德莱尔更伟大、天赋更高的诗人们是有的，却没有比他更重要的。"②

1891 年，《巴黎回声报》（*L'éco de Paris*）发表了文学记者于勒·乌莱（Jules Huret，1863—1915）对文学界名人的系列访谈《对文学演进的调查》（*Enquête sur l'évolution littéraire*）。这个调查显示，主导当时法国文坛（其实主要是在巴黎）是两个流派：一个是以布尔热为代表的"心理主义"（psychologisme），一个是以马拉美为代表的象征主义。但是，在访谈中，著名作家勒南（Ernest Renan，1823—1892）谈到心理主义者、象征主义者和自然主义者时，却轻蔑地说："这都是些吮拇指的小孩儿！"③

在马拉美去世以后，法国象征主义文学缺乏公认的旗帜性人物。再加上其他文学思潮的冲击，它在法国的影响力大为减弱。虽然 1880 年代的青年诗人们已经把波德莱尔视为他们的偶像和榜样，"然而还需要等待半个多世纪，波德莱尔才能在所有受过教育训练的人们心中被认可为经典诗人。"④

为什么波德莱尔需要这么长的时间才能被公众承认呢？因为，学院培养出来的批评家和深受流俗影响的大众的艺术趣味、感受能力、欣赏水平都具有强烈的定势和惰性，难于敏感而迅速地感受和欣赏不符合惯例的创新。

对于那些震撼性的文学艺术创新，在较长的一段时间里，官方批评家和普通大众总是表现出厌恶和排斥。在法国，当时重要的批评家，如布吕纳芥⑤、朗松⑥都谈到了波德莱尔和马拉美，但态度非常保留。今天

---

① 瓦莱里. 瓦莱里散文选 ［M］. 唐祖论，钱春绮，译. 天津：百花文艺出版社，2006：152. 按：Situation de Baudelaire 发表于 1924 年 9 月 15 日出版的《法兰西评论》（*La Nouvelle Revue française*），收入 Paul Valéry, Œuvres, édition établie et annotée par Jean Hytier, Paris：Gallimard, 2000：598 – 613, t. I, 戴望舒译为《波特莱尔的位置》，收入他在 1947 年出版的《〈恶之花〉掇英》，见：施蛰存. 戴望舒译诗集 ［M］. 长沙：湖南人民出版社，1983：105 – 118.

② ［法］瓦莱里. 瓦莱里散文选 ［M］. 唐祖论，钱春绮，译. 天津：百花文艺出版社，2006：152.

③ Ernest Renan. Ce sont des enfants qui se sucent le pouce! ［M］. Henri Lemaitre. L'aventure littérature xix^{e}siècle, 1890—1930. Paris：Bordas, 1984：11.

④ Jean-Louis Backès. La littérature européene ［M］. Paris：Belin, 1996：358.

⑤ 布吕纳芥（Ferdinand Brunetière，1849—1906）1886 年被任命为巴黎高师法语语言文学教授，1893 年被选为法兰西学院院士。他的主要著作有 *Etudes critiques* (6 vol. , 1880—1898), *Le Roman naturaliste* (1883), *Histoire et Littérature*, (3 séries, 1884—1886), *Questions de critique* (2 séries, 1888, 1890), *L'Evolution de genres dans l'histoire de la littérature* (1890) 等。

⑥ 朗松（Gustave Lanson，1857—1934）曾任巴黎高师校长（1917—1927）。他的著作有 *Histoire de la littérature française* (1894), *Boileau* (1892), *Bossuet：Etude et analyse* (1899), *Montesquieu* (1932) 等。

的我们很难理解这个事实：在十九世纪末，受过良好教育的读者们居然毫不理会他们的时代里最伟大的诗人们——我们是通过学习认识到这一点的，他们的作品在袖珍本丛书里发行，被列入考试和会考的科目。①

然而，当象征主义在法国日趋衰落的时候，其影响却逐渐越出法国，传向世界各地，成为真正意义上的国际性运动。维尔哈伦和梅特林克把它引进了比利时，叶芝把它引进了英国，并由庞德、休姆（Thomas Ernest Hulme，1883—1917）等人发展成意象主义；格奥尔格把它引进了德国，里尔克把它引进了奥地利，哈姆逊（Knut Humsun，1859—1952）把它引进了挪威，勃兰兑斯（Georg Brandes，1842—1927）把它引进了丹麦，亚狄（Endre Ady，1877—1919）把它引进了匈牙利，巴尔蒙特（Constantin Balmont，1867—1942）把它引进了俄罗斯，达里奥（Rubén Darío，1867—1916）把它引进了西班牙语的创作，蒙塔莱（Eugenio Montale，1896—1981）、夸西莫多（Salvatore Quasimodo，1901—1968）等人则将象征主义融合到意大利的隐逸派诗歌中去。

因此，当象征主义在法国文学中已经不再流行之时，却在其他欧洲国家激发了象征主义诗歌运动，并越过诗歌领域，产生了象征主义戏剧和小说，涌现出不少著名作家。如比利时的维尔哈伦、奥地利的里尔克、德国的斯特凡·格奥尔格、霍夫曼斯塔尔（Hugo von Hofmannsthal，1874—1929）、梅特林克、盖尔哈特·霍普特曼。甚至在遥远的俄国，也产生了象征主义诗歌运动，涌现了索洛古勃、梅列日科夫斯基、巴尔蒙特、吉皮乌斯（Zinaida Gippius，1869—1945）、勃留索夫（Valery Brioussov，1873—1924）、勃洛克（Alexandre Blok，1880—1921）等著名诗人。俄国象征主义诗人兼理论家别雷（André Biély，1880—1934）写道："艺术中的象征主义的典型特征就是竭力把现实的形象当成工具，传达所体验的意识的内容。"② 随着亚洲国家的主动现代化进程，象征主义的影响一直抵达欧亚大陆最东端的日本、中国。各国作家都在本民族文化的基础上，结合自己民族语言的特点，对象征主义文学进行了创造性的发展。

英国诗人及评论家阿瑟·西蒙斯（Arthur Symons，1865—1945）把许多法国象征主义者的作品翻译为英语。他的《象征主义文学运动》（*The Symbolist Movement in Literature*，1899）是英语世界里问世较早且影响较大的象征

---

① Jean-Louis Backès. La littérature européene［M］. Paris：Belin，1996：358.
② 转引自吴笛. 论俄国象征主义诗歌的独创性［J］. 浙江大学学报，2004（34）：4.

主义专论之一。爱尔兰的叶芝因为受到法国象征主义影响而在诗歌创作上取得了显著的成就。

到 1920 年代，象征主义已经成为名副其实的国际性文学运动，并且在中国新诗坛上涌现出了以李金发、戴望舒为主要代表的象征诗派诗人。

第二节　对象征派作品的最初介绍

中国文化的特色之一就是哲学思想的平易和宗教情操的淡薄。在这种文化氛围中成长起来的中国诗人，对于超验象征并无多少兴趣，有时他们也写一些消极隐退、不满现实的诗，但却很少去追求那种西方诗人常写的超验的世界。吸引他们注意的是第一种意义上的象征。由于注重暗示的象征诗艺与中国诗歌注重含蓄的传统在某种程度上是相吻合的，因此，当中国诗人接触到象征诗歌时往往一见如故，产生共鸣。

在对中国现代文学发生史做了爬梳钩沉的细致研究以后，张大明指出："中国人之晓得象征主义，介绍象征主义，是从一串外国诗人、主要是法国诗人开始的。他们是象征主义的祖师爷波德莱尔，象征主义三剑客：马拉美、魏尔兰①、兰波，同时间的比利时诗人维尔哈伦、剧作家梅特林克，20 世纪初年，即第一次世界大战前后，后期象征主义者古尔蒙②、瓦雷里、保尔·福尔、拉弗格。还有俄苏的索洛古勃、安德列耶夫、英国的夏芝③等。"④

中国新文学产生之初，作家们急于摆脱传统旧文学的束缚，就很自然地把注意力放在外国文学上。最初的介绍者对于象征主义的认识并不是很清楚。比如，陈独秀在 1915 年 11 月的《青年杂志》（《新青年》的前身）发表的《现代欧洲文艺史谭》一文中，把象征主义作家梅特林克、霍普特曼与易卜生、托尔斯泰、屠格涅夫、左拉放在一起，视为代表自然主义潮流的作家。

1918 年 5 月，《新青年》第 4 卷第 5 号发表了陶履恭的《法比二大文豪之片影》，主要介绍了梅特林克的"死者观"，并称其为表象主义（即象征主义）的第一人。他虽然没有论及象征主义的具体内涵，但却是现代中国最早谈及象征主义这一术语的人。

---

① 即魏尔伦。
② 即果尔蒙。
③ 即叶芝。
④ 张大明. 中国象征主义百年史 [M]. 开封：河南大学出版社，2007：11.

自 1919 年开始，对象征主义的译介在数量上有明显的增加，在质量上也大为提高。1919 年 7 月，《中国少年》第 1 卷第 1 期发表了田汉的《平民诗人惠特曼的百年祭》。在谈到欧洲近代文学分期问题时，田汉提到魏尔伦并涉及他的诗论，如"不定行的诗""自由诗"等，首次触及到了象征主义诗人的创作主张问题。1919 年出版的《建设》杂志第 1 卷第 4 号上，发表了陈群的《欧洲十九世纪文学思潮一瞥》。在论述象征主义文学时，他指这一流派是把世界万物的实体状况作为表象，专用解剖心理的方法作为其描写的材料。这篇文章被看作是中国现代作家对象征主义所做的最早的正面阐释。

"五四"运动之后，新文学界和一般读者对于外国文学表现出了更加强烈的兴趣。1919 年 2 月，周作人在《新青年》发表长诗《小河》。在序语中，他提到了波德莱尔和他的散文诗。1920 年，在《新青年》第 8 卷第 3 期上，他发表了《杂译诗二十三首》，其中就有法国后期象征主义诗人果尔蒙所著组诗《西蒙尼》中的一首诗《死叶》，并说作者"著诗与小说甚多，《西蒙尼》（Simone）一卷尤为美妙"。这是法国象征主义诗歌在中国最早的译作。以周作人在当时文学青年中的声望，其对象征主义的推崇，无疑对象征派的进一步译介和传播起了很大的作用。正是在这个意义上，有人认为在新诗中象征派的"开端是周作人先生译的法国象征派诗人果尔蒙的《西蒙尼》"[1]。

最早对象征派诗歌理论和作品进行大规模介绍的是少年中国学会的年轻的诗人们。《少年中国》并不是一本纯文艺杂志，却刊发了相当数量的有关象征主义诗歌的译介文章，由此可见编辑们对这一文学流派的强烈兴趣。他们在《少年中国》杂志上发表了不少新诗作品和诗歌理论文章，出了两期"诗歌研究号"，系统地介绍了西方诗歌的重要作家和流派，其中特别介绍了法国象征派的理论和作品。在 1920 年 3 月出版的第 1 卷第 9 期上，发表了吴弱男（1886—1973）撰写的《近代法国六大诗人》，比较详细地介绍了马拉梅（即马拉美）、维尔哈伦、果尔蒙、耶麦、保尔·福尔、萨曼（Albert Samain，1858—1900）等法国象征主义诗人。在该卷第 10 期，发表了易家钺（即易君左，1899—1972）撰写的《诗人梅德林[2]》的介绍性文章。在第 2 卷第 9 期上，刊登了周无（即周太玄，1895—1968）翻译的魏尔兰（即魏尔伦）诗歌《秋歌》和《他歌在我心里》。在第 3 卷第 4 期和第 5 期，分别刊

---

[1] 孙作云. 论"现代派"艺术［J］. 清华周刊，1935（48）：1.
[2] 即梅特林克。

登了田汉的《恶魔诗人波陀雷尔①百年祭》及其《续篇》。

他们在译诗的同时，还对这些诗人所属的创作流派之特征及其地位与影响，做了明确的评价。这些介绍文章，论述了法国诗歌从浪漫主义，经过巴那斯派，发展到象征主义的过程和趋势，肯定了由于象征主义运动的出现，使得"法兰西诗的格律才大解放"②。周无认为象征主义的崛起"确是文学上最大的事件，他能够将文学的范围更张大，艺术的力量也加强，并且他心灵的引导，可以使读者感到最深的境界。他有时可以使自然界的事物，都能表现出意志来。于是微笑之中，便说明了人生的动态"。难能可贵的是，周无不是一味地盲目鼓吹这种诗歌潮流。他不仅看到了象征主义诗歌的优点，也敏感而清醒地察觉到了其弱点，即神秘主义倾向导致的迷离恍惚。他认为这些诗歌"一方面虽能借象征的方法，表现出无穷的美。但是他方面又每每自己证明这无穷的美，是在那无极无路的幻乡中。所以在象征主义里，每每令人于最后便感觉着与最初同样的不满足"③。

《小说月报》于1910年7月在上海创刊，由商务印书馆主办发行，发表的多是当时流行的鸳鸯蝴蝶派作品。在传统文学和半新半旧的文学受到"五四"新文化运动的强烈冲击以后，由茅盾（沈雁冰，1896—1981）在1920年接编并做了全面革新，成为"五四"时期最重要的文学杂志之一。茅盾在"脱离旧套，收纳新潮"的时代风气影响下，开始对西方各种新派文学产生浓厚的兴趣。最先引起他注意的是象征主义（茅盾称之为之"表象主义"）。在《现代文学家的责任是什么?》（1920年1月10日）一文中，他开始提及"表象派"。同年2月，他在《我们现在可以提倡表象主义吗?》对提倡表象主义作了绝对肯定的回答。他认为"表象主义"（Symbolism）是承继写实主义之后，"到新浪漫主义的一个过程，我们不得不先提倡"④。他还指出：中国传统文学不存在象征主义；《诗经》、《离骚》、唐诗、宋词里有比喻而无象征；《石头记》《儒林外史》《花月痕》也只有隐喻而无象征。

关于象征主义的理论问题，茅盾已在1920年的《时事新报》上发文，做了详尽的论述。并说尽管象征主义与现实主义文学相比不是革命的，但仍应提倡，因为象征主义文学也是治疗中国当代社会和人类存在的"过错和弱点"的一味良药。在象征主义作家中，他对梅特林克特别感兴趣，仅在1921

---

① 即波德莱尔。

② 李璜. 法兰西诗之格律及其解放 [J]. 少年中国，1920（2）：12.

③ 周无. 法兰西近世文学的趋势 [J]. 少年中国，1920（2）：4.

④ 沈雁冰. 我们现在可以提倡表象主义的文学么? [J]. 小说月报，1920（11）：2.

年就写了《梅特林克评传》《梅特林克旧情人的行踪和言论》和《看了中西女塾的〈翠鸟〉①之后》等文。据茅盾回忆，当时中西女塾选中《青鸟》（当时的译名为《翠鸟》），是因为这个剧作表明了她们对光明的渴望，因为《青鸟》的象征意义"就是须自己牺牲然后可得幸福；到光明之路是曲折的，必须自己奋斗"②。这正好与"五四"时期个性解放的时代潮流取得同一步调，也与茅盾当时提倡罗曼·罗兰（Romain Rolland，1866—1944）式的理想主义相吻合。这时期茅盾介绍较多的另一位象征主义作家是霍普德曼③，发表了《霍普德曼传》《霍普德曼的象征作品》《霍普德曼与尼采》等文章。茅盾对这两位象征主义戏剧家的偏爱，很可能与他们新近获得诺贝尔文学奖所造成的世界性影响有关。

作为主编，茅盾不仅自己撰文介绍象征主义文学，还在《小说月报》上发表有关象征主义的评介文章。《小说月报》出版了《法国文学专号》（1922年第15卷）和《法国文学研究专号》（1924年4月）。爱伦·坡、波德莱尔、霍普特曼、叶芝等众多象征主义诗人的作品及对其研究的专著都被翻译出来，一些理论性著作也被译介给读者。例如，闻天（张闻天，1900—1976）翻译的史笃姆④所撰的《波德莱尔研究》，详尽地介绍了象征主义文学的鼻祖波德莱尔的生平和创作，并给予高度评价。此外，郑振铎（1898—1958）、沈雁冰的《法国文学对于欧洲文学的影响》、君彦的《法国近代诗概况》等，都涉及象征主义文学。

《小说月报》中关于法国诗歌的介绍性论述不少，但对法国诗歌的翻译不是很多。在1922年第1卷第4号《诗》杂志上，发表了刘延陵（1894—1988）的《法国诗之象征主义与自由诗》。该文主要介绍了波德莱尔、魏尔伦及马拉美三位代表诗人，对象征主义的历史内涵、发展过程都做出了详细的论述。这是新文学诞生以后对象征主义诗歌的第一篇比较翔实的介绍。

在1920年代，阿瑟·西蒙斯的名作《象征主义文学运动》成了新文学作家和学者介绍欧洲近代文学的权威参考书，受到高度推崇，产生了广泛影响。即使已经成名的作家，如鲁迅、周作人和徐志摩等，也都很推崇西蒙斯。在《〈比亚兹莱画选〉小引》（1929）中，鲁迅就曾"摘取 Arthur Symons 和

---

① 即《青鸟》。

② 茅盾. 回忆录一集［M］. //茅盾全集第34卷［M］. 北京：人民文学出版社，1997：206.

③ 即霍普特曼。

④ 今通译为"施笃姆"（Theodor Storm，1817—1888）。

Holbrook Jackson 的话"①，来说明比亚兹莱的特色。徐志摩在英国留学时，主要是通过西蒙斯来认识英国及欧洲其他唯美—颓废主义文学的，1923 年回国后，他也把西蒙斯当做自己所喜爱的批评家推荐给国内的文学青年。至于一些颓废情调较为浓重的作家如邵洵美（1906—1968）等，更是把西蒙斯奉为批评的权威。邵洵美曾翻译过西蒙斯的《高谛蔼②》一文，他在自己的批评文字中也常常援引或称道西蒙斯。

此后，《小说月报》《文学周报》《创造季刊》《语丝》《沉钟》等杂志上，都介绍了象征派的诗歌。

第三节　中国象征诗派的诞生与演变

徐志摩是最重要的新月派诗人，有人认为他主编的《诗刊》是中国象征诗派的先驱。③ 新月派在《晨报·诗镌》时期的主要倾向是古典主义，而《新月》晚期和《诗刊》时期，则带有明显的象征主义趋势，徐志摩对于波德莱尔也极为倾慕。忧郁的气质使他对于波德莱尔创造"新的战栗"（雨果语）的诗产生了共鸣。④

1924 年 12 月，在《语丝》上，徐志摩发表了《恶之花》中《死尸》一诗的译文，并写了长序。他把《死尸》推崇为"《恶之花》诗集里最恶亦最奇艳的一朵不朽的花"，说波德莱尔"诗的真妙处不在他的字义里，却在他的不可捉摸的音节里。他刺戟着也不是你的皮肤（那本来就是太粗太厚!），却是你自己一样不可捉摸的魂灵"。他深信"宇宙的底质，人生的底质，一切有形的食物与无形的思想的底质——只是音乐，绝妙的音乐"⑤。对象征主义诗歌的欣赏使他的诗作发生了变化。在《泰山》《渺小》《卑微》《黄鹂》《季候》等诗中，他写下了自己神秘微妙的情绪。有人说，如果天假其年，徐志摩最终会变成一个象征主义诗人。

新月派其他诗人，如闻一多、林徽因、朱湘、孙人雨也写了一些具有象征意味的诗歌。

---

① 鲁迅. 集外集拾遗［M］//鲁迅全集：第 5 卷. 北京：人民文学出版社，2005：358.
② 今通译为"戈蒂埃"（Théophile Gautier，1811—1872）。
③ 周策纵语，见梁锡华. 徐志摩新传［M］. 台北：联经出版公司，1994：24.
④ 徐志摩. 徐志摩诗全编［M］. 顾永棣，编. 杭州：浙江文艺出版社，1987：286.
⑤ 徐志摩. 徐志摩全集（第七卷）［M］. 韩石山，编. 天津：天津人民出版社，2005：289.

1925 年 2 月 16 口，《语丝》杂志第 14 期发表了署名李淑良的《弃妇》。这便是在法国学雕塑艺术的青年学生李金发最早发表的一首象征诗，其表面意义是抒写一个被遗弃的女子的悲哀，前半部分以叙事视角写弃妇自身，后半部分采用全知视角写诗人自己，其文法、技法、语调、风格都是现代汉语诗歌诞生以来前所未有的。同年 11 月，李金发在异国写成的诗集《微雨》经过周作人编辑，作为《新潮社文艺丛书》由北京北新书局出版。这个文化事件标志着中国象征主义诗歌的诞生。

《微雨》内收《弃妇》等诗九十九首，附录译诗八家二十六首，其中波德莱尔三首，魏尔伦三首，保尔·福尔六首，法兰西斯·雅姆（Francis Jammes，1868—1938）一首。"附录中为各家之译诗。因读书时每将所好顺笔译下，觉其弃之可惜，故存之。"① 从这些法国象征派诗人的名字，我们基本可以看出他师法的对象。此外，他还翻译了大名鼎鼎的浪漫主义诗人拜伦（George Gordon Byron，1788—1824）诗歌一首，因为获得诺贝尔文学奖而在西方引起阅读热潮的泰戈尔（Rabindranath Tagore，1861—1941）诗歌十首，轰动一时的意大利未来主义运动的两位代表诗人布奇（Paolo Buzzi，1874—1956）和帕拉采斯基（Aldo Palazzeschi，1885—1974）的诗歌各一首。《我是谁》是帕拉采斯基最著名的作品，他之所以引起李金发的共鸣和喜爱，是由于其中表达的人生困惑与波德莱尔、魏尔伦的作品有相通之处。

《微雨》从两个方面显示了它的象征主义的特质：一是受波德莱尔《恶之花》的影响，在诗歌审美对象的选择上，多数的诗都是面向生活中的丑恶面，大量营造死尸、枯骨、血污、寒夜、泥泞、荒漠、死叶等丑恶的意象，带有明显的"以丑为美""从恶中发掘美"的美学倾向。二是在艺术方法上受法国象征派重象征、暗示的影响，喜欢通过"客观对应物"来象征、暗示自己的内心世界。然而，那"客观对应物"又常是闪烁不定的意象，与被暗示的内容之间是一种捉摸不定的"远取譬"的关系，需要读者一点一点地去"猜"。这就给李金发的诗带来了一种朦胧晦涩的美学特征。李金发的这些表现了丑怪美而又朦胧晦涩的诗歌，相对于中国古代"温柔敦厚"的传统诗教和"五四"时期写实派、浪漫派的诗歌风格来说，完全是一种陌生而古怪的东西，所以《微雨》出版后不久，他即被人冠以"诗怪"的称号。

如果我们放眼世界文学史，就可以看到：一种新的文学运动所追求的新的诗学和美学，常常要等很长时间才能被一般的批评家和读者大众接受，而

---

① 李金发. 导言［M］//微雨. 北京：北新书局，1925：1.

当时被人高度赞扬并广泛传颂的作品则可能在文学史中最终没有地位。

1901 年，瑞典科学院接受诺贝尔奖委员会的委托，确定当时著名的法国诗人普吕多姆（Sully Prudhomme，1839—1907）为第一届文学奖得主，"特别承认其诗歌写作所体现出来的崇高的理想主义、艺术的完美无瑕、心灵与智性之品质的罕见融合"①。确实，"在十九世纪末期的许多年里，这位多产的法国诗人采用清楚明白的句子（phrases claires）和精心选择的意象（images prudentes）来表达理性的信息（message raisonnable）"②。然而，这位诗人的名字及其作品今天已经被大部分法国读者忘记，也被大部分文学研究者们忽视。在今天看来，当时有不少作家和诗人比普吕多姆更有资格获得这项世界性的文学大奖。这也是诺贝尔文学奖被人批评为缺乏眼光的理由之一。"这并不是一次偶然失误，因为受到官方批评家们引导的当时公众，期待的就是一个能够照着他们所看到的样子来表现现实的画家，画面人物的脸上要光洁无瑕。他们期待的诗人要用恰如其分的流畅诗句来说出真理。他要说出事物，就像人们所说的那样（Qu'il dise les choses comme on dit qu'elles sont.）"③。

由于《微雨》已经在读者中间引起了比较大的反响，对商业更加敏感的商务印书馆以比较快的速度，将《为幸福而歌》列入《文学研究会丛书》，在 1926 年 11 月出版。《食客与凶年》又被拖延了两年，直到 1927 年，才由北新书局列入《新潮社文艺丛书》出版。这两本诗集的出版，"果然在中国'文坛'引起一种轰动，好事之徒，多以'不可解'讥之，但一般青年读了都'甚感兴趣'，而发生效果，象征派从此也在中国风行了"④。

然而，李金发并不是"为艺术而艺术"（l'art pour l'art），以写诗为职业的人。他是在与中国新诗坛没有多少联系的情况下自发产生的创作冲动。

李金发出生于广东客家人主要聚居地之一的梅县山区。原名李权兴，别名李遇安，李金发是他使用最多的笔名，其他的笔名还有李淑良、金发、今发、蓝帝、肩阔、弹丸、瓶内野蛟三郎、片山潜雀等⑤。父亲李焕章家教极

---

①　The Nobel Prize in Literature 1901 was awarded to Sully Prudhomme "in special recognition of his poetic composition, which gives evidence of lofty idealism, artistic perfection and a rare combination of the qualities of both heart and intellect". "The Nobel Prize in Literature 1901". Nobelprize. org. 20 Apr. 2013 http：//www. nobelprize. org/nobel_ prizes/literature/laureates/1901/.

②　Jean-Louis Backès. La littérature européene［M］. Paris：Belin，1996：356.

③　Jean-Louis Backès. La littérature européene［M］. Paris：Belin，1996：356.

④　李金发. 从周作人谈到"文人无行"［M］//异国情调. 重庆：商务印书馆，1942：12.

⑤　陈厚诚. 李金发传略［J］. 新文学史料，2001（2）：11.

严，这使李金发感到生活的乏味和爱的缺乏。这样的压抑生活，就在李金发身上埋下了孤独、忧郁的种子。

从六岁开始，李金发就开始阅读《诗经》《唐诗》《左传》之类的书籍。当时的学校很重视学生的国文，高小三年，李金发打下了很好的古文基础。进入青春期以后，李金发开始陷入了青年人的苦闷彷徨中，成天躲在书房里，阅读《玉梨魂》一类的鸳鸯蝴蝶派哀情小说和《牡丹亭》一类的戏曲，他特别沉醉于鸳鸯蝴蝶派小说，"倦了就睡，醒了再看，养成徐枕亚式的多愁多病的青年"①。

穷困与闭塞的环境迫使当地人形成了闯世界的冒险精神。1918年初，李金发与高小同学黄礼泰等一起赴香港，先入谭卫芝补习学校读英文，半年后转入圣约瑟中学（俗称罗马书院）。后者是一所教会学校，李金发在这里接受了一段短暂的英国式正规教育。同年底，他因思家心切而回到家乡罗田径，由母亲操办，与童养媳朱亚凤结婚。婚后过了一段甜蜜、安适的生活，并开始阅读《三国演义》和《红楼梦》等中国古典小说，还读了不少唐诗和其他古代诗歌，以及评述历代诗作的袁枚的《随园诗话》等，并开始学着写了一些旧诗。

李金发在梅县读高小时，其父已经去世，但按照父亲"志在四方"的遗训，李金发决定到上海继续求学。他于1919年夏来到上海，曾考虑过入复旦大学，但很快被另一种选择所吸引。当时上海是赴法勤工俭学的出海港口，上海报刊大力宣传勤工俭学的好处，于是李金发萌生了赴法勤工俭学的想法。

1919年11月，李金发登上一艘英国商船离沪赴法，同船者包括其同乡林风眠（1900—1991）及李立三（1899—1967）、徐特立（1877—1968）、王若飞（1896—1946）等。抵达马赛后，他由法华教育会安排在巴黎附近的枫丹白露市立中学学习法语。1921年春，李金发进入位于法国第戎的国立美术专科学校学习雕塑，半年后他转入国立巴黎美术学院。巴黎美术学院是法国最高艺术学府，徐悲鸿也曾在此学习。

独在异乡，没有亲情的温暖，却只有白眼、冷漠包围着他，于是他在书籍里寻找着安慰。在巴黎，严酷的现实、孤独的心境和悲观颓废的思想，把他推向象征派诗歌。"因多看人道主义及左倾的读物，渐渐感到人类社会罪

---

① 佚名. 李金发的一生［EB/OL］.［2008 - 09 - 22］（2013 - 03 - 11）. 无尽的爱纪念网. http：//www. eeloves. com/memorial/archive-show？id = 14248.

恶太多，不免有愤世嫉俗的气味，渐渐的喜欢颓废派的作品，鲍德莱①的
《罪恶之花》，以及 Verlaine② 的诗集，看得手不释卷，于是逐渐醉心象征派
的作风。"③ 李金发后来回忆说："雕刻工作之余，花了很多时间去看法文诗，
不知什么心理，特别喜欢颓废派 Charles Baudelaire（波特莱尔）的《恶之花》
及 Paul Verlaine（魏尔伦）的象征派诗，将他的全集买来，愈看愈入神，他
的书简全集，我亦从头细看，无形中羡慕他的性格及生活。"④ 他坦承："我
最初是因为受了波特莱尔和魏尔伦的影响而作诗的"。⑤ 象征派主张用神秘朦
胧的意象来寄托内心的痛苦和绝望情绪，引起他内心共鸣，唤醒他诗的灵感。

李金发和法国象征派一旦接近，就一拍即合。他奉魏尔伦为自己的"名
誉老师"，对波德莱尔也十分倾倒，多次谈到自己是同时受波德莱尔与魏尔
伦的影响而做诗。此外，他还读了萨曼、雷尼埃、保尔·福尔等不少其他象
征派诗人的作品。他就是在这些法国象征派诗人的熏陶下进入诗歌王国的。
波德莱尔和魏尔伦这两位身世悲苦的诗人的忧郁、苦恼的诗无疑引起了他的
共鸣，他久压在心中的怨尤终于以诗的渠道发泄了出来。

李金发在 1920 年开始写诗，诗集《微雨》中的《下午》一诗即写于布
鲁耶尔（Brugère）。在拉丁区小旅馆那间仅堪容膝的房间里，在创作《未腐
之先》等表现人类的呻吟、苦痛状态的雕塑作品的同时，李金发也开始操起
波德莱尔和魏尔伦的声调，来吟唱他"对于生命欲挪揄的神秘，及悲哀的美
丽"⑥。《微雨》中的大部分诗歌都是在这种精神状态中写成的。

《微雨》无关乎时代、国家、民族这些宏大主题，而只是李金发"个人
灵感的纪录表，是个人陶醉后的引吭高歌"⑦。抒情主人公的形象总的来说是
悲观颓废的，他就像人生道路上孤独的过客，挂着一支与自己形影相吊的手
杖，在"冷风细雨"和"死神般之疾视"下，走过苍凉的"广漠之野"
（《手杖》）。他虽然也曾希望自己的生命之"琴"能奏出"人生的美满"。但
那阴暗连绵的"微雨"不但溅湿了窗上的帘幕，而且"溅湿了"诗人的心
（《琴的哀》）。在他眼中，人生如弃妇，最终只能被命运所抛弃，"徜徉在丘

① 即 Charles Baudelaire，今通译为"波德莱尔"。

② 即 Paul Verlaine，今通译为"魏尔伦"。

③ 李金发. 文艺生活的回忆 [M] //飘零闲笔. 台北：侨联出版社，1964：5.

④ 李厚诚. 李金发回忆录 [M]. 上海：东方出版中心，1998：53.

⑤ 李金发，杜格灵. 诗问答 [J]. 文艺画报，1935（3）：17.

⑥ 黄参岛. 《微雨》及其作者 [J]. 美育，1928（12）：2.

⑦ 李金发. 是个人灵感的记录表 [M] //杨匡汉，刘福春. 中国现代诗论：上册. 广州：花城
出版社，1985：250.

墓之侧"，无人同情与理解，只有"衰老的裙裾"为她"发出哀吟"（《弃妇》）。

1922 年，李金发在艺术和诗歌两个领域都取得了相当可观的成绩。但学校里的气氛让他感到失望，妻子朱亚凤服毒自杀的消息则使他陷入极大的苦闷之中。为了改变环境，调整心境，这年冬天他与林风眠、黄士奇、林文铮（1902—1989）等留学生结伴到柏林游学。作为第一次世界大战的战败国，面临政治动荡，又要支付巨额的战争赔款，德国当时处于经济濒临崩溃、马克暴跌的"凶年"。他们是一群去"享受低价马克之福"的"食客"。李金发第二本诗集《食客与凶年》的题名即由此而来。

在柏林，李金发一面在寓所练习雕刻和油画，一面写诗。他写得很快很多，并花时间整理从巴黎带来的诗稿。1923 年 2 月，他编成了第一本诗集《微雨》。"除拣了一九二十和二一年的几首诗外，其余是近来七八个月中作的"①，共有九十九首诗作和二十六首译诗。两个月后，他写成《食客与凶年》，收诗八十九首，插图五幅。在篇末《自跋》中，李金发对国内诗坛忽视中国诗歌传统的倾向做了批评：

> 余每怪异何以数年来关于中国古代诗人之作品，既无人过问，一意向外采辑，一唱百和，以为文学革命后，他们是荒唐极了的，但从无人着实批评过，其实东西作家随处有同一之思想，气息，眼光和取材，稍为留意，便不敢否认，余于他们的根本处，都不敢有所轻重，惟每欲把两家所有，试为沟通，或即调和之意。②

由此可见，尽管身处遥远的法国，李金发还是尽可能地与国内文学界保持着关系，关注着文坛的动态。他自己像当时许多作家一样，都不是文学专业的——那时很少有留学生选择文学。然而，在当时，开风气之先的胡适、鲁迅、周作人、郭沫若、郁达夫等人也都是学习其他专业而投身于文学创作的。这种榜样的力量肯定鼓励了许多人。

李金发将《微雨》和《食客与凶年》从柏林寄给因为论文《人的文学》和诗歌《小河》而文名显著的周作人，希望"一经品题，声价十倍"。周作

① 李金发. 导言 [M] //微雨. 北京：北新书局，1925：1.
② 李金发.《食客与凶年》自跋 [M] //李金发诗集. 张新泉，主编. 成都：四川文艺出版社，1987：435.

人、宗白华、李璜（1895—1991）等人看了诗稿后，都很惊奇，对他的诗给了很高的评价。周作人复信称赞说："你这种诗是国内所无，别开生面的作品。"[①] 钟敬文（1903—2002）是最早评论李金发诗作的。他说："觉得读了先生的《弃妇》及《给蜂鸣》等诗，突然有一种新异的感觉，潮上了心头；像这种新奇怪丽的歌声，在冷漠到了零度的文艺界怎不叫人顿起很深的敬意？"他认为李金发的诗"不在于明白的语言的宣告，而在于浑然的情调的渲染"；是"这种以色彩，以音乐，以迷离的情调，传递于读者，而使之悠然感动的诗"[②]。

在柏林，李金发认识了一位叫格塔·塑伊尔曼（Gerta Scheuermann）的德国少女。李金发将她的名字翻译成"履姐"。履姐是一个画家的女儿，在画家的熏陶下亦颇擅长绘画。李金发很快由一见倾心发展为一场热恋。这使李金发享有了一段他一生中最具浪漫色彩和幸福感的时光，并触发了他诗歌创作的新的灵感，使他写下了不少感情细腻温柔的爱情诗。

1923 年冬，李金发携履姐一起离开柏林重返巴黎。1924 年初，两人在巴黎南郊一小镇结婚。婚后，李金发仍在巴黎美术学院师从布谢教授继续学习雕塑。同年夏，李金发偕履姐一起到法国北部的圣凡拉利海滨避暑，给他们婚后的生活又增添了一些甜蜜浪漫的色彩。

1924 年初冬，由于经济上的原因，李金发决定应上海美专校长刘海粟之聘，回国任雕刻教授。返国之前，他编定了他的第三本诗集《为幸福而歌》。这些诗歌都写于李金发与德国女子履姐从恋爱到结婚的这段甜蜜幸福的时期，是"为幸福而歌"的作品，所以这本诗集一扫李金发过去诗歌中那种颓废绝望、阴鸷低沉的面目，虽然表明其对人生深刻悲观的作品仍时有时现，但其主调则是爱的絮语和对幸福的憧憬。从艺术方面又明显向拉马丁（Alphonse Marie Louis de Lamartine，1790—1869）、缪塞（Alfred de Musset，1810—1857）等浪漫派诗人的作风接近，所以《为幸福而歌》大体上可视为象征主义与浪漫主义相交织的作品。这本诗集后来由商务印书馆于 1926 年 11 月出版，编入文学研究丛书。

尽管得到周作人的高度赞扬，两本诗集的出版印刷却杳无音信。这严重地挫伤了李金发的写作积极性，使他的创作热情迅速降温。1925 年初，李金发回国任教。此时的他，由于雕塑了伍廷芳（1842—1922）、邓仲元

---

① 李金发. 从周作人谈到"文人无行"［M］//异国情调. 重庆：商务印书馆，1942：12.

② 钟敬文. 李金发底诗［J］. 一般，1926（12）：5.

（1886—1922）二位名人的铜像，在艺术界已确立了较高的地位。忙碌的职业生活使他的诗歌创作基本停止。同年 10 月，在为第三本诗集《为幸福而歌》所写的卷首《弁言》中，身处上海的李金发解释说："从前在柏林时曾将诗稿集成两册，交给周作人先生处去出版，因为印刷的耽搁，至今既两年尚没有印好，故所有诗兴都因之打销！后除作本集稿子外，简直一年来没动笔作诗，真是心灵的一个大劫。"①

关于这本诗集的内容，他介绍说："这集多半是情诗，及个人牢骚之言情诗的'卿卿我我'，或有许多阅者看得不耐烦，但这种公开的谈心，或能补救中国人两性间的冷淡；至于个人的牢骚，谅阅者必许我以权利的。"②

李金发此后虽然只有很少的诗歌问世，但在三年之内（1925—1927）出版了三本特色明显的诗集，他不能不在中国新诗坛造成了很大的轰动效应。褒之者称赞他为"国中诗界的晨星""东方之鲍特莱"，贬之者则指责他的诗为"笨谜""模仿一部分堕落的外国文学"。但褒贬双方都不否认李诗"别开生面"这样一个事实。朱自清指出李金发是中国新诗坛的一支"异军"，是将法国象征诗人的手法介绍到中国诗里来的诗人。其新奇甚至怪异的诗风激发了更多的人去慕名阅读波德莱尔以及其他象征派诗人的作品，并有意识地创作象征意味明显的汉语现代诗歌，从而形成了中国现代文中影响深远的象征诗派。

李金发本人在《文艺生活的回忆》一文中也说："两个诗集出版后，在贫弱的文坛里，引起不少惊异，有的在称许，有的在摇头说看不懂，太过象征。创造社一派的人，则在讥笑。久而久之，象征派的作家亦多了，有戴望舒出的《望舒草》，听说很不错，可惜我始终没有读过。此外，还有穆木天、王独清，当时亦发表不少作品，惜乎我们没有联络，否则还皆以造成一次更有声色的运动。"③

1935 年，朱自清在为《中国新文学大系第八集·诗集》写的《导言》里，这样描述作为初期新诗三大派之一的象征派创始人李金发的诗歌：

> 留法的李金发氏又是一支异军；他一九二〇年就作诗，但《微雨》

---

① 李金发.《为幸福而歌》弁言［M］//李金发诗集. 张新泉，主编. 成都：四川文艺出版社，1987：439.

② 李金发.《为幸福而歌》弁言［M］//李金发诗集. 张新泉，主编. 成都：四川文艺出版社，1987：439.

③ 李金发. 飘零闲笔［M］. 台北：侨联出版社，1964：5－6.

出版已经是一九二五年十一月。《导言》里说不顾全诗的体裁，"苟能表现一切"；他要表现的是"对于生命欲揶揄的神秘及悲哀的美丽"。讲究用比喻，有"诗怪"之称；但不将那些比喻放在明白的间架里。他的诗没有寻常的章法，一部分一部分可以懂，合起来却没有意思。他要表现的不是意思，而是感觉或情感；仿佛大大小小红红绿绿一串珠子，他却藏起那串儿，你得自己穿着瞧。这就是法国象征诗人的手法；李氏是第一个人介绍它到中国诗里。许多人抱怨看不懂，许多人却在模仿着。他的诗不缺乏想象力，但不知是创造新语言的心太切，还是母舌太生疏，句法过分欧化，教人像读着翻译；又夹杂着些文言里的叹词、语助词，更加不像——虽然也可说是自由诗体制。他也译了许多诗。①

第四节　中国象征诗派的演变

"五四"运动退潮以后，受过新思潮激荡的敏感的文学青年，从狂热的高歌呐喊，转向了苦闷彷徨。这种带有感伤色彩的时代病曾感染了不少年轻的诗人。象征主义诗人那种逃避现实的以幻想为真实，以忧郁为美丽的世纪末情绪，引起了他们的共鸣，使他们在诗作中偏重于汲取来自异域的营养果汁，用来宣泄积淀在心底的感伤和郁闷。

与李金发同时或稍后，出现了一批象征派诗人，有倾向于法国象征派的创造社后期的三位诗人王独清（1898—1940）、穆木天（1900—1971）和冯乃超（1901—1983），有受这一思潮的影响或直接取法于法国象征派而从事诗歌创作的冯至（1905—1993）、石民（1901—1941）、梁宗岱等。这些人后来的发展变化虽不相同，但在当时却同李金发一起形成了中国象征诗派。他们的诗歌大多都借助新奇的比喻和晦涩的意象以及象征来揭示内在的思想感情，具有与"五四"初期白话诗截然不同的诗艺特征。朱自清评价说：

> 后期创造社三个诗人，也是倾向于法国象征派的。但王独清氏所作，还是拜伦式的、雨果式的为多；就是他自认为仿象派的诗，也似乎豪胜于幽，显胜于晦。穆木天氏托情于幽微远渺之中，音节也颇求整齐，却

---

① 朱自清. 导言//中国新文学大系第八集·诗集［M］. 上海：良友图书印刷公司，1935：7 - 8.

不致力于表现色彩感。冯乃超氏利用铿锵的音节，得到催眠一般的力量，歌咏的是颓废、阴影、梦幻、仙乡。他诗中的色彩感是丰富的。①

"纯诗"（poésie pure）是法国象征主义诗歌的一个重要术语。它其实是对美国诗人埃德加·爱伦·坡（Edgar Allan Poe，1809—1849）在演讲《诗的原理》中提出的"纯诗"（the pure poetry）的直接翻译和运用。在法语中，它首先出现在波德莱尔发表于 1857 年的文章《再论埃德加·爱伦·坡》末尾②，以批评浪漫主义大诗人雨果诗歌的"教诲"特征。作为象征主义一代宗师的马拉美，沿着波德莱尔的思路，在 1897 年发表的《诗的危机》一文中，倡导"纯诗作"（œuvre pure），以取代对古典传统抒情方式的模仿和对浪漫主义式直抒胸臆的放任③。1920 年，法国后期象征主义诗歌的集大成者保尔·瓦雷里在为诗人吕西安·法布尔（Lucien Fabre，1889—1952）写的长序里，把"纯诗"视为在西方文化危机和精神废墟上，诗人应该努力的目标④。他还把"纯诗"称为"绝对诗"（poésie absolue）⑤。

1925 年 10 月 24 日，对诗歌问题有着浓厚兴趣的法兰西学院院士亨利·布雷蒙（Henri Bremond，1865—1933），就"纯诗"问题做了一次公开演讲。这位耶稣会士兼天主教神学家认为诗歌不受理性控制、诗歌与祈祷相通。他的观点引发了一场热烈的"纯诗之争"。次年，他将演讲稿付诸出版，并附上了他人的论辩文字⑥，还出版了专著《祈祷与诗歌》⑦。更多的诗人和理论家卷入了正常争论：瓦雷里和另一位象征主义大诗人保尔·克洛代尔分别陈述了自己对"纯诗"的理解，布雷蒙神父则出版了专著《拉辛与瓦雷里》以捍卫自己的观点⑧。

---

① 朱自清. 导言∥中国新文学大系第八集·诗集 ［M］. 上海：良友图书印刷公司，1935：8.

② ［法］波德莱尔. 再论埃德加·爱伦·坡∥波德莱尔美学论文选 ［M］. 郭宏安，译，北京：人民文学出版社，1987：208 – 209.

③ Stéphane Mallarmé. Divagations ［M］. Paris：Bibliothèque-Charpentier，1897：246.

④ Paul Valéry. Avant-Propos ［M］∥Lucien Fabre. Connaissance de la déesse. Paris：Société littéraire de France，1920：XIX.

⑤ Paul Valéry. Avant-Propos ［M］∥Lucien Fabre. Connaissance de la déesse. Paris：Société littéraire de France，1920：XX.

⑥ Henri Bremond. La Poésie pure，avec un débat sur la poésie par Robert de Souza ［M］. Paris：Bernard Grasset，1926.

⑦ Henri Bremond. Prière et poésie ［M］. Paris：Librairie Grasset，1926.

⑧ Henri Bremond. Racine et Valéry：notes sur l'initiation poétique ［M］. Paris：Librairie Grasset，1930.

几乎与此同时，中国诗歌界也在围绕现代诗歌的弊病展开讨论，寻求解决方案。"五四"时期新文学家们倡导的"诗体大解放"，在使诗歌冲破旧诗樊笼而重获新生的同时，其"作诗如作文"的主张也遮蔽、甚至是忽略了新诗本体意义上的艺术价值。口语化、散文化的诗歌在兴盛一时之后，迅速走向衰落。因此，含蓄蕴藉的法国象征主义诗歌就被一些人视为补救中国现代诗歌流弊的重要参考。周作人（1885—1967）提出"为诗而诗"的唯美诗学主张，李思纯（1893—1960）提出要创造出深博、美妙、复杂的诗，田汉（1898—1968）极力推崇过诗歌语言的音乐美。

在这样的语境中，法国诗歌界围绕"纯诗"展开的热烈争论自然而然地引起了中国现代诗人和诗歌理论家们的关注。穆木天①、王独清②、梁宗岱③、朱光潜④（1897—1986）、钱锺书⑤（1910—1998）等都就此发表了很有价值的意见。他们自觉不自觉地运用了比较文学的方法，结合中国和西方的诗歌作品与诗歌理论，对"纯诗"的内涵和深意，做了非常有启发性的阐发。他们在强化中国诗歌本体意识的同时，也为中国现代诗歌理论的发展做出了重要贡献。其中最早正式谈论"纯诗"的是诗人穆木天。

穆木天于1920年入日本京都第三高等学校文科学习，次年参加创造社，发表了不少具有浪漫主义色彩的诗作。1923年，他考入东京大学攻读法国文学，耽读于波德莱尔、魏尔伦、果尔蒙等人的诗作，"热烈地爱好着那些象征派、颓废派的诗人"⑥。在法国象征派诗歌的影响下，他的诗歌注重声、色律动与内容、情调的统一，情调忧郁、感伤。与此同时，他也因为意识到浪漫主义诗歌直白、浮夸的缺点，而对象征主义诗学做了深入研究和思考。在1926年3月出版的《创造月刊》第1卷第1期上，他发表了长篇论文《谭诗——寄沫若的一封信》，把对"纯粹诗歌"的不懈追求，作为其最高的诗学理想。这是中国象征派最重要的一篇诗学宣言。

关于写作这篇诗论的缘由，他说：

---

① 穆木天. 谭诗——寄沫若的一封信. 原载创造月刊, 1926（1-1）[M] //杨匡汉, 刘福春, 编. 中国现代诗论（上册）. 广州：花城出版社, 1985：93-101.

② 王独清. 再谭诗——寄给木天、伯奇. 原载创造月刊, 1926（1-1）[M] //杨匡汉, 刘福春, 编. 中国现代诗论（上册）. 广州：花城出版社, 1985：102-110.

③ 梁宗岱. 谈诗（写于1934年9-11月）[M] //梁宗岱文集：第2卷. 北京：中央编译出版社, 2003：84-100.

④ 朱光潜. 谈翻译 [M] //朱光潜全集：第4卷. 合肥：安徽教育出版社, 1988：288-301.

⑤ 钱锺书. 谈艺录（补订重排本下卷）[M]. 北京：三联书店, 2001：773-821.

⑥ 穆木天. 我的诗歌创作之回顾 [J]. 现代, 1934（4-4）.

　　我同乃超谈到诗论的上边，谈到国内的诗坛的上边，谈些个我们主张的民族彩色，谈些个我深吸的异国薰香，谈些个腐水朽城 décadent 的情调，我们的意见，大概略同。……

　　我们的要求是"纯粹诗歌"。我们的要求是诗与散文的纯粹的分界。我们要求是"诗的世界"。乃超让我把我的诗的意见写出，我以为太平凡；但回来想想，或似有写出的必要。因略略想谈出一些。①

需要说明的是，布雷蒙的《纯诗》一书出版于 1926 年，当时在日本留学的穆木天不可能是在读到了布雷蒙、瓦雷里、克洛代尔等人从 1926 年开始出版和发表的关于"纯诗"著作和论文后，写下这篇深思熟虑的诗学论文的。然而，他有可能风闻布雷蒙关于"纯诗"的演讲所引起的争论和讨论。因此，他对"纯诗"的理论探讨，可能更多地源于他对波德莱尔、魏尔伦、马拉美等人诗歌与理论随笔的阅读。难能可贵的是，他对"纯诗"提出了一套比较完整系统的要求，非常值得我们加以梳理和考辨。

　　穆木天要求重视"诗的统一性"。他解释说："我的主张，一首诗歌表现一个思想。一首诗的内容，是表现一个思想的内容。"他对中国新诗的现状很不满意："中国现在的新诗，真是东鳞西爪；好像中国人，不知道诗文有统一性之必要，而无统一性为诗之大忌。第一诗段的思想是第一诗段的思想，第二诗段是第二诗段的思想。甚至一句一个思想，一字一个思想，思想真可称未尝不多。(这真如中国的政治一样！)"② 他的诗学主张是：

　　　　作诗，应如证几何一样。如几何有一个有统一性的题，有一个有统一性的证法，诗亦应有一个有统一性的题，而有一个有统一性的作法。例如维尼③的诗《摩西》(Moïse)，他那种"天才孤独"的思想是何等统一，他那种写法是何等的统一。如同鲍欧 (Poe)④ 的《乌鸦》(The

---

　　① 穆木天．谭诗——寄沫若的一封信［M］//杨匡汉，刘福春，编．中国现代诗论．广州：花城出版社，1985：94.
　　② 穆木天．谭诗——寄沫若的一封信［M］//杨匡汉，刘福春，编．中国现代诗论．广州：花城出版社，1985：95.
　　③ 即法国浪漫派诗人 Alfred de Vigny (1797—1863)。
　　④ 即爱伦·坡。

Raven），也可作一个适例。如读毛利雅斯①的《绝句集》（*Les stances*），甚可感全诗集有一个统一性。勿论是由于 Fantaisie 产出来的诗，是由宗教心产出来的诗，都是很有统一的。因为诗是在先验的世界里，绝不是杂乱无章，没有形式的。②

由于不是谁都能够直接阅读他所列举的这些诗歌的法文版，穆木天就以中国读者耳熟能详的杜牧《泊秦淮》为例阐释他的"统一性"主张。他将这首诗称为"象征的印象的彩色的名诗"：

> 烟笼寒水月笼沙
> 夜泊秦淮近酒家
> 商女不知亡国恨
> 隔江犹唱后庭花

他称赞这首诗："是何等的秩序井然，是何等的统一的内容，是何等统一的写法。由朦胧转入清楚，由清楚又转入朦胧。他官能感觉的顺序，他的感情激荡的顺序：一切的音色律动都是成一种持续的曲线的。里头虽有说不尽的思想，但里头不知那里人总觉是有一个思想。我以为这是一个思想的深化，到其升华的状态，才能结晶出这个。"③

他以杜牧的《赤壁》为例，指出同样是大诗人也可能创作出不符合"统一性"的作品：

> 折戟沉沙铁未销
> 自将磨洗认前朝
> 东风不与周郎便
> 铜雀春深锁二乔

穆木天说，读这首诗，"你觉不觉出它的上二句是一个统一的东西，下

---

① 即《象征主义宣言》的作者莫雷亚斯。
② 穆木天. 谭诗——寄沫若的一封信 [M] //杨匡汉, 刘福春, 编. 中国现代诗论. 广州：花城出版社, 1985：95.
③ 穆木天. 谭诗——寄沫若的一封信 [M] //杨匡汉, 刘福春, 编. 中国现代诗论. 广州：花城出版社, 1985：96.

二句又是一个，上二句与下二句如用胶水硬贴到一同似的，总感不出统一来"①。他详细地解释了诗的统一性应该是什么样子，应该达到什么样的艺术效果：

> 要求诗的统一性得用一种沙（里淘）金的工夫。与诗的统一性相关联的是诗的持续性。一个有统一性的诗，是一个统一性的心情的反映，是内生活的真实的象征。心情的流动的内生活是动转的，而它们的流动动转是有秩序的，是有持续的，所以它们的象征也应有持续的。一首诗是一个先验状态的持续的律动。读一首好的诗，自己的生命随着他的持续的流动，读一首坏的诗，无统一的诗，觉着不知道怎办好，好同看见自动车跑来一样：这是一般都能觉出来的罢。若是读拉马丁（Lamartine）② 的《湖水》（*Le lac*）是不是感得出什么东西——时间？运命？——在意识中流转，不停地持续地流转。持续是不断的，一首诗就怕断弦。杜牧之的"折戟沉沙……"的毛病，就是续弦的原故。勿论律动是如何的松，如何的弛缓，如何的轻软，好的诗，永是持续的。诗里可以有沉默，不可是截断；因为沉默是律的持续的一形式。你如漫步顺小小的川流，细听水声，水声纵时有沉默，但水声不是没了，如果水声是没了，是断了，你得更新听新的水声了。中国现在的诗是平面的，是不动的，不是持续的。我要求立体的，运动的，在空间的音乐的曲线。我们要表现我们的反映的月光的针波的流动，水面上的烟网的浮飘，万有的声，万有的动：一切动的持续的波的交响乐。持续性是诗的不可不有的最要紧的要素呀！③

穆木天将他在诗歌的形式方面的主张概括为"我的诗之物理学"，总结为一句话："诗是——在形式方面上说——一个有统一性有持续性的时空间的律动。"④

---

① 穆木天．谭诗——寄沫若的一封信［M］//杨匡汉，刘福春，编．中国现代诗论．广州：花城出版社，1985：95.

② 即法国浪漫派诗人 Alphonse Marie Louis de Lamartine（1790—1869）。

③ 穆木天．谭诗——寄沫若的一封信［M］//杨匡汉，刘福春，编．中国现代诗论．广州：花城出版社，1985：96～97.

④ 穆木天．谭诗——寄沫若的一封信［M］//杨匡汉，刘福春，编．中国现代诗论．广州：花城出版社，1985：97.

胡适所示范和引导的新诗运动给人们造成了这样一种观念：现代诗＝自由诗。穆木天敏锐地看到了这个观念的偏颇和弊端。"我们要求的诗是数学的而又音乐的东西。"① 他从形式与内容应该一致的常识出发，认为自由诗无法替代律诗和绝句，因为这些传统的中国诗歌形式有其特别能够表现的思想和感情：

> 诗的内容是得与形式一致，这是不用说的。实在说：内容与形式是不能分开。雄壮的内容得用雄壮的形式——律——去表。清淡的内容得用清淡的形式——律——去表。思想与表思想的音声不一致是绝对的失败。暴风的诗得像暴风声，细雨的声得作细雨调。诗的律动的变化得与要表的思想的内容的变化一致。这是最要紧的。现在新诗流盛的时代，一般人醉心自由诗（vers libre），这个犹太人发明的东西固然好；但我们得知因为有了自由句，五言的七言的诗调就不中用了不成？七绝至少有七绝的形式的价值，有为诗之形式之一而永久存在的生命。因为确有七绝能表的，而词不能表的，而自由诗不能表的。自由诗里许有七绝诗的地位罢？②

他指出自由诗和传统格律诗是无法互相取代的，"因为自由诗有自由诗的表现技能，七绝有七绝的表现技能。有的东西非用它表不可。"他要求保存传统形式，而且增加散文诗以造成中国现代诗歌样式的多样性。"我们对诗的形式力求复杂，样式越多越好，那么，我们的诗坛将来会有丰富的收获。我们要保存旧的形式，让它为形式之一，我们也要求散文诗。"③

散文诗和自由诗都是"五四"时期从西方输入到中国的诗歌新形式，尚处于试验阶段。穆木天认为散文诗最重要的特质是诗，应该具有诗的旋律，以区别于一般的散文：

> 在我自己想，散文诗是自由句最散漫的形式。虽然散文诗有时不一

① 穆木天. 谭诗——寄沫若的一封信［M］//杨匡汉，刘福春，编. 中国现代诗论. 广州：花城出版社，1985：97.

② 穆木天. 谭诗——寄沫若的一封信［M］//杨匡汉，刘福春，编. 中国现代诗论. 广州：花城出版社，1985：97.

③ 穆木天. 谭诗——寄沫若的一封信［M］//杨匡汉，刘福春，编. 中国现代诗论. 广州：花城出版社，1985：97.

句一句的分开——我怕它分不开才不分——它仍是一种自由诗罢？所要写成散文的关系，因为旋律不容一句一句分开，因旋律的关系，只得写作散文的形式。但是它是诗的旋律是不能灭杀的。不是用散文表诗的内容，是诗的内容得用那种旋律才能表的。读马拉梅（Stéphane Mallarmé）① 的《烟管》（*La pipe*），他的调子总是诗的律动。散文诗是旋律形式的一种，如可罗迭儿（Claudel）② 的节句（verset）为旋律的形式之一种一样。我认为散文诗不是散文，Poème en prose 不是 prose，散文诗是旋律形式之一种，是合乎一种内容的诗的表现形式。③

穆木天对当时新诗作品在艺术上的粗糙状态和诗作者对艺术的懈怠非常不满："中国人现在作诗，非常粗糙，这也是我痛恨的一点。"他再次强调说："诗要兼造形与音乐之美。"④ 诗要表现微妙、纤细的潜意识，要表现宇宙的律动与内心的音乐，所以它必须要用暗示的方式，而不是一览无余、没有余地的说明。穆木天的论述确实是非常精确恰当的：

在人们神经上振动的可见而不可见，可感而不可感的旋律的波，浓雾中若听见若听不见的远远的声音，夕暮里若飘动若不动的淡淡光线，若讲出若讲不出的情肠才是诗的世界。我要深汲到最纤细的潜在意识，听最深邃的最远的不死的而永远死的音乐。诗的内生命的反射，一般人找不着不可知的远的世界，深的大的最高生命。我们要求的是纯粹诗歌，我们要住的是诗的世界，我们要求诗与散文的清楚的分界。诗的世界是潜在意识的世界。诗是要有大的暗示能。诗的世界固在平常的生活中，但在平常生活的深处。诗是要暗示出人的内生命的深秘。诗是要暗示的，诗最忌说明的。说明是散文的世界里的东西。诗的背后要有大的哲学，但诗不能说明哲学。杜牧的《泊秦淮》里确暗示出无限的形而上学的感——因其背后有大的哲学——但他绝不是说明为形而上的感。——你如读拉马丁、维尼，以及象征运动以后的诗，你总觉有无限的世界在环绕

① 即马拉美。

② 即 Paul Claudel（1868—1955），也译为"克洛代尔"。

③ 穆木天. 谭诗——寄沫若的一封信［M］//杨匡汉，刘福春，编. 中国现代诗论. 广州：花城出版社，1985：98.

④ 穆木天. 谭诗——寄沫若的一封信［M］//杨匡汉，刘福春，编. 中国现代诗论. 广州：花城出版社，1985：98.

你的周围。用有限的律动的字句启示出无限的世界是诗的本能。诗不是像化学的 $H_2 + O = H_2O$ 那样的明白的，诗越不明白越好。明白是概念的世界，诗是最忌概念的。诗得有一种 magical power。①

穆木天断然拒绝说明性文字成为诗的可能性："如果说明的东西可为诗，法律、政治、物理、化学、天文、地理的记录都是诗了。诗不是说明的，诗是得表现的。"② 穆木天将前述对于表现与说明的区分，应用到对于最伟大的两位唐代诗人的总体把握上："放在时代里，杜甫是李白以上的大诗人，如同在法国的浪漫的时代里看嚣俄（Victor Hugo）③ 是在维尼以上的大诗人。但是就时代的素质 Tempérament 上说，李白是大的诗人，杜甫差多了。"④ 其原因在于："李白的世界是诗的世界，杜甫的世界是散文的世界；李白飞翔在天堂，杜甫则涉足于人海。读李白的诗，即总觉到处是诗，是诗的世界，有一种纯粹诗歌的感；而读杜诗，则总离不开散文，人的世界。"很显然，穆木天看重以想象力丰富著称的李白，而忽视了杜甫晚年在律诗技艺上已经达到炉火纯青的事实。他甚至把这个区分推广到判断雨果与维尼之高下："如同在对于诗的意识良心上说，嚣俄的诗的情感不如维尼远了。"⑤ 一般的读者和学者还是认为雨果的诗歌水准在维尼之上。雨果不是没有缺点，他写得太多，直抒胸臆，确实不够含蓄，基本没有象征派诗人要求的暗示。穆木天解释自己立论如此偏颇的目的是为了强调纯粹的诗歌："在我的思想，把纯粹的表现的世界给了诗歌作领域，人的生活则让散文担任。……我们要把诗歌引到最高的领域里去。"⑥

"五四"新文化运动的主要使命是唤醒精神沉睡已久的亿万民众，培养他们对现代自由、民主、科学的明确意识和坚定信念，改造国民性，重建中国魂，为中国在政治、经济、社会、文化、科技等方面实现现代化打下思想

---

① 穆木天. 谭诗——寄沫若的一封信［M］//杨匡汉，刘福春，编. 中国现代诗论. 广州：花城出版社，1985：98－99.

② 穆木天. 谭诗——寄沫若的一封信［M］//杨匡汉，刘福春，编. 中国现代诗论. 广州：花城出版社，1985：98－99.

③ 今通译名为雨果。

④ 穆木天. 谭诗——寄沫若的一封信［M］//杨匡汉，刘福春，编. 中国现代诗论. 广州：花城出版社，1985：99.

⑤ 穆木天. 谭诗——寄沫若的一封信［M］//杨匡汉，刘福春，编. 中国现代诗论. 广州：花城出版社，1985：98－99.

⑥ 穆木天. 谭诗——寄沫若的一封信［M］//杨匡汉，刘福春，编. 中国现代诗论. 广州：花城出版社，1985：99.

基础。所以，"五四"运动之后，这场运动的发动者和参与者们纷纷转向新的政治革命之中，又因为政治主张的不同而投身于不同的政治阵营。文学研究会和创造社的成员大都投入了1924—1927年的国民革命，从事政治宣传和军事斗争。创造社更是把文学与革命视为一体，严厉批判个人主义和形式主义的纯文学。

那么，作为创造社成员，穆木天如何解决他既主张国民文学（包含国民诗歌），又主张纯粹诗歌的明显矛盾呢？他认为这个矛盾根本就不存在，因为国民（即中国人的整体集）的生命与个人（即个别的诗人）的生命必须发生波德莱尔所说的应和或交响，否则二者都不可能存在。曾有一个在中国流传甚广的观点，认为诗人是时代精神的传声筒。这个主张只看到了诗人与其时代和人群的关系，是一种文学上的机械唯物论。穆木天"国民生命与个人生命交响"的论点，则充分考虑到了诗人人格的主体性、思想的独立性和艺术的自主性。他用"交响说"为象征主义诗歌寻求存在的理由。

> 国民的生命与个人的生命不作交响（Correspondance），两者都不能存在，而作交响时，二者都存在。巴理斯（Maurice Barrès）把美的（Beau）与画的（Pittoresque）分开（参照 Colette Baudoche）。我们要表现的是美的，不是画的。故园的荒丘，我们要表现它，因为它是美的，因为它与我们作了交响（Correspondance），故才是美的。因为故园的荒丘的振律，振振的在我们的神经上，启示我们新的世界；但灵魂不与它交响的人们感不出它的美来。国民文学是交响的一形式。人们不达到内生命的最深的领域没有国民意识。对于浅薄的人，国民文学的字样不适用。国民的历史能为我们暗示最大的世界，先验的世界，引我们到怀旧的故乡里去。如此想，国民文学的诗，是最诗的诗也未可知。我要表现我们北国的雪的平原，乃超很憧憬他的南国的光的情调，因我们的灵魂的不同罢？我们很想作表现败墟的诗歌——那是异国的熏香，同时又是自我的反映——要给中国人启示无限的世界。腐水、废船，我们爱它，看不见的死了的先年（Antau Mort①），我们要化成了活的过去（Passé vivant）。我要抹杀唐代以后东西，乃超②要近还要古的时代——先汉？先秦？听我们的心声，听我们故国的钟声，听先验的国里的音乐。关上园

---

① 此处法文印刷有误，正确的形式可能是"Antan mort"。
② 即冯乃超（1901—1983）。

门，回到自己的故乡里。国民文学的诗里——在表现意义范围内——是与纯粹诗歌绝不矛盾。①

如果我们把"国民文学"的概念放宽，则所有的文学作品——包括思想、趣味、形式彼此对立冲突的文学作品都可以构成一个时代的"国民文学"。然而，"国民文学"在实际的评判中是狭义的，立论者常常以先进、正确自居，唯我独尊，只认可被视为先进的、正确的，坚决排斥和打击不合自己要求的流派和作家。"五四"时期新文学作家对于鸳鸯蝴蝶派的批判、1928 年创造社对鲁迅的批判、1930 年代初期"左联"对"第三种人"的批判、1936 年左派作家内部因为"国防文学"和"民族革命战争的大众文学"的口号而发生激烈敌对，都是实际发生的例子。加入左联以后的穆木天也将不再认为象征主义诗歌可以成为国民诗歌。

探讨诗歌，必然要讨论诗韵问题。中国和西方的古典诗歌都是用韵的，虽然押韵的方式不同。即使是象征派诗歌的奠基人波德莱尔，其《恶之花》也还是严格押韵的，只不过在押韵的方式上做了多种尝试。中国现代诗歌同时受到西方格律诗与自由诗的影响。因此，两种倾向在新诗中几乎同时出现，隐隐相争。有些人在白话诗歌中自觉地尝试韵律和节奏，如新月社诗人们。有些人则几乎不关心押韵和节奏，如创造社的郭沫若和象征派的李金发。

波德莱尔虽然没有特别讨论韵律问题，但《恶之花》中的十四行体达到了极高的艺术水准，其他类型的诗歌也都有很强烈的韵律和旋律。魏尔伦将诗歌的音乐性提高到无以复加的高度，似乎诗歌越像是音乐，水准就越高。马拉美沿着这一思路把诗歌的音乐性推到了更加绝对化的境地，音乐性成了判定诗歌质量的重要标准。1920 年代，T. S. 艾略特的无韵诗创作已经取得了巨大成就，但他的影响也要等到十年以后，才在英语诗歌界引起年轻人的仿效，并渐渐被中国新一代诗人知晓。在穆木天的时代，依然是波德莱尔、魏尔伦、马拉美等老一代象征主义诗人被大家阅读和模仿。明乎此，我们也才能理解穆木天特别要加上他对诗韵的意见："关于诗的韵（Rime），我主张越复杂越好。我试过在句之中押韵，我以为很有趣。总之韵在句尾以外得找多少地方去押。"同时，他也不强求别人，表现得很大度："不押韵的诗也有好处。"②

① 穆木天. 谭诗——寄沫若的一封信［M］//杨匡汉，刘福春，编. 中国现代诗论. 广州：花城出版社，1985：100.

② 穆木天. 谭诗——寄沫若的一封信［M］//杨匡汉，刘福春，编. 中国现代诗论. 广州：花城出版社，1985：100.

在古代，中国和西方的书写和印刷都没有标点符号。西方的标点符号由古典时期希腊文和拉丁文演变而来。到了 16 世纪，主要有朗诵学派和句法学派。标点符号的书写规范和使用方法在 17 世纪以后进入稳定阶段。没有标点符号，使中国古代典籍读起来很吃力，而且因为断句不同而产生歧义与误解。汉朝经师发明了"句读"符号，将语意完整的一小段为标为"句"，句中语意未完，语气可停顿的一段标为"读"（dòu）。宋朝开始使用"。"和"，"来表示句读。明代出现了人名号和地名号。但是，标点符号的缺乏对诗歌，尤其是严整的四言、五言、六言和七言诗的抄写、印刷和阅读，都没有多少影响，因为其句读很容易分清。

新文化运动不仅要推动白话文作为官方语言，从而更方便地表达和传播新思想，而且要推动现代标点符号的使用，以使阅读变得更容易。1919 年，国语统一筹备会在我国原有标点符号的基础上，参考各国通用的标点符号，规定了 12 种符号，由当时的教育部颁行全国。同年，上海商务印书馆出版的胡适的《中国哲学史大纲》，成为正式采用白话和新式标点的第一部现代中文著作。次年，在陈独秀、胡适等人的支持下，在上海印刷的《水浒传》，成为第一部使用新式标点符号、分段的古典书籍。

在散文类文本（包括小说、随笔和非文学性的文字）中，标点符号是清楚表达思想，正确理解意思的必要条件。但是，在现代诗歌里，标点符号的使用情况比较复杂：有些从头到尾都使用标点符号，有些诗则一个标点也没有；有些是行中使用，行末不使用；有些诗则是部分诗行使用、部分诗行却又不使用。标点符号有两个基本功能：一个是帮助理解的"意义功能"，一个是制造停顿的"节奏功能"。对于节奏整齐、停顿规则的诗歌来说，有没有标点符号并不会产生太大的意义差别。用不用标点符号，有时候只是个人习惯的问题。未来主义诗人就主张不用诗中标点，以免影响诗歌营造的整体氛围。由于未来主义的影响不大，穆木天可能还不知道这一派关于标点的主张。他主要还是从象征主义诗学关于诗歌的音乐性和暗示性的强调中，得到了废止句读的理论依据："我主张句读在诗上废止。句读究竟是人工的东西。对于旋律上句读却有害，句读把诗的律，诗的思想限狭小了。诗是流动的律的先验的东西，决不容别个东西打搅。把句读废了，诗的朦胧性愈大，而暗示性因越大。"[①]

---

① 穆木天. 谭诗——寄沫若的一封信［M］//杨匡汉，刘福春，编. 中国现代诗论. 广州：花城出版社，1985：101.

波德莱尔对诗歌的艺术性有很高的期待。他对自己的诗歌总是反复修改，以锤炼精严整饬的诗句，创造出动人的节奏和旋律。然而，作为象征派的仰慕者，年轻的穆木天居然对于后辈诗人们景仰万分的象征派大师波德莱尔，提出了严肃的批评。这并非是少年轻狂，而是深思熟虑之后的诗歌主张。很可能是针对新诗创作中"作诗如说话"的风气有感而发，穆木天认为把散文改写为韵文并不能算作真正的诗歌。这是新诗发展初期少有的极度清醒、非常有见地的诗学主张。他指出：连波德莱尔这样的大师，都未能幸免于这个问题。"波得雷路（Baudelaire）① 的毛病在先作成散文诗，然后再译成有律的韵文。先当散文去思想，然后译成韵文，我以为是诗道之大忌。"② 他主张："我们如果想找诗，我们思想时，得当诗去思想（Penser en poésie, to think in poetry）。"③ 他解释说：

> 我得以诗去思想。Penser en poésie。我希望中国作诗的青年，得先找一种诗的思维术，一个诗的逻辑学，作诗的人，找诗的思想时，得用诗的思想方法。直接用诗的思考法去思想，直接用诗的旋律的文字写出来：这是直接作诗的方法。因为是用诗的逻辑想出来的文句，所以他的Syntaxe，得是很自由的超越形式文法的组织法。换一句说：诗有诗的Grammaire，决不能用散文的文法规则去拘泥他。诗句的组织法得就思想的形式无限的变化。诗的章句构成法得流动、活软，超于韵文的组织法。用诗的思考法去想，用诗的文章构成法去表现，这是我的诗论。我们最要是 Penser en poésie。④

穆木天强调的是：真正的诗意必然是直接通过旋律的文字流溢出来，而不是人为制造出来。在新诗发展将近一个世纪以后，我们可以看到穆木天批评的以韵律制造诗意倾向不仅没有得到解决，反而由于当代诗人连韵律、节

---

① 即波德莱尔。
② 穆木天. 谭诗——寄沫若的一封信［M］//杨匡汉，刘福春，编. 中国现代诗论. 广州：花城出版社，1985：101.
③ 穆木天. 谭诗——寄沫若的一封信［M］//杨匡汉，刘福春，编. 中国现代诗论. 广州：花城出版社，1985：101.
④ 穆木天. 谭诗——寄沫若的一封信［M］//杨匡汉，刘福春，编. 中国现代诗论. 广州：花城出版社，1985：101.

奏都完全放弃而变得更加严重，以至于将说话分行以作诗的"梨花体"① 也得到喝彩与吹捧。因此，穆木天的这篇诗论对于我们今天仍然具有极高的理论价值。

与此同时，王独清也是早期积极倡导纯诗理论的重要代表，在其著作《再谭诗》② 里有许多关于纯诗理论的阐释。无论是穆木天，还是王独清，他们的纯诗理论都是直接受到法国象征主义纯诗观念的影响而提出的，且都致力于对早期白话诗散文化倾向的纠正，有着积极而深远的历史意义。

象征派对"纯诗"的赞美和追求要真正落实到汉语写作中去，并不是一

---

① "梨花体"是"丽华体"之谐音，源于女诗人赵丽华的名字。她的一些作品形式引发广泛争议，被网友戏称为"口水诗"。赵丽华是中国作家协会会员，被定为国家一级作家，曾担任第二届鲁迅文学奖诗歌奖评委，兼任《诗选刊》社编辑部主任。赵丽华式"诗歌"的制造方法被总结为四点：1）随便找来一篇文章，随便抽取其中一句话，拆开来，分成几行，就成了梨花诗。2）记录一个 4 岁小孩的一句话，按照他说话时的断句罗列，也是一首梨花诗。3）当然，如果一个有口吃的人，他的话就是一首绝妙的梨花诗。4）一个说汉语不流利的外国人，也是一个天生的梨花体大诗人。在遭到众多网民嘲笑恶搞的同时，与"普通读者"智商不同的某些诗人和评论家却高度评价赵丽华的作品。比如刘亮程："丽华的诗歌有种飘飘欲仙的感觉，她发现和捕捉到生活中像烟一样轻盈的那些东西，语言亦松弛到自在飘忽状态，内在的诗意却被悠然守定。"千寻："丽华是近年来诗歌界最具实力和影响力的诗人之一。她的诗歌被公认为在探求诗歌感性与知性、内在复杂度与外在简约形式的切点上有超乎寻常的把握和悟性，写作姿态随意、自如，毫无矫情、造作，有时从容、淡定，有时又大胆、前倾……"车前子："翻看各个杂志和选本上的赵丽华作品，我能够从港口的一堆轮船中把她和别人区别开来，我不是通过辨别她诗歌的色彩和形状，而是听她诗歌的声音。她的诗歌有一种非常独特的声音，不是'嘘——'的一声，是'砰——'的一声。"我们且看几首被自捧和吹捧的"丽华体"诗歌。《一个人来到田纳西》："毫无疑问/我做的馅饼/是全天下/最好吃的"。赵丽华自我点评说："（这首诗）既是对华莱士·史蒂文森《田纳西的坛子》在敬意之后的一个调侃和解构，也是对自身厨艺诗艺的自信展示。"《我终于在一棵树下发现》："一只蚂蚁，另一只蚂蚁，一群蚂蚁/可能还有更多的蚂蚁"。诗人芦哲峰点评说："我们的认识永远都有局限性，想认识这个世界的全部，只能是徒劳。"《我爱你的寂寞如同你爱我的孤独》："赵又霖和刘又源/一个是我侄子/七岁半/一个是我外甥/五岁/现在他们两个出去玩了"。诗人芦哲峰点评说："先来看诗的内容，本诗表面上写了两个孩子。其实写的是三个人，两个孩子以及作者自己。两个孩子是正面描写，作者自己隐在幕后。正文写道：两个孩子，结伴出去玩了。然后呢，然后没了。不，然后诗才开始。两个孩子出去玩了，剩下了孤单的作者，在旁边看着。所以诗的标题才会是：我爱你的寂寞如同你爱我的孤独。因为，孩子的世界和大人的世界，是完全不同的两个世界，相互之间无法进入。孩子寂寞或者不寂寞，大人孤独或者不孤独，都是对方无法真正理解的。但是，依然会有爱，作为孩子和大人之间的纽带。"在现代诗歌中，从大白话中发现了高度诗意并写入诗论的是艾青。1939 年，他在《诗的散文美》中提到有位工人在墙上写了一个通知："安明，你记着那车子！"艾青认为："这是美的，而写这个通知的也该是天才的诗人。"1980 年，在出版《诗论》的时候，艾青把这句话改为"这是美的，而写这通知的应是有着诗人的秉赋"。参见《梨花体》，见《百度百科》，网址 http：//baike. baidu. com/view/549209. htm。我们只能说，这需要像在赤身裸体的皇帝身上发现美轮美奂的新皇袍并高声赞美一样，需要特别的智商和勇气。

② 王独清. 再谭诗——寄给木天、伯奇. 原载《创造月刊》第 1 卷第 1 期（1926 年 3 月出版）[M] //杨匡汉，刘福春，编. 中国现代诗论. 广州：花城出版社，1985：102 - 110.

件容易的事。明清时期已经形成了"诗尊盛唐"的观念，但是晚唐诗人如李商隐、温庭筠（约 812—约 866）、赵嘏（约 806—约 853），北宋初期杨亿（974—1020）、刘筠（971—1031）、钱惟演（977—1034）等宗法李商隐"西昆体"的诗人，从北宋末期延续到南宋以黄庭坚（1045—1105）为首的"江西诗派"，和以周邦彦（1057—1121）、吴文英（约 1200—约 1260）、姜夔（1154—1221）为代表的婉约派词人，都比李白、杜甫、白居易（772—846）等大诗人表现出了更加强烈的诗歌自觉意识，在诗歌的结构、形式、语言、韵律、意象等方面都做了积极的探索，并取得了显著的成绩。但是，胡适的"文学改良论"和陈独秀的"文学革命论"，把它们一股脑都归入到雕琢的、贵族文学之列，贬斥为没有价值的文学。象征派"纯诗"的主张却让诗人们重新发现了这些被称为形式主义的诗歌的艺术价值和借鉴作用。梁宗岱在谈象征主义时，将我国古代屈原、陶渊明、李白、杜甫等众多伟大的古代诗人与歌德（Johann Wolfgang von Goethe，1749—1832）、布莱克（William Blake，1757—1827）等一起讨论，也是透过象征主义对古代诗人的重新肯定。

1935 年 8 月，李金发回顾自己的创作对中国现代诗歌发生的影响时，这样写道：

> 忆八九年前，我的诗集初出现于中国文坛的时候，有一位爱好者批评说："他的诗初看去不甚明了，但愈看愈有味，不忍释手，心头生下莫名的一种美的快感。"（大意如此）书局的广告上说："李君的诗很难读，但难读也要读……"我作诗的时候，从没有预备怕人家难懂，只求发泄尽胸中的诗意就是。时至今日，果然有不少共鸣的心弦在世上。——我的作风普遍了。①

但是，能在继承中国传统诗歌的基础上，自觉地从欧洲现代诗歌中寻求灵感的启迪，不断地进行艺术创新的新诗人却是戴望舒，他的诗歌数量虽然不是很多，但成就却非常高。朱自清的评价是公允的：

> 戴望舒氏也取法象征派，他译过这一派的诗。他也注重整齐的音节，但不是铿锵的，而是轻清的；也找一点朦胧的气氛，但让人可以看得懂；

---

① 李金发. 是个人灵感的记录表［M］//杨匡汉，刘福春，编. 中国现代诗论. 广州：花城出版社，1985：250.

也有颜色，但不像冯乃超氏那样浓。他是要把捉那幽微的精妙的去处。姚蓬子氏也属于这一派；他却用自由诗体制。在感觉的敏锐和情调的朦胧上，他有时超过别的几个人。——从李金发氏到此，写的多一半是情诗。他们和《诗镌》诸作者相同的是，都讲究用比喻，几乎当作诗的艺术的全部；不同的是，不再歌咏人道主义了。①

作为中国现代诗歌发展史的重要参与者和见证者，施蛰存如此评价戴望舒诗歌的历史意义：

> 《我底记忆》出版之后，在爱好诗歌的青年读者群中，开始感觉到中国新诗出现了一种新的发展。望舒的诗，过去分散发表在不同的刊物上，读者未必能全都见到，现在结集在一本诗集中，它们的风格呈露了。在当时流行的新月派诗之外，青年诗人忽然发现了一种新风格的诗。从此，《我底记忆》获得新诗读者的认可，标志着中国新诗发展史的一个里程碑。②

1933 年，李金发对中国的象征派诗人作了简单的描画："像梦似的朦胧和烟水似的凄迷而涂饰自己的生命的是穆木天和冯乃超二人。以漂泊的侃味，作为诗的源泉的是前期的王独清。象征的歌咏黑（暗）与丑劣与爱情的是李金发。从淡巴菰的氤氲中去发见生命的韵律，而满涂南欧色泽的诗是戴望舒。"③

法国象征主义对中国现代新诗的影响并没有仅仅停留在译介与模仿阶段，象征主义在带给中国诗人深层表现的艺术方式的同时，其在中国的传播也最终出现了带有本民族鲜明特征的嬗变，为中国诗歌揭开了一片崭新的学术视野——中国古典诗学与象征主义的适当结合。戴望舒、卞之琳、冯至、穆旦（查良铮，1918—1977）等人对象征主义诗歌艺术的积极探索更具备了里程碑式的意义。他们不仅给中国新诗带来了新鲜的血液，而且将独特的、中国化的意象融入象征主义诗歌中，为中国新诗的民族化、现代化做出了贡献，同时也给古老的中国意象艺术提供了一种全新的思维方式。

---

① 朱自清．导言［M］//中国新文学大系第八集·诗集．上海：良友图书印刷公司，1935：8.
② 施蛰存．引言［M］//戴望舒诗全编．梁仁，编．杭州：浙江文艺出版社，1989：1-2.
③ 刘心（李金发）．论侯汝华的诗［J］．橄榄月刊，1933（34）：7.

第四章
戴望舒以前新诗人的创作实践

　　"五四"运动以后，中国文学步入现代化进程。在新旧文化交替的过程中，如何建设中国的新文化是中国文学革命者们面临的重要问题。他们当中的大部分人都曾翻译过外国文学作品，在他们自己的文学创作过程中都有意识地直接或间接地运用外国的文艺理论，模仿或借鉴外国作家的创作经验。当时中国的很多刊物都大量刊载翻译作品，其中对20世纪外国文学的介绍占了大多数。① 对外国文艺思潮和文学作品的大量翻译也影响了中国新文学作家的创作，中国文人的视野逐渐开阔，不再限于本土，而是放眼世界文坛。在中国文学对外来文化的接受过程中，西方文学始终是新文学的主要借鉴对象。"中国文学现代化的历史，就文艺思想与外国的关系而言，是与外来文艺思潮的影响分不开的。没有中国社会变革的内因就不会有文学革命；同样，没有外来的文艺思潮的影响的外因，也不会有文学革命。"②

　　在这样的背景下，中国新诗应运而生。它的成长道路并非一帆风顺，而是在不断的碰撞中长大的：传统诗歌与西方诗歌的碰撞，诗歌传统与现代理念的碰撞。在新诗产生后的十年，新诗的创作基本上处于摸索阶段，每个知识分子都在用自己的经验诠释新诗。他们创作的新诗不一定都是成功的，但是，作为时代的歌者，"他们的保存也许可以使人知道缠脚的人放脚的痛苦，也许还有一点历史的用处。"③

　　新诗要想往更成熟的方向发展，诗人自身素质也须有一定的准备，除了要有勇于冒险的精神外，还应当具有相当深厚的中西文化和文学的功底，以

---

　　① 参见：金丝燕. 文学接受与文化过滤——中国对法国象征主义诗歌的接受［M］. 人民大学出版社，1994：152－153.

　　② 朱栋霖，等. 中国现代文学史1917—1997：上册［M］. 北京：高等教育出版社，1999：20.

　　③ 胡适. 尝试集——四版自序［M］//欧阳哲生. 胡适文集：第9卷. 北京：北京大学出版社，1998：91.

及对诗歌高度的敏感度。胡适、郭沫若、李金发分别是19世纪20年代中国新诗写实派、浪漫派、象征派的代表人。他们都有很明显的优点，但也显然都有自身的不足。胡适的《尝试集》虽然为现代汉语诗歌奠定了基础，但他理性强而感性弱，长于逻辑思维和说理分析，可以写出平实质朴的散文，但缺乏作为诗人的灵气和对语言的敏感性，其作品本身流于质朴的白话铺陈，诗意严重不足。所以，虽然他自己对《蝴蝶》赞不绝口，但在旁人看来这首诗却太过浅白，艺术价值不高。郭沫若感性强而理性弱，非常情绪化，缺乏理性的自控力。在他的诗中，感情常常流于虚浮、喧嚣和放浪，几乎没有任何节制，诗歌常常表现为不断地重复，有时整段整段地重复，有时将一件事反复地讲述。所以他的诗歌虽然以浪漫主义的高歌而引人注目，但是太过空泛、重复，毫无余味可赏。李金发因为没有受到很好的汉语语言的教育和熏陶，所以对汉语理解、表达不那么自如。他的诗常常采用法语的构词和表达式，这对中国读者来说达不到审美的要求。所以，虽然是李金发首先将象征主义引入新诗界，但是其写作受制于本人的汉语水平，以"硬译"的形式写作汉语新诗，无法与汉语诗歌传统相对接。

在《诗品·序》中，钟嵘精当地指出了赋、比、兴三种诗义的优长，希望诗人不要偏废。他也清楚地说明了偏废会削弱艺术表达效果，造成阅读障碍，使作品对读者的影响力大打折扣："若专用比兴，患在意深，意深则词踬。若但用赋体，患在意浮，意浮则文散，嬉成流移，文无止泊，有芜漫之累矣。"① 这个意见同样适用于批评胡适、郭沫若和李金发的诗歌。

中国新诗发展的最初阶段是以极其开放的姿态去拥抱各种新生事物的。因此，在20年代的中国诗坛先后或同时出现了"写实""浪漫""象征"等风格流派。它们因为描写的对象和功能不同而相互区别。"写实"派主要描写人生，体现诗的社会功能；"浪漫"派和"象征"派都侧重表现诗人的自我，体现诗作为艺术和审美的本质功能。只是"浪漫"派展现的是"夸张的自我"，使用"浪漫夸张"的表现手法。而"象征"派表现"分裂的自我"，表现方法比较"含蓄内敛"。虽然这三个流派也常有沟通和融合，但这也造成了新诗多元共存的无序的局面，无论哪一种流派都因自身不足而不能将中国新诗带出"幼稚"的阶段。

---

① 郭绍虞，王文生，编. 中国历代文论选：第1册［M］. 上海：上海古籍出版社，2001：309.

第一节　胡适的写实风格诗歌

"正是中国文化机体自身需变、思变，才引来西方文化为参照系，在中西文化的碰撞、冲突、对话中寻求自我的文化出路。"① 胡适、陈独秀等文学革命积极分子纷纷提出自己的文学主张，这使得中国文学革命的内容更加具体和明晰。1917 年 1 月，《新青年》第 2 卷第 5 号上刊出了胡适的《文学改良刍议》。他提出"八事"："一曰不用典；二曰不用陈套；三曰不讲对仗；四曰不避俗字俗语；五曰须讲求文法之结构；六曰不做无病之呻吟；七曰不模仿古人话语，须有个我在；八曰须言之有物。"② 这些主张涉及内容、形式、社会功能等文学的根本问题。在 2 月份出版的《新青年》第 2 卷第 6 号上，又刊出了陈独秀的《文学革命论》。他提出"三大主义"："曰推倒雕琢的阿谀的贵族文学，建设平易的抒情的国民文学；曰推倒陈腐的铺张的古典文学，建立新鲜的立诚的写实文学；曰推倒迂晦的艰涩的山林文学，建立明了的通俗的社会文学。"③ 在肯定传统中国文化中的精华后，提出推倒整个封建主义旧文学。在《我之文学改良观》中，刘半农（1891—1934）提出改革韵文、使用标点符号等更加细致的主张。

在这一时期，诗界也在进行着革新。革新的首要就是进行"诗体大解放"，"所谓'诗体大解放'，就是胡适所说的："不但打破五言七言的诗体，并且推翻词调曲谱的种种束缚；不拘格律，不拘平仄，不拘长短；有什么题目，做什么诗；诗该怎么做，就怎么做。这是第四次的诗体大解放。"④

1917 年 2 月，《新青年》第 2 卷第 6 号刊出胡适的《白话诗八首》，它是新诗最初的尝试之作。胡适自己也很清楚"除了《蝴蝶》和《他》两首之外，实在不过是一些洗刷过的旧诗"⑤。《蝴蝶》全诗如下：

---

① 范伯群，朱栋霖.1898—1949 中外文学比较史：上册［M］. 南京：江苏教育出版社，1993：46.

② 胡适.尝试集——四版自序［M］// 欧阳哲生.胡适文集：第 9 册.北京：北京大学出版社，1998：80.

③ 陈独秀.文学革命论［J］.新青年，1917（2）：6.

④ 胡适.谈新诗——八年来一件大事［M］//胡适文存.卷一.合肥：黄山书社，1996：126 – 127.

⑤ 胡适.尝试集——自序［M］//欧阳哲生.胡适文集：第 9 册.北京：北京大学出版社，1998：84.

两个黄蝴蝶，双双飞上天。
不知为什么，一个忽飞还。
剩下那一个，孤单怪可怜。
也无心上天，天上太孤单。①

这首诗的立意比较活泼，意境浅显，虽然语言上仍有五言的痕迹，但简单易懂，基本上是作者的直抒胸臆。与精粹的古典诗歌相比，这首诗略显粗陋，但从"尝试"的角度去看，作者是有意将这一"拙"露给大家看。

《他——思祖国也》这首诗的选材比较有时代性，立意新颖，用"你"来代"我"，用"他"代"祖国"。乍看之下，这像是一首情诗。然而，作者使用了递进、转折、设问的手法突出了作者与祖国密不可分的关系。

你心里爱他，
莫说不爱他，
要看你爱他，
且等人害他，
倘有人害他，
你如何对他？
倘有人爱他，
更如何对他？②

1918 年 5 月，《新青年》第 4 卷第 1 号推出胡适、刘半农、沈尹默（1883—1971）三人的白话新诗，被称为"现代新诗的第一次出现"。俞平伯（1900—1990）、康白情等人也发表了白话新诗。1920 年 3 月，胡适出版了具有划时代意义的《尝试集》。这是我国现代文学史上第一部个人新诗集。此后，更多的诗人开始尝试白话诗的创作，现代新诗的诗体范式开始形成。早在 20 世纪 30 年代初期，废名就提出这个观点："要讲现代文艺，应该先讲新

---

① 胡适. 尝试集——自序［M］//欧阳哲生. 胡适文集：第 9 册. 北京：北京大学出版社，1998：97.
② 胡适. 尝试集——第一编［M］//欧阳哲生. 胡适文集：第 9 册. 北京：北京大学出版社，1998：100.

诗。要讲新诗，自然要从光荣的《尝试集》讲起。"①

在序言中，胡适对"尝试"二字做了解释。他引用了陆游的一首诗《能仁院前有石像丈余盖作大像时样也》："江阁欲开千尺像，云龛先定此规模。斜阳徒倚空长叹，尝试成功自古无。"对其中"尝试成功自古无"，胡适做了诗意阐发：

> 自古成功在尝试！请看药圣尝百草，尝了一味又一味。又如名医试丹药，何嫌六百零六次？莫想小试便成功，哪有这样容易事！有时试到千百回，始知前功尽抛弃。即使如此已无愧，即此失败便足记。告人此路不通行，可使脚力莫枉费。我生求师二十年，今得"尝试"两个字。做诗做事要如此，虽未能到颇有志。作《尝试歌》颂吾师，愿大家都来尝试！②

《尝试集》有一部分是胡适在 1915—1916 年做的白话诗。"因为没有积极的帮助，故这一年的诗，无论怎样大胆，终不能跳出旧诗的范围。"③ 在发表《文学改良刍议》后，胡适积极地实践他提出的"八事"，但因为无法摆脱传统诗歌的影响，写作经验也不成熟，他只能"勉强"为之：其中大部分的诗仍旧使用五言七言的句法。这样整齐的句法不能摆脱格律的束缚，虽然使用了白话做诗，但整齐的句子制约了语言的自然流畅，白话的自然音节因此也就无法体现。

到 1922 年，《尝试集》已经印行了一万多册，可见其受欢迎的程度。许多年轻人在胡适的影响下开始写作白话诗，报纸、杂志上也大量登载以迎合读者。胡适认为"现在新诗的讨论时期，渐渐的过去了"④。对此现象，胡适做了这样的反思：

> ——新诗的作者也渐渐的加多了。有几位少年诗人的创作，大胆的

---

① 废名．论新诗及其他［M］．陈子善，编订．沈阳：辽宁教育出版社，1998：1.
② 胡适．尝试集——尝试篇有序［M］//欧阳哲生．胡适文集：第 9 册．北京：北京大学出版社，1998：94 - 95.
③ 胡适．尝试集——尝试篇有序［M］//欧阳哲生．胡适文集：第 9 册．北京：北京大学出版社，1998：80.
④ 胡适．尝试集——尝试篇有序［M］//欧阳哲生．胡适文集：第 9 册．北京：北京大学出版社，1998：91.

解放，充满着新鲜的意味，使我一头高兴，一头又很惭愧。我现在回头看我这五年的诗，很像一个缠过脚后来又放大了的妇人回头看她一年一年的放脚鞋样，虽然一年放大一年，年年的鞋样上总还带着缠脚时代的血腥气。我现在看这些少年诗人的新诗，也很像那缠过脚的妇人，眼里看着一班天足的女孩子跳上跳下，心里好不妒羡！①

从整体上来说，胡适新诗存在的最大问题是诗意不足。尽管《尝试集》在艺术上并不成功，但在当时却激起了极大的反响，使许多诗人蜂拥而作新诗，而胡适对新诗的主张也像金科玉律一样被模仿者们奉为宝典。作为胡适的仰慕者和追随者，废名这样回忆胡适对他的影响：

> 大家知道，胡适的《尝试集》，不但是我们的新诗的第一部诗集，也是研究我们的新文学运动首先要翻开的一册书。然而对于《尝试集》最感得趣味的，恐怕还是当时紧跟着新文学运动而起来的一些文学青年，像编者个人就是，《尝试集》初版里的诗，当时几乎没有一首我背不出来的，此刻我再来打开《尝试集》，其满怀的情意，恐怕不能讲给诸位听的了。别的什么倒都可以讲。②

胡适号召解放诗体，主张"做诗如作文"，"有什么话，说什么话。话怎么说，就怎么写。"这样便产生了"五四"初期"胡适之体"的白话诗。有的白话诗像胡适一样还没有完全摆脱旧诗格律的束缚，有的则成为想写什么就写什么的分行散文，说理也成了风气。"诗不像诗"是当时人们对"胡适之体"的评价。穆木天就严厉指责胡适是"中国新诗运动"的"最大的罪人"。因为"做诗如作文"的主张及影响，给中国新诗造成了一种平铺直叙的风气。"给散文的思想穿上了韵文的衣裳"，以至于像"红的花/黄的花/多么好看呀/怪可爱的"这样"不伦不类"的东西也挤进了诗的行列。③

作为新诗的开拓者，胡适在创作中所遇到的困难和问题是显而易见的。正如他自己所说的，他的目的在于"尝试"，其中必然有不足之处。但是，

---

① 胡适. 尝试集——尝试篇有序 [M] //欧阳哲生. 胡适文集：第9册. 北京：北京大学出版社，1998：91.

② 废名. 论新诗及其他 [M]. 陈子善，编订. 沈阳：辽宁教育出版社，1998：1.

③ 穆木天. 谭诗——寄沫若的一封信 [M] //杨匡汉，刘福春，编. 中国现代诗论：上册. 广州：花城出版社，1985：99.

在这一过程中，胡适的创作激起了人们对新诗创作的兴趣，从这一点来说，胡适的"尝试"是成功的，因为它促使人们对新诗的概念与内涵进行更深入的思考。在新诗的草创阶段，很多人将新诗等同于白话诗，不用典故、无韵、无律。胡适用自己亲身的经历证明，白话诗"就是用现代的白话达适之自己的思想和情感，不用古语，不抄袭前人诗里说过的话"①。这样的诗"诗味在骨子里，在质不在文"②。

从新文化运动以来，胡适一直致力于开发"民智"，主张用白话来表达思想和感情，致力于让普通大众接受新思想。他认为文学革命有具体进行的计划："先要做到文字体裁的大解放，方才可以用来做新思想新精神的运输品。"③ 从《尝试集》初版和再版时的自序中，我们也看到胡适对新诗的探索更多地集中在语言上：从早期的大白话到后来注意到诗的自然的音节，这无疑是一个巨大的进步。

在新诗的语言形式上，胡适力保它是"新"的，但是在内容上，却无法保证是"诗"的。由于胡适写诗时使用了大量的口语和白话，使其诗作显得拖沓而且没有"诗意"。这也是胡适的诗歌出现了散文化倾向的原因。对诗歌的语言与散文的语言的区别，伊丽莎白·朱曾做过比较：

> 诗人的技巧是变语言为实际。诗中用词与散文中用词的根本差别在于它们所传达的活动量。好的散文作者，不会浪费词语，他也用敏感的耳朵去保持词语的平衡、连贯与和谐；然而诗人，尤其是抒情诗人，却不得不在更小的范围内活动，他必须使用更精炼的语言，合理地安排结构。愈伟大的诗人，从他的媒介中会拧出愈多的东西：音乐、意义与回忆，朴素与华丽，意象与观念，高度的戏剧性与炽烈的抒情性，直接陈述与间接提示，色彩、光线、力量等——一切都从他的语言中提炼出来。④

---

① 胡适. 尝试集——四版自序 [M] //欧阳哲生. 胡适文集：第9册. 北京：北京大学出版社，1998：67.

② 胡适. 尝试集——四版自序 [M] //欧阳哲生. 胡适文集：第9册. 北京：北京大学出版社，1998：73.

③ 胡适. 尝试集——四版自序 [M] //欧阳哲生. 胡适文集：第9册. 北京：北京大学出版社，1998：82.

④ 伊丽莎白·朱. 当代英美诗歌鉴赏指南 [M]. 李力，余石屹，译. 成都：四川人民出版社，1987：72.

由此可见，在不同的时期，各国诗人都在不断地提炼诗的语言。胡适所主张的"八事"，意在坚决用白话代替文言。他认为新诗、新文学应彻底地"反传统"，应该连这些也一并"反"了。事实上，胡适在创作中对古典文化的态度是暧昧的。在实际创作中，胡适自己也无法避免使用语言的问题，以至他初期写的诗中仍夹杂着不少的文言。"新"与"旧"的矛盾始终困扰着胡适。他虽然意识到这一点，却无力解决这个问题。从现在来看，当时胡适的文化改革的目的是要与"旧"做了断，因此，将所有属于"旧"的东西统统去除的做法，无疑给中国文化做了一个隔断。事实上，从新诗发展的后几十年来看，许多优秀的诗篇并不纯粹是白话的，而是融入了典故、文言、旧诗韵律等古典的元素在其中。

由此可见，胡适花了大量精力在新诗的语言形式上，但是，他对诗歌的语言并没有非常深刻的认识，虽然他认为新诗的音节不能离开诗的意思而独立。"凡能充分表现诗意的自然曲折，自然轻重，自然高下的，便是诗的最好音节。"① 但是，在"诗质"上，胡适却并不是很在意。在新诗的创作方向上，胡适提出了"八事"，可是在实际的艺术创作上，他却无法将自己的理念很好地融入其中。胡适早期的诗作无论怎样都"跳不出旧诗的范围"。他意识到了这一点，再版《尝试集》时，就不断地进行删减。但是，有些问题却是他无力改正的，正像他自己所感叹的那样："缠过脚的妇人永远不能恢复他的天然脚了。"② 这显然与胡适对文学革命的主张有关联。在强调使用白话代替文言时，中国几千年的传统文化的影响在胡适的创作中始终无法抹去。一方面，胡适尽力与之切割，以保证中国新诗以全新的面貌展现；另一方面，中国传统文化对胡适的影响如此巨大，使他无法进行割舍。

对诗歌语言的锤炼，从古到今，各国诗人都没有停止。胡适当然也意识到了这一点，只是他忽略了语言除了本意还有历史、传统、人为等附加给它的更多的意义，语言的发展只能是延续的。在语言上，用白话代替文言是有可行性的。但是，前提必须保证是"诗的语言"。

诗是语言的保养和更新的重要源泉之一。已过世的诗人为语言提供了传统的遗产，提供了如今仍生气勃勃、美妙绝伦的东西；活着的诗人

---

① 胡适. 尝试集——四版自序［M］//欧阳哲生. 胡适文集：第9册. 北京：北京大学出版社，1998：88.

② 胡适. 尝试集——四版自序［M］//欧阳哲生. 胡适文集：第9册. 北京：北京大学出版社，1998：91.

们推动着语言前进。新的一代不会完全按先辈们的方式去感受世界，一代人有一代人的语言。单方面看，诗歌史就是诗的措辞（poetic diction）发生、发展、消亡的循环史；每一次循环都始于革新，然后按其发展、深化的行程推进，最后退化为形式主义和机械的模仿。①

语言在自身的范围内，是富有生命力的。词语在产生时就有它独有的意义，即它的本意，后来在运用中又加上了传统用法、个人感情和感觉上的东西，词意在事实上是扩大了。诗歌的语言总是带有隐喻性质的，"亚里士多德最早指出诗歌是隐喻之本，并认为它难以传授"。② 隐喻的修辞方法可以拓展视野，带有很强的启发性。在相对较小的诗歌的体裁范围内，使用隐喻无疑可以增加诗歌的容量，使诗歌内容变得更加丰富。中国古典诗歌对字、词的提炼已经到了登峰造极的地步，这实在是中国古典文化的瑰宝。使用隐喻的修辞方法也是中国古典诗歌的一大特色，中国古典诗词的含蓄和意象的展现也多是通过这一方法表现的。从这一点上看，胡适与古典文化的暧昧关系也有一定的道理。但从诗人本身看，这是他无法超越的。

施蛰存也对胡适的新诗运动的影响作了总结："胡适之先生的新诗运动，帮助我们打破了对于中国旧体诗的传统，但从胡适之先生一直到现在为止的新诗研究者却不自觉坠入于西洋旧体诗的传统中。"③ 在《中国现代诗歌诗论》中，张德厚对胡适所倡导的"白话诗"也有比较精辟的总结：

> 新诗的特征是散文化，从新诗有别于囿于严谨格律整齐句式的旧诗词角度看，也从其并非照搬日常粗糙的口语而须加工提炼乃至借鉴文言看，与其说新诗是散文化的，莫如说是"自由化"的，与其说是"白话诗"，莫如说是"自由诗"，因为它要求最自然最自由地造成"长短无定"的韵文，化腐朽为神奇，化粗俗为精美，传达某种有意味的诗经。因而，新诗之于传统诗歌，就不是"完全彻底"的反叛，而是师古不泥古，批判继承。④

---

① 伊丽莎白·朱. 当代英美诗歌鉴赏指南［M］. 李力，余石屹，译. 成都：四川人民出版社，1987：79.

② 伊丽莎白·朱. 当代英美诗歌鉴赏指南［M］. 李力，余石屹，译. 成都：四川人民出版社，1987：56.

③ 施蛰存. 又关于本刊中的诗［J］. 现代，1933（4）：1.

④ 张德厚. 中国现代诗歌史论［M］. 长春：吉林教育出版社，1995：37.

第二节 郭沫若的浪漫风格诗歌

在西方资本主义出现以后，传统的社会关系不复存在，滋生浪漫主义的土壤渐渐成熟。由于摆脱了封建社会的束缚，人们感觉到了无限的"自由"。过去人们相信上帝、依靠上帝，可是尼采宣布"上帝死了"，人们所信赖、可交托的神不复存在了，人应该把自己交给自己，自己就是上帝。在"五四"运动前后，中国也经历了类似的历史时期：辛亥革命结束了中国社会几千年的帝王统治，随着传统的封建社会彻底解体，中国人几千年的思想秩序也瓦解了。在推倒了旧文学之后，中国要建立一种什么样的文学？这是每个知识分子都在思考的问题。在前所未有的文化危机面前，知识分子感到迷茫。在思想上，他们无法为自己定位：受到的是传统文化的教育，却生活在百废待兴的新时代；在政治上，科举制度已经被废除了，"齐家治国平天下"的理想根本无法实现；在经济上，穷书生难以为业。在这样一个大动荡、大变革的时期，许多的中国青年感受到了理想与现实、创造与毁灭的碰撞，痛苦、绝望、挣扎、反叛是大多数爱国的年轻人的心态，就像闻一多所说："二十世纪是个悲哀与兴奋底世纪。二十世纪是黑暗的世界，但这黑暗是先导黎明的黑暗。二十世纪是死的世界，但这死是预言更生的死。这样便是二十世纪，尤其是二十世纪的中国。"[1] 每个人都极力压抑着自己，以往中国人那种含蓄、委婉的表达方式不能适合翻江倒海的激情，也不能表达当时中国人呼之欲出的、向死而生的情绪。在新与旧、爱与恨、生与死、光明与黑暗的情感矛盾和生命裂变中，中国知识分子需要找到一种直接的、爆发式的表达方式。在这样的历史背景下，西方浪漫主义在中国得到了延续。

1921 年，郭沫若以其抒情色彩强烈的《女神》震动了诗坛。在《女神》的《序诗》中，郭沫若唱到：

> 《女神》哟！
> 你去，去寻那与我的振动数相同的人；
> 你去，去寻那与我的燃烧点相同的人。

---

[1] 闻一多. 女神之时代精神［M］//孙党伯，袁謇正. 闻一多全集：第 3 卷. 武汉：湖北人民出版社，1993：114.

你去，去在我可爱的青年的兄弟姊妹胸中，

把他们的心弦拨动，把他们的智光点燃吧！

　　《女神》的惠特曼式的狂飙突进风格和火山爆发式的激情，燃烧了五四青年的心，也终于使 20 世纪初的中国青年的情绪找到了突破口，一时间，人们争相传颂郭沫若的诗歌。郭沫若诗歌的表达方式与以往的中国诗人都不同，他主张诗歌形式的"绝端的民主和绝端的自由"，"只要是我们心中的诗意诗境底纯真的表现，命泉中流出来的 Strain（音乐），心琴上弹出来的 Melody（旋律），生命底颤动，灵底喊叫，那便是真诗、好诗，便是我们人类欢乐底源泉，陶醉底美酿，慰安底天国"①。因而他认为"诗不是'做'出来的，只是'写'出来的"。他的诗也往往不加雕饰，一泻千里。诗人喷发的激情，在呼喊中自我更新的主体形象引起了广大年轻人的共鸣。在这种狂飙似的抒情中，人们找到了自己人生和个性的方向。闻一多曾评价郭沫若："我们的诗人不独喊出人人心中底热情来，而且喊出人人心中最神圣的一种热情呢！"② 在《我是个偶像崇拜者》中，郭沫若将感情的"自然流露"和语言的"绝对自由"充分地表现出来：

　　　　我是个偶像崇拜者哟！

　　　　我崇拜太阳，崇拜山岳，崇拜海洋；

　　　　我崇拜水，崇拜火，崇拜火山，崇拜伟大的江河；

　　　　我崇拜生，崇拜死，崇拜光明，崇拜黑夜；

　　　　我崇拜苏彝士、巴拿马、万里长城、金字塔，

　　　　我崇拜创造的神，崇拜力，崇拜血，崇拜心脏；

　　　　我崇拜炸弹，崇拜悲哀，崇拜破坏；

　　　　我崇拜偶像破坏者，崇拜我！

　　　　我又是个偶像破坏者哟！

　　作者一开始就感叹"我是个偶像崇拜者"，紧接着就用了 21 个"崇拜"来表明自己确实是个"偶像崇拜者"。在诗中，太阳、山岳、海洋；水、火、

　　① 郭沫若. 郭沫若致宗白华［M］//郭沫若全集：第 15 卷. 北京：人民文学出版社，1982：13.

　　② 闻一多. 女神之时代精神［M］//孙党伯，袁謇正. 闻一多全集：第 3 卷. 武汉：湖北人民出版社，1993：360.

火山、江河；生、死、光明、黑夜……各种雄伟的、光明的、黑暗的意象全都交织在一起。作者情绪激昂、语无伦次，各种意象急速跳跃，思绪大起大落，首句说自己是"偶像崇拜者"，末一句又说自己"是个偶像破坏者"，让人实在猜不透作者到底要说什么。然而这种看似疯狂又矛盾的创造方法却得到了当时大多数青年的认同。因为当时的年轻人就生活在矛盾的混战之中：一方面，他们要打破传统旧社会的一切，对未来的一切抱有美好的幻想；另一方面，未来的不确定性加剧了他们心中的焦灼。"严酷的时势使青年自思自量自省自疑，于是内心矛盾加剧，催发生命的裂变——自我更新，创造新我。"①

郭沫若宣称"我崇拜我"，让在孤独、迷惘中的知识分子们找到了"自我的价值"，重新对"自我"进行肯定。"自我肯定"是西方浪漫主义的主要特征之一，自从卢梭在《忏悔录》中表明自己是"独一无二"时，就开了西方浪漫主义的自我崇拜的先河，西方的"自我"意识也随之觉醒了。在"五四"时期，导致西方"自我"意识觉醒的类似的过程在中国也发生过：知识分子常常感到"孤独"，这是因为，一方面，知识分子对改造社会感到无能为力；另一方面，强烈的历史责任感又催使知识分子对自我进行肯定。在这种情况下，以"自我肯定"为中心和出发点的西方浪漫主义，正好满足了中国知识分子的心理需要。

郭沫若创作《女神》时，是在日本。日本在明治维新之后，开始向西方学习，大量的西方文化进入日本，日本也成为中国人向西方学习的一个窗口。在"五四"时期，很多知识分子都感受到了"孤独"，去国离家的人则更甚。闻一多就感叹自己"解体的灵魂哟！失路的悲哀哟！"② 成仿吾总结说："一个人只要复归到了自己，便没有不痛切地感到这种'孤独感'的，实在也只有这种感觉是人类最后的实感。"③ 郭沫若的《天狗》中，他将浪漫主义的"自我肯定"发挥到了极致：

> 我是一条天狗！
> 我把月来吞了，
> 我把日来吞了，
> 我把一切的星球来吞了，

---

① 张德厚. 中国现代诗歌史论 [M]. 长春：吉林教育出版社，1995：86.
② 闻一多. 寄怀实秋 [J]. 创造季刊，1922（1）：4.
③ 成仿吾. 江南的春汛 [J]. 创造周报，1924（4）：48.

　　我便是我了！

　　我是月的光，

　　我是日的光，

　　我是一切星球的光，

　　我是全宇宙的 energy 总量！

　　……

　　作者一开始就颠覆了"人"的形象，宣称自己"是一条天狗"。"我"吞了一切，"我"成为了一切，"我"无所不在，"我"无所不能。"我"要"以全身全灵谋刹那之充实，自我扩张"①。这样极度的自我肯定使当时的知识分子绝对相信自己就是新社会的创造者，知识和艺术可以改变世界，这也是当时很多人献身艺术的原因，比如鲁迅和郭沫若。

　　郭沫若在日本时接触到了西方浪漫主义，因此他所谈到的诗歌的范畴其实完全是西方的。在西方，诗歌被认为是神的语言，诗人就是先知和预言家。郭沫若完全有理由相信，自己就是未来世界的预言家、创造者。他认为诗人应该是"我效法造化的精神，我自由创造，自由地表现我自己。我创造尊严的山岳，宏伟的海洋，我创造日月星辰，我驰骋风云雷电，我萃之虽仅限于我一身，放之则可泛滥乎宇宙"②。郭沫若所表现的强烈的自我肯定的精神和创造未来的主人翁的姿态，得到了中国大部分知识分子的认同，在中国掀起了一股浪漫主义风潮。

　　郭沫若的《女神》非常准确地把握了时代的精神。《女神》中展现的一系列浪漫主义诗歌形象和所散发的浪漫主义激情，突现了作者在生命裂变中不断更新的"自我"，宣泄了心灵的震颤，表达了对祖国命运的呼号。郭沫若在诗中延续了中国诗歌专注抒情的主题，他认为"诗的本职专在抒情"，"情绪的吕律，情绪的色彩便是诗。诗的文字便是情绪自身的表现（不是用人力去表现情绪的）"③。虽然郭沫若的诗歌和传统诗歌都是"专在抒情"的，但是在表达方式上，二者又非常不同。传统诗歌一般采用"赋比兴"的手法，托物言志，一咏三叹，所以，中国传统诗歌的表达方式的特点是委婉和含蓄。但郭沫若的诗歌主张情绪的"自然流露"和语言形式的"绝端自由"，

---

　　① 郭沫若.《少年维特之烦恼》序引［M］//沫若文集：第10卷.北京：人民文学出版社，1959：178.

　　② 郭沫若.湘累［M］//郭沫若全集：第1卷.北京：人民文学出版社，1982：22.

　　③ 郭沫若.郭沫若致宗白华［M］//郭沫若全集：第15卷.北京：人民文学出版社，1982：47-48.

他认为诗歌就是为了抒情和表现自己，不需要任何的形式，只需自然流露。因此，直说和高亢的激情是贯穿郭沫若早期诗歌的特点。在中国传统诗歌中，由于受到道家"天人合一"的思想的影响，古代诗人常常要求将"自我"消融在自然当中，达到"物我两化"的效果。即使是像李白那样豪放的诗人，他也仅是在自然之中"放逐自我"，"自我"从来不能作为主体在诗中体现。而郭沫若的诗歌正好相反，他无时无刻不在表现着诗的"自我"主体，诗人认为"一切自然都是我的表现"。郭沫若曾提出一个公式"诗＝（直觉＋情调＋想象）＋（适当的文字）"①，他对这个公式的解释为："诗人的心境譬如一湾清澄的海水，没有风的时候，便静止着好像一张明镜，宇宙万汇的印象都涵映在里面；一有风的时候，便要翻波涌浪起来，宇宙万汇的印象都活动在里面。这风便是所谓直觉，灵感（inspiration），这起了的波浪便是高涨的情调。这活动着的印象便是徂徕着的想象。"② 诗人的灵感就是对宇宙万物的感发，宇宙万物的各种印象在诗人脑中浮现、组合，激起诗人的情感，用文字体现出来，就是诗。宇宙万物都是为了体现"我"，"我"是宇宙万汇的主体，诗人才是一切的创造者。郭沫若认为，创造神话的人就是诗人，"在一切自然现象之前，感受着多种多样的情绪，而把这些情绪各个具体化，人格化，遂使无生命的自然都成为有生命的存在。这种具体化的功夫便是诗人创造想象力的表现，诗人是在自然的镜中透射出自体的精神活动"③，诗人是一切的创作主体。由于诗人的自我主体进入了诗歌的内在本质，将宇宙万汇的发展规律观照到社会的除旧布新的规律，诗人对时代的人生感受就上升到了哲理的高度，使诗歌有了内在的生命。

郭沫若在作品中使用了大量的象征性意象，比如象征着"自我"的天狗，地球边上放号的巨人，象征着黑奴的炉中煤等。这些象征性意象的使用，使中国古典诗歌中的传统意象得到了极大的丰富。除了使用这些新的意象以外，郭沫若也使用"女神""凤凰"等古典的意象。只是在使用这些意象时，作者无意再现历史故事，而是借助古老传说赋予这些意象以新意。最明显的象征性形象是诗剧《女神之再生》中的女神，作者对此有个说明："《女神之再生》象征着中国当时的南北战争。共工是象征南方，颛顼是象征北方，想

---

① 郭沫若．郭沫若致宗白华［M］//郭沫若全集：第15卷．北京：人民文学出版社，1982：16.

② 郭沫若．郭沫若致宗白华［M］//郭沫若全集：第15卷．北京：人民文学出版社，1982：14.

③ 郭沫若．神话的世界［M］//郭沫若全集：第15卷．北京：人民文学出版社，1982：284.

在这两者之外建设一个第三的中国——美的中国。"① 女娲补天是中国的古老传说，作者以此为基础进行了改造：面对共工和颛顼因为争夺帝位而损坏天体，女神们愤怒了，她们不愿再修补有破洞的天体，决心"创造些新的光明""创造些新的温热""创造个新鲜的太阳！"女神们"不能再在这壁龛之中作神"，而要与"新造的光明结合"②。女神象征着诗人自己，女神再生的过程就是诗人觉醒、复活、青春焕发、创造世界的再生过程。"新鲜的太阳"象征崭新美好的新中国。《女神之再生》是诗人对新中国的美好的预言。《湘累》中的屈原则象征着诗人自己："我的诗，我的诗便是我的生命！我能把我的生命，把我至可宝贵的生命，拿来自行蹂躏，任人蹂躏吗？我效法造化底精神，我自由创造，自由地表现我自己。我创造尊严的山岳，宏伟的海洋，我创造日月星辰，我驰骋风云雷雨，我萃之虽仅限于我一身，放之则可泛滥之宇宙。"③ 老翁象征着在水深火热中勇敢抗争的中国知识分子："我怕达不到目的地方，天便会黑了！我要努力撑下去！我要努力撑下去！……"④ 娥皇、女英经过作者的想象被塑造成了两位现代女性，她们所吟唱、怀念的对象不知是何人，缥缈的歌声与千年时空的交融，让人感受到了一种情绪："不是屈原，也不是任何人，在苦难重重的日子里，这是一首伟大民族的招魂曲。"⑤《凤凰涅槃》中的凤凰——传说中的不死鸟，集香木自焚从火中再生，也象征了诗人的再生，体现了"五四"时期破旧立新的时代风貌。郭沫若通过象征的艺术手段创作的作品，极大地丰富了浪漫主义的诗歌内涵。对象征的艺术手法的使用既是对中国古典诗歌的传承也是改造。

西方浪漫主义的时间范畴一般是指从 18 世纪中期到 19 世纪中期，它在中国的发生几乎比西方晚了近一个世纪。当中国开始接受西方浪漫主义观念时，西方已经超越了浪漫主义阶段进入现代主义阶段。按照正常的文学思潮的发展，中国应该发展现代主义。但是，由于中国历史发展的特殊性，中国文学直接从古典跳到现代可能性不大，必须有一个缓冲，因此浪漫主义就起了承前启后的作用。事实上，大多数的中国现代作家都是从浪漫主义的角度去理解和接受现代主义的，这也和西方从浪漫主义发展到象征主义有着极大的相似性。所以浪漫主义尽管在中国存在的时间不长，但却是绝对有必要的。

---

① 郭沫若. 创造十年［M］//郭沫若全集：第 12 卷. 北京：人民文学出版社，1982：79 - 80.
② 郭沫若. 女神［M］//郭沫若全集：第 12 卷. 北京：人民文学出版社，1982：8.
③ 郭沫若. 湘累［M］//郭沫若全集：第 12 卷. 北京：人民文学出版社，1982：22.
④ 郭沫若. 湘累［M］//郭沫若全集：第 12 卷. 北京：人民文学出版社，1982：24.
⑤ 唐弢. 诗人：卓越的无产阶级文化战士［J］. 诗刊，1978（8）.

　　浪漫与现实总是一对矛盾的存在。浪漫主义者对未来的美好憧憬和创造未来的激情在实际操作中并没有得到相应的效果。他们夸大了艺术和艺术家的力量，自诩为文化的代言人，可是他们并没有得到时代的认同，人们也并不能理解"先知的语言"，更谈不上实际的创造。郭沫若、鲁迅、徐志摩等浪漫主义先锋都是在国外受到了浪漫主义的影响。在异国他乡所体验的孤独感，对祖国未来的憧憬和对自己肩负的历史使命的意识，使他们更容易接受浪漫主义。但是，由于远离祖国，他们对中国当时的现状并不十分了解，因此他们的注意力更多地集中在伦理和审美的层次，对政治和社会则不十分在意。郭沫若在日本时创作的《女神》，虽然燃起了大多数知识分子要改变和创造世界的热情，但在实际的革命运动中只有热情是不够的。因此，随着"五四"运动的退潮，浪漫主义也慢慢淡出了主流文学。

　　浪漫主义的作品并不为所有知识分子所接受。郭沫若的诗歌常常不加雕琢，饱含激情。一首小诗，竟喊了二十七遍"晨安"；《凤凰涅槃》中的"凤凰和鸣歌"，初版时就有十五节基本上属于同义反复。和郭沫若差不多同时，冰心以《繁星》《春水》两部诗集使小诗兴盛一时。当时写诗的人虽多，然而除了宗白华的《流云》较有诗意以外，大多"只图容易，失了那曲包的余味"①，也渐渐引起人们的不满。曾经提倡并创作过小诗的叶绍钧在一封通信中就说："近来短诗盛行，触目皆是，使我顿生疑念。何以此前少有短诗而大家所得的情感都宜于作短诗？若先存体裁的观念而诗料却随后来到，则短诗也就是五律七绝了。看的越多，兴味越淡。"② 茅盾也批评说："现在有些人模仿这格，竟失了原诗，专为省力起见。以至极可笑的无意识的句子也放进去，似乎不很好。"③

第三节　李金发的象征风格诗歌

　　在完成了"诗体大解放"的任务后，新诗开始追求自身的提高与完善。一批有志于新诗艺术的诗人早已开始了探索，而此时他们的探索也就更引人注目。闻一多、徐志摩等为代表的格律诗派，用丰富的想象和奇丽的譬喻发

---

① 朱自清．导言［M］//中国新文学大系第八集·诗集．上海：良友图书印刷公司，1935：5．
② 云陵．小平坛（四）·小诗的流行．引叶绍钧来信［J］．诗，1928（1）：3．
③ 茅盾．通信［J］．小说月报，1922（13）：7．

展和提高了新诗的抒情艺术，丰富了诗的语言，这是新诗发展的一大进步。

1926 年 4 月 1 日，北京《晨报·诗镌》创刊，由闻一多、徐志摩、朱湘、饶梦侃、刘梦苇等诗人主办。他们要发现新格式与新音节。针对以前的新诗过分自由的缺陷，闻一多提出了"节的匀称""句的均齐"的主张，还要注意"音尺"的重音和韵脚，也就是说新诗要追求音乐的美、绘画的美和建筑的美。顺着这个思路，他们认真地研究和试验新诗的写作。

和《晨报》诗人们不同，李金发不太顾及诗的体裁，他要表现的是"对于生命的揶揄的神秘及悲哀的美丽"①。在 1923 年 2 月写于柏林的《微雨·导言》中，李金发如此自述其创作诗歌以及付诸出版的动机：

> 虽不说做诗是无上事业，但至少是不易的工夫，像我这样的人或竟不配做诗！
>
> 我如像所有的人一样，极力做序去说明自己做诗用什么主义，什么手笔，是大可不必，我以为读者在这集里必能得一不同的感想——或者坏的居多——深望能痛加批评。
>
> 中国自文学革新后，诗界成为无治状态，对于全诗的体裁，或使多少人不满意，但这不紧要，苟能表现一切。②

李金发始终很清醒地坚持自己的创作立场，那就是表达作为个体的自我的悲喜忧惧，而不是把诗歌作为宣传鼓动革命的工具：

> 我作诗的时候，从没有预备怕人家难懂，只求发泄尽胸中的诗意就是。……我绝对不能跟人家一样，以诗来写革命思想，来煽动罢工流血，我的诗是个人灵感的记录表，是个人陶醉后引吭的高歌，我不能希望人人能了解。
>
> 我作小说虽然比较少，但我有我的态度，我认为任何人生悲欢离合，极为人忽略的人生断片，皆为小说之好材料，皆可暗示人生。为什么中国的批评家，一定口口声声说要有"时代意识"、"暗示光明"、"革命人生"等等空洞名词呢？③

---

① 朱自清. 导言 [M] //中国新文学大系第八集·诗集. 上海：良友图书印刷公司，1935：7.

② 李金发. 导言 [M] //微雨. 北京：北新书局，1925：1.

③ 李金发. 是个人灵感的记录表. 原载《文艺大路》2 卷 1 期（1935 年 11 月 29 日出版）[M] //杨匡汉, 刘福春. 中国现代诗论：上册. 广州：花城出版社，1985：250.

在《食客与凶年》的《自跋》中，李金发对于文学革命后中国古代诗歌"无人过问"而只"一意向外采辑"的现象有所警觉和不满，并开始在创作中对中西诗歌"试为沟通，或即调和之意"。可惜他当时没有找到这种沟通的具体途径，所以他在这方面的初步尝试没有取得明显的成功。

李金发的诗歌之所以引起强烈反省，引发激烈辩论，正由于他把象征诗的手法介绍到中国诗坛。我们今天从中国新诗发展史之轨迹看，也许李金发给我们留下的诗，是引起人们争论最多的。朱自清评说他"不缺乏想象力"，并且在选诗时，排行于闻一多、徐志摩、郭沫若之后，共选了李金发的诗19首。

我们以《微雨》中的作品为例，来探讨一下李金发在诗歌艺术方面的特点。

《微雨》"别开生面"的第一面是对"比喻"——暗喻手法的运用。

比喻，是中国古典诗歌中最常见的表现手法之一，是指采用以物比物的方法，通过读者的想象，使事物更加清晰和生动地展现给读者。象征主义的诗歌推崇想象，想象的创造在很大程度上要通过比喻实现。波德莱尔认为"想象力是真理的皇后"。他说："在世界之初，想象力创造了比拟和比喻。它分解万物，使一些除了灵魂最深处再无其他来源的规则，积累素材而加以处理，创造出一个新世界，产生出一种清新的感觉。"[1] 李金发以艺术家特有的敏感，很快找到了自己最熟悉的诗歌的表现方式——比喻，特别是象征主义诗歌对"暗喻"的使用，对李金发有着特别的吸引力。

暗喻的方法被朱自清称为"远取譬"："所谓远近不指比喻的材料而指比喻的方法；他们能在普通人以为不同的事物中间看出同来。他们发现事物间的新关系，并且用最经济的方法将这关系组成诗；所谓'最经济的'就是将一些联络的字句省掉，让读者运用自己的想象力搭起桥来。没看惯的只觉得一盘散沙，但实在不是沙，是有机体。要看出有机体，得有相当的训练和修养。"[2] 黑格尔也对"暗喻"做了解析："思想和感情不满足于简单平凡和呆板乏味，而要跳跃到另样的事物，玩索差异，异中求同，化二为一。"[3]

---

① ［法］波德莱尔. 一八五九年的沙龙［M］. 林同济，译. // 伍蠡甫. 西方文论选：下卷. 上海译文，1979：232.

② 朱自清. 新诗杂话·新诗的进步［M］// 朱自清全集：第2卷. 南京：江苏教育出版社，1990：320.

③ ［德］黑格尔. 美学：第2卷［M］. 朱光潜，译. 北京：商务印书馆，1979：130－132.

　　李金发由于受到现代派绘画大师的艺术熏陶和艺术训练，对于现代派的艺术表现手法非常认同。他特别喜爱波德莱尔的《恶之花》，对波德莱尔从现实生活中提取形象，使诗中的比喻具有无穷的生命力非常欣赏。尤其是波德莱尔为了表达对生命、生活的强烈愿望，和为了突出个人的存在的意义与价值，而对其进行否定的现代悲剧性的意识，对李金发的影响非常大。李金发与波德莱尔对"死亡"和由"死亡"而引发的所有丑的事物的偏爱，都表现得非常相似。例如《有感》的第一节：

　　　　如残叶溅
　　　　血在我们
　　　　脚上，
　　　　生命便是
　　　　死神唇边的笑。

　　诗人用两个比喻来说明生命之容易凋谢和死亡降临之不可阻挡。在第一个比喻里，本体是"生命"，喻体是残叶飘落，生命的发生、结束与树叶的生长、飘落有一定的关系，"残叶的飘落"寓意着生命的结束，在中国古典诗歌中比较常见；然而，用"溅血"来比"残叶飘落"，这就十分新奇了。诗人运用联想，将"飘落"这一动态的意象与"溅血"联系起来，给人一种触目惊心的感受，让人产生出对死亡的悚然的警觉。"死神唇边的笑"，预示着生与死紧紧相邻。在这里我们可以看到这样两种"远取譬"的比喻关系：树叶落地如血溅地，生命就像残叶落地。生与死近在咫尺，却无法掌控。作者没有直抒胸臆，而是用"暗喻"的方式，将对生命的脆弱与死生无常的痛苦与愤懑表现了出来。"残叶""溅血""死神"这三种意象的组合，在中国古典诗歌中是不多见的。

　　其他的诗句，比如写灵魂的孤独："我的灵魂是荒野的钟声"（《我的》）。"灵魂"与"钟声"似乎没有关联，但"孤独的灵魂"和"荒野的钟声"似乎拥有某种共鸣，让人觉得作者是如此的孤寂。他写凉夜的感受："凉夜如温和之乳妪，徐吻余苍白之面颊"（《凉夜如……》）。"凉夜"怎样像"温和之乳妪"亲吻"余苍白之面颊"，那是怎样的一种宁静温和，需要读者展开无限的想象力去体会。他写突然冒出的记忆："粉红之记忆，如道旁朽兽，发出奇兵"（《夜之歌》）。美好记忆的突然浮现，就像路旁的雕刻的小动物突然跳起来一样，让人猝不及防。作者的比喻因为贴近生活，所以显得特别生动活泼。他写山崖间小羊的叫声："他们的叫声，多么像温腻的轻纱"（《诗人的凝视》）。作者在这里使用了明喻"多么像"，可是"湿腻的轻纱"和小羊的叫声是怎样的一种关联？也许是小羊叫声太哆、太密，而产生了感觉上的"湿腻"吧。李金发使用的这种"远取譬"，本体与喻体之间好像没有什么联系，但好像又有某种感官上的关联，不失新奇，而且产生了特殊的美感。

从新诗本身的发展来看，早期新诗在完成了"诗体大解放"的任务后，开始追求新诗自身的艺术规律的提高与完善。早期新诗，包括写实派的白话诗和浪漫派的自由诗，虽然比较彻底地挣脱了旧诗词格律的束缚，可以自由地抒发思想情感，为中国诗歌走向现代化开辟了道路，但在艺术上，大多数作品"都像是一个玻璃球，晶莹透彻得太厉害了，没有一点儿朦胧，因此也似乎缺少了一种余香与回味"①。李金发以"远取譬"——暗喻的方法，为诗歌增添了许多"朦胧之气"和"特殊的感受"。他比较注意发现事物间的新关系，通过丰富的联想，着力于象征意象的创造。

李金发以艺术家的敏锐，发现了象征主义的特点，并希望通过自己熟悉的中国传统诗歌的表现方法——暗喻，向象征主义靠拢。象征主义"运用未加解释的象征使读者在头脑里重新创造他们"②，"未加解释的象征"避免了人们的惯性思维，创造出一种陌生感，让人觉得很新奇，从而努力破解意象与本体之间的联系，产生出无限的想象。李金发所使用的暗喻的效果，无疑是非常贴近象征主义的艺术手法的。对于暗喻所产生的惊奇感，黑格尔有着精辟的论述：

> 人如果还没有惊奇感，他就还处在朦胧状态，对事物不发生兴趣，没有什么事物是为他而存在的，因为他还不能把自己和客观世界以及其中事物分别开来。从另一个极端来说，人如果已不再有惊奇感，他就已把全部客观世界都看得一目了然了，他或是凭抽象的知解力对客观世界做出一般人的常识的解释，或是凭更高深的意识而认识到绝对精神的自由和普遍性；对于后一种人来说，客观世界及其事物已转化为精神的自觉洞见明察的对象。惊奇感却不然。只有当人以摆脱原始的直接和自然联系在一起的生活以及迫切需要的事物的欲念了，他才能在精神上跳出

---

① 周作人．周作人自编文集·谈龙集［M］．止庵，校订．石家庄：河北教育出版社，2002：41.

② ［英］查尔斯·查德威克．象征主义［M］．周发祥，译．北京：昆仑出版社，1989：3.

自然和他自己的个体存在的框子，而在客观事物里只寻求和发现普遍的，如其本然的，永驻的东西；只有到了这个时候，惊奇感才会发生，人才为自然事物所感动，这些事物既是他的另一体，又是为他而存在的，他要在这些事物里重新发现他自己，发现思想和理性。这时人一方面还没有把对一种更高境界的预感和对客观事物的意识割裂开来，而另一方面人也见出自然事物和精神之间毕竟有一种矛盾，使客观事物对人既有吸引力，又有抗拒力。正是在克服这种矛盾的努力中所获得的对矛盾的认识才产生了惊奇感。①

惊奇感的产生与象征主义的艺术审美效果的产生基本上是一致的，这也是象征主义使用暗喻所要达到的效果。李金发模仿波德莱尔的表达方式，为中国新诗坛带来了"陌生的新奇感"。对于一个习惯以形象思维创作的民族，李金发的"远取譬"无疑激发了人们更多的想象，也使中国诗坛摆脱了表达"过于直白"的阶段。但是模仿只是模仿，李金发并没有体会到波德莱尔使用暗喻的真髓。

波德莱尔对"恶"的描述其实是期望一个"更美好的世界"，而李金发看到的却只是颓废。因此，在李金发的作品中始终弥漫着忧郁的情绪，不断出现死亡、枯叶、残花等消极的意象。他始终没有发现波德莱尔是从更高的意义上来理解忧郁的。波德莱尔认为，世人认为美的世界中存在着不幸，这些不幸也是生活真实存在的一部分。因而他的创作就是要将这些"不完美"甚至"丑"的真实体现出来。所以他使用一些丑的意象作为喻体，例如蝙蝠、蜘蛛、长列柩车、腐烂的天花板等，希望能够通过这些意象展示个人的苦闷心理，和一个年轻人的悲惨命运。波德莱尔那"世纪病"似的"忧郁"贯穿了整部《恶之花》。从整部诗集来看，诗人写的是个人在社会中的压抑处境：忧郁像魔鬼一样纠缠着诗人。正如诗集出版时广告和评论所说的：《恶之花》的特别之处"在于勾画现代青年的精神骚动史"，"表现现代青年的激动和忧愁"。《恶之花》中的"忧郁"深深地感染着身处异国他乡，孤独寂寞的李金发。后者凭借艺术家的敏感和超强的模仿能力，将"忧郁"的主旋律，和波德莱尔所特有的使用"恶"和"丑"的表现方法全部继承，却没有学到波德莱尔透过丑恶看到美好，透过坟墓窥见天堂的超验感受。造成这种学不到家的原因，除了个人的气质、艺术理想以外，可能也与李金发不具

---

① ［德］黑格尔. 美学：第 2 卷 ［M］. 朱光潜，译. 北京：商务印书馆，1979：22 - 23.

备波德莱尔的基督教文化背景有关。

波德莱尔的思想放眼于整个 19 世纪和西方世界，但是由于文化背景的差异，李金发对此始终不得要领。《恶之花》主要是对 19 世纪中期法国资本主义的发展所带来的社会异化的描写。他使用的意象大多取自于现实生活，读者在读的时候可以清晰地浮现出某个具体的意象，从而与作者产生共鸣。《圣经》中对地狱和撒旦的描述，让西方人在思想和精神上对"恶"有着具体的感受，接受和想象起来都不是一件难事。但是在中国文化中，对"恶"与"丑"的事物从来都是采取回避的态度，因此在大众心理上，中国人是比较难于接受"恶丑怪"的事物的。李金发对波德莱尔的模仿，特别是在"远取譬"的喻体上的模仿，超出了中国读者的接受范围。1920 年代，普通的诗歌读者刚刚开始从文言转向白话，李金发的照搬与中国的国情还有相当的距离。

《微雨》的第二点别开生面，是对"暗示"手法的运用。让·莫雷阿斯在《费加罗报》上发表的宣言中就把象征主义运动说成是反对供应信息，反对雄辩，反对虚假的敏感和客观描述的运动。魏尔伦诗歌的最大特点是"暗示"，马拉美说"要借对象的帮助以描写一定的心境"，都说明象征派反对作品题旨外露。暗示手法的运用，使诗意含蓄，耐人寻味。如李金发最著名的《弃妇》一诗：

> 长发披遍我两眼之前，
> 遂隔断了一切羞恶之疾视，
> 与鲜血之急流，枯骨之沉睡。
> 黑夜与蚊虫联步徐来，
> 越此短墙之角，
> 狂呼在我清白之耳后，
> 如荒野狂风怒号：
> 战栗了无数游牧。
>
> 拿一根草儿，与上帝之灵往返在空谷里。
> 我的哀戚惟游蜂之脑能深印着；
> 或与山泉长泄在山崖，
> 然后随红叶而去。

弃妇之隐忧积在动作上，
夕阳之火不能把时间之烦闷
化成灰烬，从烟突里飞去，
长染在游鸦之羽，
将同栖止于海啸之石上，
静听舟子之歌。

衰老的裙裾发出哀吟，
徜徉在丘墓之侧，
永无热泪，
点滴在草地
为世界之装饰。

前两节以弃妇的口吻诉说自己的幽怨与哀戚。她以长发为幕幛与现实人生隔绝，全然不顾遭弃的羞辱、世人的冷眼和生命力的枯荣。在万籁俱寂的黑夜，她听到细如游丝的蚊叫，竟如"战栗了无数游牧"的狂风怒吼。诗人以敏锐的音乐家之耳，听到了常人难于听到的声音，因此极尽弃妇心境的悲凉、死寂与沉重。遭弃之后，无人问津，得不到丝毫慰藉与同情，这哀戚和不幸，有如深印在游蜂之脑而不能忘却，只能委之山泉与红叶，以此极尽弃妇的孤苦无告之状。

三、四节诗人笔锋一转，忽然以第三者的口吻描写弃妇的隐忧。遭弃的苦难使其神情麻木，行动呆滞，烦闷的愁肠无法清洗，心灵的创伤无法医治，天长地久有尽时，此恨绵绵无绝期。几十年过去了，弃妇衰老了，她孤独地吟哦着悲哀，徜徉于丘墓之侧。泪水早已流干，血液早已凝滞，直如木偶，全无生人之气息。在这里，既是写老妇，又是在自况。通过暗示和象征，使诗人与弃妇的脉搏沟通了，灵魂冥合了。意与象的界限泯灭了，二者业已倘恍迷离地合为一体了。分不清哪是弃妇，哪是诗人了。读这首诗的时候我们不仅感觉到诗人在同弃妇一起哀泣，仿佛荒野、空谷、江海，乃至整个宇宙都弥漫着哀戚，悸颤着隐忧。

第三点，是对"契合"手法的运用。在评论波德莱尔的诗《契合》（*La correspondance*）时，身兼诗人和诗歌理论家的梁宗岱写道："在这短短的十四行诗里，波德莱尔带来了近代美学底福音。后来的诗人、艺术家与美学家没有一个不受他底洗礼。没有一个能逃出他底窠臼。"① 李金发认为："变动的景象于我们好像是神秘繁复的灵魂之思想，我们的灵魂深处与之和谐。从此自然于艺术家之前，不再是一件纯粹外表的东西；他爱慕着，寻找着其情绪与大自然之身，他少画些自然之所见，多画些自身之内所见。"② 他的这些观点正是对"契合"的解说。他从"大自然之身"去"寻找"自己的情绪，借自然景物来抒写自己的情怀，如在游 Posedam（正确的拼写是 Potsdam，即德国城市波茨坦）的时候，他的身心便与悠远的历史陈迹猝然"契合"了。他从那时代陈迹的"凋谢的眼里"看到了它当年的繁荣景象：开着的鲜花、累累的果实、丰盛的酒宴、欢笑的人群。然而，随着时日的迁徙，那些"受饷的人悉远去了"，遗下的只是"深黑的铁板，灰色的旌旗"，以及"修长的瘦堤"。于是诗人泪雨涔然，他身心的疲惫，忧伤的情怀，从这栅栏的"倦怠"和故宫的"哭泣"中流露出来。诗人在神游物表与历史遗迹猝然"契合"的刹那间，达到了形神两忘的无我境界。而在这形骸俱释，恍如幻梦的陶醉中，又感到了岁月无情，人生无常的激悟与觉醒。诗人写照的，绝不仅仅是自然风景，更重要的，是诗人自己灵魂的波动。用波德莱尔的话说，诗人是在"歌唱心灵与官能的狂热"（《契合》）。

第四点，是省略和跳跃手法的运用。莫雷阿斯的《宣言》中称颂魏尔伦的贡献在于"打碎了作诗法的残酷的枷锁"。李金发翻译的著名象征派诗人保尔·福尔的一首诗中写道：

> 固执文法的规定是危险的：我时而对你
> 说 vous③，时而对你说 tu④——当你用神秘的微笑
> 碎我心时，我将在 syntax（句法）上跳过去。⑤

苏雪林指出：象征派诗人"行文时或于一章中省去数行，或于数行中省去数语，或于数语中省去数字"⑥。李金发经常在神情恍惚、形神两忘的状态中表现瞬息万变的幻想和纵横驰骋的意念。所以，他的诗句是流动的、跳跃

---

① 梁宗岱. 象征主义［M］//诗与真. 北京：外国文学出版社，1984：23.
② 李金发. 论风景画［J］. 美育，1929（3）.
③ 法语第二人称复数代词，也可做第二人称单数用，有尊重的意思，如汉语的"您"。
④ 法语第二人称单数代词，用于比较熟悉的人之间，如汉语的"你"。
⑤ 李金发. 微雨［M］. 北京：北新书局，1925：220.
⑥ 苏雪林. 论李金发的诗［J］. 现代，1933（3）.

的，而句与句、节与节之间的联络，却时常省略、中断和跳跃。读者要用自己的想象，加上许多衬词、连词，补充一些诗句，才能弄懂全诗的意思。比如《题自写像》说明诗人自己没有过分的奢望，满足已有的漂泊生活这种自我解嘲的心境：

> 即月眠江底，
> 还能与紫色之林微笑。
> 耶稣教徒之灵，
> 吁，太多情了。
> 感谢这手与足，
> 虽然尚少，
> 但既觉够了。
> 昔日武士披着甲，
> 力能搏虎！
> 我么？害羞点。
> 热如皎日，
> 灰白如新月在云里。
> 我有草履，仅能走世界之一角，
> 生羽么，太多事了呵！

第一节，似乎在写风景，实则以景寓情。作者用了一个暗喻，就是月亮落下去睡眠于江底，还能向着黄昏的紫色之林微笑。它象征了不死的灵魂。诗人是想说，自己想如基督教徒那样，企望着灵魂如长笑的明月一样永远不死吗？不，"我"没有这个奢望，这样太多情了。第二节紧接着前面的意思，说明自己不仅不渴望死后灵魂得到永生，也不奢望自己生存时有更多的获取。应该感谢上帝给了"我"这手与足，虽然是很少的，但已经觉得很够了。听说从前的武士身披铠甲，力能搏虎。"我"羡慕他的力量和勇武吗？不，比起他来，"我"确实还是很惭愧呢！以上两节表明自己既没有灵魂不死的幻想，也没有追逐权力的野心。诗的第三节写诗人漂泊的生活和知足常乐的情怀。"我"的心燥热得如同皎日一般，而"我"的面孔却如新月被遮在云雾里一样灰白。"我"有这双草履，只能走这世界的一角；想要生羽飞翔远去么？这样太多事的幻想是不可能实现的。通过对这首诗的解读，我们可以看出，这首诗歌正因为用了省略和跳跃的手法，经得起"抵抗式阅读"（豪兰德语）。如果作者把省略的都补上，人人都能看得懂，诗也便索然无味了。朱自清说："象征派诗能用'最经济的'方法组织起诗来。没有看惯的只觉得一盘散沙，看懂得才能说作得好坏！"① 读懂了这种诗后，读者便会得到豁然开朗的快感和特别的艺术享受。

第五点，是对语言技巧的运用。李金发的诗中经常采用"词性变通"的修辞方法。如"山花会笑人的，酒杯更孤寂了我们"（《Erika》）；"更把余威去低眠小草"（《Tristesse》）；"我所期侯之冬来了，地面承受这死叶之黄"（《冬》）；"回首沉思：安得长与松风萧瑟"（《松下》）；"我不识大地的永远"（《Elégie》，即"哀歌"）。这种词性活用造成了什克洛夫斯基（Viktor Shklovsky, 1893—1984）所谓的"陌生化"效果，给人以耳目一新之感。"通感"也是象征派诗歌的一大特色。波德莱尔《契合》一诗中就宣称"颜色、芳香与声音相呼应"。兰波著名的十四行诗《元音》就从法文的元音字母看到了各种颜色和各种相距很远的意象。诗人李金发的想象、幻觉异常丰富，在他的诗里，视觉、听觉、嗅觉、触觉的界限被打破了，各种感觉贯通了。在"我的灵魂是荒野的钟声"（《我们》）这句诗里，诗人把抽象的灵魂变成可听的钟声。我们读"希望成为朝雾，来往在心头的小窗里"（《希望与怜悯》），看到抽象的"希望"有了形体并做着往复运动。"山茶、野菊和罂粟，有意芳香我们之静寂"（《燕羽剪断春愁》），诗人耳中闻味。"一线的红光，欲挽世界的崩颓长往，奈寒气的光辉，发出摇空之哀吟，战栗那远海与死都"（《一瞥间的感觉》）。"光辉"属视觉，"哀吟"属听觉，诗人眼中闻声。这种方法很能表现出诗人在朦胧恍惚，幻视或幻听或特定精神状态下的微妙的感受，曲折有致，耐人寻味。

再就是观念联络的奇特。为了避免陈旧直白的表现方法，追求诗歌意象的神奇，最大限度地开掘诗歌语音暗示的能力，便刻意把一些表面上毫无关系的语言和事物、形象和观念搭配在一起，构成出人意料的形象，给人新鲜的诗意和感觉，造成一种奇特的抒情效果。例如说"弃妇的隐忧堆积在动作上"，首先把无形的"隐忧"变成了可见的物质，并让它像货物一样地"堆积"在"动作"上。这样就使"隐忧"从内心世界走出来，将弃妇内心深深的隐忧和她呆滞迟缓的神态动作之间的联系非常简洁地写了出来。"隔树的同僚也一起歌唱了"之"同僚"，"一二阵不及数的游人统治在蔚蓝之下"之"统治"，"几根秃死之青光，叩我生命之伟大的疑惑之门"之"几根"，"窗

---

① 朱自清. 导言［M］//中国新文学大系第八集·诗集. 上海：良友图书印刷公司，1935：7.

外之夜色，染蓝了孤客之心"之"染蓝"，都给人以十分新奇而又富于诗意的感觉。

上述李金发诗歌的不同于其他初期白话诗歌之处，使得他在诗歌集《微雨》《为幸福而歌》出版之后，在文坛引起了强烈的反响，遭到了严厉的批评。胡适认为写这样难懂、难猜的诗实在不足取。梁实秋则不无偏见地说："是人就得说人话，人话以明白清楚为第一要义。"他说象征派是"一种堕落的文学风气……我们的一些诗人染上了，使得新诗走上了一条窘迫的路上去。"① 即使象征派在中国诗坛已经获得了认可，诗人任钧（1909—2003）仍然指责象征派诗歌"好像在听外国人说中国话……读了也等于不曾读"②。

事实上，象征主义诗歌就是在以热爱文学著称的法国也是非常小众的文学。这与象征主义诗学自身的艺术理想和诗学主张有关。在评论令一般读者感到莫名其妙的卡夫卡（Franz Kafka，1883—1924）的作品时，加缪（Albert Camus，1913—1960）说过："象征总是对于其整体而言。艺术家即使想要给它一个精确的翻译，他也只能复制其动势，根本不可能给出逐字逐句的翻译③。再说了，最难理解的莫过于一部象征的作品。一个象征总是超越它的使用者，并使他实际说出的东西要比他有意表达的东西更多。"④ 象征主义诗人是为自己写作的人，是透过诗歌自我救赎的人，寻求个人在堕落世界的灵魂洗涤与人格升华。他们背对读者，然后关上自己的房门，沉浸在自己的精神愉悦之中，偶尔把窗户打开一条缝，让读者听到他房间里断续飘出来的音

---

① 梁实秋 . 我也谈"胡适之体"的诗［J］. 自由评论，1936（12）.

② 任钧 . 新诗的歧途［M］//新诗话 . 上海：新中国出版社，1946：194.

③ 加缪使用"翻译"这个词和汉语中的一般理解不同。"思想与音乐具有的共同点是流动性（fluidité）与变易性（variation）。文字使思想凝结，乐谱为音律赋形。在法语中，"traduire"一词除了"将话语和文本转换成另一种语言"这个意思以外，还有"表达情感与思想使其可以被感受得到"之意。因此，法语的格言"翻译即背叛"（Traduire est de trahir.）不仅说的是两种语言之间的转换，还关涉从思想到语言间的转换。见张弛 . 20 世纪法国小说的"存在"观照 · 前言 . 见：徐真华，张弛，主编 . 20 世纪法国小说的"存在"观照［M］. 广州：暨南大学出版社，2011：1. 对"traduire"的详细解释，参看 Josette Key-Debove et Alain Rey（dir.）. Le Nouveau Petit Robert：Dictionnaire alphabétique et analogique de la langue française［M］. Paris：Dictionnaires Le Robert，1993：2234 – 2235，以及《拉鲁斯法汉双解词典》（Larousse Compact：Dictionnaire de la langue française avec explications bilingues）. 北京：外语教学与研究出版社，2001：1938.

④ Albert Camus："Un symbole est toujours dans le général et，si précise que soit sa traduction，un artiste ne peut y restituer que le mouvement：il n'y a pas de mot à mot. Au res-te，rien n'est plus difficile à entendre，qu'une oeuvre symbolique. Un symbole dépasse toujours celui qui en use et lui fait dire en réalité plus qu'il n'a conscience d'exprimer. " Voir Albert Camus. Le mythe de Sisyphe［M］. Paris：Gallimard，1942：172.

符。读者需要具备高度的艺术素养、深刻的洞察能力、敏锐的感受能力和丰富的想象能力，才能与象征主义诗歌发生心灵深处的契合，感受到作者的情绪、思想和诗歌的意境和意味。象征主义诗歌因其内涵的丰富性和多义性而给读者带来了更大的联想自由和审美乐趣，因其难于被人明白无误地理解而使它失去了许多缺乏耐性，也缺乏敏感、细腻和高超的艺术素养的读者——即马拉美所说的"缺乏教养"的读者。曲高而和寡，致使它未能为社会大多数所接受。法国象征主义诗歌不仅对于普通读者来说是非常小众的文学，即使是对于当时的文人们也是小众文学。1891 年，一名记者对 100 位文人所作的调查表明，他们对象征主义运动的反应是冷淡的。①

就在李金发的诗受到严厉批评的同时，不少文学青年对他却极为推崇。黄参岛称赞"他的诗有紧切的辞句，新颖的章法，如神龙之笔，纵横驰骋。句读上化人所不敢变化的欧化。说中国人所欲言而不能找到的法国化的诗句"。他把李金发誉为"中国抒情诗的第一人"②。一大批青年模仿他写诗，其中林松青、张家骥、林英强、侯汝华、石民、胡也频等略有成绩，这里不做详细论述。稍后于李金发，也是直接学习象征主义写诗的有王独清、穆木天、冯乃超、姚蓬子，他们的诗在追求音、色的同时，却也没有摆脱浪漫派的滥情、感伤和直抒胸臆，诗意比较清浅，成就不大。

1923 年 5 月，在德国柏林，李金发写下了这段话：

> 余每怪异何数年来关于中国古代诗人之作品，既无人过问，一意向外采辑，一唱百和，以为文学革命以后，他们是荒唐极了的。但从无人着实批评过，其实东西的作家随处有同一的思想、气息、眼光和取材，稍为留意，便不敢否认。余他们之根本处，都不敢有所轻重，惟每欲把两家所有，试为沟通，或即调和之意。③

这些主张极正确，然而他"少所潜心研究旧学"④，因此他虽有此志，却无此力。诗中用了许多外文词语，破坏了诗句诉诸读者的完整性，夹杂了不少生僻的古文字或文言文虚词，增加了无形的神秘的概念，大幅度的省略和

---

① 黄晋凯. 序［M］//黄晋凯，张秉真，杨恒达. 象征主义·意象派. 北京：中国人民大学出版社，1989：8.

② 黄参岛.《微雨》及其作者［J］. 美育，1928（12）.

③ 李金发.《食客与凶年》自跋［M］//食客与凶年. 北京：北新书局，1927：1.

④ 杜衡. 望舒草·序［M］//戴望舒诗全编. 梁仁，编. 杭州：浙江文艺出版社，1989：50.

跳跃也使得一般读者难以把握诗意。因此，他的诗虽然在艺术上对于中国新诗有诸多贡献，却没有得到诗界的广泛认同。纪弦（1913—2013）评论说："李金发在艺术上的前卫，自然是可以肯定的。虽然前卫作家不一定是好的作家。但前卫作家往往是影响很大的作家。"①

　　在新文学诞生后五年，戴望舒开始了他的持续的诗歌创作。因有前人的经验，他自觉地对诗人们（如胡适、郭沫若、李金发等）的创作进行反思，对其利弊都有清醒的认识，这让他在诗歌创作时具有了自觉的超越意识。由于谙熟中国古典诗歌，加上其本人心理忧郁的特点，他对于以李商隐、李煜（937—978）为代表的注重烘托暗示的诗风很有共鸣。学习法语使他得以直接阅读开创了现代诗歌的波德莱尔和魏尔伦的作品，让他的诗歌感觉得到印证，也促使他自觉地将中国的传统诗学与象征主义融合为自己的诗歌作品，为中国现代文学呈现了传统性与现代感完美结合的成功范例。

---

①　纪弦. 中国象征主义的先驱——"诗怪"李金发［J］. 创世纪，1950（33）.

第五章
戴望舒对法国象征派的创造性融合

同为象征派诗人，同样师法波德莱尔、魏尔伦等法国象征派名家，李金发的诗歌自出版之日起就争议不断，高度赞赏与严厉批判趋于无法调和的两极。直到《微雨》面世接近一个世纪的今天，还是有不少读者甚至诗歌研究专家接受不了李金发的作品。相反，戴望舒的诗歌从一开始就受到具有高度艺术修养的诗友的赞赏。《雨巷》更是为他带来了一致的喝彩，使他成为第一位被广为接受和欣赏的中国象征派诗人。李金发的诗句像是"硬译"出来的，它们对读者构成了一种接受障碍，使其难以进到诗境之中，与作者的情绪、感慨、思想合拍并发生共鸣。相形之下，戴望舒的诗歌语言自然、柔和、清新，带有一种明显的韵律，混合了质朴与明丽，具有强烈的艺术感染力，又留给读者以想象和联想的空间。

1923 年左右，戴望舒开始了诗歌创作。他很反感当时诗坛上的不良倾向：狂叫、直说。他和诗友施蛰存、杜衡认为"一个人在梦里泄露自己的潜意识，在诗里泄露隐秘的灵魂，然而也只是像梦一般朦胧的"，因而"诗是一种吞吞吐吐的东西，术语的说，它底动机是在于表现自己与隐藏自己之间"①。他们把诗当做另一种人生，追求既表现自己又隐藏自己的韵外之致。据他的诗友施蛰存讲，"望舒初期的诗，有很浓厚的中国古诗影响"②。虽然注重含蓄的诗风，戴望舒同样反对李金发的晦涩。这使他在阅读和学习法国象征派诗歌的过程中，有着明确的问题意识。他很明确地拒绝胡适式的直白、郭沫若式的狂叫和李金发式的生涩。这就使他将自己的努力方向明确为在中国古典诗歌注重含蓄的传统与法国象征派重暗示的主张之间寻求一种创造性融合。

---

① 杜衡. 望舒草·序 [M] //戴望舒诗全编. 梁仁，编. 杭州：浙江文艺出版社，1989：50.
② 施蛰存. 戴望舒诗全编·引言 [M] //戴望舒诗全编. 梁仁，编. 杭州：浙江文艺出版社，1989：5.

第一节　个人兴趣与古典诗歌的基础

1905 年 3 月 5 日，戴望舒出生于西子湖畔的一个小康之家。父亲戴立诚原是北戴河火车站的普通职员。在戴望舒 7 岁时，全家迁回杭州。戴立诚后来在中国银行作职员。母亲卓佩芝出身于书香门第，虽未上学，但她知道许多文学掌故，并能成本地讲述《水浒》《西游记》等古典名著，戴望舒就是在这些故事里萌发了最初对文学的兴趣。①

戴望舒的童年生活原本是平静的，可是一场天花使他的脸上终身落下瘢痕。在他进入社会以后，生理上的这一缺陷常常成为被人奚落的把柄。1931年 12 月，戴望舒的中学同学张天翼（1906—1985）在《北斗》杂志上发表一篇题为《猪肠子的悲哀》的小说，部分素材就是戴望舒的生理缺陷。纪弦是比戴望舒晚一辈的诗人，他在纪念戴望舒逝世 40 周年的文章中写道："记得有一次，在新雅粤菜馆，我们吃了满桌子的东西。结账时，望舒说：'今天我没带钱。谁个子最高谁付账，好不好？'这当然是指我。朋友们都盯着我瞧。我便说：'不对。谁脸上有装饰趣味的谁请客。'大家没学过画，都听不懂，就问什么叫做'装饰趣味'。杜衡抢着说：'不就是麻子吗？'于是引起哄堂大笑，连邻座不相识的茶客也忍不住笑了起来。"在讥讽与嘲笑中的戴望舒，只有把唯一的希望寄托在诗歌上。他认为，他这样一个被生理缺陷困扰的人，要想在社会上立足就必须是某一方面的强手。②

1922 年，戴望舒与在宗文中学的同学施蛰存、杜衡、张天翼等创办"兰社"，并于第二年创办《兰友》旬刊，由戴望舒任主编，主要发表旧体诗词及小说。这段写旧诗的经历虽然非常短暂，但是，也正是这段时期构成了戴望舒诗歌创作的初始经验，在其后的日子里影响着他的诗歌创作。

戴望舒的朋友杜衡回忆说：

> 记得他开始写新诗大概是在 1922 到 1924 那两年之间。在年轻的时候谁都是诗人，那时候朋友们做这种尝试的，也不单是望舒一个，还有

---

① 南焱．"雨巷诗人"戴望舒的悲情之旅［Z/OL］．（2006 - 12 - 26）［2013 - 01 - 08］．ht-tp：//www. yuwen888. com/Article/Class35/4437. html.

② 南焱．"雨巷诗人"戴望舒的悲情之旅［Z/OL］．（2006 - 12 - 26）［2013 - 01 - 08］．ht-tp：//www. yuwen888. com/Article/Class35/4437. html.

蛰存，还有我自己。那时候，我们差不多把诗当做另外一种人生，一种不敢轻易公开于俗世的人生。我们可以说是偷偷地写着，秘不示人，三个人偶尔交换一看，也不愿对方当面高声朗诵，而且往往很吝惜地立刻就收回去。一个人在梦里泄漏自己底潜意识，在诗作里泄漏隐秘的灵魂，然而也只是像梦一般地朦胧的。从这种情境，我们体味到诗是一种吞吞吐吐的东西，术语地来说，它底动机是在于表现自己与隐藏自己之间。①

我们可以看到，戴望舒、施蛰存和杜衡这几个年轻人应该是受到中国古典诗歌中比较含蓄的诗歌影响，在尚未接触法国象征派之前，就已经自觉地选择了注重暗示的艺术倾向。虽然还是现代诗歌的学步者，他们已经勇敢地拒绝当时流行的坦白狂叫，回避直抒胸臆的做法。

当时通行着一种自我表现的说法。做诗通行狂叫，通行直说，以坦白奔放为标榜。我们对于这种倾向私心里反叛着。记得有一次，记不清是跟蛰存，还是跟望舒，还是跟旁的朋友谈起，说诗如果真是赤裸裸的本能底流露，那么野猫叫春应该算是最好的诗了。我们相顾一笑，初不以这话为郑重，然而过后一想，倒也并不是完全没有道理的。②

从这个描述来推断，他们所反对的应该是胡适、郭沫若所代表的诗歌风气。年轻的戴望舒和他的诗友们反对过度坦白奔放的诗歌，体现了他们的艺术自觉。但是，他们未必能够讲得清为什么含蓄隽永的诗歌更有艺术魅力。朱光潜的分析可以帮助我们从诗学理论上理解这个道理。在朱光潜看来，运用显喻（simile）和隐喻（metaphor）营造"同物之境"的诗词，"二者隐显不同，深浅自见"，而"同物之境"与"超物之境"，"一尖新，一混厚，品格高低也很易辨出"。③ 他援引西方诗学的观点对此做了更加清晰的解释：

显与隐的分别还可以从另一个观点来说，西方人曾经说过："艺术最大的秘诀就是隐藏艺术。"有艺术而不叫人看出艺术的痕迹来，有才气而不叫人看出才气来，这也可以说是"隐"。这种"隐"在诗极为重要。诗的最大目的在抒情不在逞才。诗以抒情为主，情寓于象，宜于恰

---

① 杜衡. 望舒草·序［M］//戴望舒诗全编. 梁仁，编. 杭州：浙江文艺出版社，1989：50.
② 杜衡. 望舒草·序［M］//戴望舒诗全编. 梁仁，编. 杭州：浙江文艺出版社，1989：50.
③ 朱光潜. 诗的隐与显——关于王静安的《人间词话》的几点意见［M］//朱光潜全集：第3卷. 合肥：安徽教育出版社，1997：359.

到好处为止。情不足而济之以才，才多露一分便是情多假一分。做诗与其失之才胜于情，不如失之情胜于才。情胜于才的仍不失其为诗人之诗，才胜于情的往往流于雄辩。穆勒说过："诗和雄辩都是情感的流露而却有分别。雄辩是'让人听到的'（heard），诗是'无意间被人听到的'（over-heard）。"我们可以说，雄辩意在"炫"，诗虽有意于"传"而却最忌"炫"。"炫"就是露才，就是不能"隐"。①

在《二十四诗品》中，司空图论述诗歌的"自然"境界时，用了这样优美的诗句来做描述式定义：

> 俯拾即是，不取诸邻。与道俱往，著手成春。
> 如逢花开，如瞻岁新。真与不夺，强得易贫。
> 幽人空山，过雨采苹。薄言情悟，悠悠天钧。②

具有"自然"风格的诗作应该好像顺手捡起地上的落花，而不是侵犯性地摘花下来。它应该是与悠悠天道同往来，而不是任意而行。它应该是如同恰好遇到了花开，看到了树木花草在新春随着季节转化而焕然一新，展现出蓬勃生机。诗人对诗句的追求应该像空寂的深山中结庐独住的人，在雨后去采集新长出来的鲜嫩野菜一样，决不能过于刻意。这种似有若无并不表示诗歌内涵的单薄。相反，司空图要求诗人要能够在短短的诗句里，以不经意的方式传递出伟大厚重的宇宙精神。如果从这个角度去看胡适、郭沫若的诗歌，我们可以立刻发现他们的陈述、呼喊非常刻意、勉强，让人读起来不是很有审美愉悦和精神启迪。

在谈"含蓄"的诗歌风格之表现时，司空图说：

> 不著一字，尽得风流。语不涉己，若不堪忧。
> 是有真宰，与之沉浮。如漉满酒，花时反秋。
> 悠悠空尘，忽忽海沤。浅深聚散，万取一收。③

---

① 朱光潜．诗的隐与显——关于王静安的《人间词话》的几点意见［M］//朱光潜全集：第3卷．合肥：安徽教育出版社，1997：359-360.

② 司空图．二十四诗品［M］//郭绍虞，王文生，编．中国历代文论选：第1册．上海：上海古籍出版社，2001：205.

③ 司空图．二十四诗品［M］//郭绍虞，王文生，编．中国历代文论选：第1册．上海：上海古籍出版社，2001：205.

他要求诗歌在字面上一个字都不涉及所要歌咏的对象或者表现的心志，但却要通过诗句来让读者充分地感受到诗人想要表达的情怀和思想。他明确地禁止诗人说出来他的思想和感受，一个字也不许说出来，要表现得似乎与自己毫无关系一样。即使诗人满腔热情，满心感受，满脑子思想，也要极力克制全部说出来的冲动，只用极少的字句轻轻触及便可，最大限度地给读者营造想象、联想的空间。在这一点上，尽管象征派诗人与司空图的表述方式不同，但他们的诗学观点是非常接近的。魏尔伦强调诗歌要最大限度地向音乐靠拢，马拉美主张诗人最大限度地使用暗示，T. S. 艾略特主张诗人要最大限度地逃避自己的情感，目的都是追求诗歌的含蓄性。

朱光潜把不含蓄的诗歌称为"露才之语"。他以此评价诗人艺术水准的高下，非常有见地。他说："以诗而论，李白不如杜甫，杜甫不如陶潜；以词而论，辛弃疾不如苏轼，苏轼不如李后主。分别全在露才的等差。中国诗愈到近代，味愈薄，趣愈偏，亦正由于情愈浅，才愈露。诗的极境在兼有平易和精炼之胜。陶潜的诗表面虽平易而骨子里却极精炼，所以最为上乘。白居易止于平易，李长吉、姜白石都止于精炼，都不免较逊一筹。"①

戴望舒表面上豪爽大方，内心则细腻敏感。这种性格使他在对待诗歌时始终表现得很节制、低调，天然地倾向于诗歌表达中的含蓄风格。"望舒至今还是这样。他厌恶别人当面翻阅他底诗集，让人把自己底作品拿到大庭广众之下去宣读更是办不到。这种癖性也许会妨碍他，使他不可能做成什么'未冠的月桂诗人'。然而这正是望舒。"②

虽然注重含蓄的诗风，戴望舒同样反对李金发的晦涩。杜衡介绍说：

> 我个人也可以算是象征诗派底爱好者，可是我非常不喜欢这一派里几位带神秘意味的作家，不喜欢叫人不得不说一声"看不懂"的作品。我觉得，没有真挚的感情做骨子，仅仅是官能的游戏，像这样地写诗也实在是走了使艺术堕落的一条路。在望舒之前，也有人把象征派那种作风搬到中国的诗坛来。然而搬来的却正是"神秘"，是"看不懂"，那些我以为是要不得的成份。望舒的意见虽没有象我这样极端，然而他也以为从中国那时所有的象征主义诗人身上是无论如何也看不出这一派底优

① 朱光潜. 诗的隐与显——关于王静安的《人间词话》的几点意见 [M] //朱光潜全集：第3卷. 合肥：安徽教育出版社，1997：360-361.

② 杜衡. 望舒草·序 [M] //戴望舒诗全编. 梁仁，编. 杭州：浙江文艺出版社，1989：50.

秀来的。因而他自己为诗便力矫正此弊，不把对形式的重视放在内容之上；他底这种态度自始至终都没有变动过。他底诗，……是象征派的形式，古典派的内容。①

在新诗经验上，由于以李金发为代表的前期象征主义创作出现相对较晚，而且象征主义的理念最合乎戴望舒的美学取向，所以李金发的前期象征主义经验成为了戴望舒接受象征主义的先导。但是，凭着艺术家的直觉，戴望舒感觉到了李金发诗作的问题所在。当时，李金发在国内的影响正不断扩大，戴望舒也读到了他的作品。李金发的大胆探索无疑给戴望舒留下了深刻的印象，但是他对其"神秘和看不懂"也表示了不满，不认为李金发及其模仿者创作出了优秀的汉语象征派诗歌。

为了推动新文学的发展，胡适断言凡有价值的文学必是白话文学，文言文学概无价值。他以为中国两千年间只有些"死文学"。后来，他把这种观点写成专著《白话文学史》，将汉朝以后的中国文学史定性为文言文学与白话文学彼此争斗和相互消长的历史：表面上以文言文学为正宗，实际上却是白话文学不断战胜文言文学。从这种文学史观出发，得到他肯定的诗歌就是那种大白话韵文，而不是艺术性很强、文字整饬精炼、意境深远的作品。这就使得现代汉语的诗歌创作与中国诗歌的优秀传统割裂了。

在艺术上，大家都知道，"取法乎上，仅得其中"。那么"取法乎下"的结果就可想而知了。有鉴于此，戴望舒在创作之初，自觉地以中国古典诗歌为基础进行尝试。当然，如果仅仅是停留在这一步，他的所谓"新诗"也不过是古诗的拉长版，就像"五四"以后不少深受古典诗歌熏陶的现代诗人所做的那样。

第二节　与法国象征派诗人的共鸣

历史将融合中国古典诗歌与象征派诗歌的机遇给了戴望舒。他是幸运的，但他的幸运并不是偶然的。在当时的中国，既能够写出优美隽永的传统风格诗歌，又能够深入体会和把握象征派诗歌精髓的年轻人寥寥无几。戴望舒则兼具两方面的条件。施蛰存回忆说："望舒初期的诗，有很浓厚的中国古诗

---

① 杜衡.望舒草·序［M］//戴望舒诗全编.梁仁，编.杭州：浙江文艺出版社，1989：52.

影响。及至他沉浸于法国诗，才渐渐地倾向欧洲现代诗，竭力摆脱中国诗的传统。他一边翻译介绍外国诗，一边从中吸收自己所需要的养料。"① 因此，翻译活动在戴望舒的创作过程中具有非常重要的作用，成为他向异国诗人学习并将中西诗歌融合于汉语的创作活动的有机组成部分。

1923 年，戴望舒考入上海大学文学系。1925 年秋，他转入震旦大学法文系。在课堂上，老师推崇的是浪漫主义诗歌。"初期的戴望舒，从翻译英国颓废派诗人道生和法国浪漫派诗人雨果开始，他的创作诗也有些道生和雨果的味道。"② 但直抒胸臆的诗歌对他没有多大吸引力。波德莱尔是最初吸引戴望舒的法国象征主义诗人。"望舒在震旦大学时，还译过一些法国象征派的诗。这些诗，法国神父是禁止学生阅读的。望舒在神父的课堂里读拉马丁、缪塞，在枕头底下却藏着魏尔伦和波德莱尔。他终于抛开了浪漫派，倾向了象征派。"③

戴望舒之所以对当时被许多法国读者（包括他的法语文学老师）视为大诗人的拉马丁和缪塞的兴趣不大，而偷偷地阅读和欣赏仍被普通读者排斥的魏尔伦和波德莱尔，就在于后者与他发生了契合或者交响。杜衡回忆说：

> 1925 到 1926，望舒学习法文；他直接地读了 Verlaine, Fort, Gourmont, Jammes 诸人底作品，而这些人底作品当然也影响他。本来，他所看到而且曾经爱好过的诗派也不单是法国底象征诗人；而象征诗人之所以会对他有特殊的吸引力，却可说是为了那种特殊的手法恰巧合乎他底既不是隐藏自己，也不是表现自己的那种写诗的动机的原故。同时，象征诗派底独特的音节也曾使他感到莫大的兴味，使他以后不再斤斤于被中国旧诗词所笼罩住的平仄韵律的推敲。④

戴望舒阅读波德莱尔，一定会注意到《恶之花》中最著名的《应和》这首诗。确实如此。他选译的《〈恶之花〉掇英》只有 24 首诗，其中就有这首诗。我们看他的译文：

---

① 施蛰存. 引言 [M] //戴望舒诗全编. 梁仁，编. 杭州：浙江文艺出版社，1989：5.

② 施蛰存. 引言 [M] //戴望舒诗全编. 梁仁，编. 杭州：浙江文艺出版社，1989：6.

③ 施蛰存. 戴望舒译诗集·序 [M] //戴望舒译诗集. 施蛰存，编. 长沙：湖南人民出版社，1983：2.

④ 杜衡. 望舒草·序 [M] //戴望舒诗全编. 梁仁，编. 杭州：浙江文艺出版社，1989：51 – 52.

自然是一庙堂，那里活的柱石
不时地传出模糊隐约的语音……
人穿过象征的林从那里经行，

树林望着他，投以熟稔的凝视。
正如悠长的回声遥遥地合并，
归入一个幽黑而渊深的和谐——
广大有如光明，浩漫有如黑夜——
香味，颜色和声音都互相呼应。

有的香味新鲜如儿童的肌肤，
柔和有如洞箫，翠绿有如草场，
——别的香味呢，腐烂，轩昂而丰富。

具有着无极限的品物底扩张，
如琥珀香、麝香、安息香、篆烟香，
那样歌唱性灵和官感的欢狂。①

音乐时常飘我去，如在大海中！
向我苍白的星
在浓雾荫下或在浩漫的太空，
我扬帆望前进；

胸膛向前挺，又鼓起我的两肺，
好像张满布帆，
我攀登重波积浪的高高的背——
黑夜里分辨难。

我感到苦难的船的一切热情
在我心头震颤；

① ［法］波德莱尔. 应和［M］//戴望舒译诗集. 施蛰存，编. 长沙：湖南人民出版社，1983：
122.

顺风，暴风和临着巨涡的时辰，

它起来的痉挛
摇抚我。——有时，波平有如大明镜，
照我绝望孤影！①

正是对法国象征派的作品的阅读和翻译，戴望舒获得了的创造性转化的契机。"五四"时期，读者能够读到的译诗不多。因此，能够阅读外文诗歌的人常常自觉地从事翻译工作。翻译诗歌是一种对诗歌的再创作。它需要译者对原作文字、风格、韵脚、旋律、意蕴进行深度把握，也需要译者能够高水平地运用汉语来传达、表现原作。波德莱尔、马拉美对爱伦·坡的翻译就被认为是一种创造，被视为他们的作品。在《微雨》中，李金发也是把自己的译诗作为本人的作品来看的。

施蛰存说："望舒译诗的过程，正是他创作诗的过程。"② 戴望舒最早选择翻译的是波德莱尔的《恶之花》。1947 年出版的《〈恶之花〉掇英》，收录了戴望舒翻译的 24 首波德莱尔诗歌。在翻译的过程中，译者对原作有许多的心得与思考。在译后记中，戴望舒写道："以一种固定的尺度去度量一切文学作品，无疑会到处找到'毒素'的，而在这种尺度之下，一切古典作品，从荷马开始，都可以废弃了。至于影响呢，波德莱尔可能给予的是多方面的，要看我们怎样接受。只要不是皮毛的模仿，能够从深度上接受他的影响，也许反而是可喜的吧。"③

作为一个对社会、人生和文学都很敏感的诗人，又有学习法语的西学背景，戴望舒对波德莱尔的态度是比较理性的，对波德莱尔的作品的理解也比一般人更为深刻。这也是为什么杜衡在批评当时诗坛的"神秘"和"看不懂"时，"望舒底意见虽然没有像我这么绝端，……因而他自己为诗便力矫此弊，不把对形式的重视放在内容之上"。④

---

① ［法］波德莱尔. 音乐［M］//戴望舒译诗集. 施蛰存，编. 长沙：湖南人民出版社，1983：134.

② 施蛰存. 戴望舒译诗集·序［M］//戴望舒译诗集. 施蛰存，编. 长沙：湖南人民出版社，1983：3.

③ 戴望舒. 《恶之花》掇英·译后记［M］//戴望舒译诗集. 施蛰存，编. 长沙：湖南人民出版社，1983：154.

④ 杜衡. 望舒草·序［M］//戴望舒诗全编. 梁仁，编. 杭州：浙江文艺出版社，1989：52.

《旧锦囊》一辑的最后有一首是戴望舒模仿波德莱尔所做的诗《十四行》：

> 微雨飘落在你披散的鬓边，
> 像小珠碎落在青色的海带草间
> 或是死鱼飘翻在浪波上，
> 闪出神秘又凄切的幽光，
>
> 诱着又带着我青涩的灵魂
> 到爱和死底梦的王国中睡眠，
> 那里有金色的空气和紫色的太阳，
> 那里可怜的生物将欢乐的眼泪流到胸膛；
>
> 就像一只黑色的衰老的瘦猫，
> 在幽光中我憔悴又伸着懒腰，
> 流出我一切虚伪和真诚的骄傲；
>
> 然后，又跟着它踉跄在轻雾朦胧；
> 像淡红的酒沫飘在琥珀钟，
> 我将有情的眼藏在幽暗的记忆中。①

　　首句的"微雨"一词让人不禁想起李金发的第一本诗集《微雨》。当时社会上对《微雨》的反响很大，褒贬不一，戴望舒的这首诗可以说是对《微雨》的矫枉过正，和对翻译波德莱尔的诗歌的回应。《微雨》中最有名的诗歌莫过于《弃妇》，戴望舒的第一句便使用了与李金发《弃妇》的首句相同的意象"披散的长发"。但从第二句开始，两人的风格便显露出不同。戴望舒的"像小珠碎落在青色的海带草间"的比喻，显得活泼可爱，充满动感。这与李金发的阴郁之气（"遂隔断了一切羞恶之疾视，与鲜血之急流，枯骨之沉睡"），形成了鲜明的对比。紧接着，"死鱼"这一非传统意象的出现，又让人想到了波德莱尔，而"神秘又凄切的幽光"更是对波德莱尔诗歌风格的体现。

---

① 戴望舒. 十四行［M］//戴望舒诗全编. 梁仁，编. 杭州：浙江文艺出版社，1989：18.

在第二节中，戴望舒展开丰富的联想，颜色之间的碰撞和感官的不同感受交织在一起，带给读者奇异的体验。这正像我们在波德莱尔的《感应》中所感受的一样。第三节中，作者用"瘦猫"作比喻，将整首诗的格调依然定格在朦胧和神秘当中。在波德莱尔笔下，猫是神秘、不可言说的精灵，也是温柔迷人、催生灵感的神灵；它既是正面的谐和，又是反面的凝聚，是丑与美的集合物，在它的身上可以体现波德莱尔追求"奇异""神秘""丑中见美"的美学观。戴望舒使用"瘦猫"这一意象，正是从波德莱尔对猫的理解来接受的。"黑的衰老的瘦猫"并没有给人"丑陋"的感觉，相反他"流出我一切虚伪和真诚的骄傲"。在黑暗中，一只猫流露出"我"在白天的隐藏，它消失在"轻雾朦胧"中，似乎没有人看到，然而"我"却将"有情的眼藏在幽暗的记忆中"。这首诗是戴望舒模仿波德莱尔的诗歌中最像的一首，特别是从诗歌意象的选择上，基本上与波德莱尔的审美一致，也都一样突出了"神秘"这一特性。与李金发的《弃妇》相比，戴望舒的《十四行》更加容易看懂，诗歌的艺术性也更强，特别是第二节中对"爱与死"的描写，比李金发（"拿一根草儿，与上帝之灵往返在空谷里。／我的哀戚惟游蜂之脑能深印着；／或与山泉长泄在山崖，／然后随红叶而去。"）的诗歌艺术性要高出很多。戴望舒对色彩的感受和对各种感官的体验要更加精准，对诗歌语言的运用也更加娴熟。例如第一句，在收入《望舒诗稿》时是"看微雨飘落在你披散的鬓边"，后来作者将"看"字去掉，省去了动词的同时也略去了主语，增加了"微雨"的主动性，提升了整首诗的意境。其他如对动词的运用，"落在"代替"散落在"，"睡眠"代替"逡巡"，"飘"代替"漂浮"，"流出"代替"吐出"等，戴望舒故意弱化了动词的作用，突出了大自然万物皆有灵的特点，使诗歌的意境更加深远。

然而，戴望舒还是放弃了波德莱尔。虽然波德莱尔在诗歌的艺术性上已经达到了令人钦敬的高度，而戴望舒也深深地受到波德莱尔的作品吸引，但在艺术风格上，两人的差别非常大。"忧郁"是二人的共同特点，不同的是：波德莱尔的"忧郁"是从骨子里散发出来的，消极颓废是不可避免的；而戴望舒的"忧郁"更像是对生命的"感伤"，有着"自怨自艾"的倾向。从李金发的经验中，戴望舒看出了其中的问题所在，他也知道如果沿着这条路走下去只能是对波德莱尔的模仿，而走不出自己的路来。从文化背景上，东西方文化存在着巨大的差异。波德莱尔的神秘和对"丑"的意象的使用，在中国读者几乎是不可理解的：在中国文化中只有不可说的"天机"，却从无"神秘"可言。因此，在这一点上，中西文化几乎没有接洽的可能。戴望舒自己也更倾向选择美的意象和明丽轻快的诗风。这样的选择，是基于戴望舒对法国象征主义的审美经验和表现方式的深层理解，也是他对本民族的文化艺术传统的准确把握的体现。正如傅雷所说："只有真正了解自己民族的优良传统和精神，才能彻底了解别个民族的优良传统。"①

"那被命名为象征主义的东西，可以很简单的总括在好几族诗人想从音乐收回他们的财产的那个共同的意象中……"② 波德莱尔是追求诗的音乐性的最初的诗人，魏尔伦则成功地实现了这一"好几族诗人"的夙愿。他的《诗的艺术》③ 一诗可以看作是前期象征主义诗歌的艺术章程。"音乐先于一切"，"带着某种误解去挑选你的字眼"，要让词义的"不定和确定结合在一起"，这样就可以造成朦胧感；"还有对色调的渴望"，因为"只有色调才能联结长笛的号角，梦想和梦想"，使读者产生丰富的联想、想象。而音乐则会让读者受到诗人情绪的感染，造成"使百里香和薄荷发出香气"的效果。可以看出这与司空图、严羽所主张的诗要追求"味外之味""象外之象"的观念有近似的地方。杜衡指出："象征主义诗人之所以会对他有特殊的吸引力，却可以说是为了那种特殊的手法恰巧合乎他底既不是隐藏自己，也不是表现自己的那种写诗的动机的原故。同时，象征派诗底独特的音节也曾使他感到莫大的兴味，使他以后不再斤斤计较被中国旧诗词所笼罩住的平仄韵律的推敲。"④

戴望舒精通法语和西班牙语，翻译了不少诗歌、散文及小说，他的译诗具有很高的艺术魅力。他不但能将自己在诗歌创作中对语言和情感的高超驾驭能力运用到诗歌翻译中，还能将自己在诗歌翻译中的心得体会应用到自身的诗歌创作中，使译诗与作诗互相激发。一个外国的优秀诗人能够被使用另一种母语写作的优秀诗人深度理解，高度共鸣，他是幸运的。如果他的佳作被译成另一种语言，既能传音传情，又能传意传神，对于外国诗人和译诗读者来说，该是一件多么幸运的事情！戴望舒翻译的法国象征派诗歌尽管数量不算太多，但是他的生花妙笔将这些或大名鼎鼎或鲜为人知的法国诗人变成了中国现代诗歌的宝贵资源。台湾现代派诗人痖弦（1932—）自述说：他那

---

① 刘海粟. 傅雷二三事［M］//黄山谈艺录. 合肥：黄山出版社，1984：104.

② ［法］保尔·瓦雷里. 波德莱尔的位置［M］//戴望舒译诗集. 施蛰存，编. 长沙：湖南人民出版社，1983：117.

③ Paul Verlaine. L'art poétique［C］. Paris Moderne. Revue littéraire et artistique，1882：144 – 145.

④ 杜衡. 望舒草·序［M］//戴望舒诗全编. 梁仁，编. 杭州：浙江文艺出版社，1989：51 – 52.

一代的台湾诗人，在 1950 年代开始写现代诗的时候，戴望舒所译的法国象征主义诗歌对他们颇有影响，他们互相私下传阅犹如地下文学。①

戴望舒的诗风演变过程与他的翻译对象的变化有着密切的关联，他的诗歌创作也是在译诗过程中逐步走向成熟的。在对诗歌音乐性的探索中，他受到以音乐性见长的魏尔伦很大影响。

我们比较一下魏尔伦《泪珠飘落萦心曲》的原诗与译诗。我们先看原诗（以第一句诗为题）：

> Il pleure dans mon coeur
> Comme il pleut sur la ville;
> Quelle est cette langueur
> Qui pénètre mon coeur?
>
> Ô bruit doux de la pluie
> Par terre et sur les toits!
> Pour un coeur qui s'ennuie,
> Ô le chant de la pluie!
>
> Il pleure sans raison
> Dans ce coeur qui s'écoeure.
> Quoi! nulle trahison? . . .
> Ce deuil est sans raison.
>
> C'est bien la pire peine
> De ne savoir pourquoi
> Sans amour et sans haine
> Mon coeur a tant de peine!②

我们来看戴望舒的翻译：

---

① 李欧梵. 上海摩登——一种新都市文化在中国 1930—1945［M］. 毛尖，译. 北京：北京大学出版社，2001：2.

② Paul Verlaine. Romances sans paroles［M］. Sens：Typographie de Maurice L'Hermitte，1874：9.

泪珠飘落萦心曲，
迷茫如雨蒙华屋；
何事又离愁，
凝思悠复悠。

霏霏窗外雨，
滴滴淋街宇；
似为我忧心，
低吟凄楚声。

泪珠飘落知何以？
忧思宛转凝胸际：
嫌厌未曾栽，
心烦无故来。

沉沉多怨虑，
不识愁何处，
无爱亦无憎，
微心争不宁。①

　　戴望舒为这首译诗选择的韵押模式为 aabb-aacc-ddee-aacc。然而原诗的韵脚是回旋韵，每小节有三行押韵，且第一行与第四行使用同一个词押韵。除此之外，魏尔伦还采用谐音等手段来烘托低沉与哀愁。但戴望舒并没有用现代汉语将其直白再现，而是采用文言古体诗词的句法将原始材料进行重组，使之成为一首极富中国古典诗歌韵味的动人篇章。戴望舒没有亦步亦趋地再现魏尔伦的韵脚，因为这是非常困难甚至会影响到翻译和阅读却又吃力不讨好的事情。经过深思熟虑，他以自己的方式再现了原作的韵律感和微妙感。

　　1926 年，在戴望舒和施蛰存、杜衡共同创办的《璎珞》旬刊创刊号上，他发表了自己写的《凝泪出门》和他翻译的魏尔伦的诗《泪珠飘落萦心曲》。这可以看做是他学习魏尔伦后创作的第一首诗。我们先看《凝泪出门》。

---

　　① 戴望舒．泪珠飘落萦心曲［M］∥戴望舒译诗集．施蛰存，编．长沙：湖南人民出版社，1983：7.

昏昏的灯，
冥冥的雨，
凄凉的情绪，
将我底愁怀占住。

凄绝的寂静中，
你还酣睡未醒；
我无奈踟蹰徘徊，
独自凝泪出门：
啊，我已够伤心。

清冷的街灯，
照着车儿前行：
在我底胸怀里，
我是失去了欢欣，
愁苦已来临。①

下面是魏尔伦的诗。戴望舒的译诗使用了很典雅的词语，有些地方为了简练和押韵而略有改动。为了便于比较，我们采用罗洛的译本《泪洒落在我心上》：

泪洒落在我心上，
象雨在城市上空落着。
啊，是什么样的忧伤
荆棘般降临我的心上？

啊，地面和屋顶的雨
这样温柔地喧闹！
对我的心的抑郁，
啊，这扬起歌声的雨！

---

① 戴望舒. 凝泪出门［M］//戴望舒诗全编. 梁仁，编. 杭州：浙江文艺出版社，1989：11.

> 泪水洒落，没来由啊，
> 落在这病了的心理。
> 什么？没有人背弃我？
> 这忧伤没有来由啊。
>
> 这确是最坏的悲哀：
> 我不知道是为什么，
> 没有恨也没有爱，
> 我的心有这样多悲哀。①

在魏尔伦诗中，"我"的心在无端端地哭，就像雨无端端地下。诗人一再申明"没有爱，没有恨"，"这忧伤没来由啊"，但它却"荆棘般降临到我的心上"，使"我的心有这样多悲哀"。沉郁复沓的旋律，深深地打动了读者。戴望舒的诗歌则是在雨的氛围中，灯"昏昏"，未晓的天"沉沉"，一种"凄凉的情绪，将我底愁怀占住"。就在这"凄绝的寂静中"，"你（我的恋人？）还醋睡未醒"，我只好"独自凝泪出门"，"我是失去了欢欣，愁苦已来临"。相近的情怀，同样的忧伤、凄怆，只是魏尔伦完全不说来由，而戴望舒则吞吞吐吐地做了些暗示。

戴望舒能够迅速地把这种翻译的心得运用到自己的诗歌写作中去。在创作《流浪人的夜歌》时，他试验了 abb-baa-bab-baa 押韵模式，加之"嘤嘤""声声""盈盈"等叠词的使用，使得诗歌本身的音乐感极具加强：

> 残月是已死美人，
> 在山头哭泣嘤嘤。
> 哭她细弱的魂灵。
>
> 怪枭在幽谷悲鸣，
> 饥狼在嘲笑声声，
> 在那莽莽的荒坟。

---

① 魏尔伦. 魏尔伦诗选［M］. 罗洛，译. 桂林：漓江出版社，1987：61.

> 此地黑暗的占领，
> 恐怖在统治人群，
> 幽夜茫茫地不明。
>
> 来到此地泪盈盈，
> 我是漂泊的孤身，
> 我要与残月同沉①。

这种变形在戴望舒这一阶段的创作中有着众多的体现，《断章》《山行》《可知》《静夜》等中均可见。可以说，在他的身上我们可以清楚地看到译介与创作的同步对应。与此同时，我们也发现：他在翻译、学习外国诗歌的同时并没有生搬硬套，而是做出了积极的本土化改造，正是这种改造，为中国新诗的发展指明了方向，开拓了崭新的视野。

戴望舒将象征派的一些精湛的表现手法吸收到自己的创作中，促使自己的诗风变化。这种变化主要有三方面：一是运用象征派的结构和展示形象的特殊方式构思，却又不失中国古典诗歌的单纯、完整、集中和意在言外的长处；二是运用中国古典诗歌里常见的形象，如蔷薇、春花、丁香等，但又赋予富有象征意味的新的社会心理内涵；三是既不违背中国古典诗歌的音韵规律，又充分发挥了魏尔伦"音乐先于一切"的原则。这三个方面的变化，比较完整地体现在写于 1927 年春夏之交的《雨巷》中。由于吸收了象征主义容量较大的表现手段，诗人已不再满足一点一滴地表现个别具体的景象和情绪的变化，如初期的《夕阳下》《山风中闻雀声》等，而是立足于精神世界的总体，兴会淋漓地为自己的感受、情绪塑形。

1928 年，戴望舒在发行量和影响力都很大的《小说月报》上发表了《雨巷》。这首诗引起了广泛的好评，戴望舒因此而成为著名诗人。杜衡回忆说：

> 那个时期内的最显著的作品便是使望舒底诗作第一次被世人所知道的《雨巷》。
>
> 说起《雨巷》，我们是很不容易把叶圣陶先生底奖掖忘记的。《雨巷》写成后差不多有年，在圣陶先生代理编辑《小说月报》的时候，望

---

① 戴望舒. 流浪人的夜歌 [M] //戴望舒诗全编. 梁仁，编. 杭州：浙江文艺出版社，1989：9.

舒才忽然想起把它投寄出去。圣陶先生一看到这首诗就有信来，称许他替新诗底音节开了一个新的纪元。这封信，大概望舒自己至今还保存着，我现在却没有可能直接引用了。圣陶先生底有力的推荐使望舒得到了"雨巷诗人"这称号，一直到现在。①

我们来分析一下这首诗的妙处，以探讨戴望舒与法国象征派诗人的可能联系。

> 撑着油纸伞，独自
> 彷徨在悠长，悠长
> 又寂寥的雨巷
> 我希望逢着
> 一个丁香一样地
> 结着愁怨的姑娘。
>
> 她是有
> 丁香一样的颜色，
> 丁香一样的芬芳，
> 丁香一样的愁怨，
> 在雨中哀怨，
> 哀怨又彷徨；
>
> 她彷徨在这寂寥的雨巷，
> 撑着油纸伞
> 像我一样，
> 像我一样地
> 默默彳亍着，
> 冷漠，凄清，又惆怅。
>
> 她默默地走近
> 走近，又投出

---

① 杜衡. 望舒草·序 [M] //戴望舒诗全编. 梁仁，编. 杭州：浙江文艺出版社，1989：52.

太息一般的眼光，
她飘过
像梦一般地，
像梦一般地凄婉迷茫。

像梦中飘过
一支丁香地
我身旁飘过这女郎；
她默默地远了，远了，
到了颓圮的篱墙，
走尽这雨巷。

在雨的哀曲里，
消了她的颜色，
散了她的芬芳，
消散了，甚至她的
太息般的眼光，
她丁香般的惆怅。

撑着油纸伞，独自
彷徨在悠长，悠长
又寂寥的雨巷，
我希望飘过
一个丁香一样地
结着愁怨的姑娘。①

　　"我"是抒情的主体，丁香一般的姑娘和悠长寂寥的雨巷，则是诗人情绪的客观对应物。通过这些意象，传达出诗人内心深处无法排解的惆怅和幽怨。丁香是古典诗歌里常用的意象，如李商隐的"芭蕉不展丁香结，同向春风各自愁"（《代赠》），李璟的"青鸟不传云外信，丁香空结雨中愁"（《山

---

　　① 戴望舒. 雨巷. 原载《小说月报》第十九卷第八号（1928 年 8 月出版）［M］//戴望舒诗全编. 梁仁，编. 杭州：浙江文艺出版社，1989：27 – 28.

花子》)。戴望舒则在此加以点化，使丁香和姑娘两个意象重叠、交融，成为既是丁香又是姑娘的一个新的意象。丁香与姑娘交融所创造的意境含蓄幽远，不仅深化了古典诗歌中"丁香"的境界，而且也赋予它以新的社会心理内涵。这是诗人用象征主义的方法对传统诗歌意象改造的结果。这种改造也表现在音韵上，全诗七节，每节六行，基本上三、六两行押"ang"韵，又大量运用内韵，诗行中镶嵌带有"ang"的词汇。加之前后两节呼应和每行中若干诗行复沓，使"ang"韵的音响随诗人情绪起伏而流动全诗，谱写出既流畅又舒缓，飘逸而又蕴藉的节奏，呈现出统一中富于变化的新鲜与和谐。而且，诗中内韵、韵脚、双声叠韵和复沓的成分，都是附着于诗的主体意象"姑娘（丁香）"和"雨巷"上，造成声、义、情三位一体。这是魏尔伦诗歌音韵特点与中国古典诗歌的音韵规律相结合而出现的新品，无怪乎叶圣陶（1894—1988）称赞他"替新诗的音节开了新纪元"①。朱湘（1904—1933）在给戴望舒的信中说："《雨巷》在音节上完美无疵。我替你读出之后，别人说是真好听。……《雨巷》兼采有西诗之行断意不断的长处。在音节上，比起唐人的长短句来，实在毫无逊色。"② 五十年后，戴望舒同乡作家冯亦代（1913—2005）十分感慨地说："我心里永远保持着他《雨巷》中的诗名给我的遐想。当年在家乡时，每逢雨天，在深巷里行着，雨水滴在撑着的伞上，滴答滴答，我便想起了《雨巷》里的韵节。"③

读《雨巷》，我们很容易想起波德莱尔的《给一位过路的女子》。

　　　　喧闹的街巷在我周围叫喊，
　　　　颀长苗条，一身丧服，庄重忧愁，
　　　　一个女人走过，她那奢华的手
　　　　提起又摆动衣衫的彩色花边。

　　　　轻盈而高贵，一双腿宛若雕刻。
　　　　我紧张如迷途的人，在她眼中，

---

① 杜衡. 望舒草·序. 上海：上海现代书局，1933 年初版［M］//戴望舒诗全编. 梁仁，编. 杭州：浙江文艺出版社，1989：52.

② 朱湘致戴望舒、施蛰存信. 载 1929 年 11 月 15 日《新文艺》第 1 卷第 3 号. 转引自张大明. 中国象征主义百年史［M］. 开封：河南大学出版社，2007：168.

③ 南焱. "雨巷诗人"戴望舒的悲情之旅［Z/OL］. (2006 - 12 - 26)［2013 - 01 - 08］. http://www.yuwen888.com/Article/Class35/4437.html.

> 那暗淡的、孕育着风暴的天空
> 啜饮迷人的温情，销魂的快乐。
>
> 电光一闪……复归黑暗！——美人已去，
> 你的目光一瞥突然使我复活，
> 难道我从此只能会你于来世？
>
> 远远地走了！晚了！也许是永诀！
> 我不知你何往，你不知我何去，
> 啊我可能爱上你，啊你该知悉！①

　　诗人在街道上偶遇的女子高贵纯洁，凝聚着世上一切的美好希望。"我"深深地被她吸引，但她匆匆地消失在茫茫人海之中，宛如惊鸿一瞥，只留下惆怅和不知所措的"我"。这首诗可看作是《雨巷》的原型，熟读《恶之花》的戴望舒应该是从这首诗中获得了写作《雨巷》的灵感。"穿着丧服的女子"与"丁香花一样的姑娘"都具有世间少见的美好：一个神圣高贵、不可侵犯，一个素雅清淡、亲切而空灵。在两个完全不同的东西方意象中，透露着两个作者对美好事物的共同向往。可惜，美好的事物常常可望而不可即，它们稍纵即逝，只留下作者独自叹息。波德莱尔的创作有如西方油画式的描摹，对周围的环境，过路女子的服饰、双手的动作和双腿的刻画都非常细致入微，读者似乎可以身临其境地感受当时的情境，甚至看到那位穿着丧服的女子。而戴望舒的创作完全是东方山水画式的写意，一切都是朦胧的：雨雾朦胧中悠长的巷子，丁香花一样飘过的姑娘……所有的意象和情境都只能通过读者的想象去体会和再现。在东西方诗歌不同的格调中，却反映着两位现代诗人共同的情绪——对美的向往和无时不在的幻灭感。戴望舒当初在读到波德莱尔的《给一位过路的女子》时，内心一定深深地被触碰过。当他创作《雨巷》时，眼前也一定浮现过这位"穿着黑衣的华丽女子"，只是这女子太陌生、太遥远，不如丁香花亲切可感。"喧闹的街巷"太没有诗意了，丁香花一定要出现在雨中，才能显得更唯美，更符合中国读者的审美惯性。如果说波德莱尔诗歌中的"我"有着与"过路的女子"相同的地位的话，戴望舒笔下的"我"几乎与诗歌的主角——丁香花一样的姑娘——没有关联。这既符

---

① ［法］波德莱尔. 恶之花［M］. 郭宏安，译. 北京：中国戏剧出版社，2005：79－80.

合胡适的"须有个我在"的要求，也与中国古典诗歌的"无我"境界看似矛盾却又不违背，因为"我"所处的位置刚刚好，既不破坏主体意象，又与它有着关联。不得不说，在那个年代戴望舒对诗人的位置把握得非常好。

由于戴望舒熟读魏尔伦的诗歌，对魏尔伦诗歌中的惆怅忧伤之情很能产生共鸣。我们做出一个大胆的推测：《雨巷》的最直接灵感来源可能是魏尔伦的《我熟悉的梦》：

> 我常做这个奇异的梦，令人心颤，
> 梦见一个陌生女人，我爱她，她爱我，
> 每次，她既非完全是同一人，
> 也不完全是另一个，她爱我，理解我。
>
> 因为她理解我，我透明的心
> 只有她懂，啊，我心中的谜
> 唯她能解，我苍白冒汗的额际，
> 只有她哭着使它凉爽清新。
>
> 她是棕发、金发或红发？——我不得而知。
> 她的名字？我记得它响亮而动听
> 就象被生活放逐的情人的名字。
>
> 她的目光与雕像的目光无异，
> 至于她的声音，遥远，庄重，宁静，
> 就象已归沉寂的亲爱的声音。①

人不仅有意识，而且有潜意识和无意识。这是弗洛伊德对许多人的夜梦进行解读以后得出的重要结论。他发现，人从表面上看是理性的，似乎是由意识支配其心理和决定，然而在实际上，人的许多活动在没有意识的情况下受潜意识的影响。弗洛伊德首次从心理科学的角度，对夜梦作出了令人信服的分析。他把对梦的阐释运用到对文学艺术作品的创造过程和欣赏活动的分

---

① ［法］魏尔伦．三年后．胡小跃，译［M］∥魏尔伦，兰波，马拉美．多情的散步——法国象征派诗选．飞白，小跃，译．北京：中国文联出版公司，1992：11－12.

析中。在 1908 年发表的《作家与白日梦》一文中，弗洛伊德指出："作家与玩耍中的孩子做着同样的事情。他创造了一个他很当真的幻想世界——也就是说，这是一个他以极大的热情创造的世界——同时他又严格地将其与现实世界区分开来。"① 关于幻想的特征，他指出："我们可以断言，一个幸福的人从来不会去幻想，只有那些愿望难以满足的人才去幻想。幻想的动力是尚未满足的愿望。每一个幻想都是一个愿望的满足，都是对令人不满足的现实的补偿。"② 因此，他认为夜梦和白日梦都是幻想的表现，目的都是实现现实中无法实现的愿望，是一种心理补偿机制的产物。

> 语言早就以其无与伦比的智慧对梦的本质问题下了定论，把漫无边际的幻想创造命名为"白日梦"。如果我们对我们的梦的意义总觉得模糊不清的话，那是因为夜间的环境使我们产生了一些令自己感到羞愧的愿望，而这些愿望我们又必须对自己隐瞒，所以它们受到压抑，被压入潜意识之中。这种受压抑的愿望及其派生物，只得以一种极其歪曲的形式表现出来。当科学工作已能成功地解释造成梦变形的因素时，就不难看出夜间的梦与白日梦—即我们非常了解的幻想一样，都是愿望的满足。③

在现实生活中，人们很少向他人叙述自己的夜梦或白日梦，因为把梦当回事会引起周围人的嘲笑。弗洛伊德说："你会记得我曾论述过，白日梦幻者由于他感到有理由对自己创造的幻想而害羞，从而小心谨慎地向别人隐瞒自己的幻想。现在我应该补充说明，即使他打算把这些幻想告诉我们，这种倾诉也不会给我们带来任何快乐，我们听到这些幻想时会产生反感或者深感扫兴。"然而，同样是幻想，文学艺术作品却会被读者或观众欢迎："当一位作家给我们献上他的戏剧，或者献上我们习惯于当做他个人的白日梦的故事时，我们就会体验到极大的快乐。这种快乐极有可能由许多来源汇集产生。

---

① ［奥］弗洛伊德. 弗洛伊德文集：第 7 卷［M］. 车文博，主编. 长春：长春出版社，2004：59.

② ［奥］弗洛伊德. 弗洛伊德文集：第 7 卷［M］. 车文博，主编. 长春：长春出版社，2004：61.

③ ［奥］弗洛伊德. 弗洛伊德文集：第 7 卷［M］. 车文博，主编. 长春：长春出版社，2004：62.

作家如何达到这一目的，那是他内心深处的秘密。"① 所以，弗洛伊德对于文学艺术的创造机制和欣赏心理做了这样的推断：

> 诗歌艺术的精华在于克服使我们心中感到厌恶的效果的那种技巧，这种厌恶感毫无疑问地与一个"自我"和其他"自我"之间产生的隔阂相联系。我们可以猜测到这种技巧的两个方法：作家通过改变和掩饰利己主义的白日梦以软化他们的利己性质，他以纯形式的即美学的快感来俘虏我们这些读者。我们给这类快乐命名为"额外刺激"或"前期快乐"。作者向我们提供这种快乐是为了有可能从更深的精神源泉中释放出更大的快乐。②

根据弗洛伊德的理论，魏尔伦常常做的显然是白日梦，是对于遥不可及的理想爱人——或者说是爱情理想——强烈渴望的诗化表现（poétisation）。"我"是孤独的，但她对"我"高度理解，倾心爱"我"："她爱我，理解我。"诗人使用了"陌生女人"一词表明：她不是一个"我"认识的人。也就是说，她存在于诗人的生活世界之外，是不可能在现实中遇到的。诗人强调说"她既非完全是同一人，/也不完全是另一个"。这就更加表明了她不是现实生活中的任何一个女性。由于她是在诗人幻想中出现的女子，诗人对她的每一次想象都会有所不同。但是，不论对其外形的想象有多少变化，她始终如一地保持着——或者说是承载着——诗人的爱情理想。

魏尔伦强调说自己有"透明的心"，但却只有梦中女子才能完全理解；自己心中的谜，只有她能够懂得；自己"苍白冒汗的额际，/只有她哭着使它凉爽清新"。诗人否认她头发的颜色是我们在生活中可以看到的。或者说，诗人并不在意她的头发颜色。因此，她不可能是任何一个凡俗女子，只能是幻想中的女神。诗人说"她的目光与雕像的目光无异"，这就表明她是出自于艺术想象，她的目光才是纯净、非功利的。"至于她的声音，遥远，庄重，宁静，/就象已归沉寂的亲爱的声音。"这再次强调了她是可望而不可即的，只能存在于诗人的理想之中。诗人通过这篇作品向我们呈现了他的诗化幻想的爱情之梦。而只能在梦中与之相遇的理想爱人，又强化了诗人在现实中的

---

① ［奥］弗洛伊德. 弗洛伊德文集：第7卷［M］. 车文博，主编. 长春：长春出版社，2004：65.

② ［奥］弗洛伊德. 弗洛伊德文集：第7卷［M］. 车文博，主编. 长春：长春出版社，2004：65.

失望、落寞和惆怅。

沿着这一思路，我们再看戴望舒的《雨巷》。我们可以断定，尽管戴望舒把爱情白日梦的地点放在了细雨蒙蒙的江南小巷，让"我"撑着中国人沿用了数百年的油纸伞，他的丁香姑娘仍然是爱情愿望的幻想实现。与魏尔伦不同，他是清醒的做梦者：即使是在艺术的白日梦中，他也知道自己希望遇到的丁香姑娘是"冷漠、凄清又惆怅"的。也就是说，他预感到自己的爱情理想不会实现，虽有邂逅，却仍错过，自己短短升腾的希望火星很快会破灭，仍然陷入到巨大的虚无和绝望中去。这表明，戴望舒对生命本身有一种比魏尔伦更强烈的悲剧感。

在诗歌中消融自我，达到"物我两忘"之境，一直是中国古典诗歌的特点。戴望舒在古典的意境中融入了与波德莱尔类似的现代人的情绪。虽然在创作诗歌的方法上，戴望舒没有走波德莱尔的道路，但是，在新诗走向现代的过程中，波德莱尔对戴望舒的影响是相当大的。戴望舒的《雨巷》里，流露出的强烈的忧郁，包涵着诗人对现实生活的苦恼和失望，是一种典型的"现代人的情绪"。很多人认为戴望舒诗歌的忧郁美，更多的是受到中国古代忧郁诗人的感染。艾青说过："望舒初期的作品，留着一些不健康的旧诗词的很深的影响，常常流露一种哀叹的情调。"① 卞之琳（1910—2000）也曾指出："在望舒这些最早期诗作里，感伤情调的泛滥，易令人想起'世纪末'英国唯美派（比如陶孙——Ernest Dowson）甚于法国的同属。"② 这种"情调"确实是传统的中国文人所特有的忧患意识。但是，"忧郁"并不能简单地被视为一种负面消极情绪，波德莱尔就认为："欢悦，是'美'的装饰品中最庸俗的一种，而'忧郁'却似乎是'美'的灿烂出色的伴侣。我几乎不能想象任何一种美会没有'不幸'在其中。"③

第三节　中国古典诗歌与法国象征主义的现代融合

戴望舒的《雨巷》非常成功地融合了中国古典诗歌的意象、意境与法国象征派诗歌的象征和音乐性。这首诗的外来影响被弱化到了几乎察觉不出的

---

① 艾青. 戴望舒诗选·序［M］. 北京：人民文学出版社，1957：1.
② 卞之琳. 戴望舒诗集·序［M］. 合肥：安徽教育出版社，2002：349.
③ ［法］波德莱尔. 随笔·美的定义［M］∥伍蠡甫. 西方文论选：下卷. 上海：上海译文出版社，1979：225.

地步，以至于解读的人纷纷从中国古典诗歌中去寻找这首诗的灵感来源，推测那些与这首诗构成互文性的诗词，比如李商隐的"此情可待成追忆，只是当时已惘然"，李璟（916—961）的"细雨梦回鸡塞远，小楼吹彻玉笙寒"，晏几道（1038—1110）的"相寻梦里路，飞雨落花中"。

《雨巷》体现出来的音乐性是对于魏尔伦"音乐高于一切"的诗论的积极回应，和对于以连绵的韵律出名的魏尔伦诗歌的认真模仿，也是戴望舒对中国古典诗词由于吟唱需要而规定的平仄相间与偶数句押韵的自觉遵守。对中国古典诗歌的谙熟和诗人独特的敏感性，使戴望舒从一开始就比较注重诗歌音律的美。杜衡说：

> 在写诗的态度方面，我们很早就跟望舒日后才凝固下来的见解隐隐相合了，但是形式方面，却是一个完全的背驰。望舒日后虽然主张"诗不能借重音乐"，"诗的韵律不在字的抑扬顿挫上"，"韵和整齐的字句会妨碍诗情，或使诗情成为畸形的。即（《零札》一、五、七），可是在当时我们却谁都一样，一致地追求着音律的美，努力使新诗成为跟旧诗一样地可"吟"的东西。押韵是当然的，甚至还讲究平仄声。譬如，随便举个例来说，"灿烂的樱花丛里"这几个字可以剖为三节，每节的后一字，即"烂"字，"花"字，"里"字，应该平仄相间，才能上口，"的"字是可以不算在内的，它底性质跟曲子里所谓"衬字"完全一样。这是我们底韵律之大概，谁都极少触犯；偶一触犯，即如把前举例子里的"丛里"的"里"改成"中"字，则几个同声字连在一起，就认为不能"吟"了。①

因此，很早就有人指出戴望舒诗歌是中国古典诗与法国象征派的融合。杜衡对此意见基本认同，而且认为戴望舒走的是现代诗发展的正确路径。"他底诗，曾经有一位远在北京（现在当然该说是北平）的朋友说，是象征派的形式，古典派的内容。这样的说法固然容有太过，然而细阅望舒底作品，很少架空的感情，铺张而不虚伪，华美而有法度，倒的确走的诗歌底正路。"②

1929 年 4 月，戴望舒的第一本诗集《我底记忆》由上海水沫书店出版。

---

① 杜衡. 望舒草·序［M］//戴望舒诗全编. 梁仁，编. 杭州：浙江文艺出版社，1989：50–51.
② 杜衡. 望舒草·序［M］//戴望舒诗全编. 梁仁，编. 杭州：浙江文艺出版社，1989：52.

这实际上是自费出版。作为当事人之一，施蛰存介绍了它的出版缘起：

> 水沫书店是刘呐鸥、戴望舒和我合作经营的一个小出版社。当时我们都是文学青年，年少气盛，想介绍一点外国文学，也想自己创作一点文学作品，每天总得动动笔头。可是积稿甚多，总是很不容易找到肯为我们印行的出版商。一赌气，我们就自己办起一个出版机构。刘呐鸥出钱，我和望舒出力，我们劳资合作，首先印了我们自己和朋友的创作。定名为《水沫丛书》。二年之间，印出的诗集有望舒的《我底记忆》和姚蓬子的《银铃》，小说集有刘呐鸥的《都市风景线》，我的《上元灯》和徐霞村的《古国的人们》。
>
> 望舒的诗，虽然已在《小说月报》等文学刊物上发表，开始引起文艺界的注意，但是他的诗集还送不进上海几家新文学书店的大门。第一是因为诗集的销路打不开，第二是因为作者的名声还不够。我们自办书店，印出自己的作品，可以说是硬挤上文坛。望舒的《我底记忆》，也是硬挤上诗坛，书虽印出，还不能说是有了客观的需要。①

这本诗集收录了诗人在 1929 年前创作的 26 首新诗，分为三辑："旧锦囊"、"雨巷"和"我底记忆"。

作者将第一辑命名为"旧锦囊"，无疑是觉得它是"旧"的，但依然称它为"锦囊"，可见它在作者的第一本诗集中是相当重要的。对于中国古典诗词的创作，其实在戴望舒的中学时代就已经开始了。在上海宗文学校读书时，戴望舒读了林琴南译的一些外国小说。林琴南译的文言文版外国小说，文笔典雅，这种用老手法表现新内容的方法，让少年戴望舒感到非常新奇。比戴望舒低一级的张天翼在提到这一时期时的读书生活时曾说："因为爱看小说之故，和几位同学写起来，都是些在林琴南和《礼拜六》之类的影响之下的，……我们还投稿哩。"② 除了三篇小说以外，戴望舒还曾经发表一首词《御街行》：

> 满帘红雨春将老，说不尽、阳春好。问君何处是春归，何处春归遍杳？一庭绿意，玉阶伫立，似觉春还早。

---

① 施蛰存. 引言 [M] //戴望舒诗全编. 梁仁，编. 杭州：浙江文艺出版社，1989：1.

② 转引自刘宝昌. 戴望舒传 [M]. 武汉：长江出版集团，2007：17.

天涯路断蘼芜草，留不住、春去了。雨丝风片尽连天，愁思撩来多少？残莺无奈，声声啼断，与我堪同调。①

为了表达伤春之感，作者用了"红雨""绿意""玉阶""天涯路""蘼芜草""雨丝""风片""残莺"等古典诗词中常用的意象，很有些少年"为赋新词强说愁"的味道。这首词虽然表达的仍是"伤春悲秋"的老调，缺乏新意，但是作者对古典意象的运用可谓成熟，诗歌的韵脚也比较整齐，读起来朗朗上口。虽然这首词只是戴望舒少年时期的"小尝试"，算不上经典之作，但由此可见他对中国古典诗词的喜爱和他的国学功底。

在《望舒草》中，我们可见到他用古典诗的表现形式作的"新诗"，如《烦忧》：

> 说是寂寞的秋的悒郁，
> 说是辽远的海的怀念。
> 假如有人问我烦忧的原故，
> 我不敢说出你的名字。

> 我不敢说出你的名字，
> 假如有人问我烦忧的原故：
> 说是辽远的海的怀念，
> 说是寂寞的秋的悒郁。

这首诗使用的是旧体诗的表现形式——回文诗。② 作者采用古诗的表现方法，用字凝练，但意境辽远，回复读来充满了诗的韵味。由于使用了"回复"的方法，那使诗人"烦忧的原故"更显得没有来由。在寂寞怅惘中，现代人的情绪得到了艺术的体现。

在早期的诗作中，戴望舒对于韵律的追求与新月派的主张暗合，卞之琳曾说："望舒最初写诗，多少可以说，是对徐志摩、闻一多等诗风的一种反响。"③ 闻一多对"音乐美"的追求也影响着戴望舒。他认同格律派反对情感

---

① 转引自刘宝昌. 戴望舒传［M］. 武汉：长江出版集团，2007：18.
② 唐代人吴兢在《乐府古题要解》中说："回文诗，回复读之，皆歌而成文。"
③ 卞之琳. 戴望舒诗集序［M］∥卞之琳文集：中卷. 合肥：安徽教育出版社，2002：349.

宣泄的泛滥，主张节制和规范思想。但是，在新诗的具体做法上，戴望舒也觉得格律派作诗的形式过于僵硬，限制了新诗的自由发展。所以在《诗论零札》第七条，戴望舒说："韵和整齐的字句会妨碍诗情。或使诗情成为畸形的。倘把诗的情绪去适应呆滞的，表面的旧规律，就和把自己的足去穿别人的鞋子一样。愚劣的人们削足适履，比较聪明一点的人选择较合脚的鞋子，但是智者却为自己制最合自己的脚的鞋子。"①

　　从李商隐以下的晚唐五代诗人，他们的审美趣味偏向于细腻的感官和情感色彩的捕捉。他们关注的主要不是客观世界，而是自己的心境。书写自己的心境，尤其是爱情的悲苦，是他们的诗的主题。司空图和严羽对这一诗风的主张进行了概括。司空图强调诗歌要表现"韵外之致""味外之味"（《与李生论诗书》），"象外之象，景外之景"（《与极浦书》）。严羽认为"诗者，吟咏性情也"。应如"空中之音，相中之色，水中之月，镜中之象，言有尽而意无穷"（《沧浪诗语》）。要求诗歌创造出难于描摹却亲切细腻，牵动人心的情趣和韵味。从戴望舒初期的诗歌主张，不难看出他和中国古典诗歌中这一诗风的渊源关系。他的诗歌正是这种追求的体现。比如《静夜》：

> 象侵晓蔷薇地蓓蕾，
> 含着晶耀的香露，
> 你盈盈地低泣，低着头，
> 你在我心头开了烦忧路。
>
> 你哭泣嘤嘤地不停，
> 我心头反覆地不宁；
> 这烦忧是从何处生
> 使你堕泪，又使我伤心？
>
> 停了泪儿啊，请莫悲伤，
> 且把那原因细讲，
> 在这幽夜沉寂又悲凉，
> 人静了，这正是时光。

---

① 戴望舒. 诗论零札［M］//戴望舒诗全编. 梁仁，编. 杭州：浙江文艺出版社，1989：692.

　　诗人隐藏了烦忧的原因和具体内容，表现的是可以体味却莫可名状的烦忧情境。尽管吟咏的具体时间或内容难以知晓，但在静静的幽夜的映衬下，抒发如泣如诉的烦忧，却十分细腻地表达了男女青年在爱情中的心绪。从诗中"侵晓""晶耀""香露""盈盈""不宁""堕泪""幽夜""微凉"等词语可以看出作者的诗歌语言有浓厚的古诗词色彩。有的诗句如"无情的百合啊，/你明丽的花枝，/你太娟好，太轻盈，/人间天上不堪寻"（《生涯》）"愿她温温的眼波/荡醒我心头的春草"（《断章》）就留有从李煜的诗词中蜕变而来的痕迹。有的诗句如"明月照幽素""芳时已过"（《残花的泪》）说是直接取自古典诗词也不为过。

　　当时新月派诗人在追求着诗的音律，而戴望舒则是"努力使新诗成为跟旧诗一样可'吟'的东西"。押韵是当然的，"甚至还讲究平仄声"①。在他的第一辑诗作里，我们可以找到与中国旧诗词一脉相通的痕迹，比如《夕阳下》《寒风中闻雀声》《生涯》《流浪人的夜歌》《可知》等诗都分4节，《夕阳下》《寒风中闻雀声》每节4行，《生涯》每节6行，《流浪人的夜歌》每节3行，《可知》每节5行；《凝泪出门》《静夜》《山行》都分3节，《凝泪出门》每节5行，《静夜》和《山行》每节均为4行；《残花的泪》分6节，每节4行。可以看出，诗人根据自由表达感情的需要而设定各首诗歌的节数，但就某一首诗来说，其每节的诗行又是有规律的，这就形成了诗节整齐的特点。就诗体来说，这些诗都是有韵诗。诗人运用了多种多样的押韵方式：有的诗一韵到底（如《可知》）；大部分诗韵脚有变换，如《寒风中闻雀声》，第一节押"an"韵，第二节押"en"韵，第三节押"in"韵，第四节押"ing"韵；有些诗用连句韵，如《夕阳下》的第一节1、2句押"in"韵，第三节1、2句押"ang"韵，第四节1、2句押"ai"韵；有些诗是隔句押韵，如《自家怨悲》第一节2、4句押"ing"韵，第二节2、4句押"an"韵；有些诗用叠词、叠句押韵。押韵方式的多样化，适应了诗人细致地表现复杂多变的感情的需要。戴望舒早期诗歌对音乐性的追求，并不亚于主张建立格律诗的新月派诗人。

　　从诗歌的感情上，戴望舒的早期诗歌带有浓厚的温李一派的晚唐风格。人们常常用"哀艳"来定义以温庭筠、李商隐为代表的晚唐诗派。晚唐时期，国力衰败，诗人在政治上抑郁不得志，具体表现为"感伤"，就是精神

---

　　① 杜衡．望舒草·序［M］．上海：现代书局，1933．// 戴望舒诗全编．梁仁，编．杭州：浙江文艺出版社，1989：51.

层面的"哀"。温李诗歌通常用词比较华丽，意象繁复，多以女子为描写对象，表现女子的"闺怨"，有种含蓄的美，所以温李的诗给人以"香艳"的感觉。诗人将对人生理想的追求和幻灭的痛苦都寄托在诗歌中，如温庭筠的《菩萨蛮》：

> 小山重叠金明灭，鬓云欲渡香腮雪。懒起画蛾眉，弄妆梳洗迟。
> 照花前后镜，花面交相映。新帖绣罗襦，双双金鹧鸪。

美人晚起梳妆，美好的青春消散在寂寞之中。从表面上看，这是一首闺怨诗。实际上，作者是借少妇的闺怨表达自己空有好年华而抑郁不得志的落寞。

温李在诗歌表现上追求含蓄和朦胧的特点，恰恰也是象征主义诗学所注重的。象征主义注重诗人内心的感觉，认为内心所感受的世界才是最真实的世界。因此，象征的目的就是使抽象的观念通过具体形式表现出来。它将神秘作为审美的标准，诗人要通过对这些事物之间的神秘感应的领悟，而使自己回到真实的内心世界中去，在自己的世界挖掘美的存在。就像波德莱尔所说的："美是这样一种东西：带有热情，也带有愁思，它有一点模糊不清，能引起人的揣摩猜想。""艺术越想达到哲学的明晰性，便越降低了自己。"① 诗人不再是世界的"预言家"，而是神秘的自然的"翻译者"。因此，作为一种对美的表达，诗歌的写作应避免直接的表述，要用象征来暗示变幻无穷的世界，展示"无限物的扩展力量"②。马拉美对暗示说得更加明确："与直接表现对象相反，我认为必须去暗示"，"诗写出来原就是叫人一点一点地去猜想，这就是暗示，即梦幻。这就是这种神秘性的完美的应用，象征就是由这种神秘性构成的：一点一点地把对象暗示出来，用以表现一种心灵状态。"③

暗示，作为一种诗歌的表达方法，在东西方完全不同的时空背景下都有产生，它使得两种完全不同的诗歌有了相通之处。朱自清认为诗和文学"带着暗示的端绪"，可以"使人的流动的思想有所附着，以成其佳胜。文字好

---

① ［法］波德莱尔. 随笔［M］//伍蠡甫. 西方文论选：下卷. 上海：上海文艺出版社，1979：225.

② ［法］波德莱尔. 感应［M］//恶之花·巴黎的忧郁. 钱春绮，译. 北京：人民文学出版社，1991：22.

③ ［法］马拉美. 关于文学的发展［M］//伍蠡甫. 西方文论选：下卷. 上海：上海文艺出版社，1979：262.

比月亮，暗示的端绪——即种种暗示之离——好比月的晕；晕比月大，暗示也比文字的本义大"①。李金发的诗就典型地使用了暗示表现情调的方法。然而，过分的追求暗示功能的结果造成了李诗的晦涩难懂。戴望舒凭着自己良好的传统诗歌的素养和诗人的敏感，发现了中国古典诗歌与象征主义在表现手法上的相通之处。但在实际的运用中，戴望舒也保持了自己的特点。杜衡评论说：

> 在望舒之前，也有人把象征派那种作风搬到中国底诗坛上，然而搬来的却正是"神秘"，是"看不懂"，那些我以为是要不得的成分。望舒的意见虽没有象我这样极端，然而他也以为从中国那时所有的象征主义诗人身上是无论如何也看不出这一派底优秀来的。因而他自己为诗便力矫正此弊，不把对形式的重视放在内容之上；他底这种态度自始至终都没有变动过。他底诗，……是象征派的形式，古典派的内容。……然而细读望舒底作品，很少架空的感情，铺张而不虚伪，华美而有法度，倒的确走的诗歌的正路。②

朱自清在《中国新文学大系·现代诗歌导论》中说："戴望舒也取法象征派。……也找一点朦胧的气氛，但让人可以看得懂；也找一点颜色，但不像冯乃超那么浓。他是要把捉那幽微的精妙的去处。"③ 在向外采撷的过程中，戴望舒充分考虑到了本民族读者的审美习惯与接受限度，在最大程度上保留了东方特色。比如在意象的遴选上，西方象征主义诗歌习惯用现实中丑的、恶的事物为诗歌的意象，注重诗歌的神秘感。而戴望舒由于受到中国古典诗歌，特别是晚唐诗风的影响，在诗歌意象的遴选上始终倾向于选择比较优美的意象，而且通常都是古典意象，如丁香、落月、蝴蝶等。他认为"旧的事物中也能找到新的诗情"④。

在诗歌的表现上，戴望舒的诗歌表现得更多的是意象之间的朦胧感而非神秘感，晚唐诗风的朦胧含蓄在戴望舒的诗歌中继续。所以，戴望舒虽然与

① 佩弦. 美的文学. 转引自孙玉石. 现代主义诗潮史论［M］. 北京：人民文学出版社，2010：79.

② 杜衡. 望舒草·序［M］//戴望舒诗全编. 梁仁，编. 杭州：浙江文艺出版社，1989：52.

③ 朱自清. 中国新文学大系·现代诗歌导论［M］//蔡元培等. 中国新文学大系导论集. 上海：良友图书公司，1940：357.

④ 戴望舒. 诗论零札［M］//戴望舒诗全编. 梁仁，编. 杭州：浙江文艺出版社，1989：692.

初期的几位象征主义诗人如波德莱尔、马拉美、魏尔伦、兰波等，都有过接触，但是在具体接受时，戴望舒还是很自然地接受了魏尔伦。魏尔伦亲切、暗示的特点和中国古典诗歌，特别是晚唐诗风很接近。他的诗中的迷人音节和闪烁朦胧的色彩，既是戴望舒原有审美情绪的继续，也是别开生面的契合，自然对他有很大的吸引力。

在谈到作家之间的相互吸引时，歌德说："关键在于我们要向他学习的作家符合我们自己的性格。"① 政治理想的受挫，爱情追求的失意，唯一姐姐的越轨行为带给他的难堪……苦恼，一个接着一个，需要宣泄，又难于直白，使戴望舒对魏尔伦的诗歌一往情深。魏尔伦的诗大多是忧郁的，流露出深深的苦闷。他绝望地哀号着，却又渴望光明，渴望纯洁，多情善感的心灵中充满了苦恼。戴望舒的隐秘的灵魂，可以说是和魏尔伦这种忧郁的情愫相通的。

把象征派艺术引进自己的诗中，同中国古典诗歌传统融汇在一起，既需要诗人的独创精神，也需要一个消化和锤炼的过程。起初，他从继承中国旧诗风的角度来吸收象征派的诗艺。这在他早期翻译的魏尔伦的诗中表现明显。魏尔伦的诗经他翻译之后，变成了具有中国古典诗歌的形式和韵律的诗作。戴望舒翻译的《瓦上长天》富有中国古诗的韵味。

> 瓦上长天
> 　柔复青！
> 瓦上高树
> 　摇娉婷。
>
> 天上鸣铃
> 　幽复清。
> 林间小鸟
> 　啼怨声。
>
> 帝啊，上界生涯
> 　温复淳。
> 低城飘下

---

① ［德］歌德. 歌德谈话录［M］. 艾克曼，辑录. 朱光潜，译. 北京：人民文学出版社，1978：87.

太平音。

——你来何事
　泪飘零，
如何消尽
　好青春？①

作者在四节诗歌中采用了同样的行数（4 行），一、三行为 4 字，二、四行 3 字，4 字与 3 字的呼应，和中国古诗中的七言绝句有着异曲同工之处。不仅读起来朗朗上口，韵律的传译也突显了诗人的非同一般的国学功底。原文中基本上按照 abab 格式押韵，但不是很严格，在译文中，诗人通过汉语的音律来表达原诗中音韵，如第一节中的"青"（qing）、"娉"（ping）、"婷"（ting）和第二节中的"铃"（ling）、"清"（qing）等，通过共同的韵母"ing"的阴平和阳平的声韵，再加上汉字本身所创造的具体的图像，带给人深邃、悠远的感觉。这首诗原作的意象极美，主要是读者通过想象叠加而产生的意境深远的美感。对这些意象，戴望舒主要是通过白描的手法体现的：青天碧瓦、高树清铃、天上人间、静谧安详，而"我"在其中却无端生出些许莫名的惆怅……白描是中国古典诗歌创作中最常见的手法，但运用在此处，却非常传神地体现了魏尔伦诗作的意境，使其诗作得到了最好的诠释。周宁指出：

> 象征派诗人魏尔伦的诗，极富音乐性，其许多小诗的魅力，尽在于此，国内译魏尔伦的诗，相对而言还是较多的，有的诗的意境译得很高明（中国诗学中的意境大概是空间意义上的），但传神地翻译再现其音乐性的，却很少，或许这是不可强求的，是语言本身的局限，笔者比对过数首诗的译文与原文；最后觉得，还是戴望舒先生译的《瓦上长天》，最能传其音乐性之神。②

作为诗人，戴望舒当然会找那些与自己"心意相通"的诗作去翻译，这

---

① ［法］魏尔伦. 瓦上长天［M］//戴望舒译诗集. 施蛰存，编. 长沙：湖南人民出版社，1983：5.

② 孙绍先，周宁，编. 外国名诗鉴赏辞典［M］. 北京：中国工人出版社，1989：543.

样才会在翻译中与原作者产生共鸣。在翻译的过程中，原诗作者的创作风格也不可避免地影响着译作者。

作为中国现代诗歌发展史的重要参与者和见证者，施蛰存这样评价戴望舒诗歌的历史意义：

> 《我底记忆》出版之后，在爱好诗歌的青年读者群中，开始感觉到中国新诗出现了一种新的发展。望舒的诗，过去分散发表在不同的刊物上，读者未必能全都见到，现在结集在一本诗集中，它们的风格呈露了。在当时流行的新月派诗之外，青年诗人忽然发现了一种新风格的诗。从此，《我底记忆》获得新诗读者的认可，标志着中国新诗发展史的一个里程碑。①

---

① 施蛰存. 引言 ［M］∥戴望舒诗全编. 梁仁，编. 杭州：浙江文艺出版社，1989：1－2.

第六章
中国"现代派"诗歌与戴望舒的自我超越

　　新月派衰微之后，诗坛上兴起了现代派的诗。现代派得名于《现代》杂志，并因他们以"现代"为标榜。该刊编者施蛰存在《关于本刊中的诗》中说："《现代》中的诗是诗，而且是纯然的现代诗。它们是现代人在现代生活中所感受的现代情绪，用现代的辞藻排列成的现代诗形。"① 他们的诗是1920年代象征派诗的发展。他们不认同新月派的格律诗主张，强调形式的自由，不讲究整齐和押韵，同时注重意象的显现，诗意朦胧、晦涩。

　　1935年，孙作云（1912—1978）将中国新诗的发展分成三个阶段：郭沫若时代、闻一多时代、戴望舒时代。他认为戴望舒这一派是属于"现代派"的："这派诗是现在国内诗坛上最风行的诗式，特别从1932年以后，新诗人多属于此派，而为一时之风尚。因为这一派的诗还在生长，只有一种共同的倾向，而无明显的旗帜，所以只好用'现代派诗'名之，因为这一类的诗多发表于《现代》杂志上。"②

　　用"现代派"来命名以戴望舒为代表的诗歌流派，最直接的原因是这一派的诗歌大都发表于《现代》杂志上。施蛰存回忆说："一九三三年，我在上海主编文学杂志《现代》，每期都发表一些有新倾向的诗歌创作，造成了新诗坛的所谓'现代派'。"③ 流派与杂志的同名并不是一个简单的巧合，而是它们共有的"现代气质"。在"现代派"诗歌的作者中，戴望舒是代表人物，他不仅有诗作还有理论，"很能表现统一的情调和形式；在诗的内容也有统一的思想绵亘着。明眼的读者一看便可以指出那便是横亘于作品中的虚无的悲观的思想。这大约是戴先生的年龄和阅历的关系。因为有了'统一

---

　　① 施蛰存. 关于本刊中的诗［J］. 现代，1933（4）.

　　② 孙作云. 论"现代派"诗. 原载《清华周刊》第43卷第1期（1935年5月15日出版）［M］//杨匡汉，刘福春. 中国现代诗论：上册. 广州：花城出版社，1985：226.

　　③ 施蛰存. 怀念李白风［M］//沙滩上的踪迹. 沈阳：辽宁教育出版社，1995：100.

的' 思想，所以我们谈他的诗，能得着同一的色调。这便是望舒的不可及处，在中国新诗人中真是凤毛麟角。"①

从公认的中国象征派诗歌代表到公认的中国"现代派"诗歌领袖，这个变化表现了戴望舒在诗歌创作中的自我突破和自我超越，以及他在不断的艺术探索中取得的可喜成就。

第一节　中国"现代派"诗歌的形成与艺术追求

《现代》杂志虽然只存在了短短的三年时间（1932 年 5 月至 1935 年 5 月），却为中国现代文学的繁荣和发展做出了巨大的贡献。尽管以上海为主战场的中国现代文学界的斗争激烈而复杂，施蛰存却选择了一种超脱的政治立场和中间路线来办这份文学杂志。《现代》杂志向各种政治倾向的作家敞开，这种超越政治党派，看重作品质量的编辑方针吸引了不少作者。在该刊发表过作品或论文的有鲁迅、茅盾、郭沫若、冯雪峰、张天翼、周起应（周扬）、沙汀、楼适夷、魏金枝、郁达夫、巴金、老舍、戴望舒、施蛰存、穆时英、杜衡、杨邨人、韩侍桁、沈从文、周作人、赵景深、李金发、苏雪林等不同倾向的作家。《现代》杂志首发了一些著名短篇小说，如茅盾的《春蚕》、郁达夫的《迟桂花》、张天翼的《仇恨》、彭家煌的《喜讯》、沙汀的《土饼》、艾芜的《南国之夜》、杜衡的《人与女人》、穆时英的《夜总会里的五个人》等。该杂志还发表了中长篇小说如巴金的《海底梦》、老舍的《猫城记》，话剧如欧阳予倩《同住的三家人》、杨晦的《伍子胥》，评论如茅盾的《徐志摩论》、韩侍桁的《文学上的新人》、苏雪林的《论闻一多的诗》《王鲁彦与许钦文》等。通过对三十多期《现代》杂志的作者名单进行考察，我们可以看到施蛰存确实努力造成艺术多元化的局面。作者当中既有与编者品味相近的海派作家，还有为数不少的京派与左翼作家，包括批判他的小说已走上"魔道"的楼适夷——楼适夷的意见成了"左联"对施蛰存小说创作的判词。在自己编的杂志上发表别人彻底否定自己创作的文章，这需要何等的胸襟和勇气！正是这种兼容并蓄、合而不同的气度，使《现代》杂志比较充分地体现了1930 年代初期的中国现代文学面貌。

---

① 孙作云．论"现代派"诗．原载《清华周刊》第 43 卷第 1 期（1935 年 5 月 15 日出版）[M] //杨匡汉，刘福春，编．中国现代诗论．广州：花城出版社，1985：231．

《现代》杂志的另一个显著成绩是造就了小说中的"新感觉派"和诗歌中的"现代派"。施蛰存说:"《现代》创刊时,虽然由我署名主编,但参加这个刊物的设计和筹备工作的,还有戴望舒和杜衡。在《现代》以前,我们办过《璎珞》旬刊、《无轨列车》半月刊、《新文艺》月刊,还有一个流产了的《文学工场》。对于编辑文艺刊物,我们已有一些经验。"① 可见,《现代》从一开始就打上了他们三人文学趣味的强烈印记,必将在呈现艺术多元化的同时体现鲜明的个性化色彩。"我们自己觉得我们是左派,但是左翼作家不承认我们。我们几个人,是把政治和文学分开的。文学上我们是自由主义。所以杜衡后来和左翼作家吵架,就是自由主义文学论。我们标举的是政治上左翼,文艺上自由主义。"② 不久,戴望舒出国,杜衡的论文引起了"第三种人"的轩然大波。施蛰存独自一人承担了所有编辑工作。

施蛰存本人的艺术品位使他能够超越"文学研究会"提倡的现实主义、创造社提倡的浪漫主义,以及"左联"提倡的无产阶级革命文学,去欣赏和介绍新兴的现代主义(Modernism)文学。

也许是受到袁可嘉(1921—2008)、郑克鲁(1939—2020)、董衡巽(1934—)主编的一套四卷八册《外国现代派作品选》(1980—1985)以及袁可嘉所撰写的长篇前言的影响,从 1980 年代起,我国出版的著作、发表的论文都把"现代主义"视为自 1857 年《恶之花》出版以来的所有反传统、非传统文学流派的总称。事实上,"现代主义"这个词在法国文化环境中的意思与英国的根本不同。直到 1995 年版的《小拉鲁斯专有名词词典》(*Le Petit Larrouse des noms propres*)中,"Modernisme"还只是指 1902—1908 年法国天主教内部将教义与教条相对化和世俗化的一种神学思潮,它被教皇庇护十世(Pie X)在 1907 年发布的通谕中定性为"现代主义的错误思想"("les erreurs du modernisme")之一,但被批评的神学家并不承认这一点。③ 而在英语中,"Modernism"是指 1910 年代酝酿,1920 年代蔚为大观的非传统形式和非传统风格的文学,以乔伊斯的《尤利西斯》、T. S. 艾略特的《荒原》等

---

① 施蛰存.《现代》杂忆[M]//沙滩上的踪迹.沈阳:辽宁教育出版社,1995:55.

② 施蛰存.为中国文坛擦亮"现代"的火花——答新加坡作家刘慧娟问[M]//沙滩上的踪迹.沈阳:辽宁教育出版社,1995:181. 原载新加坡《联合早报》1992 年 8 月 20 日.

③ Collectif. Crise moderniste[Z/OL].[2019 - 10 - 02]. http://fr. wikipedia. org/wiki/Crise_moderniste.

为代表作品。① 施蛰存对于"现代主义"一词的使用显然是来自于其在英语中的意思。他说："文学上的 Modernism，是指第一次世界大战之后出现的各种各样新的文学流派，新的文学创作方法，包括采用新的文学题材云这所谓'现代'，是指二十世纪，第一次世界大战以后。换句话说，就是一九二〇年以后。"②

由于施蛰存的个人文学趣味，《现代》上介绍的外国作家，以现代派的居多，如法国的阿波里奈尔（Guillaume Apolinnaire，1880—1918）、约可伯（Max Jacob，1876—1944）、桑德拉尔（Blaise Cendrars，1887—1961）、茹连·格林（Julien Green，1900—1998），美国的福克纳（William Faulkner，1897—1962）、海明威（Ernest Hemingway，1899—1961）和几位意象派女诗人，日本的横光利一（1898—1947）等。即使是刊登比较左派的理论和苏联文学的翻译和介绍，施蛰存也"不是用政治的观点看，而是把它当一种新的流派看"③。他指出这个并不广为人知的事实："在二十年代初期到三十年代中期，全世界研究苏联文学的人，都把它当作 Modernist 中间的一个 Left Wing（左翼）。当时许多新的作家，如李维金斯基、艾伦·堡格，创作的方法也还是 Modernists。"④

《现代》刊登了许多让正统批评家认为是无法捉摸的小说和诗歌。《现代》杂志被认为是现代派的大本营，而它所聚集的一批作家则被称为"《现代》之群"。可见，《现代》杂志虽然并非现代派的杂志，但《现代》杂志里确实存在一个现代派——至少在小说、诗歌两方面确是如此。施蛰存指出："在《现代》杂志发表文章的一部分人，譬如我们三个人（施蛰存、穆时英、刘呐鸥）的小说，戴望舒、卞之琳、徐迟、路易士的诗，是当时的现代派。这现代派是要加引号的，不是现在的 Modernism。"⑤

---

① Collectif. Modernist literature［Z/OL］．［2019 - 10 - 02］．http：//en. wikipedia. org/wiki/Modernist_literature.

② 施蛰存．为中国文坛擦亮"现代"的火花——答新加坡作家刘慧娟问［M］//沙滩上的踪迹. 沈阳：辽宁教育出版社，1995：180.

③ 施蛰存．为中国文坛擦亮"现代"的火花——答新加坡作家刘慧娟问［M］//沙滩上的踪迹. 沈阳：辽宁教育出版社，1995：179. 按：《无轨列车》《新文艺》这些具有现代派倾向的刊物，也刊登了比较左派的理论，介绍了苏联社会主义论调的诗，同样是出于艺术的考量而不是为了政治宣传.

④ 施蛰存．为中国文坛擦亮"现代"的火花——答新加坡作家刘慧娟问［M］//沙滩上的踪迹. 沈阳：辽宁教育出版社，1995：180.

⑤ 施蛰存．为中国文坛擦亮"现代"的火花——答新加坡作家刘慧娟问［M］//沙滩上的踪迹. 沈阳：辽宁教育出版社，1995：181

关于 1930 年代中国的现代派与外国现代派的差别，施蛰存认为：“‘现代派’就是第一次世界大战之后，否定了十九世纪的文学，另外开辟新的路。有的人用新的创作方法，有的人用新的题材。中国的现代派，就是不采用以前旧传统的。所以左翼的苏联小说，也是现代派。手法是要看题材的。譬如刘呐鸥，用新的写法、新的观点，来反映当时上海的大都会。他们的写作方法和我的不同，但都是 Modernist。”①

施蛰存强调说《现代》杂志造就了中国的“现代派”文学（小说中新感觉派和诗歌中的现代派）并不是他有意为之的结果。他说：“为了实践我的《创刊宣言》，我在为《现代》编选来稿的时候，对作品的风格和思想内容，尽量尊重作者，只要是我认为有相当艺术性的，无不采用。我没有造成某一种文学流派的企图。”②

但是，刊物发表出来的有特色作品却会对大部分读者和一部分作者形成榜样的力量和示范的楷模。正如施蛰存所说：

> 任何一个文艺刊物，当它出版了几期之后，自然会有不少读者，摹仿他所喜爱的作品，试行习作，寄来投稿。也许他们以为揣摩到编者的好恶，这样做易于被选录。在《现代》创刊后不到六个月，我在大量来稿中发现了这一情况。我写过几篇以历史故事为题材的短篇小说，来稿中就有很多历史故事的短篇。我发表过几首诗，题作《意象抒情诗》，不久就收到许多“意象派”诗。我不能要求读者不要受我的影响，但我确实不想放任这些作品在《现代》上形成流派。③

施蛰存竭力防止《现代》从艺术多元繁荣变成一枝独秀的局面。在第 1 卷第 6 期的《编辑座谈》中，他提醒读者和作者们说：

> 我自己的创作，取的是那一条路径，这在曾赐读过我的作品的人，一定很明白的。但是我编《现代》，从头就声明过，决不想以《现代》变成我的作品形式的杂志。我要《现代》成为中国现代作家的大集合，

① 施蛰存. 为中国文坛擦亮“现代”的火花——答新加坡作家刘慧娟问［M］//沙滩上的踪迹. 沈阳：辽宁教育出版社，1995：180

② 施蛰存.《现代》杂忆［M］//沙滩上的踪迹. 沈阳：辽宁教育出版社，1995：34.

③ 施蛰存. 为中国文坛擦亮“现代”的火花——答新加坡作家刘慧娟问［M］//沙滩上的踪迹. 沈阳：辽宁教育出版社，1995：34 - 35.

这是我的私愿。但是，在纷纷不绝的来稿中，我近来读到许多——真是可惊的许多——应用古事题材的小说，意象派似的诗。固然我不敢说这许多投稿者多少受了我一些影响，可是我不愿意《现代》的撰稿者尽是这一方面的作者。①

出于对艺术创新的鼓励和宣传，《现代》杂志以显著地位发表过一批具有现代派特色或倾向的作品。穆时英的《公墓》被安排为《现代》创刊号的首篇作品。施蛰存在这一期的《编辑座谈》中特别推荐说："尤其是穆时英先生，自从他的处女创作集《南北极》出版了之后，对于创作有了更进一层的修养，他将自本期所刊载的《公墓》为始，在同一个作风下，创造他的永久的文学生命。这是值得为读者报告的。"杜衡也在《现代》第 1 卷第 6 期上，撰文盛赞穆时英"确实是在这新技巧的尝试上有了相当成功的"。《现代》第 2 卷第 1 期发表了刘呐鸥的《赤道下》和穆时英的《上海的狐步舞》。同时，施蛰存在《社中日记》中赞扬说："我觉得在目下的文艺界中，穆时英君和刘呐鸥君以圆熟的技巧给予人的新鲜的文艺味是很可珍贵的。"穆时英收在《公墓》《白金的女体塑像》两集中的那些现代派小说，大多发表在《现代》杂志上，有一段时间几乎达到每期一篇的程度。施蛰存本人按弗洛伊德精神分析学写了心理小说《将军底头》《石秀》《鸠摩罗什》等，引起了不少模仿之作，他还用意识流手法写了《四喜子底生意》《梅雨之夕》《鸥》等风格韵味颇近似于穆时英的作品。

在诗歌方面，《现代》上不仅刊出李金发、戴望舒等人的作品，施蛰存自己还创作了一组《意象抒情诗》，将英美意象主义（imagism）诗歌引入中国诗歌界。在他呼吁作者和读者不要揣摩编者喜好来创作之后，"虽然生硬攀仿的意象派似的诗也不来了，但投寄来的诗和《现代》历期所发表过的诗，形式和风格都还是相近的。它们的共同特征是：（1）不用韵；（2）句子、段落的形式不整齐；（3）混入一些古字或外语；（4）诗意不能一读即了解。这些特征，显然是和当时流行的'新月派'诗完全相反。"②从施蛰存的自述中，我们可以看到，"现代派"诗歌的形成虽然有诗歌作者们不约而同的艺术追求这个因素，但更重要的成因在于施蛰存本人的艺术趣味，因为他

---

① 施蛰存. 为中国文坛擦亮"现代"的火花——答新加坡作家刘慧娟问［M］//沙滩上的踪迹. 沈阳：辽宁教育出版社，1995：35.

② 施蛰存. 为中国文坛擦亮"现代"的火花——答新加坡作家刘慧娟问［M］//沙滩上的踪迹. 沈阳：辽宁教育出版社，1995：35.

持续刊发这一类型的诗歌，才激励作者们投其所好，纷纷寄来这一类的作品，渐渐地造成了一种新的诗歌风气。

施蛰存将戴望舒的诗歌理论札记整理成十七条，以《望舒诗论》为题发表于 1932 年 11 月出版的《现代》第 2 卷第 1 期，似乎是借此表达他们共同的诗歌主张。《现代》编到第 3 卷第 4 期的时候，施蛰存收到了许多读者来信，对《现代》上的诗提出各种问题，"这就说明《现代》的诗已在诗坛上引起注意，它们似乎产生了相当的影响"。① 施蛰存挑选了一封署名吴霆锐的来信，加上他的答复，发表在《现代》第 3 卷第 5 期的《社中谈座》栏内。他借着回答读者来信的机会，为被读者抱怨说看不懂的现代诗歌辩护。

吴霆锐长信的前半部分内容可以概括为三点：（1）《现代》的诗让人看不懂，是"谜诗"；（2）这些诗没有诗的形式；（3）《现代》的诗是"唯物文学"，是宣传 ideology（意识形态）的。

读者之所以会觉得《现代》中的诗歌没有诗的形式，是因为许多读者从小熟读唐诗宋词，已经习惯了古诗词的格律。其中一些人也许能够接受新诗，但他们还是觉得注重格式、音步、韵脚的新月派的作品有诗的形式，无法接受《现代》所发表的句子和诗节长短不一，而且双数行不押韵的自由诗。对此，施蛰存的回答是："诗从韵律中解放出来，并不是不注重诗的形式，这乃是从一个旧的形式转换到一个新的形式。"② 言下之意，读者需要跟上并适应诗歌的时代变化，从固有的诗歌形式之藩篱中解脱出来，学习并欣赏现代诗歌的形式。

从 1925 年到 1927 年，北京、上海的文人们纷纷南下广州，投身于国民革命和北伐战争，文学创作就与政治宣传密切联系起来。此后，虽然经历了血腥暴力的国共分裂，但彼此水火不容的国共两党却都紧紧抓住文学来宣传自己的政治主张。在当时，许多人都习惯成自然地把文学与宣传联系起来，激进的文学青年更是把唯物主义作为自己创作的指导思想。既然"左联"的文人们把徐志摩及其新月派诗歌批判为"资产阶级唯心主义"的表现，像吴霆锐这样的普通读者就很容易把在他看来没有诗歌形式，又看不懂的《现代》杂志诗歌与他同样不懂的"无产阶级唯物主义"的意识形态联系起来。针对这个在我们今天看来匪夷所思的误读，施蛰存说："《现代》中的诗并不

---

① 施蛰存.为中国文坛擦亮"现代"的火花——答新加坡作家刘慧娟问［M］//沙滩上的踪迹.沈阳：辽宁教育出版社，1995：35.

② 施蛰存.为中国文坛擦亮"现代"的火花——答新加坡作家刘慧娟问［M］//沙滩上的踪迹.沈阳：辽宁教育出版社，1995：35.

是什么'唯物文学'，而作者在写诗时的意识形态，乃是作为一个诗人的意识形态。"① 在言简意赅的回答里，施蛰存至少强调了两个方面的编者立场：第一，尽管当时自诩"进步"② 和追求"进步"的作家诗人们都自觉地把文学创作与时髦的"阶级意识"挂钩，把文学作品视为某一阶级意识形态的产物或体现，施蛰存还是清醒地拒绝这种抹杀文学主体性，将个人的文学创作混淆为有组织的政治宣传的流行观念；第二，施蛰存不仅强调了诗歌相对于意识形态的主体性，更强调诗人——即使是有政治信念，参加了党派组织，积极投身政治斗争的诗人——相对于意识形态的自主性，也就是说，他强调诗人要有主观意志、思想感情、审美趣味、表达能力的独立性和自主性。

从杜衡为《望舒草》写的序言里，我们可以看到，早在 1920 年代中期，施蛰存、戴望舒和杜衡开始文字之交，他们三个人就有了对于诗的自主性的认识，即使是后来政治思想"左倾"，他们也没有改变自己的文学观念。如果放眼世界文学史和诗学史，我们就可以看到他们对"诗之为诗"的思考和坚持与被称为"文艺学领域里的革命运动"③ 的俄国形式主义诗学观念有惊人的巧合。"他们认为，文学是一个独立有序的自足体。这表现在两方面：一方面文学艺术作为客体独立于创造者和欣赏者之外，另一方面它也独立于政治、道德和宗教等各种意识形态及上层建筑，甚至还独立于社会生活。什克洛夫斯基的一句名言：'艺术永远是独立于生活的，它的颜色从不反映飘扬在城堡上空的旗帜的颜色。'就曾一度成为形式主义派咄咄逼人的战斗口号。"④ 在一点都不知道俄国形式主义的情况下，施蛰存、戴望舒和杜衡的对文学自主性的认识虽然不系统，却也是弥足珍贵的。

吴霆锐要求诗的内容是"一幅图画"，而《现代》里的诗不是图画，对

---

① 施蛰存. 为中国文坛擦亮"现代"的火花——答新加坡作家刘慧娟问［M］//沙滩上的踪迹. 沈阳：辽宁教育出版社，1995：35.

② "进步"（Progrès）的观念来自 18 世纪启蒙运动。此前，人们的历史观都是往回看，讴歌已经永远消失了的黄金时代，叹息社会的退化与人的堕落。启蒙运动哲学家们认为通过对理性的正确运用，普及教育，改造社会，可以创造出更美好的未来。对更美好社会的期待和信心造成了一种历史乐观主义，也强化了人们改造社会的愿望和行动。法国大革命是这种历史观念的第一次大规模社会实践。

③ 1924 年，俄国形式主义的重要理论家埃亨巴乌姆（Boris Eikhenbaum，1886—1959）说道："在文艺学领域里，形式主义是革命运动，因为它把这门学科从古老而破旧的传统中解放出来，并迫使它重新检验所有的基本概念和体系。"见：斯洛宁（M. Slonin）. 苏维埃俄罗斯文学（1917—1977）［M］. 浦立民，刘峰，译. 上海：上海译文出版社，1983：105 – 106.

④ 方珊. 前言（俄国形式主义一瞥）［M］//［俄］维克托·什克洛夫斯基等. 俄国形式主义文论选. 方珊，等，译. 北京：三联书店，1989：11.

他来说是个"诗谜"。吴霆锐要求诗的形式是"一曲妙歌",而《现代》里的诗没有韵律,不能唱,对他来说与散文无无异,不是诗。

针对"诗谜"的指责,施蛰存答复说:"吴君说诗的内容,应当成为一幅图画。我以为这不能算是诗的准确的定义。因为单是景物的描写,即如吴君所希望的有韵律的作品,也还不能算得诗。必须要从景物的描写中表现出作者对于其所描写的景物的情绪,或说感应,才是诗。故诗不仅仅是一幅文字的图画。诗是比图画更具有反射性的。"① 也就是说,诗绝不能只是描绘一幅画,那样的话,诗相对于画的独特性就被忽视了。图画比文字的表现更加直接,但也因此受到局限:它无法直接表现内心感受和内在思想。诗一定要发挥自己的文字特性,表现诗人的情绪、感情和思想,即使是最隐秘、最幽微的情绪、感情和思想。要达到后一个目标,对于诗人和读者来说是都极大的挑战。诗人已经积极迎接挑战了,读者也不能消极地抗拒。

"无韵的诗与散文无异",这样的批评是新诗诞生以来,直到今天都始终无法摆脱的质疑。新文学中确实有不少所谓"诗"只不过是分行散文而已,因为许多现代诗人自己也无法真正理解现代诗与散文的区别。关于这个问题,施蛰存的看法是:"散文与诗的区别并不在于脚韵。"② 这话看起来很普通,实际上对于习惯了古诗押韵的中国读者是非常重要的提醒。顺口溜可以满足押韵的要求,但没有人把它当做诗来看待。可见,押韵并不是诗之为诗的主要条件。"散文是比较朴素的,诗是不可避免地需要一点雕琢。易言之,散文较为平直,诗则较为曲折。"③ 也就是说诗比散文有更高的艺术或技术要求,更加刻意和精于雕琢。但这个特点还是属于诗的外围问题。"没有脚韵的诗,只要作者写得好,在形似分行的散文中,同样可以表现出一种文字的或诗情的节奏。"④ 与散文不同,诗有一种文字或感情的节奏。在这里,施蛰存触及到了诗歌本质的核心。⑤

---

① 施蛰存.《现代》杂忆 [M] //沙滩上的踪迹. 沈阳:辽宁教育出版社,1995:35.
② 施蛰存.《现代》杂忆 [M] //沙滩上的踪迹. 沈阳:辽宁教育出版社,1995:35.
③ 施蛰存.《现代》杂忆 [M] //沙滩上的踪迹. 沈阳:辽宁教育出版社,1995:35.
④ 施蛰存.《现代》杂忆 [M] //沙滩上的踪迹. 沈阳:辽宁教育出版社,1995:35.
⑤ 几十年以后,在反思中国现代诗的发展史时,施蛰存说:"中国的自由诗和外国的自由诗不一样。外国自由诗并没有取得绝对的自由。它们仍然讲究音缀、音步,有些还用较宽的脚韵。有些是把诗用散文的形式写出来。中国的自由诗是完全放弃了传统的或外来的韵法、律法、格式。诗人们放弃了文字的音乐性,而以诗意或情绪的抑扬顿挫为诗的音乐性。这样,从《现代》以来的中国新诗,可以认为都是散文诗,或诗散文。"施蛰存.《现代》杂忆 [M] //沙滩上的踪迹. 沈阳:辽宁教育出版社,1995:39.

因此，施蛰存采取了以退为进的辩论策略。一方面，他承认读者的批评是有道理的，有些诗歌确实"在孕育/与创造之间/在情感/与回应之间/落下了阴影"①；另一方面，他也含蓄而坚定地要求读者适应现代诗歌的形式。他说："《现代》中的诗，读者觉得不懂，至多是作者的技巧不够，以致晦涩难解，决不是什么形式和内容的问题。但读者如果一定要一读即意尽的诗，或是可以像旧诗那样按照调子高唱的诗，那就非所以语于新诗了。"②

当读者不再计较现代诗的形式问题以后，阅读以后的理解问题就变得更突出了。虽然"诗无达诂"的说法流传已久，但并不能作为让人读不懂诗的借口。"许多读者不能理解这些诗的涵义。有些读者则是不能确切地、明朗地理解。这就像猜谜一样，有些人根本猜不出，有些人仿佛猜对了。"③ 造成读者阅读困难和理解障碍的原因，按照施蛰存的理解，在于这些方面："《现代》诗人的运用形象思维，往往采取二种若断若续的手法，或说跳跃的手法。从一个概念转移到另一个概念，不用逻辑思维的顺序。或者有些比喻用得很新奇或隐晦。"④ 为了消除读者的困惑，同时为现代诗辩护，施蛰存在《现代》第4卷第1期的《文艺独白》栏内发表了一篇《又关于本刊的诗》，作为解答。它实际上更像是一篇《现代诗宣言》，表明了现代诗的理论主张。

施蛰存开宗明义地宣告《现代》所发表的诗确实是诗，具备诗的品质，其特殊性在于它们的"现代"特性。他说："《现代》中的诗是诗，而且纯然是现代的诗。"在短短一句话中，他五次使用"现代"一词来限定人、生活、情绪、辞藻、诗形："它们是现代人在现代生活中所感受到的现代的情绪用现代的词藻排列成的现代的诗形。"⑤ 他要求读者们认真思考一下他们置身其中的"现代生活"的场景和环境，为现代诗人在作品中表达新的感情来辩护：

> 所谓现代生活，这里面包括着各式各样的独特的形态：汇集着大船舶的港湾，轰响着噪音的工场，深入地下的矿坑，奏着Jazz乐的舞场，摩天楼的百货店，飞机的空中战，广大的竞马场……甚至连自然景物也

---

① Thomas Stearns Eliot. The Complete Poems and Plays of T. S. Eliot［M］. London：Faber and Faber，1969：85.
② 施蛰存．《现代》杂忆［M］//沙滩上的踪迹. 沈阳：辽宁教育出版社，1995：35.
③ 施蛰存．《现代》杂忆［M］//沙滩上的踪迹. 沈阳：辽宁教育出版社，1995：36.
④ 施蛰存．《现代》杂忆［M］//沙滩上的踪迹. 沈阳：辽宁教育出版社，1995：36.
⑤ 施蛰存．《现代》杂忆［M］//沙滩上的踪迹. 沈阳：辽宁教育出版社，1995：37

和前代的不同了。这种生活所给予我们的诗人的感情,难道会与上代诗人从他们的生活中所得到的感情相同的吗?①

　　其实,施蛰存与他的文友诗友们早就关注"现代生活",并进行了与之对应的文学的探索。1929 年,水沫书店②出版刘呐鸥的短篇小说集《都市风景线》后,施蛰存、戴望舒等合编的《新文艺》月刊第 2 卷第 1 号(1930 年3 月出版)上为刘呐鸥及其《都市风景线》做广告说:

> 　　呐鸥先生是一位敏感的都市人,
> 　　操着他的特殊的手腕,他把这飞机、
> 　　电影、JAZZ、摩天楼,
> 　　色情,长型汽车的高速度大量生产的
> 　　现代生活,下着锐利的解剖刀。
> 　　在他的作品中,我们显然地看出了这
> 　　不健全的、糜烂的、罪恶的资产阶级
> 　　的生活的剪影和那即可要抬头起来的
> 　　新的力量的暗示。③

　　从波德莱尔到英美现代主义者,都非常强调现代生活的新鲜性、特殊性,并主张以现代情感、现代方式来表达这种现代生活经验。庞德对于意象主义的诗学建构和 T. S. 艾略特的创作提升都起过很大的作用。他在写于 1919 年的长诗《休·赛尔温·莫伯利》中写道:

---

① 施蛰存.《现代》杂忆[M]//沙滩上的踪迹. 沈阳:辽宁教育出版社,1995:37.

② 水沫书店由刘呐鸥出资创办,属于同人出版社。主要撰稿人除刘呐鸥外,还有施蛰存和戴望舒。

③ 《新文艺》月刊 1929 年 9 月 15 日创刊于上海,由上海水沫书店出版发行,属于同人刊物。该刊以发表各类文学作品、译作、报道中外文艺界动态、研究文艺理论为主。《新文艺》创刊号内容丰富,发表的创作有施蛰存的心理分析小说《鸠摩罗什》,刘呐鸥的《礼仪和卫生》;诗歌有戴望舒翻译的《耶麦诗抄》(包括《屋子会充满了蔷薇》、《我爱那如此温柔的驴子》、《膳厅》、《树脂流着》《那少女》和《天要下雪了》);随笔有安华的《鸦》,罗黑芷的《恋人》;小品有迷云的《Amour 和Amore》;书评有伯子的《敬隐渔的中国现代短篇小说集》,李健吾和徐霞村的《关于古国的人们》;长篇小说有戴望舒的译著《紫恋》;翻译短篇有郭建英的《艺术的贫困》,徐霞村的《麦西耶的死》;还有吴克修的译著《现代希腊文学》,郭建英的译著《梅毒艺术家》,同人的《国内外文坛消息杂话七则》等。到 1930 年 4 月,《新文艺》共出 2 卷 8 期。前 6 期是倾向不明显的同人刊物,从第 7 期(2 卷 1 号)开始,受到文坛潮流影响,以左翼刊物的姿态出现,遭到查封。

> 这个时代需要一个形象
> 来表现它加速变化的怪相，
> 需要的是适合于现代的舞台，
> 而不是雅典式的优美模样；
>
> 不，肯定不是内向的
> 模糊不清的遐思梦想，
> 相比起来，一堆谎言
> 要比经典的诠释更强。①

　　既然是要表达现代人的现代生活感受，那又如何解释在不少诗中出现的文言词汇呢？施蛰存认为：“《现代》中有许多诗的作者曾在他们的诗中采用一些比较生疏的古字，或甚至是所谓‘文言文’中的虚字，但他们并不是在有意地‘搜扬古董’。对于这些字，他们并没有‘古’的或‘文言’的观念。只要适宜于表达一个意义，一种情绪，或甚至是完成一个音节，他们就采用了这些字。所以我说它们是现代的词藻。”② 这种不以文言和白话来区分古代诗和现代诗的观念是非常有见地的。近些年来生僻汉字“囧”字和生僻词组“悲催”在口语中的流行，可以为施蛰存的观点提供最新的语言学依据。

　　新诗虽然只有十几年的历史，但已经形成了一些新的传统和模式，造成了一种封闭的态度，限制了人们对于新兴的自由诗、无韵诗的接纳。施蛰存提醒读者们思考这个悖论现象：“胡适之先生的新诗运动，帮助我们打破了中国旧体诗的传统。但是从胡适之先生一直到现在为止的新诗研究者却不自觉地堕入于西洋旧体诗的传统中。他们以为诗应该是有整齐的用韵法的，至少该有整齐的诗节。于是乎十四行诗、‘方块诗’，也还有人紧守规范填做着。这与填词有什么分别呢？”③

　　最后，他捍卫现代诗之为诗的存在理由：“《现代》中的诗大多是没有韵的，句子也很不整齐，但它们都有相当完美的肌理（Texture）。它们是现代的诗形，是诗！”④ 从施蛰存使用了“肌理（Texture）”这个术语来看，他应

---

① ［德］庞德．休·赛尔温·莫伯利．杜运燮，译［M］//黄晋凯，张秉真，杨恒达．象征主义·意象派．北京：中国人民大学出版社，1989：548.
② 施蛰存．《现代》杂忆．沙滩上的踪迹［M］．沈阳：辽宁教育出版社，1995：37.
③ 施蛰存．《现代》杂忆．沙滩上的踪迹［M］．沈阳：辽宁教育出版社，1995：37－38.
④ 施蛰存．《现代》杂忆．沙滩上的踪迹［M］．沈阳：辽宁教育出版社，1995：38

该是阅读了英美意象主义的诗论并认同他们的诗学观点的。

施蛰存的这一篇辩护文章，正式把《现代》杂志发表的诗与英美现代主义诗歌联系起来，使得一个文学刊物的编辑趣味转化成一种自觉的文学思潮。

> 完全没有想到，我这一篇解释竟改变了"现代诗"或"现代派"这个名词的意义。原先，所谓"现代诗"，或者当时已经有人称"现代派"，这个"现代"是刊物的名称，应当写作"《现代》诗"或"《现代》派"。它是指《现代》杂志所发表的那种风格和形式的诗。但被我这样一讲，"现代"的意义就改变了。从此，人们说"现代诗"，就联系到当时欧美文艺界新兴的"现代诗"（The Modern Poetry）。而"现代派"也就成为 The Modernists 的译名。①

因此，我们可以得出结论说：尽管施蛰存在《创刊宣言》中说他没有造成一种文学上的潮流或主义的主观愿望，尽管他努力地维持所刊发的文学作品与艺术风格的多样性，但由于他本人先入为主的艺术品位以及他对具有现代派性质的小说和诗歌的偏爱，《现代》从一开始就打上了同人刊物的印记。此外，由于施蛰存本人和他的文友诗友戴望舒、杜衡、刘呐鸥、穆时英、徐霞村等人都具有明确而强烈的现代生活和现代写作意识，他们自觉地认同从1920 年代开始流行于西方发达国家以及日本的现代主义文学，从中汲取艺术营养，获得创作灵感，使《现代》杂志成为世界现代主义文学潮流的一个重要组成部分。只有在这样的大框架下，才能理解"《现代》诗"成为"现代诗"的理由，也才能理解在《现代》杂志发表诗歌不算多的戴望舒何以被公认为1930 年代中国"现代诗"的领袖和代表的原因。

那么，施蛰存、戴望舒、杜衡等波德莱尔、魏尔伦、马拉美的仰慕者怎么会变成现代主义者呢？这种艺术演变的深层逻辑是什么？其根本原因在于19 世纪后期的象征主义自身演变为20 世纪初期的后期象征主义，以及英语文学中的"现代主义"与后期象征主义的高度重合关系。

> 就其主要流行地区欧美而言，象征主义文学思潮并没有中断，只是在世纪之交，经历过一个短暂的相对沉寂的更迭时期。到二十世纪上半叶，特别是头三十年，象征主义又形成一股更加广阔、更加强大的文学

---

① 施蛰存. 《现代》杂忆. 沙滩上的踪迹［M］. 沈阳：辽宁教育出版社，1995：37.

思潮。这种文学思潮，不是十九世纪开始的文学思潮简单的继续和伸延，它无论在创作思想还是艺术手段方面，都已经发生了相当深刻的变化。为加以区别，通常就把二十世纪的部分称为后期象征主义文学思潮。到二十世纪四十年代，后期象征主义作为一种文学运动已经逐渐消散了，可是它所形成的创作思想和它所积累的艺术手段已经渗透和溶化在其他各种现代主义文学流派中。象征主义是现代主义的先驱，后期象征主义是在现代主义文学潮流中起主导作用和骨干作用的文学流派。①

所以，《现代》中的诗歌是现代主义的，更准确地说，是后期象征主义的。理解了这个关系，才能理解戴望舒诗歌风格的演变逻辑：1923 年到 1927 年，他主要受到前期象征主义影响，从中汲取营养；1928 年以后，他则转向了后期象征主义，从更现代的法国诗人那里寻求创作的启迪。

第二节　戴望舒突破音乐性以表达现代感

在《雨巷》的创作时期，戴望舒便"差不多把头钻到一个新的圈套里去了，然而他见得到，而且来得及把已经钻进去的头缩回来"②。他并没有满足《雨巷》带给他的各种褒奖，很快就对自己提出更高的要求。不再满意那种太像诗的写法，而是追求"为自己制最适合自己的脚的鞋子"③。

因而，"魏尔伦和波德莱尔对他也没有多久的吸引力，他最后还是选中了果尔蒙、耶麦等后期象征派"④。从这些后期象征派诗人的作品里，他发现"韵和整齐的字句会妨碍诗情，或使诗情成为畸形的"⑤。于是，他决然宣布"诗不能借重音乐，它应该是去了音乐的成分"⑥。从果尔蒙等人的诗里他得出这样的结论："诗的韵律不在字的抑扬顿挫上，而在诗的情绪的抑扬顿挫上，即在诗情的程度上。"⑦

---

① 潘翠菁. 西方现代主义文学思潮 [M]. 北京：高等教育出版社，1995：1-2.
② 杜衡. 望舒草·序 [M] //戴望舒诗全编. 梁仁，编. 杭州：浙江文艺出版社，1989：53.
③ 戴望舒. 诗论零札 [M] //戴望舒诗全编. 梁仁，编. 杭州：浙江文艺出版社，1989：692.
④ 施蛰存. 戴望舒译诗集·序 [M] //戴望舒译诗集. 施蛰存，编. 长沙：湖南人民出版社，1983：2.
⑤ 戴望舒. 诗论零札 [M] //戴望舒诗全编. 梁仁，编. 杭州：浙江文艺出版社，1989：691.
⑥ 戴望舒. 诗论零札 [M] //戴望舒诗全编. 梁仁，编. 杭州：浙江文艺出版社，1989：692.
⑦ 戴望舒. 诗论零札 [M] //戴望舒诗全编. 梁仁，编. 杭州：浙江文艺出版社，1989：691.

"译果尔蒙、耶麦的时候，正是他放弃韵律，转向自由体的时候。"①《断指》《古神祠前》体现了他的这种努力。事实上，他诗风转变以前写的《不要这样盈盈地相看》中的诗句，就已经透露了他学习果尔蒙的消息："静，听啊，远远地，在林里。/在死叶上的希望又醒了"；"静，听啊，远远地，在林里。/惊醒的昔日的希望又来了。"这两句和他译的果尔蒙《西茉纳集》中的诗句，有着极为相似的语气："四月已回来和我们游戏了"（《冬青》），"西茉纳，到林中去吧：树叶已飘落了"（《死叶》）。而戴望舒诗中的"死叶"一词直接取自果尔蒙的《死叶》。

戴望舒对于《雨巷》格式的明显突破，表现在现代口语的运用和音乐外壳的蝉蜕两方面。《断指》的诗笔舒缓而不乏明朗，低沉中含有坚定，表面上没有明显的节奏和整齐的韵脚，但在现代汉语舒卷自如的挥洒中，却蕴藏着回肠荡气的诗情。《古神祠前》诗情的旋律体现在四个意象对比序列中，由低回至高昂到蛰伏：水蜘蛛、蝴蝶、云雀和鹏鸟。

1927 年，距写作《雨巷》不久，戴望舒写成了他自称为杰作的《我底记忆》。据杜衡回忆："1927 年夏某月，望舒和我蛰居家乡，那时候大概《雨巷》写成还不久，有一天他突然兴致勃勃地拿了张原稿给我看，'你瞧我底杰作'，他这样说。我当下就读了这首诗，读后感到非常新鲜，在那里，字句底节奏已经完全被情绪底节奏所代替，……他所给我看的那首诗底名便是《我底记忆》。"②

> 我底记忆是忠实于我的，
> 忠实得甚于我最好的友人。
>
> 它存在在燃着的烟卷上，
> 它存在在绘着百合花的笔杆上。
> 它存在在破旧的粉笔盒上，
> 它存在在颓垣的木莓上，
> 它存在在喝了一半的酒瓶上，
> 在撕碎的往日的诗稿上，在压干的花片上，
> 在凄暗的灯上，在平静的水上，

---

① 施蛰存．序［M］//戴望舒译诗集．施蛰存，编．长沙：湖南人民出版社，1983：3 - 4.
② 杜衡．望舒草·序［M］//戴望舒诗全编．梁仁，编．杭州：浙江文艺出版社，1989：50.

在一切有灵魂没有灵魂的东西上，
它在到处生存着，像我在这世界一样。

它是胆小的，它怕着人们的喧嚣，
但在寂寥时，它便对我做亲密的拜访。
它的声音是低微的，
但它的话是很长，很长，
很多，很琐碎，而且永远不肯休：
它底话是古旧的，老是讲着同样的故事，
它底音调是和谐的，老是唱着同样的曲子，
有时它还模仿着爱娇的少女底声音，
它底声音是没有力气的，
而且还夹着眼泪，夹着太息。

它底拜访是没有一定的，
在任何时间，在任何地点，
甚至当我已上床，朦胧地想睡了；
人们会说它没有礼貌，
但是我们是老朋友。

它是琐碎的永远不肯休止的，
除非我凄凄地哭了，或是沉沉地睡了：
但是我是永远不讨厌它，
因为它是忠于我的。①

  诗无定节、节无定行、行无定字，倚重字句音节和韵脚所形成的节奏已经完全取消。在经过锤炼后的清新自然的口语和疏密有致的意象排列中，流动着诗人情绪的旋律，是诗人个性的音乐。它把外在的韵律消融到诗的内部骨骼，形式沉淀到内容中，而形成一种富于旋律的诗体。《我底记忆》明显地受到了果尔蒙《西茉纳集》中《发》一诗的影响：

---

① 戴望舒. 我底记忆 [M] //戴望舒诗全编. 梁仁，编. 杭州：浙江文艺出版社，1989：29.

西茉纳，有个大神秘
在你头发的林里。

你吐着干刍的香味，你吐着野兽
睡过的石头的香味；
你吐着熟皮的香味，你吐着刚簸过的
小麦的香味；
你吐着木材的香味，你吐着早晨送来的
面包的香味；
你吐着沿荒垣
开着的花的香味；
你吐着黑莓的香味，你吐着被雨洗过的
常春藤的香味；
你吐着黄昏间割下的
灯芯草和薇蕨的香味；
你吐着冬青的香味，你吐着苔藓的香味，
你吐着篱阴结了种子的
衰黄的野草的香味；
你吐着荨麻如金雀花的香味，
你吐着苜蓿的香味，你吐着牛乳的香味；
你吐着茴香的香味；
你吐着胡桃的香味，你吐着熟透而采下的
果子的香味；
你吐着花繁叶满时的
柳树和菩提树的香味；
你吐着蜜的香味，你吐着徘徊在牧场中的
生命的香味；
你吐着泥土与河的香味；
你吐着爱的香味，你吐着火的香味。

西茉纳，有个大神秘
在你头发的林里。①

---

① 戴望舒. 西茉纳集·发［M］//戴望舒诗全编. 梁仁，编. 杭州：浙江文艺出版社，1989：217.

第一节都是以两个诗句（其实是一句话）说出要吟咏的事物。在《发》中，第二节用口语化的语言娓娓地述说着诗人从"你头发"中感觉到的各种香味，诗人一口气说出二十五个"你吐着……的香味"。《我底记忆》第二节从开头就连写了五句"它生存在……上"，接下来为了避免过多重复造成的单调，而改说"在……上"五次，并以"它在到处生存着，像我在这世界上一样"结束。从第三节开始，可以说是真正体现了戴望舒的风格。和以前的诗相比，可以看出：他抛弃了幽美古雅的辞藻，采用现代人生活中的口语，语言朴实贴切；使用散文的句法，句式灵活自由；伴着诗情发展的节奏和旋律，是自然流畅的；虽然有着散文化的形式，乍看似乎松散，但实际上相当严谨；既不押韵也不整饬的散文句式，朴素无华的语言，并没有妨碍诗人去创造迷人的诗境。

1927 年，在发表《耶麦诗抄》的《译后记》中，戴望舒称赞耶麦"抛弃了一切虚夸的华丽、精致、娇美，而以他自己的淳朴的心灵来写他的诗的。从他的没有辞藻的诗里，我们……感到一种异常的美感。这种美感是生存在我们日常的生活上，但我们没有适当地、艺术地抓住的"①。几个月后，在发表《保尔·福尔诗抄》时，他在《望舒附记》中写道："他用最抒情的诗句表现迷人的诗境，远胜过其他用着张大的和形而上的辞藻的诸诗人。"② 在这样带有明显偏爱的话语里，我们不难看出戴望舒对诗美的看法又有了新的变化。

从《我底记忆》开始，戴望舒的诗歌创作从《雨巷》时期进入到《我底记忆》时期。诗人走向魏尔伦的"音乐高于一切"的反面。在 1933 年出版的《望舒草》中，戴望舒未将他最为人所知、最广为传诵的《雨巷》收入，而将《我底记忆》放在诗集开头。杜衡在为这本诗集所做的序中写道："望舒自己不喜欢《雨巷》的原因比较简单，就是他在写成《雨巷》的时候，已经开始对诗歌的'音乐的成分'勇敢的反叛了。"③

在《我底记忆》这一时期，诗人将有关诗的音乐性的问题收集起来，写成诗论——《诗论零札》，其中就提到"诗不能借重音乐，它应该失了音乐的成分"④。所谓"去"音乐的成分，是指去掉诗韵和整齐的句子，而注重诗的内在节奏："诗的韵律不在字的抑扬顿挫上，而在诗的情绪的抑扬顿挫上，

---

① 施蛰存. 戴望舒译诗集［M］. 长沙：湖南人民出版社，1983：254.
② 戴望舒. 译后记［M］//戴望舒译诗集. 施蛰存，编. 长沙：湖南人民出版社，1983：39.
③ 杜衡. 望舒草·序［M］//戴望舒诗全编. 梁仁，编. 杭州：浙江文艺出版社，1989：50.
④ 戴望舒. 论诗零札［M］//戴望舒诗全编. 梁仁，编. 杭州：浙江文艺出版社，1989：691.

即在诗情的程度";"韵和整齐的字句会妨碍诗情，或使诗情成为畸形的"①。

象征主义诗人如波德莱尔、马拉美、兰波，以及后来的瓦雷里都致力于凸显文字的魅力，让文字本身在诗行中发生冲撞，制造出其不意的更加自然的效果，而作者本身却应该隐去。在诗人隐去的同时，也就自然地隐去了诗情。魏尔伦在其所著的《诗的艺术》（*Art poétique*）一诗中，提出了"细微之差"（nuance）的观念。所谓"细微之差"，包含诗情、文字和诗的音乐性。在诗歌的创作中，诗情已经体现在了对文字的运用上，文字事实上就是诗歌创作的本身。戴望舒将诗情与文字相对立显然不符合西方象征主义诗人的诗歌观念。因为专注于诗情，戴望舒开始对法国后期象征主义诗人保尔·福尔、果尔蒙、耶麦等诗人的作品发生兴趣。福尔的诗歌是散文体，他强调诗的内在的、自然流动的节奏，不在乎音节的整齐和韵脚。他认为诗的节奏比诗行更重要，让感情的流动做自然的音节，所以他选择散文体诗。戴望舒曾评价过福尔："保尔·福尔氏为法国后期象征派中最淳朴、最光耀、最富裕诗情的诗人。"《我底记忆》就是对散文体诗的尝试。

这种诗美观念的变化也迅速体现在戴望舒的诗歌创作上。在戴望舒的《路上的小语》一诗中有这样的句子："——给我吧，姑娘，那朵簪在你发上的/小小的青色的花"，后一句正是取自保尔·福尔的《我有几朵小青花》（戴望舒译）中的"比你的眼睛更灿烂的小青花"。戴望舒在《独自的时候》写道："在心头飘来飘去的是什么啊，/像白云一样的无定，像白云一样的沉郁？"其语气与保尔·福尔《晚歌》的语气十分相似："森林的风要我们什么啊，/在我们家里惊动着火焰？"戴望舒在《秋天》中写道："再过几日秋天要来了，/默坐着，抽着陶制的烟斗"，我们可以看出其化用耶麦《天要下雪了》的痕迹："天要下雪了，再过几天。"（第一节）；"我是无事闲想着。"（第二节）；"我抽着一只琥珀柄的木烟斗。"（第三节）。《秋天》中还有一句口语："当飘风带点恐吓的口气来说：/秋天来了，望舒先生！"这是对于耶麦《膳厅》的直接模仿："当一个访客进来时问我说：/你好吗，耶麦先生？"戴望舒的《百合子》中有这样一句："人们说她是冷漠的是错了"。与耶麦《膳厅》相比，它也只是个别字词的稍作变异："别人以为它只会缄默着是错了"。戴望舒《村姑》一诗的灵感显然得自于耶麦的《少女》，都是描写怀春少女的情感。

欧美诗人往往把自己译的诗收进自己的创作集中，因为翻译本身就是一

---

①　戴望舒. 论诗零札［M］//戴望舒诗全编. 梁仁，编. 杭州：浙江文艺出版社，1989：691.

个对原作的再创造。用一种文字把另外一种文字的诗意传达出来，不同的人就会有不同的译文。其中也包含着翻译者的美学修养和文学功力。翻译者在译诗过程中必然受到所译诗人作品的影响，有时甚至不知不觉地将所译诗人的诗句稍作变动或直接引入自己的诗里，与自己的诗融为一体。这种情况是很正常的。

1933 年 8 月，戴望舒的第二本诗集《望舒草》出版。根据施蛰存的回忆，出版的动机和契机是戴望舒的诗歌和诗论产生了很大的影响。

> 水沫书店因淞沪抗日战争发生而歇业，《我底记忆》和其他的书都绝版了。1932 年，我为现代书局编《现代》文学月刊，为望舒发表了新的诗作和《诗论零札》，在青年诗人中引起了很大的兴趣，各地都有人向书店中访求《我底记忆》，可是已无货供应了。于是我请望舒再编一本诗集，列入我编的《现代创作丛刊》，由现代书局出版。我的原意是重印《我底记忆》，再加入几篇新作诗就行了。岂知望舒交给我的题名《望舒草》的第二本诗集，却是一个大幅度的改编本。①

戴望舒没有草率而简单地重印旧作。他将这本诗集作为整体展示自己已经改变了的诗歌趣味和倾向的机会。他删除了《我底记忆》中的《旧锦囊》和《雨巷》两辑共十八首诗，仅保留了《我底记忆》一辑中的七首诗，又加入了新写的诗，共有四十一首。

> 《望舒草》的编集，表现了望舒对新诗创作倾向的最后选择和定型。在《我底记忆》时期，望舒作诗还很重视文字的音韵美，但后来他自我否定了。他的《诗论零札》第一条就是"诗不能借重音乐，它应该去了音乐的成分。"为了符合他的理论，他编《望舒草》的时候，才完全删汰了以音韵美见长的旧作，甚至连那首脍炙人口的《雨巷》也不愿保留下来。这样，《望舒草》就成为一本很纯粹、很统一的诗集。无论在语言辞藻、情绪形式、表现方法等各方面，这一集中的诗，都是和谐一致的，符合于他当时的理论的。这本诗集，代表了戴望舒前期诗的风格。②

---

① 施蛰存. 引言［M］//戴望舒诗全编. 梁仁，编. 杭州：浙江文艺出版社，1989：2.
② 施蛰存. 引言［M］//戴望舒诗全编. 梁仁，编. 杭州：浙江文艺出版社，1989：2.

同年 11 月，戴望舒远赴法国，开始了为期三年的游学生活。由于心境颓唐，在此期间他只写了五首诗：《见毋忘我花》、《微笑》、《霜花》、《古意答客问》和《灯》。前三首基本保持了《望舒草》的风格，后两首则是作者突破自我的探索。但是，古奥字词和倒装句式的夹杂，不仅破坏了诗歌韵律的和谐，而且加深了诗歌意境的晦涩，不能不说是艺术上的退步。

现代书局于 1935 年歇业，《望舒草》也绝版了。上海杂志公司老板张静庐，曾经是现代书局的经理，知道望舒的诗能有销路，他就请望舒再编一本诗集应市。"这时候，望舒从法国回来不久，住在上海，未有工作，没有固定收入，可是已结婚成家，又碰上父亲故世，有老母要养，因而生活相当窘迫。幸而承胡适之为他介绍给中英文化教育基金会，请望舒从西班牙文译《堂·吉诃德》。每月交译稿三万字，基金会每月付他预支稿费二百元。依赖这一笔收入，望舒的生活才得安定下来。可是每天一千字的译文加详注，要占了大半天时间，此外，他还在很高兴地办《新诗》月刊，计划印行《新诗丛书》，自己就反而没有诗了。"① 戴望舒编的第三本诗集，题名《望舒诗稿》，于 1937 年 1 月由上海杂志公司出版。

施蛰存认为"《望舒诗稿》不是一本理想的结集"②。由于新作很少，无法成集，戴望舒不得不把《我底记忆》与《望舒草》两集的全部作品都收进去，加上新作《古神祠前》、《见毋忘我花》、《微笑》和《霜花》，一共有六十三首。书末除附录《诗论零札》外，还附了自译为法文的诗六首。除了风格的不协调以外，这本诗集的粗疏也是非常明显的。施蛰存指出："在作者，它是为微薄的生活补贴而编的；在出版商，它是为'生意眼'而印的。因此，要求内容多些，印刷快些。全书的排字、校对，都很草率，误字、夺字不少。也有一些文字似乎是作者自己改的，我觉得有几处改得反而不及原作。"③

1938 年至 1947 年，望舒旅居香港，他的诗都发表在香港报刊上，内地读者很少能见到。他为抗战呼号，经历了婚变，遭到日本人逮捕，受到酷刑折磨，出狱以后生活在压抑的盼望中。施蛰存说：

> 望舒在香港，在一个文化人的岗位上，做了不少反帝、反法西斯、

① 施蛰存. 引言 [M] //戴望舒诗全编. 梁仁，编. 杭州：浙江文艺出版社，1989：2 – 3.
② 施蛰存. 引言 [M] //戴望舒诗全编. 梁仁，编. 杭州：浙江文艺出版社，1989：2 – 3.
③ 施蛰存. 引言 [M] //戴望舒诗全编. 梁仁，编. 杭州：浙江文艺出版社，1989：2 – 3.

反侵略的文化工作。他翻译了西班牙诗人的抗战谣曲、法国诗人的抵抗运动诗歌。他自己的创作，虽然艺术手法还是他的本色，但在题材内容方面，却不再歌咏个人的悲欢离合，而唱出了民族的觉醒，群众的感情。尤其是当他被敌人逮捕，投入牢狱之后，他的诗所表现的已是整个中华民族的爱国主义和民族气节了。①

1948 年，他回上海，把战时所作诗二十五首，编为《灾难的岁月》，由上海星群出版社印行。这是他的第四本诗集，也是他生前出版的最后一部诗集。战争深刻地影响和改变诗人的生活，因此这些诗作的主题和情调与以前的有所不同。个人的忧郁情怀被民族的苦难遭遇所代替，而民族的苦难又通过个人的遭遇体现出来。在这期间，他翻译了波德莱尔的《恶之花》中的二十四首诗。波德莱尔的整饬、严谨和押韵促使戴望舒反思自己的无韵诗实验，他重新在自己的诗中使用韵脚。

作为戴望舒的挚友和其诗歌创作的见证者，施蛰存对戴望舒的创作历程做出了评价：

> 望舒作诗三十年，只写了九十余首，论数量是很少的。但是这九十余首所反映的创作历程，正可说明"五四"运动以后第二代诗人是怎样孜孜矻矻地探索着前进的道路。在望舒的五本诗集中，我以为《望舒草》标志着作者艺术性的完成，《灾难的岁月》标志着作者思想性的提高。望舒的诗的特征，是思想性的提高，非但没有妨碍他的艺术手法，反而使他的艺术手法更美好、更深刻地助成了思想性的提高。即使在《灾难的岁月》里，我们还可以看到，像《我用残损的手掌》《等待》这些诗，很有些阿拉贡、爱吕雅的影响。法国诗人说：这是为革命服务的超现实主义。我以为，望舒后期的诗，可以说是左翼的后期象征主义。②

---

① 施蛰存. 引言 [M] //戴望舒诗全编. 梁仁，编. 杭州：浙江文艺出版社，1989：3−4.
② 施蛰存. 引言 [M] //戴望舒诗全编. 梁仁，编. 杭州：浙江文艺出版社，1989：4.

第三节　戴望舒对中国现代诗写作的理论思考

中国现代文学史的研究者常说"现代派"诗歌是戴望舒的影响造成的。①
施蛰存对此很不以为然。根据他的统计，在《现代》前三卷发表诗作的诗人
即诗作数量如下：戴望舒 15 首、艾青（莪伽）4 首、李金发 5 首、朱湘 2
首、何其芳 2 首、郭沫若 2 首、臧克家 3 首、宋清如 5 首、金克木 4 首、陈
江帆 3 首、李心若 4 首、林庚 1 首、伊湄 2 首、钟敬文 1 首、欧外欧 1 首、
侯汝华 2 首、施蛰存 9 首。② 即使戴望舒发表的诗作数量相对较多，也只有
15 首，其中还有初期的形式整齐的韵律诗。朱湘则是新月派的代表诗人之
一，他的诗形式整齐，格律谨严。臧克家则处于从《新月》派向《现代》派
过渡的阶段。施蛰存说："以上这些诗人，四十年来，大多数还在写诗。他
们的风格，即使在当时，也并不完全相同。如果我们现在看了这张名单，说
他们的诗作可以成为一个流派，恐怕没有人肯同意。"③

那么，《现代》发表的诗作的主要特色是什么呢？施蛰存认为："《现代》
只是集中发表了许多自由诗。在当时其他文艺刊物上发表的新诗，绝大部分
也都是自由诗。此后，我们的新诗，一直是以自由体诗为主流。因此，我以
为，从《新月》诗到《现代》诗，主要是形式的发展。而这种自由诗的形
式，并没有随着《现代》杂志而消亡。由此可知'《现代》派'这个名词已
成为历史陈迹，因为它只对'《新月》派'有意义。"④

作为文学史的亲历者和见证人，施蛰存认为戴望舒之所以在青年诗人们
中间产生影响，并被视为"现代诗"的代表人物，很大程度上归功于他替戴
望舒整理后发表在《现代》第 2 卷第 1 期（1932 年 11 月出版）上的诗论：

> 戴望舒有《诗论零札》十七条，发表在《现代》上。这是他去法国
> 后，我从他留下的笔记本中抄录来付刊的。他自己并没有想发表，这些
> 零札都是法国象征主义诗人的理论。我以为，戴望舒的诗，在《现代》
> 初刊的时候，还没有多大影响。在前三卷《现代》中，他的诗虽然发表

---

① 施蛰存.《现代》杂忆 [M] //沙滩上的踪迹. 沈阳：辽宁教育出版社，1995：38.
② 施蛰存.《现代》杂忆 [M] //沙滩上的踪迹. 沈阳：辽宁教育出版社，1995：38.
③ 施蛰存.《现代》杂忆 [M] //沙滩上的踪迹. 沈阳：辽宁教育出版社，1995：38 – 39.
④ 施蛰存.《现代》杂忆 [M] //沙滩上的踪迹. 沈阳：辽宁教育出版社，1995：39.

了十五首，统计起来，还不是多数。许多读者来信讨论新诗问题，也没有人指名望舒的诗。倒是这十七条诗论，似乎在青年诗人中颇有启发，因而使自由诗摧毁了《新月》派的壁垒。①

从施蛰存的回忆中，我们可以看到戴望舒诗论在奠定"现代派"诗歌的历史地位时所起的重要作用。在新文学诞生以后的二十年里，一方面是传统诗歌向现代诗歌演变的大趋势，另一方面是不同的诗歌流派与团体之间的激烈竞争。因此，在写诗的同时，早期的现代诗人大多积极地进行理论探索，并热情地表达自己的见解和主张。

1933 年，杜衡在给戴望舒的《望舒草》作序时回忆说：

> 我一时想起了望舒诗里有过这样的句子："假如有人问我烦忧的原故，我不敢说出你的名字。"（《烦忧》）因而他底诗是"由真实经过想象而出来的，不单是真实，亦不单是想象。"（《零札》十四）他这样谨慎着把他底诗作里的"真实"巧妙地隐藏在"想象"底屏障里。假如说，这篇序文底目的是在于使读者更深一步地了解我们底作者，那么作者所不"敢"说的真实，要是连写序文的人自己都未能参详，固然无从说起，即使有幸地因朋友关系而知道一二，也何尝敢于道作者所不敢道？②

杜衡不仅引用《诗论零札》第十四条来解读《望舒草》，而且把这一条诗论视为理解戴望舒诗歌的钥匙："它包含着望舒底整个做诗的态度，以及对于诗的见解。抱这种见解的，在近年来国内诗坛上很难找到类似的例子。它差不多成为一个特点。这一个特点，是从望舒开始写诗的时候起，一贯地发展下来的。"③

戴望舒是一个对诗歌写作极为认真执着的人。他在翻译过程中仔细揣摩原作的微妙之处，在发表译作时也要加上自己的翻译体会。但是，他并未形成系统的诗学观念，现今能看到的只有三篇，"虽数量不多，却值得重视。它不仅是戴望舒诗海探幽的理论结晶，创作实践所遵循的准则，甚至可以视为我国现代象征主义诗歌的纲领性宣言。它是中国现代白话诗发展到某一阶

---

① 施蛰存.《现代》杂忆［M］//沙滩上的踪迹. 沈阳：辽宁教育出版社，1995：39.

② 杜衡. 望舒草·序［M］//戴望舒诗全编. 梁仁，编. 杭州：浙江文艺出版社，1989：49.

③ 杜衡. 望舒草·序［M］//戴望舒诗全编. 梁仁，编. 杭州：浙江文艺出版社，1989：49－50.

段所取得的成就的一个标志"①。

《望舒诗论》发表于 1932 年 11 月出版的《现代》第 2 卷第 1 期上，由十七段文字组成。1933 年，在出版《望舒草》时，戴望舒附录了这些文字，命名为《诗论零札》。1937 年，在出版《望舒诗稿》时，他将《诗论零札》中的第四条删去，剩下的十六条收在附录中。同年，戴望舒翻译的保尔·梵乐希（即瓦雷里）的《文学》（《文论絮语》）在《新诗》上发表，译文与《诗论零札》的写法在有些地方比较相似："书和人有同样的仇敌：火、潮湿、虫豸、时间；以及他们自己的内容。赤裸裸的思想情绪像赤裸的人一样弱。因此应该给它们穿上衣裳。思想具有两性：自己受胎并自己生育。"②

《谈林庚的诗见和"四行诗"》载于 1936 年《新诗》第二期。戴望舒的第二组《诗论零札》载于 1944 年 2 月 6 日的《华侨日报》"文艺"周刊第二期上。诗人将之前有关诗歌音乐性的部分全部删去，只剩下六个部分，着重讨论诗歌的内在情绪，较第一组《诗论零札》更加具体。由于两篇诗论具有相同的题目，下面引述时我们将在括号中加注年份以示区别。

作者之所以将这些"诗论"称之为"零札"，是因为这些文字并不是一气呵成的，而是在诗歌的创作经验中有感而发，慢慢积累而成的。从表面上看，这些"诗论"缺乏整体性，说明作者对中国现代诗歌创作的走向并没有一个明晰的思考，也可以理解为：在诗歌的传统与现代之间，在中西文化的碰撞之中，在理论和实践创作的矛盾中，作者有一种"纠结"。这种"纠结"的可贵之处在于，作者并没有在这些繁杂的关系中做一个简单的了断，而是始终想找到一个完美的"结合点"。戴望舒的这一追求恰恰反映在他删去的《诗论零札》（1932）中的第四条上："象征派的人们说：'大自然是被淫过一千次的娼妇。'但是新的娼妇安知不会被淫过一万次。被淫的次数是没有关系的，我们要有新的淫具，新的淫法。"这段话听起来不是很文雅，这也许是作者将其删去的原因。杜衡在《〈望舒草〉序》中说："一个人在梦里泄露自己底潜意识，在诗作里泄露隐秘的灵魂，然而也只是像梦一般朦胧的。……诗是一种吞吞吐吐的东西，术语地来说，它底动机在于表现与隐藏自己之间。望舒至今还是这样。"③ 由此可见，戴望舒承认潜意识一说，只是他不喜欢西方式的"直白"。根据弗洛伊德的理论，艺术是对生理欲望的升华，

①　浙江文艺出版社.《出版说明》[M] //戴望舒诗全编. 梁仁，编. 杭州：浙江文艺出版社，1989：3.

②　[法]保尔·梵乐希（Paul Valéry）. 文论絮语 [J]. 戴望舒，译. 新诗，1937（2）：1–2.

③　杜衡. 望舒草·序 [M] //戴望舒诗全编. 梁仁，编. 杭州：浙江文艺出版社，1989：50.

戴望舒的"娼妇"的比喻恰好体现了他的潜意识。

《诗论零札》（1932）看似零散，但它是作者在诗歌创作实践中的经验的集结。作者在进行创作时是向着一个既定的目标去的，因此这些诗论虽然是在不同的时间，不同的情境中写的，但是它们之间是有一个内在的牵连存在的。这种"牵连"使得戴望舒的"诗论"具有完整的体系，也可以帮助我们更好地理解戴望舒诗歌的创作趋势。

十七段文字主要涉及诗美、诗情和诗歌的创作三个方面。作者多次谈到"诗歌的情绪"，认为"新的诗应该有新的情绪"，所以"新诗情"成为戴望舒《诗论》的总领。作者一开始就提出了"诗不能借重音乐，它应该去了音乐的成分"，"诗不能借重绘画的长处""单是美的字眼的组合不是诗的特点"。"音乐美、绘画美、建筑美"是闻一多在《诗的格律》中提出的"三美"原则，是新月派鉴赏诗歌的主要标准。戴望舒早期也是新月派的追随者，但几乎在《雨巷》发表的同时，他就开始对音乐性勇敢地反叛了。"带着脚镣跳舞"让他感觉到了不自由，他认为"新的诗应该有新的情绪和表现这种情绪的形式"，"三美"原则无助于这种情绪的表现，反而束缚了新的诗情。但是戴望舒并不是完全地抛弃了"三美"原则，他只是强调"不能借重"以及"单是……"，并不是完全否定，只是要把握"度"的问题。

音乐、绘画和建筑的美可以说是汉语言文字的魅力所在，是中国古典诗歌最基本的美学特征，也是中国现代诗歌存在的根源。戴望舒对此非常清楚。在《谈林庚的诗见和"四行诗"》一文中，在阐述自由诗和韵律诗的区别时，戴望舒说：

> 自由诗是不乞援于一般意义的音乐的纯诗（昂德莱·纪德有一句话，很可以阐明我的意思，……他说："……句子的韵律，绝对不是在于只由铿锵的字眼之连续所形成的外表和浮面，但它却是依着那被一种微妙的交互关系所合着调子的思想之曲线而起着波纹的"）。韵律诗则是一般意义的音乐成分和诗的成分并重的混合体（有些人竟把前一个成分看得更重）。至于自由诗和韵律诗这两者之属是属非，以及我们应该何舍何从，这是一个更复杂而只有历史能够解决的问题。①

---

① 戴望舒. 谈林庚的诗见和"四行诗"［M］//戴望舒诗全编. 梁仁，编. 杭州：浙江文艺出版社，1989：695.

对于韵律诗和自由诗，戴望舒从未将二者置于对立的地位。他还补充说：

> 古诗和新诗也有着共同之一点的。那就是永远不会变价值的"诗之精髓"。那维护着古人之诗使不为岁月所斫伤的，那支撑着今人之诗使生长起来的，便是它。它以不同的姿态存在于古人和今人的诗中，多一点或少一点；它像是一个生物，渐渐地长大起来。所以在今日不把握它的现在而取它的往昔，实在是一种年代错误（关于这"诗之精髓"，以后有机会我想再多多发挥一下）。①

这里虽然讨论的是"诗之精髓"，但"古为今用"一直是戴望舒的观点。在 1944 年发表的《诗论零札》第一节中，戴望舒说：

> 竹头木屑，牛溲马勃，运用得法，可成为诗，否则仍是一堆弃之不足惜的废物。罗绮锦绣，贝玉金珠，运用得法，亦可成为诗，否则还是一些徒炫丽眼目的不成器的杂碎。
> 诗的存在在于它的组织。在这里，竹头木屑，牛溲马勃，和罗绮锦绣，贝玉金珠，其价值是同等的。
> 批评别人的诗说："如七宝楼台，炫人眼目，拆碎下来，不成片段"，是一种不成理之论。问题不是在于拆碎下来成不成片段，却是在搭起来是不是一座七宝楼台。②

戴望舒认为新诗和旧诗的根本区别不仅在于诗歌的形式更在于诗的内容。在《谈林庚的诗见和"四行诗"》中，他说："现代的诗歌之所以与旧诗词不同者，是在于它们的形式，更在于他们的内容。结构，字汇，表现方式，语法等等是属于前者的；题材，情感，思想等等是属于后者的；这两者和时代之完全地调和之下的诗才是新诗。"③

新诗要有新诗的内容，这一点是戴望舒始终坚持的。在《诗论零札》

---

① 戴望舒. 谈林庚的诗见和"四行诗"［M］//戴望舒诗全编. 梁仁，编. 杭州：浙江文艺出版社，1989：696.

② 戴望舒. 诗论零札. 发表于香港《华侨日报》1944 年 2 月 6 日"文艺"周刊第 2 期［M］//戴望舒诗全编. 梁仁，编. 杭州：浙江文艺出版社，1989：701.

③ 戴望舒. 谈林庚的诗见和"四行诗"［M］//戴望舒诗全编. 梁仁，编. 杭州：浙江文艺出版社，1989：695 – 696.

（1944）中，戴望舒对于诗的形式和本质有更加形象的描述：

> 西子捧心，人皆曰美，东施效颦，见者掩面。西子之所以美，东施之所以丑的，并不是捧心或眉颦，而是他们本质上美丑。本质上的美，荆钗布裙不能掩。本质上丑的，珠衫翠袖不能饰。诗也是如此，它的佳劣不在形式而在内容。有"诗"的诗，虽以佶屈聱牙的文字写来也是诗；没有"诗"的诗，虽韵律齐整音节铿锵，仍然不是诗。只有乡愚才会把穿了彩衣的丑妇当作美人。①

现代人有现代人的情感，做诗应该用现代人的思维方式和现代人的语言，古诗的标准已经不能适应现代新诗。过于追求遵守格律和辞藻堆砌，以及滥用意象做出来的，往往都是内容空洞的诗。统一化的标准束缚了作者感情的抒发，使作者的自我、真我得不到完全表现。戴望舒在《诗论零札》（1932）的第七条写道："韵和整齐的字句会妨碍诗情，或使诗成为畸形的。倘把诗的情绪去适应呆滞的，表面的旧规律，就和把自己的足去穿别人的鞋子一样。愚劣的人们削足适履，比较聪明一点的人选择较合脚的鞋子，但是智者却为自己制最合自己的脚的鞋子。"② 戴望舒已经认识到新酒必须用新瓶来装，现代诗歌应该有新的形式，这个形式应该更适合现代人的情绪的抒发。

戴望舒将诗歌视为有生命的，是不断发生、发展的"生物"。吕家乡说："他（戴望舒）所以受象征诗人的吸引，既不是由于看中了象征派的'特殊的手法'，也不是由于去了19世纪法国象征派诗人的'意境和思想的态度'，而首先是由于他赞赏一些杰出的象征诗人对诗的内在物质的注重。"③ 戴望舒认为：诗歌有着自己的情绪，这情绪是在动态之中的，是自然而然地流淌着的，有着自己的个性和生命的韵律的东西。诗情是戴望舒《诗论》的主导，它直指诗的本质，在第十三和十五条中，戴望舒写道："诗应该有自己的originalité④，但你须使它有 cosmopolité⑤ 性，两者不能缺一。""诗应当将自

---

① 戴望舒．诗论零札．（载于1944年2月6日香港《华侨日报》"文艺"周刊第2期）［M］// 戴望舒诗全编．梁仁，编．杭州：浙江文艺出版社，1989：701

② 戴望舒．诗论零札．（载于1944年2月6日香港《华侨日报》"文艺"周刊第2期）［M］// 戴望舒诗全编．梁仁，编．杭州：浙江文艺出版社，1989：691－692.

③ 吕家乡．戴望舒：别开生面的政治抒情诗人［J］．学术月刊，1985（11）：43.

④ 此为法语单词，意为"原创性"。

⑤ 此为法语单词，意为"大同性"。

己的情绪表现出来，而使人感到一种东西，诗本身就像是一个生物，不是无生物。"① 诗歌是有生命的，它首先必须是"诗的"，具有诗歌的普遍性（在《望舒诗稿》中，"cosmopolité"被改为意义更加明确的"universel②"），这是诗歌不变的特质，戴望舒将之称为"诗之精髓"，其次诗作为生物是有"情绪"的，"诗是由真实经过想象而出来的，不单是真实，亦不单是想象"③。诗歌是作者生命状态的反映，作者的内在情感、对外物的思考都交织在其中，杜衡在《望舒草·序》中说："一个人在梦里泄露自己的潜意识，在诗作里泄露隐秘的灵魂，……它底动机是在于表现自己和隐藏自己之间。"④ 诗歌的情绪发端于作者的生命状态，是在诗人的主体和客观世界的碰撞中生成的，这一点与中国传统诗歌非常不同。在《蝴蝶》中，戴望舒写道："给什么智慧给我/小小的白蝴蝶/翻开了空白之页/翻开了空白之页/合上了空白之页/翻开了的书页/寂寞/合上了书页/寂寞"这只蝴蝶不仅是庄周的那只虚无飘渺的蝴蝶，更是一只粘满了人生孤寂的蝴蝶。这样的"物"与"我"的高度契合，使作者的心灵物态化，成为一种生命体。传统诗歌的功用在于"诗言志"主要在于抒发作者的理想和感情，而戴望舒的"诗情"是有生命的，它的不断的发展变化和日趋完善的过程，蕴涵着新诗现代性的发展。

戴望舒所特有的中国知识分子的"郁悒多思"气质和他"固有的人生痛苦与忧患"⑤ 意识，一直是其"诗情"的主调，但戴望舒前后期诗风的变化也影响着他诗歌的"诗情"的变化。在《望舒诗稿》出版后，朱光潜就指出戴望舒诗作有这样的缺陷："一般诗人以至于普通人所眷恋的许多其他方面的人生世相，似乎都和戴望舒先生漠不相关。"⑥ 这样的"狭隘"一直到《雨巷》时也没有多大的改变，然而，变化忽然发生了。杜衡回忆说：

　　1927 年夏某月，望舒和我都蛰居家乡，那时候大概《雨巷》写成还不久，有一天他突然兴致勃发地拿了张原稿给我看，"你瞧我底杰作"，他这样说。我当下就读了这首诗，读后感到非常新鲜；在那里，字句的节奏已经完全被情绪的节奏所替代，竟使我有点不敢相信是写了《雨

---

① 戴望舒. 诗论零札［M］//戴望舒诗全编. 梁仁，编. 杭州：浙江文艺出版社，1989：692.
② 此为法语单词，意为"普世性"。
③ 戴望舒. 诗论零札［M］//戴望舒诗全编. 梁仁，编. 杭州：浙江文艺出版社，1989：692.
④ 杜衡. 望舒草·序［M］//戴望舒诗全编. 梁仁，编. 杭州：浙江文艺出版社，1989：50.
⑤ 龙泉明. 中国新诗的现代性［M］. 武汉：武汉大学出版社，2005：202.
⑥ 朱光潜：望舒诗稿［J］.《文学杂志》，1937（1）.

巷》之后不久的望舒所作。只在几个月以前，他还在"彷徨"、"惆怅"、"迷茫"那样地凑韵脚，现在他是有勇气写"它的拜访是没有一定的"那样自由的诗句了。①

这首诗就是《我底记忆》。由于受了耶麦和果尔蒙的影响，戴望舒不再局促在自己的小天地里，也不再追求"字句的节奏"。"情绪的节奏"成为他的新"诗情"，他开始追求"诗情上的 nuance 而不是字句上的 nuance"②。在艺术手法上，《旧锦囊》时期打下的诗歌音乐性的底子，到《雨巷》时期达到了极致。正是在这一时期，戴望舒意识到了"诗情"的重要性："诗的韵律不在字的抑扬顿挫上，而在诗的情绪的抑扬顿挫上，即在诗情的程度上。"③ 他开始追求诗歌的散文化。在思想上，戴望舒摆脱了古典诗词中的"感伤"的调子，而使用"spleen"（后直接用"烦忧"）这一体现现代性的词汇④，到抗战时期戴望舒彻底抛弃了个人的情绪，"只为灾难树里程碑"。《灾难的岁月》是戴望舒自编的最后一本诗集，主要收集了从 1934 年到 1945 年的诗，作者在这一时期终于摆脱了自怨自艾的心态，更多地关注人生与社会，并在主题和情调上有了新的突破。戴望舒的形象在这一过程中也由最初的"失意者"变成了"寻梦者""游子"，到最后成为"斗士"。杜衡说戴望舒"在无数的歧途中间找到了一条浩浩荡荡的大路，而且这样完成了'为自己制作最合自己脚的鞋子'（《零札》七）的工作"⑤。

在《谈林庚的诗见和"四行诗"》中，戴望舒将新诗定义为形式与内容和时代调和的产物。在这里，戴望舒更强调"诗情"的时代性。在《关于国防诗歌》一文中，作者则直指"诗情"本身，他认为："平心静气地说来，诗中是可能有阶级、反帝、国防或民族的意识情绪的存在的，但我们不能说只有包含这种意识情绪的诗是诗，是被需要的，我们不能说诗一定要包含这

---

① 杜衡. 望舒草·序［M］//戴望舒诗全编. 梁仁，编. 杭州：浙江文艺出版社，1989：53.

② 戴望舒:《诗论零札》［M］//戴望舒诗全编. 梁仁，编. 杭州：浙江文艺出版社，1989：691. 原句为：新诗最重要的是诗情上的 nuance 而不是字句上的 nuance。

③ 戴望舒:《诗论零札》［M］//戴望舒诗全编. 梁仁，编. 杭州：浙江文艺出版社，1989：691.

④ 在戴望舒早期作品《旧锦囊》中的《自家伤感》于 1928 年 8 月发表于《小说月报》第 19 卷第 8 号，收入《我底记忆》（1929 年 4 月上海光华书局初版）时内容未作改动，标题改作《自家感伤》，这既是作者在"诗情的 nuance"上的追求，也是作者现代性的感受的诗意体现。

⑤ 杜衡. 望舒草·序［M］//戴望舒诗全编. 梁仁，编. 杭州：浙江文艺出版社，1989：53.

种情绪，除非我们否定人的思想感情的存在，否定人的存在。"①

　　戴望舒进一步强调说："诗的韵律不应只有浮浅存在。它不应存在于文字的音韵抑扬这表面，而应存在于诗情的抑扬顿挫这内里。"并认同纪德的观点："语词的韵律不应是表面的，矫饰的，只在于铿锵的语言的继承；它应该随着那由一种微妙的起承转合所按拍着的思想的曲线而波动着。"所谓"思想的曲线"就是诗情的曲线，是诗情的自由流淌的痕迹。同时，音乐、绘画、舞蹈、诗都是为了让诗情更加自由生长的手段。发表于1948年的《灾难的岁月》是作者"诗情"充分涌动的表现。《我用残损的手掌》这首诗是诗人用自己的鲜血与深情写成的，它表现的不仅仅是诗人的个人情感和对美好未来的期望，更是诗人高贵的人格。在这首诗中我们"领悟到了更加真实的现实，更加真实的情感，更加真实的生命之火"②。

　　胡适的《蝴蝶》虽然是五言八句，并且在偶数诗句押韵，但无论是他自己还是读者，都不把它当做五言古体诗或五言近体诗（律诗）。除了它的语言更加口语浅白以外，还有什么特质能够使它被认定为"新诗"？这就涉及对"诗意"或"诗歌性"的界定。对于这首浅白的五言新诗"新"在何处，第一个在大学里开设新诗研究课程的废名有很独到的看法：

　　　　我觉得那首《蝴蝶》并不坏，而"枯藤老树昏鸦"未必怎么好。更显明的说一句，《蝴蝶》算得一首新诗，而"枯藤老树"是旧诗的滥调而已。我以为新诗与旧诗的分别尚不在乎白话与不白话，虽然新诗所用的文字应该标明是白话的。旧诗有近乎白话的，然而不能因此就把这些旧诗引为新诗的同调。好比上面所引的那首元人小令，正同一般国画家的山水画一样，是模仿的，没有作者的个性，除了调子而外，我却是看不出好处来。同类的景物描写，在旧诗里尽有佳作，如什么"淡黄杨柳带栖鸦"，什么"古道无人行，秋风动禾黍"，又如有名的"乐游原上清秋节，咸阳古道音尘绝，音尘绝，西风残照，汉家陵阙"，都很好，都不只有调子，里头都有性情。胡适之先生在《谈新诗》一文里，也称引了那首元人小令，说："这是何等具体的写法！"其实像这样的诗正是抽象的写法，因为它只是调子而已。如果因为它近乎白话的原故，把它算做白话诗，算做新诗，则我们的新诗的前途很是黯淡，我们在旧诗面前

①　王文彬，金石.戴望舒全集·散文卷［M］.北京，中国青年出版社，1999：175.
②　李复威，刘勇.雨巷——戴望舒诗歌赏析［M］.北京：中国广播电视出版社，1991：118.

简直抬不起头来。①

胡适这首《蝴蝶》虽然是五言八句，并且在偶数句押韵，它仍然不算是一首五言古体诗。胡适本人把它视为自己比较满意的新诗，胡适的追随者们也毫不怀疑这一点。那么，区别诗歌的"新"与"旧"的标准是什么？废名提出了一个很有意思也很容易产生误解的观点："旧诗的内容是散文的，其诗的价值正因为它是散文的。新诗的内容则要是诗的话，若同旧诗一样是散文的内容，徒徒用白话来写，名之曰新诗，反不成其为诗。"② 那么什么是"散文的内容"，什么是"诗的内容"？废名以《蝴蝶》为例，对他的观点造了阐释：

> 这诗里所含的情感，便不是旧诗里头所有的，作者因了蝴蝶飞，把他的诗的情绪触动起来了，在这一刻以前，他是没有料到他要写这一首诗的，等到他觉得他有一首诗要写，这首诗便不写亦已成功了，因为这个诗的情绪已自己完成，这样便是我所谓诗的内容，新诗所装得下的正是这个内容。若旧诗则不然，旧诗不但装不下这个诗的内容，昔日的诗人也很少有人有这个诗的内容，他们做诗我想同我们写散文一样，是情生文，文生情的，他们写诗自然也有所触发，单把所触发的一点写出来未必能成为一首诗，他们的诗要写出来以后才成其为诗，所以旧诗的内容我称为散文的内容。③

在这里，废名强调《蝴蝶》不是作者刻意写出来的，而是受到一种忽然而至的诗意所激发，语言自然地流淌出来成为看得见的诗篇。虽然是五言八句并在偶数句押韵，但这都是自然形成，脱口而出的。废名认为旧诗的作者虽然也受到某种情景的激发，但要把一点点诗意感受转化为完整的格律诗，则有一个明显的制造过程。唐代以苦吟著称的贾岛（779—843）描述自己锤炼字句之苦之难的诗句"两句三年得，一吟双泪流"，让我们看到诗歌的写作过程之缓慢，写诗之刻意。在胡适那里，诗是一种从生命里面自然流露出来的东西。在贾岛那里，诗是呕心沥血制造出来的。

---

① 废名. 论新诗及其他 [M]. 陈子善，编订. 沈阳：辽宁教育出版社，1998：3.
② 废名. 论新诗及其他 [M]. 陈子善，编订. 沈阳：辽宁教育出版社，1998：4.
③ 废名. 论新诗及其他 [M]. 陈子善，编订. 沈阳：辽宁教育出版社，1998：5.

但这不是说旧诗都是散文的内容。废名举例说："像陈子昂《登幽州台歌》，'前不见古人，后不见来者。念天地之悠悠，独怆然而涕下'，便是旧诗里例外的作品，正因为这首诗是诗的内容。"① 这首诗之所以被废名认为是"诗的"，就在于诗人的情感以自然的方式一气呵成表达出来，诗句的齐整、平仄对仗押韵等完全被忽视。《登幽州台歌》是陈子昂最为人熟知的诗歌作品，可见这些形式方面的缺乏并没有妨碍它的诗歌价值。

相对于形式要求非常严格的五七言律诗，绝句是比较短小自由的，废名对这种形式的诗歌做了有保留的肯定：

> 旧诗五七言绝句也多半是因一事一物的触发而起的情感，这个情感当下便成为完全的诗的，如"木末芙蓉花，山中发红萼，涧户寂无人，纷纷开且落"，又如"窗前明月光，疑是地上霜，举头望明月，低头思故乡"，大约都是，但这些感情都可以用散文来表现，可以铺开成一篇散文，不过不如绝句那样含蓄多致罢了。这个含蓄多致又正是散文的长处。②

废名如此赞扬陶渊明的诗："一首诗便是一篇散文，而诗又写得恰好，若一首新诗的杰作，决不能用散文来改作，虽然新诗并没有什么严格的诗的形式。"③ 这里我们看到了废名的核心论点：散文的内容可以改写为诗的形式，还可以因为表达的含蓄而增加阅读的兴致，但真正的诗绝不可能改写为散文还能保持其诗意。从这个角度来看，废名赞扬胡适在尝试中发现的这一重要文学观念。至于旧诗的参考价值和继承可能，他说："我们新文学的散文也有很光明的前途，旧诗的长处都可以在新散文里发展。"④

废名强调新诗的内容是诗意的，就是要消除这种误解：有些人以为把散文（甚至说话）分行排列即是新诗。废名是在根本不知道俄国形式主义文论的情况下，独立地发现了诗歌和散文的差别，并将其运用到诗歌分析和评价当中去。但是废名对胡适的《蝴蝶》的赞美却与我们的阅读体会有很大的差距，《蝴蝶》最重要的缺陷就是诗意不足。借苏格拉底之口，柏拉图指出："我们必须以别的方式解释虚假判断的由来，而不是把它作为思想对感觉的

① 废名. 论新诗及其他 [M]. 陈子善，编订. 沈阳：辽宁教育出版社，1998：5.
② 废名. 论新诗及其他 [M]. 陈子善，编订. 沈阳：辽宁教育出版社，1998：5.
③ 废名. 论新诗及其他 [M]. 陈子善，编订. 沈阳：辽宁教育出版社，1998：5.
④ 废名. 论新诗及其他 [M]. 陈子善，编订. 沈阳：辽宁教育出版社，1998：5.

误适。"①

早在浪漫主义诗歌发展初期，英国诗人柯勒律治（Samuel Taylor Cole-ridge，1772—1834）就探讨了诗与散文的差异："诗并不恰好和散文相对，而是和科学相对。诗与科学对立，散文与格律对立。科学的正当而直接的目的在于获得真理、传播真理；诗的正当而直接的目的在于给人以直感的愉悦。"②

俄国形式主义文论家也研究了诗与散文的差异，他们认为："作品可能有下述情形：1）即作为散文被创造而被感受为诗，2）即作为诗被创造而被感受为散文。这表明取决于该作品所具诗意的艺术性，乃是我们感受方式所产生的结果；而我们所指的有艺术性的作品，就其狭义而言，乃是指那些用特殊的手法创造出来的作品，而这些手法的目的就是要使作品尽可能被感受为艺术作品。"③

废名则在《新诗问答》④ 中颠覆了"五四"以来以时代来定诗歌之"新"与"旧"的肤浅做法，转而从诗歌表现的内容入手，参以表现形式和手法的考量，判定古诗可以是新的，新诗也可能是旧的。

> 大凡一种新文学，都是这些新文学的作者有一种欲罢不能的势力，然后他们的文学成功，至于他们是有意的或是无意的或者还没有关系，词与小说我想都是如此。这种欲罢不能的势力便成为文学的内容，这个内容每每自然而然的配合了一个形式，相得益彰，于是沛然若决江河莫之能御。说到这里我想把我的话作一个了结，我的重要的话只是这一句：我们的新诗首先要看我们的新诗的内容，形式问题还在其次。旧诗都有旧诗的内容，旧诗的形式都是与其内容适应的，至于文字问题在旧诗系统之下是不成问题的，其运用文字的意识是一致的，一贯下来的，所以

---

① 柏拉图. 泰阿泰德.（196c）[M] //柏拉图全集：第2卷. 王晓朝，译. 北京：人民出版社，2003：730.

② Samuel Taylor Coleridge. Definition of Poetry（1811）. 引自张致祥. 西方引语宝典 [M]. 北京：商务印书馆，2001：114.

③ [俄] 维克托·什克洛夫斯基，等. 俄国形式主义文论选 [M]. 方珊，等，译. 北京：三联书店，1989：16.

④ 废名. 新诗问答. 原载《人间世》第15期（1934年11月5日出版）[M] //废名文集. 止庵，编选. 北京：东方出版社，2000：140 – 146.

我总称之曰旧诗。①

　　所以，他强调说："新诗要别于旧诗而能成立，一定要这个内容是诗的，其文字则要是散文的。旧诗的内容是散文的，其文字则是诗的，不关乎这个诗的文字扩充到白话。"② 他不认为能够从诗的形式上判断新旧，因为"新诗的诗的形式并没有"。但他对于新诗能够成功则抱着极大的信心："我相信我们的时代正是有诗的内容的时代，我们的新诗正应该成功，也必得真有我们的新诗出现，我们的新文学才最有意义"。③

　　纵观戴望舒关于"诗情"的论述，我们可以看到"诗情"是戴望舒自始至终都给予关注的。但不同时期他关注的焦点和表达的方式都有一定的变动。他主张"诗情"说，从多个角度进行论述。这其中从字句的形式方面着眼是其鲜明的特色。这是因为到三十年代初期，白话新诗已经确立了它的统治地位，而初期出于"矫枉过正"的目的对"白话"施加的强调没有得到及时的调整。以至于形式主义（主要是字句的"变异"）成为普遍的追求。郭沫若、蒋光慈（1901—1931）等人浪漫主义的"狂叫"，胡适、刘大白（1880—1932）等现实主义的"直说"，闻一多提倡的格律派而催生的"豆腐干"，象征派中的"纵是文科大学生也将瞠目不解的""神秘"，使大家对新诗普遍失望，一部分人退回去写旧诗，另一部分人则试图绝处求生。戴望舒是后一种。他不断地努力将诗情加以概念化，并把它放在与字词、韵律、结构等对等的语境中加以论述。这样，既保证了"诗情"处于本质的中心地位，但同时又没有将它架空，而是使它显得既立体又形象。

　　在诗歌理论上，戴望舒与法国象征主义既有联系又有区别，他没有简单地照搬西方现有的诗歌理论，而是取其精华，对其进行有节制的改造，这体现了他惯有的独创性。

　　在诗歌的音乐性上，戴望舒《雨巷》的创作成功是受了魏尔伦"音乐高于一切"的影响，这之后他又译了耶麦、保尔·福尔和果尔蒙的诗，并从自己诗作实践中感受到其中独特的音乐——诗歌内在的韵律，从而进入了反

---

　　① 废名.新诗问答.原载《人间世》第15期（1934年11月5日出版）［M］//废名文集.止庵，编选.北京：东方出版社，2000：144.

　　② 废名.新诗问答.原载《人间世》第15期（1934年11月5日出版）［M］//废名文集.止庵，编选.北京：东方出版社，2000：145.

　　③ 废名.新诗问答.原载《人间世》第15期（1934年11月5日出版）［M］//废名文集.止庵，编选.北京：东方出版社，2000：145.

"音乐高于一切"的时期，提出"诗不能借重音乐，它应该去了音乐的成分"。去掉外的音律与节奏的束缚，更加注重诗歌内在的情绪节奏和韵律，是诗人制作的"最合自己脚的鞋子"："倘把诗的情绪去适应呆滞的、表面的旧规律，就和把自己的足去穿别人的鞋子一样。愚劣的人们削足适履。比较聪明一点的人选择较合脚的鞋子，但是智者却为自己制最合自己的脚的鞋子。"这样也就获得了诗的音乐美，"即使是无韵诗，但是读者会觉得每一篇中都有着极具个性的音乐"①。在艺术和生活的关系上，象征主义诗人大多有自己独特的见解。波德莱尔说："凭想象和他的敏感可以看出不同事物的互相感应。"② 他说："再现任何存在的事物都是没有好处的、讨人厌的，因为没有一个存在的东西能使我满意。自然是丑恶的，我宁可要我幻想的怪物。"③ 忠实地再现事物对波德莱尔来说是毫无意义的，《契合》就是他这一思想的艺术体现。马拉美在想象的基础上走得更远，他走到了梦里，到那里去寻找自己的精神世界和梦的家园，《牧神的午后》以希腊神话为梦的源泉为我们带来了一首梦的清歌。

戴望舒对波德莱尔的"契合"的观点心领神会，他不仅翻译了波德莱尔的《契合》，还在《诗论零札》中指出："诗不是某一个感官的享乐，而是全感官或超感官的东西。"④ "全官感或超官感"，就是波德莱尔所说的人和自然之间的"契合"，一切事物，诸如颜色、香味、形状等等互相交叉，渗透而融为一体。这便是诗的真正创造："诗本身就像一个生物，不是无生物。"《诗论》可说完全把握住了法国象征诗这一核心理论。

马拉美说过："诗写出来原是叫人一点点地去猜想，这就是暗示，即梦幻"。⑤ 这也是戴望舒梦寐以求的，因为诗对于戴望舒是"另外一种人生，一种不敢轻易公开于俗世的，它也是戴氏诗作所梦寐以求的。诗对他来说，就是一个不轻易公开于俗世的生。……偷偷地写着，秘不示人，……也不愿对方当面高声朗读"⑥，他诗作的创作"动机在于表现自己和隐藏自己之间"⑦。

---

① 施蛰存. 戴望舒译诗集 [M]. 长沙：湖南人民出版社，1983：31.

② 刘自强. 波特莱尔的相应说 [J]. 外国文学研究，1979（4）：92.

③ ［法］波德莱尔. 一八八五年的沙龙 [M] //伍蠡甫. 西方文论选：下册. 上海：上海译文出版社，1979：231.

④ 戴望舒. 诗论零札 [M] //戴望舒诗全编. 梁仁，编. 杭州：浙江文艺出版社，1989：692.

⑤ ［法］马拉美. 关于文学的发展 [M] //伍蠡甫. 西方文论选：下册. 上海：上海译文出版社，1979：262.

⑥ 杜衡. 望舒草·序 [M] //戴望舒诗全编. 梁仁，编. 杭州：浙江文艺出版社，1989：50.

⑦ 杜衡. 望舒草·序 [M] //戴望舒诗全编. 梁仁，编. 杭州：浙江文艺出版社，1989：50.

因此，《诗论》明确指出："诗应当将自己的情绪表现出来。"这种表现不是现实描摹，而是像杜衡所说的，"一个人在梦里泄漏自己的潜意识，在诗里泄漏隐秘的灵魂，然而也只是象梦一般朦胧的"①。可见，建立在诗的终极目标之上的暗示说，即是魏尔伦所描述的"象面纱后面明媚的双眼"这样的梦幻般的诗境。

戴望舒对于法国象征诗派的理论，有接受，但也有自己的观点。因为以上两位法国诗人所追求的逃离黑暗现实的世界，在自我的世界中追寻完美的观点，固然有其积极的一面，但与现实的刻意隔断却也造成了诗意的神秘难解。戴望舒意识到了这一点，他在接受"契合"观点时，也提出了自己的看法："诗是由真实经过想象而出来的，不单是真实，亦不单是想象"。他认为脱离现实的创作"往往成为一种不真切，好像纸糊的东西"②。戴望舒的诗歌或源于爱情的痛苦，或源于对黑暗现实的失望，都是他自己的现实生活的真实体验。他所选择的意象也多来自具体可感的现实生活，如雨巷、丁香、残花、秋蝇、蝴蝶等。戴望舒也写梦，如《寻梦者》、《秋天的梦》和《妾薄命》，甚至《雨巷》也有梦的成分。这些写梦境的诗都既有真实的成分，又具有象征的意味。德国学者苏珊娜·贝尔纳认为：戴望舒"和象征派相反，戴对现实既不抹杀也不扬弃，超越而不否认。他总是在梦幻与现实间往返，绝不顾此失彼"③。

如果我们把目光转向波德莱尔、魏尔伦、马拉美、瓦雷里这些法国象征主义诗人，就会注意到他们也是既有在诗歌写作实践方面的积极探索，也有对诗歌写作的理论思考。他们写出来的是更加深入、细致、缜密、条理连贯、绵长的论文。这种写法当然是西方诗歌理论传统的现代延续，也是因为这些诗人具有强劲的逻辑思考能力与深厚的诗歌理论修养。戴望舒所做的诗歌理论反思，延续的是中国的诗学传统，通过不成系统的片言只语来表达宝贵的创作经验和理论升华。在这些片段性思考中，有许多智慧的亮点。但是，我们没有将其组织成系统的理论思考。这就像一盘珍珠，光彩夺目，但是如果不把它们编织成项链，则珍珠的价值无法得到更高程度的体现。一般的中国诗学研究者都把王国维的《人间词话》视为中国传统诗话的集大成之作。但是，它无法达到亚里士多德《诗学》那样的广度和深度，因为对观点的含混

---

① 杜衡．望舒草·序［M］//戴望舒诗全编．梁仁，编．杭州：浙江文艺出版社，1989：50.

② 戴望舒．一点意见［J］．北斗，1932（2）：1.

③ ［德］苏珊娜·贝尔纳．生活的梦［J］．读书，1982（7）：76.

而简洁的表达，使读者不能完全把握作者的真实思想，就连研究者的阐释也带有不同程度的猜测成分。如果把戴望舒的片段性《诗论零札》与同时代梁宗岱的系统性《象征主义》比较，我们发现后者给我们更多的思想启迪和灵感激发。

但是，所有人都是生活在一个具体的时代，受到其所处时代各种因素的影响和限制。如果以"理解之同情"（陈寅恪语）来看问题，我们还是要承认戴望舒诗论的价值。尽管文字不多，不成系统，但戴望舒诗论是其诗歌艺术的升华，他以自己的创作经验给中国新诗的发展做了一个比较深刻的总结。其中既有对中国古典诗歌的古为今用，也有对法国象征主义诗歌的洋为中用。作者站在古今、中外的角度上，客观地分析取舍，推动了中国新诗作者的自我反省，也促进了新诗创作的自觉意识。

第七章
现代性在戴望舒爱情的诗歌中的体现

"爱情是人类精神的一种最深沉的冲动，是人类生存的一种很崇高的感情形式，它随着人类的成长而成长，逐步充实，逐步圆满，成为人类幸福的主要组成部分之一。"① 爱是个体自我实现、自我升华的必由之路。爱是一种行动，促使人走出封闭的自我，在似乎放弃自我的同时，获得了自我的完善和升华。西班牙哲学家奥尔特加·加赛特（Jose Ortega y Gasset，1883—1955）指出："爱是灵魂所做的一种永恒不变的离心运动——它流向某一物体，然后紧紧地把它包围住。这种运动使人们与其所恋情的对象联系在一起，并真正感到它的存在。"②

保加利亚学者瓦西列夫（Kiril Vasilev，1918—2014）指出："爱情是作为男女关系上的一种特殊的审美感而发展起来的。爱情创造了美，使人对美的领悟能力敏锐起来，促进对世界的艺术化认识。"③ 诗人比一般人更加敏感，他们自身的爱情体验常常被转化为诗歌写作。因此，爱情很自然地成为文学创作中最重要的题材，许多诗歌直接表现爱的喜悦、痛苦、伤感。爱情诗的写作成为文学中的一个重要传统。

从浪漫主义以来，爱情诗常常占据了很重要的位置。作为中国现代诗人，戴望舒的诗歌创作活动，既横向地与学习西方诗歌发生密切联系，又纵向地受到中国古典诗歌的潜移默化的影响。这使他的诗歌既表现了"五四"以后中国文化人的现代感受，又不自觉地流露出了一些古典文人的趣味。因此，要深入细致地理解戴望舒的爱情诗，我们需要对这两方面做一番梳理。

---

① 张华. 爱情自由的历程——鲁迅、胡适、郁达夫、徐志摩的爱情婚姻与家庭［M］. 西安：陕西人民出版社，1993：1.

② 转引自莫尔顿·亨特. 情爱自然史［M］. 赵跃，李建光，译. 北京：作家出版社，1988：3.

③ ［保］基·瓦西列夫. 情爱论［M］. 赵永穆，范国恩，陈行慧，译. 北京：三联书店，1984：33.

第一节　中国古代的爱情与爱情诗

朱自清指出："中国缺少情诗，回忆有的只是'忆内''寄内'，或曲喻隐指之作；坦率的告白恋爱绝少。为爱情而歌咏爱情的更是没有。"① 这个判断完全符合中国文学史的实际情况。

文化的目标是将"自然人"改造成基于自然，但高于自然的"文化人"。"中国人同世界上其他古老的民族一样，将春天认定为体现着宇宙化生万物的生命力量的季节，即使是重典的周礼意义上的婚姻结合，一般也选择于春天进行——《关雎》篇中的'荇菜'，《桃夭》篇中的'桃夭'，都是春天景物的有力明示。"② 因此，这一类作品表现的是对人的自然欲望的文化规训。在《关雎》一诗中，明确说明是"君子"在思慕"淑女"，二者都生活在上层社会和主流文化之中。"君子"对"淑女"虽然爱慕到"寤寐思服""辗转反侧"的地步，但他没有像野蛮部落里的人那样使用暴力去抢婚，或者鲁莽地前去求爱，而是默默地承受着"求之不得"的焦虑和痛苦。他反复地说：水中的荇菜可以随意采摘，但是对于心爱的姑娘他只能够"琴瑟友之""钟鼓乐之"，以博得其欢心。琴瑟、钟鼓都是文化产品，属于上层贵族的文化享受。"君子"要以演奏这些乐器的方式来向"淑女"表明自己的社会价值和文化品位，这样的举动显示了他对于女方的高度尊重。在这首诗里，处于极度热恋中的"君子"既没有放任自己的激情，也没有压抑自己的渴望，而是以高度的自我克制，将其热烈的感情导入文化的规范，使其合理合情地表现出来。这种理性与情感的平衡状态正是文化改造自然的最理想境界。从这个角度来看，《国风》中的《汉广》、《秦风》中的《蒹葭》、《陈风》中的《东门之池》和《月出》等表现"君子"之爱慕的诗歌，都有共同的特点：感情炽烈而有节制，毫无放肆之言语和举动。

至于写"淑女"之恋慕的诗歌，如《陈风》中的《泽陂》，其最典型的行为是"寤寐无为"，加上"涕泗滂沱"、"中心悁悁"和"辗转伏枕"。"淑

---

① 朱自清. 导言［M］//朱自清. 中国新文学大系第八集·诗集. 上海：良友图书印刷公司，1935：4.
② 李山. 诗经的文化精神［M］. 北京：东方出版社，1997：139.

女"爱得很深沉，对方是否知道她的这份爱，读者不得而知。但我们却可以看到热恋中的她表现得非常被动，几乎是无望地独自咀嚼着爱而不得的焦虑和孤独。爱情需要男女双方的相互呼唤、彼此凝视和心灵回应。虽然在很多情况下都是男子采取主动，但也没有任何理由规定女子只能是消极等待。从这首诗来看，女子已经是属于被过度规训而丧失了起码的行动能力，只能眼睁睁地看着自己的热恋演变成没有结果的苦苦单恋。当然，这也不是中国古代文化的特有问题。在前现代的所有文明社会里，主流文化都在塑造和赞美在情感生活中表现得被动的良家女子，视其为理想的女性。

那些被现代研究者们高度赞美的表现率性、自然的男女欢爱的诗篇，基本上都是产生于远离周朝政治中心、文化规训的过程尚未完成的地区，如郑、卫等国。《郑风》中的《风雨》写的是在一个风雨如晦、群鸡惊噪的日子里，一个女子在家里感到无比孤闷。忽然，她的情人来和她相会。女子心情一下子变得非常激动，兴奋之情溢于言表："既见君子，云胡不夷！""既见君子，云胡不瘳！""既见君子，云胡不喜！"如果把她与《泽陂》中的女子相比，就可以看见这位郑国的女子表现得相当率性和自然，几乎看不见她受到礼制约束而主动地节制感情。虽然她也还是在等所爱的人登门相会而不是自己找上门去。

有人过度夸大这种尚带有质朴自然特点的恋爱说："周礼的婚礼安排只是一种形式上对生命观念的服从，它诸多限制性的内涵却有着相反的意义；而发生于同样时节的自由野性的婚恋，才是真正意义上的对这天地精神的遵从。"① 甚至夸张地认为："野性的婚恋习俗本根于生育的希求，但是，从表现着这种生活习俗的诗歌中可以清楚地感到，这种习俗已经不再停留于它原初的意义上，它像营养着生命的空气一样，培育着生活的情态，塑造着生命的精神。"②

《郑风》中的《溱洧》在古代被道学家批为"淫邪"，却又被现代研究者赞美为古代自由恋爱的范本。我们且看原诗：

> 溱与洧，方涣涣兮。士与女，方秉蕑兮。女曰："观乎？"士曰："既且。""且往观乎？洧之外，洵訏且乐。"维士与女，伊其相谑，赠之以勺药。

---

① 李山. 诗经的文化精神［M］. 北京：东方出版社，1997：139.
② 李山. 诗经的文化精神［M］. 北京：东方出版社，1997：138.

溱与洧，浏其清矣。士与女，殷其盈矣。女曰："观乎？"士曰："既且。""且往观乎？洧之外，洵訏且乐。"维士与女，伊其将谑，赠之以勺药。

这首诗描写的是三月三日上巳节，郑国的青年人都到河边去游玩，并趁机选择佳偶。作者着重描写了其中一对男女的对话和动作：女子主动邀约男子同去游春，男子也很爽快地答应了。他们互相打趣，毫不拘谨，且以盛开的芍药花来互赠。在春光明媚的时节，和风轻拂，流水汤汤，绿草如茵，群芳绚烂。这一对恋人享受着春天的快乐和轻松，自然质朴地体验着爱情。郑国虽然远离西周的政治和文化中心镐京，但终究是王化之地，正处于被礼制规训的过程之中。因此，这首诗中恋爱的女子主动但不放肆，男士热情而不粗野。他们的"自然"并非是原始人的粗朴，而是文明社会被文化改造以后的节制。

明乎此，我们才能理解孔子对《诗经》的总体评价："一言以蔽之，曰：思无邪。"（《论语·为政第二》）但《论语》里明确地记载了孔子对"郑声"的排斥和厌恶："放郑声，远佞人，郑声淫，佞人殆。"（《论语·卫灵公第十五》）及"恶郑声之乱雅乐也"（《论语·阳货第十七》）的话。那么如何理解孔子的矛盾态度呢？陆侃如、冯沅君指出："《郑风》向以淫称，其实淫非淫奔之谓，而且淫的是声不是诗。不过，《郑风》中多言情诗，却也是事实。其中可分三类：一种是用女子口吻的，一种是用男子口吻的，一种是男女互相赠答的。"[1] 在他们看来，"这些风谣在当时乐章中为后进，所以一方面为喜新者所欢迎，一方面为守旧者所排斥"[2]。《白虎通义》卷二《礼乐》也说："乐尚雅，雅者古正也，所以远郑声也。"[3]

虽然有人以孔子删减过《诗经》为由而责难其思想保守，但被后世道学家激烈批判为"淫邪"的诸多诗篇被保留下来的事实，让我们看见孔子本人并不是一个思想偏狭、不近人情的思想家。

随着周礼在全国范围内的推广，自由恋爱渐渐绝迹。社交限制严密，清

---

① 陆侃如，冯沅君. 中国诗史［M］. 天津：百花文艺出版社，1999：55.
② 陆侃如，冯沅君. 中国诗史［M］. 天津：百花文艺出版社，1999：15.
③ 这就像1980年代初期，当柔和、惆怅、忧伤的邓丽君歌曲开始在大陆流行时，那些唱了几十年慷慨激昂的"革命歌曲"的中老年人根本不能接受这种"靡靡之音"，甚至很多"先进"的年轻人也排斥这种不能催人奋进，只能"瓦解革命斗志"的歌曲。官方将其视为"精神污"予以取缔和禁止，但邓丽君的歌曲却在地下广泛流传。

规戒律繁多，年轻男女自由交往的可能性基本上不复存在。

有学者指出：

> 古代的婚姻，是基本上排除了婚姻当事者的意志而由父母尊长及其他人包办的婚姻。在古人看来，婚姻的目的是"合二姓之好，上以事宗庙，下以继后世"。即为了两个家族结交和传宗接代，而非男女当事人的爱情。包办婚姻很早就已产生，反映西周社会《诗经·齐风·南山》说：娶妻"必告父母"和"匪媒不得"，只有父母同意，再经媒人联络，才能成婚，当事人难以做主，否则，为社会所不容。战国时《孟子·滕文公》记载：如果婚姻不待父母之命，媒妁之言，男女私下相从，则被父母和国人都看不起。所以，包办婚姻概括起来，就是"父母之命，媒妁之言"。这种情形直到清朝也是如此。①
>
> 古代婚姻从议亲到成婚的整个过程，基本上都是媒人代表主婚人进行的，婚姻当事人不能表达自己的意愿，只得由家长和媒人包办。很多婚姻当事人在结婚以前，甚至从来没有见过面，这种情形在宋以后因受礼教影响而更普遍了。②

在这样一个社会环境下，成年男女之间关系的确立往往以婚姻为目的，并在婚内形成事实关系，而根本无需预先考虑二人的精神是否能够契合。因此，儒家礼教就把夫妇之间的互敬互爱、互谅互让作为家庭理想来大力宣传。钱穆将这种被扭曲的男女关系理想化，说："中国人则不尚男女之爱，而特重夫妇之爱，由夫妇乃有家庭，有父母子女，由此再推及于宗族亲戚邻里乡党，而又推之全社会，全人类，皆本此一心之爱。此爱在己，但不轻易发之。故未成年人，则戒其言爱。务由父母之命，媒妁之言，慎重选择。所爱既定，则此心当郑重对之，死生不变。此心之情感，实即吾生命之所系。"③事实上，婚前的男女之爱可以延续和转化为婚后的夫妇之爱，而没有感情基础的婚姻，使夫妇关系变成了无可选择、被迫接受的事实。在道德和舆论强大的压力下，双方安分度日，生儿育女，白头偕老，但未必能普遍产生源于精神层面和心灵深处的爱情。真正的道德是建立在个体的自由意志的基础上，正

---

① 常建华. 婚姻内外的古代女性 [M]. 北京：中华书局，2006：2-3.
② 常建华. 婚姻内外的古代女性 [M]. 北京：中华书局，2006：6.
③ 钱穆. 中国文学论丛 [M]. 北京：三联书店，2002：190.

如孔子所说："为仁由己。"（《论语·颜渊第十二》）孟子也将高贵的品性视为个人主动努力培养的结果："我善养吾浩然之气。"（《孟子·公孙丑上》）因此，以社会的严密防范和严厉惩罚来迫使个体具有某些美德，并不能造成真正的美德，反而会普遍地鼓励虚伪和残忍。

以此事实与西方相比，我们会发现："中国人言好恶，即如言爱恶。此好字所指极广泛，爱字亦然。而西方人言恋爱，则专指男女异性之爱言。中国人重言情，而在此异性恋爱方面则似颇不重视。"①

中西方爱情偏重点的不同，表现在文学上，其差异就非常明显："西方文学最喜言男女恋爱，中国文学则多言夫妇之爱。"②"西方诗人在追求女性时很热情，富于幻想，常常把她们比作天使、女神、明亮的星星、皎洁的月亮、灿烂的太阳等。我国则没有婚前的追求，因此没有西洋那样的诗篇。我国的爱情诗多数是写爱情的回忆，例如男女离别后的思念，或一方去世后的悼亡。这种诗不像西方婚前爱慕的诗那样热烈和充满幻想，但感情很深，真挚而动人。"③

现代意义上的爱情发生的基础是男女双方的自由选择和婚姻制度规定的一夫一妻制。汉代以后，礼教日益严酷，"男尊女卑"的不平等观念被广泛接受，"男女授受不亲"的极端思想成为全社会的共识。婚前恋爱的社会条件基本上不存在了。因此，"在古代社会和封建社会，虽然出现过青年男女争取爱情自由的动人事例，如我们在《诗经》，乐府和唐代传奇等文艺作品中所看见的；但总的说来，在剥削制度和私有制度下，在专制制度和封建礼教束缚下，既没有男女平等，也没有爱情自由，以当事人的相互爱慕构成基础的婚姻，只是在浪漫事迹中，在被压迫阶级中，才时有所见，而在统治阶级中是没有或几乎没有的。"④

既然没有地方让他们可以相对自由地邂逅和交往那些美丽、聪慧、多情的女子，《诗经》中所描绘的那种"发乎情，止乎礼义"的爱情，也都已经成为遥远的美好图景，那么饱读诗书，具有较高文化水平的读书人，对理想爱情的渴望就只能畸形地从婚姻家庭被挤向青楼道观，因为只有这些地方的女子既不是良家女儿，也不是名门闺秀。在注重门第，看重婚姻的礼教社会，

---

① 钱穆. 中国文学论丛 ［M］. 北京：三联书店，2002：229.
② 钱穆. 中国文学论丛 ［M］. 北京：三联书店，2002：191.
③ 丰华瞻. 中西诗歌比较 ［M］. 北京：三联书店，1987：25.
④ 张华. 爱情自由的历程——鲁迅、胡适、郁达夫、徐志摩的爱情婚姻与家庭 ［M］. 西安：陕西人民出版社，1993：1－2.

才子佳人的爱情注定难以修成正果。因此，即使在欢会之时，双方都因为强烈的悲剧预感而体会到令人窒息的压抑和沉重，少有自由男女热恋之时的轻快、炽热和忘我。这些不为主流社会认可的爱情大都以悲剧告终，当事女子常常非正常死亡，给当事男子留下难以磨灭的记忆和无法平复的痛苦。因此，在从汉代到清末的为数不多的爱情诗中，其基调是感伤、凄苦、郁闷、纠结的。

中国古代最杰出的爱情诗人是李商隐和黄景仁（1749—1783）。他们都在政治上郁郁不得志，在爱情上有相遇而无结果。他们的爱情诗"感情真挚深厚，都是着眼于人物内心世界的刻画，而不像香奁体那样去写人物的服饰外貌，也不像西昆体那样单纯堆砌典故，缺乏真实的感情"①。

李商隐首创了"无题诗"，而这类诗也基本上是写其不便直言的爱情，因为他所恋慕的是歌伎、女冠之类，前者无足道，后者不敢道。他的20多首"无题诗"主题都是爱情生活中的悲剧性相思，表现了在极度压抑的情况下，难以舒展的愁怀，而又"剪不断，理还乱"，"别是一般滋味在心头"，描绘了爱情当事人内心深处的思念、追求和别离的痛苦、失望，以至绝望等复杂的思想感情。李商隐的爱情诗"表现形式或写景，或用典，或回忆，或直抒胸臆，极丰富多样。爱与怨，悲与喜，希望与失望，交织篇中，感情缠绵悱恻，带着浓厚的咏叹情调，读来荡气回肠，扣人心弦"②。

我们以《无题四首》为例来看李商隐的爱情诗。第一首一开始就是诗人无法抑制的沉重叹息："来是空言去绝踪"，而"月斜楼上五更钟"的凄清和寒意又加重了抒情主人公的寂寞孤独和别绪愁思。孤灯夜长，辗转无眠，诗人心烦意乱，意识又格外活跃，难忘的过去转化成了痛苦的回忆和焦急的思虑，却只能更加激发诗人无法掌握自己命运的无奈和感伤："刘郎已恨蓬山远，更隔蓬山一万重。"全诗以悲叹起，以悲叹结，悲叹之深，悠然无尽。

在第二首中，诗人借一位深锁幽闺的女子之口，倾吐了追求爱情的赤诚和结合无望的痛苦。尾联迸发出内心的郁积与幽愤："春心莫共花争发，一寸相思　寸灰。"这是痛苦的呼喊、幻灭的悲哀、孤寂的凄伤和强烈的激愤。在强大的社会压力之下，个体所做的抗争不仅无法改变现状，而且常常导致抗争者的生存处境恶化：一方面是他（她）再也无法回到浑然无知的状态来重建所谓的与社会的"和谐"，另一方面是社会将其视为"异类"而予以排

---

① 王思宇. 恋情诗［M］. 北京：人民文学出版社，1989：4.

② 王思宇. 恋情诗［M］. 北京：人民文学出版社，1989：151，注释1.

斥和压迫。在排斥自由爱情的礼教社会里，产生了爱情的个人不仅不能被爱情激发以提升生命的境界，反而要付出自我毁灭的沉重代价。这就是李商隐的惨痛经验。

李商隐的无题诗几乎全是痛苦的恋歌。诗人对失意的爱情有着特别深切的体验，而当他在诗歌中抒写这种失意的爱情时，又融入了时世之忧伤，诗中所表达的那种深挚的相思苦痛，至死方休的精诚追求，尤其是"春蚕到死丝方尽，蜡炬成灰泪始干"这样生死不渝的绵绵情思，与其说是诗人爱情心理的写照，毋宁说是诗人一生信念的表白。他把爱情的悲吟与人生的感怀融成一片，从相思的苦痛中透出时代苦闷的心声，为他所处的社会唱了一曲悲怆的挽歌，也深刻地影响了后世中国诗人的爱情诗歌写作。

黄景仁诗集中最引人注意的是情诗，尤其是与那些与李商隐的"无题诗"风格接近的作品，如《感旧四首》《绮怀十六首》。后世读者对诗人的恋爱对象到底是谁有各种猜测。郁达夫甚至写了凄美动人的《采石矶》，试图在想象中还原那一段影响诗人短短一生的爱情。诗人永远无法忘却当时那一点点的真纯和美丽："记得酒阑人散后，共搴珠箔数春星。"（《绮怀十六首》之二）我们唯一可以肯定的是，黄景仁与李商隐一样都是那种"不可能的爱情"（l'amour impossible）的当事人。双方不由自主地生发了爱情，但却都深知结合是毫无希望的。因此，他们即使是在热恋之时，也深深地感到压抑和绝望。"没有热恋中的焦渴，也没有密约时的欢愉，在仲则的情诗中，只有刻骨铭心而又无望的相思。"① 多情自古伤离别，但"不可能的爱情"当事人却必须承受永远分离，此生不能再相会的锥心之痛："从此飘蓬十年后，可能重对旧梨涡。"其实，当日在意中人走入屏风后的闺房之时，诗人就预感到了永诀："何须更说蓬山远，一角屏山便不逢。"（《绮怀十六首》之十四）此后诗人为功名和生活而远游，生命在无望的相思中渐渐烧成灰烬："检点相思灰一寸，抛离密约锦千重。"（《绮怀十六首》之七）曾经的爱情成为此后生命中无法痊愈的伤痛："心如莲子常含苦，愁似春蚕未断丝。"（《秋夕》）即使诗人甘愿放下一切，重回故地寻访爱人，却只能绝望地发现一切努力只是徒劳。短短几年，便物是人非，恍若隔世："别后相思空一水，重来回首已三生。"（《感旧四首》之二）

黄景仁爱情诗的"最大特点是着力描写人物的心灵，常常通过一些典型细节，揭示人物的内心世界，很少写容貌衣饰，而其人之美丽自然显现，更

---

① 黄景仁. 黄仲则诗选［M］. 止水，选注. 香港：三联书店，1981：9 – 10.

不去写低级庸俗的声色之娱，格调甚高。所写多是悲剧性的恋情，感情真挚深沉，强调低回婉转，极往复唱叹之致"①。诗人将视野拓宽到两千多年以来的中国社会，发现自己的爱情悲剧并非个案和特例，而是礼教社会的千古同悲："自古同心终不解，罗浮冢树至今哀。"（《感旧杂诗》之四）

因此，李商隐、黄景仁爱情诗歌中的悲剧感、无奈感、焦虑感，源于强大的礼教社会对敢于挑战共同体道德规条的个人的毁灭性压力。凡是自我意识觉醒而不再甘愿消灭自我的个人都会清醒地感受到这种压力，因为被上升到"天理"高度的道德教条容不得任何一点个人自由，也决不允许个体追求自己的生命价值。"天理"在否定"人欲"的同时，就已经排除了被贬为"邪情私欲"的个人爱情。爱情问题凸显的是个人与群体的冲突，无怪乎这些痛苦的爱情诗引起了读者的广泛共鸣。

第二节 西方的爱情观与爱情诗

古希腊人是世界历史上最早深入细致地对"爱"这种神秘而又具体的人生体验进行学理思考的民族。他们将"爱"细分为四种：

第一种是激情的爱（éros）。它发自情欲、迷恋和性的吸引，是男人对女人的出自情欲的爱。

第二种是深情的爱（storge）。它发自感情，是与生俱来的家庭之爱，即父母与子女之间的爱，是发乎自然的感情。

第三种是亲情、珍重的爱（phileo，philo）。它是浓厚、热烈且温暖的感情。人有这种感情，心中便充满温馨、亲切、珍贵、真正去爱与被爱的意识。这种充满珍贵感情的爱，常流露在心中挚爱的人身上。

第四种是神圣的爱（agapè）。它是祝福的爱，显出仁爱、慈悲和尊敬。它发自意志、推理和自愿。它是无私和牺牲的爱，去关怀和捐助，不管别人如何反应和对待自己，总替别人着想。《新约》中基督说"要爱你的仇敌"（《马太福音》5：44；《路加福音》6：27，35），用的就是这个字。②

柏拉图的《会饮篇》为我们呈现了一场以"爱"为主题的学术讨论会。古希腊人思维方式的一个显著特点是将抽象事物具象化或拟人化。因此，

---

① 王思宇. 恋情诗［M］. 北京：人民文学出版社，1989：200，注释1.
② 圣经大纲与讲义（新约）：第2册［M］. 简体字版. 香港：洪恩出版社，2007：106.

"爱"就被具体表现为"爱神"。喜剧作家阿里斯托芬（Aristophanes，前446—前386）指出：

> 我确信人类从来没有认识到爱的力量，如果我们真的知道什么是爱，那么我们肯定会替爱神建起最庄严的庙宇，筑起最美丽的祭坛，举行最隆重的祭仪。而实际上我们直到现在都还没有这样做，这就说明我们把爱神完全忽略了。然而，爱神在一切神祇中最有资格得到我们的献祭，他比其他神祇更是人类的朋友。他援助人类，替我们治病，为我们开辟通往最高幸福的道路。因此，先生们，我要尽力使你们明白爱的威力，而你们明白以后也可以向别人传授。①

阿里斯托芬提出了一种有趣的拟想："最初的人是球形的，有着圆圆的背和两侧，有四条胳膊和四条腿，有两张一模一样的脸孔，圆圆的脖子上顶着一个圆圆的头，两张脸分别朝着前后不同的方向，还有四个耳朵，一对生殖器，其他身体各组成部分的数目也都加倍。"② 因为"圆人"的强大对于神祇构成了威胁，宙斯便将其一分为二，每个人都是少了一半的人，因此他们一旦意识到自己的缺憾，就渴望着找到自己的另一半。"他们奔跑着来到一起，互相用胳膊搂着对方的脖子，不肯分开。他们什么都不想吃，也什么都不想做，因为他们不愿离开自己的另一半。"③ 所以，"我们本来是完整的，而我们现在正在企盼和追随这种原初的完整性，这就是所谓的爱情"④。他由此得出了结论："我想说的是全体人类，包括所有男人和女人，全体人类的幸福只有一条路，这就是实现爱情，通过找到自己的伴侣来医治我们被分割了的本性。如果这是一条完善的建议，那么在当前环境下我们必须做的就是把我们的爱给予和我们情投意合的人。"⑤

阿里斯托芬的观点大概是人人都能接受的。但苏格拉底并不满足于这种把"爱"局限于形而下层次的探讨。他指出："爱是对美的事物的爱，"⑥

---

① 柏拉图.会饮篇［M］//柏拉图全集.王晓朝，译.北京：人民出版社，2003：226.
② 柏拉图.会饮篇［M］//柏拉图全集.王晓朝，译.北京：人民出版社，2003：227.
③ 柏拉图.会饮篇［M］//柏拉图全集.王晓朝，译.北京：人民出版社，2003：228.
④ 柏拉图.会饮篇［M］//柏拉图全集.王晓朝，译.北京：人民出版社，2003：230.
⑤ 柏拉图.会饮篇［M］//柏拉图全集.王晓朝，译.北京：人民出版社，2003：231.
⑥ 柏拉图.会饮篇［M］//柏拉图全集.王晓朝，译.北京：人民出版社，2003：246.

"爱是对不朽的期盼"①。爱之情必然要表现为行动，而"爱的行为就是孕育美，既在身体中，又在灵魂中"②。爱的行为引导个人在精神境界上一步步上升，最终达到对终极的启示，即对永恒真理的认识："这是他被引导或接近和进入爱的圣地的惟一道路。从个别自然美开始探求一般的美，他一定能找到登天之路，一步步上升——也就是说，从有一个美的形体到两个美的形体，从两个美的形体到所有美的形体，从形体之美到体制之美，从体制之美到知识之美，最后再从知识之美进到仅以美本身为对象的那种学问，最终明白什么是美。"③ 对美的真正认识促使个人追求具有真正的美德，而这种追求必然引导个体生命的升华："当人们通过使美本身成为可见的而看到美本身的时候，人们才会加速据有真正的美德，而不是那些虚假的美德，使之加速的是美德本身，而不是与美德相似的东西。"④ 美德则使个体的有限生命获得了神性与永恒："当他在心中哺育了这种完善的美德，他将被称作神的朋友，如果说有凡人能够得到不朽，那么只有像他这样的人才可以获得。"⑤

爱情引导个体生命升华的观点在西方影响深远，比如比利时象征主义作家梅特林克的观点：

> 对于一个真心实意地去爱的人来说，他在爱他人、爱世界的同时肯定也会使自己日益地改进和完善，而这种改进和完善主要表现在他越来越聪慧、越来越睿智。任何人，从他尝试着去爱的那一刻起，他的灵魂就开始趋于清明，他的心智就开始趋于健全。只要你的内心永远熊熊燃烧着爱的火焰，你的气质就会愈来愈高贵，你的灵魂就会愈来愈纯洁。爱是滋润智慧之花的养料；智慧则是浇灌爱人之心的甘露；爱与智慧，永远都是携手而来。⑥

尽管古希腊的哲人们对爱情做了高度理想化的论述，但两性关系并没有因此得到实质的提升。历史学家指出：

---

① 柏拉图. 会饮篇［M］//柏拉图全集. 王晓朝，译. 北京：人民出版社，2003：249.
② 柏拉图. 会饮篇［M］//柏拉图全集. 王晓朝，译. 北京：人民出版社，2003：249.
③ 柏拉图. 会饮篇［M］//柏拉图全集. 王晓朝，译. 北京：人民出版社，2003：254.
④ 柏拉图. 会饮篇［M］//柏拉图全集. 王晓朝，译. 北京：人民出版社，2003：255.
⑤ 柏拉图. 会饮篇［M］//柏拉图全集. 王晓朝，译. 北京：人民出版社，2003：255.
⑥ ［比］梅特林克. 爱是滋润智慧之花的养料［M］//智慧的力量——完美人生的幸福配方. 北京：中国档案出版社，2001：64 - 65.

古希腊人……发明了爱，但是既没有把它同婚姻联系在一起，也没有赋予它真正的道德价值。因此不可能解决他们面临的种种疑难。他们要不把爱当作一种感官享乐，结果得到的是昙花一现的快活，要不就把爱看作上帝赐给人的烦恼，恨不得尽早摆脱它。他们渴望在爱情中得到灵感，却仅仅在未成年的男子身上找到短暂的寄托，他们渴望得到女人的爱情。但只能在烟花女子的怀抱中找到安慰。①

罗马帝国接受并延续了希腊的哲学、文学和艺术传统。但在两性关系的问题上，罗马社会甚至比希腊时代更加堕落：

罗马时代的爱情通常被人们看作一场开心的游戏。
……
罗马人的爱情生活荒淫糜烂，没有罪恶感的威胁，但是，它却凝聚着淫欲和仇恨，恋人们越是争吵不休，相互折磨、背信弃义，这爱与恨的烈火燃烧得就越旺盛。罗马人的爱情充满色情的快活和地道的感官享受，但它是一种削弱人体健康的有害疾病；这种疾病导致家庭的解体，彻底摧残了罗马人坚强的个性素质。②

恩格斯也认为在古希腊、罗马时代不存在现代意义上的爱情：

在中世纪以前，是谈不到个人的性爱的。不言而喻，形态的美丽、亲密的交往、融洽的情性等等，都曾引起异性对于发生性关系的热望；同谁发生这种最亲密的关系，无论对男子还是对女子都不是完全无所谓的。但是这距离现代的性爱还很远很远。在整个古代，婚姻都是由父母为当事人缔结的，当事人则安心顺从。古代所仅有的那一点夫妇之爱，并不是主观的爱好，而是客观的义务；不是婚姻的基础，而是婚姻的附加物。现代意义上的爱情关系，在古代只是在官方社会以外才有。忒俄克里托斯和莫斯库斯曾歌颂其爱情的喜悦和痛苦的那些牧人，朗格的达夫尼斯和赫洛娅，全都是不参与国家事务，不参与自由民活动的奴隶。

---

① ［美］莫尔顿·亨特. 情爱自然史［M］. 赵跃，李建光，译. 北京：作家出版社，1988：67-68.

② ［美］莫尔顿·亨特. 情爱自然史［M］. 赵跃，李建光，译. 北京：作家出版社，1988：70.

而除去奴隶以外，我们所遇到的爱情纠纷只是灭亡中的古代世界解体的产物，而且是与同样也处在官方社会以外的妇女，与淫游女，即异地妇女或被释女奴隶发生的纠纷：在雅典是从它灭亡的前夜开始，在罗马是在帝政时代。如果说在自由民男女之间确实发生过爱情纠纷，那只是就婚后通奸而言的。所以，对于那位古代的古典爱情诗人老阿那克里翁来说，现代意义上的性爱竟是如此无关紧要，以致被爱者的性别对于他来说也成了无关紧要的事情。①

罗马帝国由于蛮族的大规模入侵而崩溃。蛮族摧毁了高度发达的罗马经济和文化，使西欧的城市和乡村沦为废墟。社会秩序在蛮族纷纷建立自己的王国以后渐渐恢复，但分封割据的状态既不利于经济的流通，也不利于文化的交流。基督教对一夫一妻制度的坚持虽然有力地捍卫了妇女的权益，但妇女的依附地位并没有得到明显的改善。最重要的是，基督教神学对"神圣的爱"的讴歌发展到极端以后，形成了一种否定性爱的社会心理。许多贵族子女都选择了独身并进入修道院，以便过圣洁敬虔的祷告生活。即使是在世俗生活中，男女的婚姻关系也主要被定位为生儿育女。王侯贵族之间的联姻常常是出于政治、经济的目的，婚姻属于家族事务而不需要考虑当事人的感受。同时，婚姻又被神圣化为男女之间终生的联结，直到一方的死亡才可以自然地解除关系。因此，在男女关系上强调的是婚后的彼此忠诚，而婚前的自由恋爱基本不在考虑的范围之内。

中世纪后期，西欧的经济和贸易日渐繁荣，贵族男女受教育的人数显著增加。由于战争的范围和频率大幅度降低，作为战士的骑士们也在一生中的大部分时间里生活在和平状态。社会大环境的改变促使了骑士教养向着更加文雅、细腻、多情的方面发展。

11世纪末，一群贵族诗人在法国南部首创了一种在西方文明史上史无先例的恋爱方式：典雅爱情（fin'amor）。"起初，它只是男女间的一种嬉戏，后来却成为一种主宰这些多情男女的精神力量，并最终变成了中产阶级的理想。有趣的是，它总是自相矛盾，同时推崇私通和守节、欺骗与诚实、放纵与严肃、痛苦与欢乐。"②

---

①　［德］恩格斯. 家庭，私有制和国家的起源［M］//马克思，恩格斯. 马克思恩格斯选集：第4卷. 中共中央编译局，编. 北京：人民出版社，1995：74–75.

②　［美］莫尔顿·亨特. 情爱自然史［M］. 赵跃，李建光，译. 北京：作家出版社，1988：171.

真正意义上的自由恋爱在西方却是在文艺复兴时期才开始被歌咏。"直到19世纪，罗曼蒂克爱情才被视为一种文化观和婚姻基础并被广泛地接受。这种文化的要旨就是追求世俗化和个性化，认同人类生活的个体价值和个人幸福。这种文化诞生于工业革命和资本主义的西方世界，或者说主要是在美国。"①

在浪漫主义文学艺术中，爱情是最重要的主题之一。浪漫主义作家将爱情视为与污浊的社会格格不入的孤独个人（主要是年轻的男性）的理想寄托和生命动力，是其在混乱无序的世界里唯一可以带着希望歇息的避风港。他们写出了大量感情真挚、语言优美的诗歌、小说和戏剧作品。教育的普及，廉价出版物的大量发行，使得浪漫主义文学作品被广泛阅读，从而影响和塑造了许多人的心理。

19世纪末，英国文人赫恩（Lafcadio Hearn，1850—1904）加入了日本国籍，改名为"小泉八云"，受聘为东京帝国大学英语文学教授。他给日本学生做了一系列关于英语文学的讲座，其中一讲的题目是《英诗中的爱情》（*On Love in English Poetry*）。他指出一个事实：日本学生读英国文学越多，越会对英国文学中讲爱情的作品数量之多与地位之突出感到惊异。而他本人也是在准备这篇演讲时才发现英诗中讲爱情的作品比重之大，而觉得惊奇。他在选材料时，发现丁尼生（Alfred Tennyson，1809—1892）、勃朗宁（Robert Browning，1812—1889）、罗塞蒂（Dante Gabriel Rossetti，1828—1882）、拜伦（George Gordon Byron，1788—1824）和雪莱（Percy Bysshe Shelley，1792—1822）的作品中不讲爱情的诗作很少，多的是接吻、拥抱，和思念真正的或假想的爱人等。他认为原因在于：在欧洲和美洲，恋爱和结婚是人生中一桩十分重要的事，因此文学作品中讲这件事也是很自然的。不仅是英国诗歌，法国、德国、意大利和西班牙的诗歌中也是如此。西方社会的规律是竞争，结婚也是这样。每一个男人和每一个女人都要独立地通过竞争来找到自己的对象。因此恋爱是人们生活中头等重要的事，大家都对这问题感兴趣。恋爱成为文艺作品的主要题目。

丰华瞻指出："西洋有一个好传统，把男女的婚姻看成是两个心灵的结合，两个人格的融合，人格相互弥补而造成各人的新生。"② 他认为这种观念可能来自于《圣经》。在《旧约·创世纪》中，耶和华神从亚当身上取出一

---

① ［美］纳撒尼尔·布兰登. 罗曼蒂克心理学［M］. 孙尚奇，译. 上海：文汇出版社，2003：82.

② 丰华瞻. 中西诗歌比较［M］. 北京：三联书店，1987：27.

根肋骨，造成了一个女人，并将她领到亚当跟前。亚当激动地说："这是我骨中的骨，肉中的肉，可以称她为'女人'，因为她是从男人身上取出来的。"① 尽管从 19 世纪开始西方社会日益世俗化，但是被高度理想化了的爱情却随着浪漫主义的广泛传播而成为现代社会的共识。

第三节　波德莱尔在爱情中重返乐园

在弥尔顿（John Milton，1608—1674）的《失乐园》中，夏娃回忆她第一次看见亚当时，很失望，觉得他"还不如平湖水中的影子那么／美丽、妩媚和温存"，于是"转身走了"。但是亚当不让他走。

> 你跟着后面大声叫道。"回来，回来
> 美丽的夏娃，你逃避谁？你所
> 逃避的是谁？你是他的肉，他的骨，
> 你是属于他的。用我心肝近旁的
> 肋骨造出你来，给你血肉的生命，
> 放在我的身边，永不离开，安慰我。
> 我追求你作我灵魂的一部分，
> 我把你叫做我的半边身。"这样说时，
> 你那温存的手把我抓住，我顺从了。
> 从那时起，我觉得男性的恩情和
> 智慧胜过美，只有这才是真的美。②

当夜幕降临，亚当和夏娃歇了一天的工作，打算休息。他们还在谈论着自己在乐园里的生活，计划着明天的工作。在亚当温和地说完以后，夏娃温柔地回答说：

> 我的创作者和安排者啊，你所

---

① 创世纪（2：23）［M］//新旧约圣经原文编号逐字中译（读经工具书）. 张伯琦，编译. 上海：中国基督教两会，2017：4.

② ［英］约翰·弥尔顿. 失乐园［M］. 朱维之，译. 上海：上海译文出版社，1984：150.

> 吩咐的，我都依从，从不争辩，
> 这是神定的。神是你的法律，
> 你是我的法律，此外不识不知，
> 这才是最幸福的知识，女人的美誉。
> 同你谈话，我总是忘掉了时间，
> 忘掉季节的转换，无论何时都高兴：
> 早晨呼吸清鲜空气，和早鸟一同歌唱，
> 觉得酣美；初升的太阳也把他那
> 蔷薇色的光线，抛撒在愉快的大地上，
> 照耀着草、木、花、果，带露晶莹，
> 细雨阵阵过后，丰腴的土地流芳，
> 夕暮来临时心神愉快，继着是
> 沉静的夜，她那严肃的鸟儿、
> 美丽的月亮和繁星，天上的宝石。①

　　乐园里的生活令人心驰神往，并不在于亚当夏娃无忧无虑的生活，而在于他们单纯而全心地彼此相爱着。这种认识渐渐演变成了这样的生活逻辑："哪里有爱，那里就是天堂。"

　　波德莱尔热爱艺术，但在艺术中的探索并不能使他满足。现实生活将诗人从天堂拉回人间。失去天堂的痛苦让诗人转而寻求以爱情来忘忧。《恶之花》第22至64首，都在讲述诗人的爱情经历。第22至39首与被称为"黑美人"的雅娜·迪瓦尔（Jeanne Duval，1820—1862）有关。第40至48首则与"白美人"萨巴蒂埃（Mme Sabatier，1822—1890）有关。第49至57是关于绿眼珠玛丽·多布兰（Marie Daubrun）的。第58至64首诗是写其他女性的。也许是和天主教对于圣母马利亚的崇拜有关，加上浪漫主义诗人将年轻女性天使化所造成的女性崇拜，孤独、忧郁的现代诗人都渴望从爱情中寻求摆脱烦恼。

> 秋天暖和的晚间，当我闭了眼
> 呼吸着你炙热的胸膛的香味，
> 我就看见展开了幸福的海湄，

---

① [英]约翰·弥尔顿. 失乐园 [M]. 朱维之，译. 上海：上海译文出版社，1984：156－157.

炫照着一片单调太阳的火焰；

一个闲懒的岛，那里"自然"产生
奇异的树和甘美可口的果子；
产生身体苗条壮健的小伙子，
和眼睛坦白叫人惊异的女人。

被你的香领向那些迷人的地方，
我看见一个港，满是风帆桅樯，
都还显着大海的风波的劳色，

同时那绿色的罗望子的芬芳——
在空中浮动又在我鼻孔充塞，
在我心灵中和入水手的歌唱。①

　　一个充满异国情调的天堂展现在我们眼前。诗人发自内心深处的愉悦在
"炙热"中流淌，这种"炙热"不是人身体的感觉，不是夜晚的燥热和乳房
的温热，而是精神、情感和爱的热度；不是燃烧的情欲而是灵魂和肉体相结
合的温柔。幻觉不仅仅是随着香味而展开，而是随着激情和梦想的"异国芬
芳"贯穿诗的始终。诗的最后一节对此做了概括和揭示，因为"同时"一句
所表现的同时性给人们以三种不同的感受：幻觉、香味和歌声。这三种感受
同时出现在一幅画面里，使人不禁沉醉在女性的气息中。正是这种同时性使
诗的意境超越了感官的享受上升到精神的高度。
　　在这种田园牧歌式的描写中我们似乎又找到了远古人的幸福生活。波德
莱尔的作品中常带有对伊甸园的想象。在从雅娜·迪瓦尔那里得到灵感而做
的一系列诗中，对伊甸园的向往几乎成了不变的主题。
　　在梦想的伊甸园中，男人和女人十分自然地与奇异的树和甘美可口的果
子在一起。他们是还没有被罪所污染的大自然的一部分。这幸福的梦想对作
者来说就是与原始天堂融为一体的同义词。诗人的梦想与愿望通过诗的语言
用文字表现出来，让我们体会到没有纷争与厄运搅扰的生活的和谐、安静和

---

① ［法］波德莱尔. 异国的芬芳. 戴望舒，译［M］//戴望舒译诗集. 施蛰存，编. 长沙：湖
南人民出版社，1983：125.

温柔。

　　然而，诗人清醒地知道：他的忧郁是来自灵魂深处的，爱情只能让他暂时忘忧，却不能彻底消除他的痛苦。但是他没有别的选择：

　　　　我爱你的淡绿目光，温柔的美女，
　　　　可是今天我却逃脱不了忧伤，
　　　　你的爱情，你的香闺，你的壁炉，
　　　　都不及照耀在大海上的太阳。

　　　　然而，爱我吧，好人！像慈母一样，
　　　　哪怕她的儿子不肖而且忘恩；
　　　　爱人啊，妹啊，给我一点像夕阳、
　　　　或是像秋光艳丽的片刻温存。

　　　　时间不长！坟墓等着；它真贪婪！
　　　　啊，请让我把头枕在你的膝上，
　　　　一面惋惜那炎炎的白夏，一面
　　　　欣赏晚秋的柔和黄色的光！①

　　大海上的太阳，温暖到发热，明亮到刺眼，而一望无际的大海使目光没有任何的阻挡。诗人渴望大海，渴望大海上的太阳，那是没有任何功利计算的空间，那是生命全然舒展的所在，那是光明没有遮挡的世界。但是受困在大都市里的波德莱尔却无法脱离所在之地，到那个理想的自然环境中去。他只好转而在爱情中寻求安慰。

第四节　新文化运动以后的爱情观与爱情诗

　　1911 年的辛亥革命结束了长达两千多年的封建专制制度，1912 年建立了以民主、共和为政治基本价值的中华民国临时政府。

―――――――――

　　① ［法］波德莱尔. 秋之歌［M］//恶之花·巴黎的忧郁：II. 钱春绮，译. 北京：人民文学出版社，1991：129.

　　"任何一个古老的文明，如不能使原有的价值系统、人格结构、生活方式激起创造性的变革，很难完成一个真正富有自由民主精神的现代化国家。"① 民国是中国历史的新事物，需要全新的文化与之相适应。这种文化应该以中国传统文化中的优秀成分为基础，以已经发展了数百年的现代西方文化为参照系，从中获得有益的启迪和灵感，赋予中国文化以新的活力，将其更新和提升为现代中国文化。从常理上讲，民国建立以后，知识界应该加大对西方文化的介绍，翻译和出版更多的西方书籍，使"民主""自由""平等""人权"这些名词的意义被更多的中国人理解和接受，转化为他们的基本价值观。民国政府也应该担负起引导民众的责任，督导他们学习"民主"规则，学习现代科学，逐渐在全社会培养"民主"的风气和理性的精神。然而，民国初期引人注目的文化现象却是政府主导"尊孔读经"，孔教会之类的团体气焰甚嚣尘上，而主张现代教育和现代文化的人数不多，声音微弱，影响微小。敏感而无奈的新知识分子们感到极度的困惑、焦虑和苦闷。②

　　"二次革命"失败以后，陈独秀认识到要拯救中国、建设共和，首先得进行思想革命。1915 年 9 月 15 日，《青年杂志》③ 在上海创刊，陈独秀担任主编。这一事件被公认为新文化运动兴起的标志。新文化运动的目标是全面改造中国文化，为民主共和的政治改造打下坚实的思想基础。由陈独秀执笔的发刊词《敬告青年》被视为新文化运动的宣言书。《敬告青年》批判了中国社会老气横秋的现状，希望塑造奋进、努力的新一代中国青年，赋予中国社会以更新的活力。新文化运动吸引了广泛的关注，许多人参与其中，迅速扩大了其影响，使更多的新知识人认同了它的目标。在"民主"和"科学"的旗帜下，新文化运动展开了对中国传统文化的激烈批判。

　　1917 年 1 月，胡适发表《文学改良刍议》，主张"文学改良"，提倡以白话文代替文言文，以白话文学代替仿古文学。2 月，陈独秀发表了《文学革命论》，反对旧文化观念的文学，把文学革命的内容与形式统一起来。他提出

---

① 韦政通. 伦理思想的突破 [M]. 成都：四川人民出版社，1988：1.

② 张弛. 中国文化的艰难现代化——"现代"焦虑视点中的 20 世纪初期中国文化演进 [M]. 西安：西北大学出版社，2011：149.

③ 自第 2 卷（1916 年 9 月）起改名为《新青年》，成为反传统文化、宣扬民主思想的中心刊物。1917 年初，编辑部迁到北京。《新青年》从第 4 卷第 1 号（1918 年 1 月）起改为白话文，使用新式标点，带动其他刊物形成了一个白话文运动。1920 年上半年，《新青年》编辑部移到上海编印。从 1920 年 9 月的 8 卷一号起，成为中国上海共产主义小组的机关刊物。1922 年 7 月休刊。1923 年 6 月改为季刊，成为中共中央正式理论性机关刊物。1925 年 4 月起出不定期刊，共出 5 期，次年 7 月停刊。

文学革命军的"三大主义"，即：推倒贵族文学，建设国民文学；推倒古典文学，建设写实文学；推倒山林文学，建设社会文学，真正举起了文学革命的旗帜。"数年来因政治失序，思想混乱的局面，显出一线豁然开朗的曙光。"①

1918 年 2 月，周作人发表《人的文学》。胡适称之为"当时关于改革文学内容的一篇最重要的宣言"②。与胡适从形式入手来进行"文学革命"的迂回策略不同，周作人直截了当地要求对文学的精神进行革命。他说："我们现在应该提倡新的文学，简单的说一句，是'人的文学'，应该排斥的，便是反对的非人文学。"③ 他解释说："我所说的人，乃是'从动物进化的人类'。其中有两个要点：（一）'从动物'进化的，（二）从动物'进化'的。"④ 第一点是达尔文自然进化论的重要结论，第二点则是斯宾塞社会进化论的基本主张。在新文化运动时期，它们均被当做无可辩驳的"科学真理"。

如果承认了人的动物性源头，就会得出这样的结论："我们相信人的一切生活本能都是美的善的，应得完全满足。凡有违反人性不自然的习惯制度，都应排斥改正。"⑤ 但既然是在不断的进化过程中，人就"有能改造生活的力量"。因此，"我们相信人类以动物的生活为生存的基础，而其内面生活却渐与动物相远，终能达到高尚和平的境地。凡兽性的余留，与古代礼法可以阻碍人性向上的发展者，也都应排斥改正。"⑥ 周作人将他所说的"人"定义为"灵肉一致"的人。其"理想生活"表现为两个方面："各人以心力的劳作换得适当的衣食住与医药，能保持健康的生存。""革除一切人道以下或人力以上的因袭的礼法，使人人能享自由真实的幸福生活。"⑦

周作人指出他的主张是一种人道主义，但"并非世间所谓'悲天悯人'

① 耿云志．新文化运动：建立中国与世界文化密接关系的努力［M］//开放的文化观念及其他——纪念新文化运动九十周年．陈于武，编．北京：国家图书馆出版社，2009：9.

② 胡适．《中国新文学大系》第一集的《导言》［M］//胡适文集：第 1 卷．北京：北京大学出版社，1998：136.

③ 周作人．人的文学．原载《新青年》第 5 卷第 6 号（1918 年 12 月）［M］//钟叔河．周作人文类编：第 3 卷．长沙：湖南文艺出版社，1998：31.

④ 周作人．人的文学．原载《新青年》第 5 卷第 6 号（1918 年 12 月）［M］//钟叔河．周作人文类编：第 3 卷．长沙：湖南文艺出版社，1998：32.

⑤ 周作人．人的文学．原载《新青年》第 5 卷第 6 号（1918 年 12 月）［M］//钟叔河．周作人文类编：第 3 卷．长沙：湖南文艺出版社，1998：32.

⑥ 周作人．人的文学．原载《新青年》第 5 卷第 6 号（1918 年 12 月）［M］//钟叔河．周作人文类编：第 3 卷．长沙：湖南文艺出版社，1998：33

⑦ 周作人．人的文学．原载《新青年》第 5 卷第 6 号（1918 年 12 月）［M］//钟叔河．周作人文类编：第 3 卷．长沙：湖南文艺出版社，1998：33 - 34.

或'博施济众'的慈善主义，乃是一种个人主义的人间本位主义。"① 他进一步解释说："我说的人道主义，是从个人做起。要讲人道，爱人类，便须先使自己有人的资格，占得人的位置。耶稣说，'爱邻如己'。如不先知自爱，怎能'如己'的爱别人呢？至于无我的爱，纯粹的利他，我以为是不可能的。"② 他接着说："用这人道主义为本，对于人生诸问题加以记录研究的文字，便谓之'人的文学'。"③

要创造"人的文学"，作家本人就必须是一个真正的"人"，即具有人道主义精神的现代人。"在这场运动中，男女平等、妇女解放、改革家庭、爱情与婚姻的自由等主张，被最早最鲜明地提出来，成为运动的主要内容。"④

在《女子问题之大解决》中，高素素指出："人也者，介乎神物之间。"因此，人的生活应该有高尚的理想。虽然西方一些人以恋爱为结婚的唯一条件的主张难以实现，但"恋爱为结婚之第一要素，则毫无疑义"。但中国社会的婚姻却与恋爱毫无关系，因此男女都成了牺牲品，绝无幸福可言："举世滔滔，所谓结婚者，皆金钱肉欲，卑污野心，物的苟合耳，不现些微神的爱。女子仅为男子之牺牲，甚焉者男女同为家族主义之牺牲。故所组成之家庭，无生气无精神，傀儡之扮演场，交谪交谇，相诈相虞，恶魔之黑暗狱耳。幸福两字，非所梦见，故无爱之结婚，不如其已。"作者由此而得出结论说："结婚当始于男女之恋爱。"⑤

《新青年》杂志不仅刊发中国作者的言论，也编译外国作者的文章来扩大影响，增强说服力。关于恋爱与婚姻问题，高曼女士（Miss Goldman）指出："爱情者，人生最要之元素也，极自由之模范也，希望愉乐之所创作。人类命运之所由铸造，安可以局促、卑鄙之国家宗教，及矫揉造作之婚姻，而代我可宝、可贵之自由恋爱哉。"⑥ 她认为恋爱的本质是人的自由："自由

---

① 周作人．人的文学．原载《新青年》第5卷第6号（1918年12月）［M］//钟叔河．周作人文类编：第3卷．长沙：湖南文艺出版社，1998：34

② 周作人．人的文学．原载《新青年》第5卷第6号（1918年12月）［M］//钟叔河．周作人文类编：第3卷．长沙：湖南文艺出版社，1998：34.

③ 周作人．人的文学．原载《新青年》第5卷第6号（1918年12月）［M］//钟叔河．周作人文类编：第3卷．长沙：湖南文艺出版社，1998：34.

④ 张华．爱情自由的历程——鲁迅、胡适、郁达夫、徐志摩的爱情婚姻与家庭［M］．西安：陕西人民出版社，1993：3.

⑤ 高素素．女子问题之大解决．原载《新青年》第3卷第3号（1917年5月1日）［M］//张宝明，王中江．回眸《新青年》·社会思想卷．郑州：河南文艺出版社，1998：228.

⑥ 高曼女士．结婚与恋爱（节选）．震瀛，译．原载《新青年》第3卷第5号（1917年7月1日）［M］//张宝明，王中江．回眸《新青年》·社会思想卷．郑州：河南文艺出版社，1998：238.

恋爱乎，恋爱无他，自由而已。""自由者，一完全发展、光明磊落之事。"①
她将恋爱自由视为实现全人类之和谐幸福的出发点："男女奋兴之日，达于
极端地位，造成一伟大、强固之社会，以享受此可宝、可贵之爱情，人类之
幸福，虽诗歌异能，理想遥远，亦难预言其真境。若世人能破除婚姻之陋习，
结纯粹之团体，人类之和谐，必皆以爱情为根源矣。"②

爱情是社会问题，但首先是个人问题，关于每个人的幸福。许多人可能
对于"民主""共和""科学"这些问题无从置喙，但爱情却是每个人都可以
有的经验，也是每个人都可以谈论的话题。

现代性爱意识的产生，标志着"五四"前后知识分子的重大觉醒。
这一觉醒，是知识者"人"的意识的觉醒的合乎逻辑的发展结果。这种
情况与发生在欧洲文艺复兴时期的类似过程相仿佛。觉醒了的"人"在
对一切专制束缚的反抗中，必然产生"婚姻自主"的要求。中国的知识
者，由于他们的生活条件与文化背景，在新时期之初感受最直接、具体
的，是封建家族制度的压迫，其中尤其是封建宗法势力对于婚姻爱情的
粗暴干预。"人"的遭受侮辱的尊严感抬头了，"婚姻自主"成为他们向
历史新时期首先要求的"人的权利"。统治中国几千年的封建伦理教条，
在这里遇到了来自人的最初的挑战。③

爱情是婚姻的基础和婚姻幸福的条件。这个观点迅速被许多不满旧式婚
姻的人所认同。然而理想与现实之间的巨大差距又使他们感到沉重的痛苦。
我们看一位《新青年》读者的感受：

爱情

我是一个可怜的中国人。爱情！我不知道你是什么。

我有父母，教我育我，待我很好；我待他们，也还不差。我有兄弟
姊妹，幼时共我玩耍，长来同我切磋，待我很好；我待他们，也还不差。
但是没有人曾经"爱"过我，我也不曾"爱"过他。

---

① 高曼女士. 结婚与恋爱（节选）. 震瀛，译. 原载《新青年》第 3 卷第 5 号（1917 年 7 月 1
日）[M] //张宝明，王中江. 回眸《新青年》·社会思想卷. 郑州：河南文艺出版社，1998：238.

② 高曼女士. 结婚与恋爱（节选）. 震瀛，译. 原载《新青年》第 3 卷第 5 号（1917 年 7 月 1
日）[M] //张宝明，王中江. 回眸《新青年》·社会思想卷. 郑州：河南文艺出版社，1998：239.

③ 赵园. 五四时期小说中的婚姻爱情问题 [J]. 中国社会科学，1983（4）：164.

我年十九，父母给我讨老婆。于今数年，我们两个，也还和睦。可是这婚姻，是全凭别人主张，别人撮合：把他们一日戏言，当我们百年的盟约。仿佛两个牲口听着主人的命令："咄，你们好好的住在一块儿罢！"

爱情！可怜我不知道你是什么！①

这首诗实在没有多少诗意，称之为"诗"也很勉强。然而它道出了觉醒的年轻中国人的精神苦痛。因此，鲁迅评论说："诗的好歹，意思的深浅，姑且勿论；但我说，这是血的蒸气，醒过来的人的真声音。"② 反观自己，鲁迅叹息说："爱情是什么？我也不知道。"环顾四周，其实大家都不明白："中国的男女大抵一对或一群———男多女———的住着，不知道有谁知道。"虽是如此，"然而无爱情婚姻的恶结果，却连续不断的进行"③。

数千年过去了，中国被迫从自我封闭状态走出来，融入全球文化交流互动之中，被迫从全人类的角度来看问题，而不是强调中国的特殊性："可是东方发白，人类向各民族所要的是'人'，———自然也是'人之子'———我们所有的是单是人之子，是儿媳妇与儿媳之夫，不能献出于人类之前。"尽管中国文化的惰性极强，尽管守旧势力极力阻挠，但来自西方的新思想还是在中国发生了影响："可是魔鬼的手上，终于有漏光的处所，掩不住光明：人子醒了；他知道人类应该有爱情。"④

个人觉醒之后虽然无法立刻改变现状，但他可以不断地呐喊、抗议，使被虚伪、麻木、压抑营造成的所谓"和谐"显出其荒谬原形，失去其存在理由，从而促成社会向着更加人性和理性的方向转变。鲁迅主张："我们能够大叫，是黄莺便黄莺般叫；是鸱鸮便鸱鸮般叫。我们不必学那才从私窝子里跨出脚，便说'中国道德第一'的人的声音。"⑤ 他特别指出："我们还要叫

---

① 鲁迅.热风·随感录四十［M］//鲁迅全集.《鲁迅全集》修订编辑委员会，编.北京：人民文学出版社，2005：337.
② 鲁迅.热风·随感录四十［M］//鲁迅全集.《鲁迅全集》修订编辑委员会，编.北京：人民文学出版社，2005：337.最初发表于1919年1月15日《新青年》第6卷第1号。
③ 鲁迅.热风·随感录四十［M］//鲁迅全集.《鲁迅全集》修订编辑委员会，编.北京：人民文学出版社，2005：337.
④ 鲁迅.热风·随感录四十［M］//鲁迅全集.《鲁迅全集》修订编辑委员会，编.北京：人民文学出版社，2005：337.
⑤ 鲁迅.热风·随感录四十［M］//鲁迅全集.《鲁迅全集》修订编辑委员会，编.北京：人民文学出版社，2005：338－339.

出没有爱的悲哀，叫出无所可爱的悲哀。……我们要叫到旧账勾消的时候。"①

灵肉一致是现代性爱观的核心，它所设定的性爱双方是具有自由意志的现代人。经过贞操问题的讨论，现代性爱及其所蕴含的自由意志已经在新知识分子的头脑中扎下根。它在改变中国人的婚姻实质的同时，也改变了"人"的自我想象。虽然它还不能在社会生活中占据主导地位，但作为知识界的常识，却已经被广泛接受："现在一般人……先恋爱后结婚成为普通的信念。"②

在新文学运动初期最有影响的小说之一《沉沦》中，在日本留学的二十一岁中国青年痛苦地呼喊说：

> 知识我也不要，名誉我也不要，我只要一个能安慰我体谅我的"心"。一副白热的心肠！从这一副心肠里生出来的同情！
>
> 从同情而来的爱情！
>
> 我所要求的就是爱情！
>
> 若有一个美人，能理解我的苦楚，她要我死，我也肯的。
>
> 若有一个妇人，无论她是美是丑，能真心真意的爱我，我也愿意为她而死的。
>
> 我所要求的就是异性的爱情！
>
> 苍天呀苍天，我并不要知识，我并不要名誉，我也不要那些无用的金钱，你若能赐我一个伊甸园内的"伊扶"，使她的肉体与心灵，全归我有，我就心满意足了。③

赵园评论说："在将'爱情'的意义极度夸大中，有'人'对于自己正当要求的大声坚持，有借助极端的形式向封建伦理教条、传统的禁欲主义的抗议。这是醒来了的'人之子'对于自己'爱的权利'的宣告，夸大中满含着时代的庄严。"④

---

① 鲁迅. 热风·随感录四十 [M] //鲁迅全集.《鲁迅全集》修订编辑委员会，编. 北京：人民文学出版社，2005：339.

② 叶圣陶. 过去随谈.（1930 年 10 月 29 日）[M] //刘增人，冯光廉. 叶圣陶研究资料. 北京：十月文艺出版社，1988：119.

③ 郁达夫. 郁达夫文集：第 1 卷 [M]. 广州：花城出版社，1982：24 – 25.

④ 赵园. 五四时期小说中的婚姻爱情问题 [J]. 中国社会科学.1983：170.

　　此外，胡适的《终身大事》、罗家伦的《是爱情还是苦痛？》、杨振声的《贞女》、张资平的《爱之焦点》、汪静之的《蕙的风》、冯沅君的《卷葹·隔绝》、鲁迅的《伤逝》等作品，都表现了个人在爱情、婚姻生活中遭受的挫折、苦痛和焦虑，表达了作者对个性解放、自由独立的期盼。这些作品一经发表，即在读者中激起了强烈的反响。读者的这种热烈反应表明：个人独立、自由恋爱已经成为接受了新文化洗礼的新一代中国青年人的共识和目标。1925 年 10 月，在为其第三本诗集《为幸福而歌》所写的卷首《弁言》中，李金发介绍说："这集多半是情诗，及个人牢骚之言情诗的'卿卿我我'，或有许多阅者看得不耐烦，但这种公开的谈心，或能补救中国人两性间的冷淡；至于个人的牢骚，谅阅者必许我以权利的。"①

第五节　戴望舒诗歌中的爱情表达

　　爱情在西方哲学中被视为是自我完善的途径，和导向认识与追求绝对真理的标杆。黑格尔曾说："恋爱者只肯在这一人身上发现自己的生命和最高意识。"② 纳撒尼尔·布兰登（Nathaniel Branden，1930—2014）也说："罗曼蒂克爱情不是幻觉，而是一个证实我们存在的机会，是一种历险，是一种挑战。"③ 这种随浪漫主义文学而广泛传播的观念也深深地影响了"五四"以后的中国作家。"从来没有思考过爱的人大概是没有的。爱，是日常生活中到处可见的现象，是人类印象最深的体验之一，因为它同希望、信念一道构成了人的生存意义的主干。"④ 由于新诗的作者和读者大多是青年人，爱情便成为最流行的主题，甚至到了肤浅泛滥的地步。

　　戴望舒的初恋对象是好友施蛰存的妹妹施绛年（1910—1964）。长达八年的苦恋虽然赢得了订婚的承诺，但最终还是以分手结束。他与好友穆时英（1912—1940）的妹妹穆丽娟恋爱结婚，却以离婚告终。他与杨静的婚姻也以女方移情别恋而结束。最初的两本诗集《我底记忆》（1929）和《望舒草》（1933）基本上以爱情诗为主。在第三本诗集《望舒诗稿》（1937）中新增的

---

　　① 李金发.《为幸福而歌》弁言［M］// 李金发诗集. 张新泉，编. 成都：四川文艺出版社，1987：435.

　　② ［德］黑格尔. 美学：第 2 卷［M］. 朱光潜，译. 北京，商务印书馆，1981：333.

　　③ ［美］纳撒尼尔·布兰登. 罗曼蒂克心理学［M］. 孙尚奇，译. 上海：文汇出版社，2003：2.

　　④ ［日］今道友信. 关于爱［M］. 徐培，王洪波. 北京：三联书店，《新知文库》，1987：1.

四首中文诗歌，也都是抒写爱情的惆怅的。这些诗大都与他对施绛年的痴恋有关。抗日战争爆发以后，诗人移居香港，度过了很短的幸福时光。由于香港沦陷和诗人入狱，他的目光转向国家民族的生死存亡问题，所以在第四本诗集《灾难的岁月》（1948）中，写于入狱之前的诗歌还有与爱情苦痛相关的篇什，而此后的作品则是抒写民族的灾难和对于复兴的希望。从数量上看，戴望舒作品的一大半都是爱情题材，而绝大多数都与他对施绛年长达八年的苦恋有关。

在《苦闷的象征》中，厨川白村（1880—1923）认为"文艺是纯然的生命的表现"①。他指出：

> 我们的生命力愈不肤浅，愈深，便比照着这深；生命力愈盛，便比照着这盛，这苦恼也不得不愈加其烈。在伏在心的深处的内底生活，即无意识心理的底里，是积蓄着极痛烈而且深刻的许多伤害的。一面参与着悲惨的战斗，向人生的道路进行的时候，我们就或呻吟，或叫喊，或怨嗟，或号泣，而同时也常有自己陶醉在奏凯的欢乐和赞美里的事。这发出来的声音，就是文艺。对于人生，有着极强的爱慕和执着，至于虽然负了重伤，流着血，苦闷着，悲哀着，然而放不下，忘不掉的时候，在这时候，人类所发出来的诅咒，愤激，赞叹，企慕，欢呼的声音，不就是文艺么？在这样的意义上，文艺就是朝着真善美的理想，追赶向上的一路的生命的进行曲，也是进军的喇叭。响亮的阔远的那声音，有着贯天地动百世的伟力的所以就在此。②

戴望舒开始写诗的时候，对于新诗已经发生的巨大影响及其明显的问题都看得非常清楚。他早期的诗歌混合了古典诗歌的语言、意象，也尝试着使用口语化的表达。在他的第一本自编诗集《我底记忆》中，《旧锦囊》一辑收入了12首早期诗作。这些唯美感伤的作品既有对中国古诗传统（晚唐风格）的继承，又有对英国颓废派和法国浪漫派诗人的模仿。

但是，当他因为学法语而直接阅读波德莱尔、魏尔伦等象征派诗人以后，写作诗歌所用的语言和意象就发生了相当大的改变，作品的艺术价值和感染

---

① ［日］厨川白村.苦闷的象征［M］//鲁迅.鲁迅译文全集：第2卷.北京鲁迅博物馆编，福州：福建教育出版社，2008：223.

② ［日］厨川白村.苦闷的象征［M］//鲁迅.鲁迅译文全集：第2卷.北京鲁迅博物馆编，福州：福建教育出版社，2008：236－237.

力也大为提高。由于中国现代人的爱情观念是源于西方文化的影响，因此爱情诗歌写作的技术训练（意象、象征、比喻、结构、韵律等）基本都是来自于浪漫主义以来的西方诗歌。我们将从几个方面来探讨戴望舒爱情诗中的欧洲影响，以揭示其爱情诗歌中的现代性。

一、对爱情的强烈渴望

没有爱，就不会因爱而受伤。爱得越深伤得越深，希望越大失望越大。在拉伯雷（François Rabelais，1494—1553）的《巨人传》中，巴汝奇渴望结婚但又恐怕婚后遭到背叛。庞大固埃陪着他走遍了千山万水，终于寻找到了神谕："喝吧！"拉伯雷借此传达了文艺复兴时代的观念：不要因可能会出现的不幸而放弃可能得到的幸福，要大胆追求幸福并勇于承担可能的不幸结局。歌德的《浮士德》将主人公的一系列失败作为其生命升华的必由之路。人生的每一个决定都带有冒险性，当事人必须有承担一切后果的心理准备。

1927 年夏天，戴望舒与杜衡到施蛰存位于松江县的老家，以躲避发生在上海的政治清洗。在此期间，戴望舒爱上了施蛰存的大妹妹施绛年。两人性格差异较大：施绛年开朗、活泼，比较务实，戴望舒则浪漫、冲动又忧郁内向。戴望舒童年出天花后脸上留下了瘢痕，既令他长期感到自卑，也是施绛年难以接受他的一个重要心理障碍。这是一场苦苦的单恋。戴望舒总是热烈地追求、苦恋，姑娘却冷静地回避，并微笑着说诗人在"说谎"，希望诗人明白她的暗示。

《不要这样盈盈地相看》① 写于诗人结识施绛年以后几个月。因为戴望舒是自己兄长的朋友，她也就天真无邪地把他当做一个大哥哥来看待。不少研究者都指出戴望舒童年出天花在脸上留下的瘢痕使他从小就受到嘲笑，因此内心相当悲观消沉。然而青春少女的自然活泼，使性格内向沉郁的诗人从中看到了自己生命的新希望："静，听啊，远远地，在林里，/在死叶上的希望又醒了。"他特别说明："是一个昔日的希望，/它沉睡在林里已多年"；"这一个昔日的希望，/它已被你惊醒了。"他可以感受到希望从自己生命的深处渐渐升起："静，听啊，远远地，从林里，/惊醒的昔日的希望来了。"从这一首诗里，我们也能够理解为什么戴望舒会那样执着于追求施绛年：他觉得是施绛年给自己的生命带来了希望，放弃她也就意味着重新回到压抑消沉的生命状态中去。

---

① 初次发表于《莽原》第 2 卷第 2 期（1927 年 12 月出版）。

诗人在所爱的姑娘面前感到紧张而笨拙，他只有借助诗歌来表达自己的感情。《路上的小语》① 就是他对施绛年发出的深沉而温柔的爱的呼唤，同时他又虚拟了爱人的答语。在第一节里，诗人恳求道："——给我吧，姑娘，那朵簪在你发上的/小小的青色的花"，因为"它是会使我想起你底温柔来的"。但是姑娘婉言谢绝了诗人的要求，一个理由是它太普通了，到处都可以找得到，而且立刻可以找得到："你看，在树林下，在泉边"；另一个理由是"它又只会给你悲哀的记忆"。第二个理由有些含混不清，这更像是诗人的不良预感。姑娘连自己头上插的一朵极为普通的小花都不肯给苦苦追求她的诗人，很可能是由于她不希望诗人把这个小小的姿态视为爱的回应和承诺。一点小小的回应都没有，这场无望的单恋注定了要成为诗人"悲哀的记忆"。

单恋者常常幻想着坚持下去终有获得爱情回报的那一天，使其更深地陷入其中而无力自拔。诗人执着于自己的情感，他更加明确地提出了接吻的要求：

> ——给我吧，姑娘，你底像花一样地燃着的，
> 像红宝石一般晶耀着的嘴唇，
> 它会给我蜜底味，酒的味。

姑娘这一次也明确地拒绝了，理由有两点：第一，她觉得自己还不够成熟，就像"青色的橄榄"和"未熟的苹果"；第二，她认为诗人的表白不可信，他就像是一个"说谎的孩子"。

但诗人没有知难而退，他更加清楚地表明：他真正想要得到的是姑娘发自内心的热烈的爱的回应，是像蓝天一样深挚、纯洁的爱：

> ——给我吧，姑娘，那在你衫子下的
> 你的火一样的，十八岁的心，
> 那里是盛着天青色的爱情的。

但姑娘把自己的爱情看得无比宝贵，不肯轻易给任何人。唯一的条件是"别人愿意把他自己底真诚的/来作一个交换，永恒地"。也就是说，诗人觉得施绛年之所以迟迟不肯答应他的追求，在于她还不能确信他的爱情之真诚，

---

① 初次发表于《无轨列车》第 1 期（1928 年 9 月出版）。

是否为了二人永恒的结合。施绛年未必能想得这么深远，实际上是诗人在暗自思忖对方不肯接受自己的理由何在。他做好了要更加热情、诚恳和执着的心理准备。

《路上的小语》的写作明显地从保尔·福尔的《我有几朵小青花》① 一诗获得了灵感：

> 我有几朵小青花，我有几朵比你的眼睛更灿烂的小青花。——给我吧！——她们是属于我的，她们是不属于任何人的。在山顶上，爱人啊，在山顶上。

> 我有几粒红水晶，我有几粒比你嘴唇更鲜艳的红水晶。——给我吧！——她们是属于我的，她们是不属于任何人的。在我家里炉灰底下，爱人啊，在我家里炉灰底下。

> 我已找到了一颗心，我已找到了两颗心，我已找到了一千颗心。——让我看！——我已找到了爱情，她是属于大家的。在路上到处都有，爱人啊，在路上到处都有。

从诗歌的口吻、表达方式甚至语言和意象这些方面，我们都可以看到《路上的小语》对《我有几朵小青花》的模仿和借用。但是，戴望舒能够将模仿转化为艺术的创造，富有魅力地表达了自己的爱情体验。

戴望舒的 *Fragments*② 一诗表达了作者渴望爱情的体验和经历，不计成败、不顾后果的决心。他似乎在回答别人的疑惑，实际上是在自言自语，自我激励："不要说爱还是恨，/这问题我不要分明"。诗人以饮酒为比喻，说酒徒在"提壶痛饮时"时根本不管壶里装的"是酸酒是芳醇"。表面上是在说服读者，其实是在给自己打气，让自己义无反顾地投身到爱的冒险之中。"我"对于所爱的人所求不多："愿她温温的眼波/荡醒我心头的春草"。"我"只希望自己被爱的情感所激动，像炉中煤一样熊熊燃烧，在热烈的、主动付出的爱中获得生命的升华，因此根本不在意于爱情是否会有结果的问题：

---

① 戴望舒从福尔的诗集 Ballades françaises 中选译了这一首诗和《回旋舞》、《晓歌》、《晚歌》、《夏夜之梦》和《幸福》，发表于《新文艺》第 1 卷第 5 期（1930 年 1 月 15 日出版）。

② 初次发表于《小说月报》第 19 卷第 8 号（1928 年 8 月出版）。

"谁希望有花儿果儿？/但愿在春天里活几朝。"

浪漫派和象征派诗人都对社会现实非常失望，渴望觅得理想之地，到那里去过一种纯粹的、不受恶习污染的生活。这使他们在现实中体会到强烈的孤独和寂寞。既然不能逃离社会（事实上完全理想的国度在地球上根本不存在），他们就把对生活理想的追求倾注于对纯洁爱情的实现。这样的心理机制使他们将爱情对象高度理想化，将女人女神化，成为膜拜顶礼的对象。由于他们赋予了恋爱对象以闪闪的光环，自己制造了心理盲区和视觉盲区，他们就看不到（或者不愿意看到）女人的种种弱点。所以，尽管有热烈的情感，却常常无法自然地表达，不能激起他们所渴望的热烈回应，使他们陷入到揪心的痛苦之中。

在《我的素描》① 一诗中，戴望舒自述说："辽远的国土的怀念者，/我，我是寂寞的生物。"他叹息说："在朋友间我有爽直的声名，/在恋爱上我是一个低能儿。"戴望舒能够赢得施蛰存和穆时英的深厚友谊，他们都非常希望自己的妹妹嫁给这位忠厚热情而才华横溢的朋友。但施绛年在订婚后悔婚，穆丽娟在结婚后离婚，两场爱情都以悲剧收场。为什么戴望舒在恋爱上是一个低能儿？主要的原因还在于他受浪漫主义爱情观念的影响，将爱情高度理想化。所以，他爱的是恋人所承载的理想（也就是说恋人只是他的抽象理想的载体），而不是其本人。他既不能以自然、现实的态度和做派与所爱的女子相处，也不能接受所爱之人的不理想的表现。所以才会在确认施绛年钟情他人之后很不绅士地予以掌掴，在穆丽娟婚后"不听话"时而冷淡她或者发脾气。

由于他将爱情作为自己生命升华的唯一路径，就如赌徒一般不肯轻易放手，总是抱着坚持下去获得回报的侥幸心理，而无法在无望的单恋中及早脱身。

二、因爱情而深感孤独

按照《圣经》的记载，神造了亚当，让他管理伊甸园。神怜悯亚当孤独无伴，决定为他造一个配偶："耶和华神使他沉睡，他就睡了；于是取下他的一条肋骨，又把肉合起来。耶和华神就用那人身上所取的肋骨造成一个女人，领她到那人跟前。那人说：'这是我骨中的骨，肉中的肉，可以称她为女人，因为她是从男人身上取出来的。'因此，人要离开父母与妻子连合，二人成为一体。"（和合本《创世纪》2：21－24）

---

① 初次发表于《小说月报》第 21 卷第 6 号（1930 年 9 月出版）。

人是生而孤独的。仰望星空，凭吊古迹，使人无法不认识到自己在宇宙中的渺小，在时间中的短暂。在爱的意识觉醒以后，当事人更加感到自己生命的残缺不全，渴望着与另一个生命的合一。因此，在浪漫主义的诗歌里，诗人既吟唱着自己的爱情渴望，也叹息着自己因为爱情而产生的强烈孤独感。

在《夜坐》① 一诗中，戴望舒描写了一位女性因爱人不在身边而感到的愁闷。中秋月圆，可以勾起人们多少美好的感觉，但她却感到自己的"可怜"。她"独自对银灯"，形影相吊，"悲思从衷起"。天上的银河隔断了牛郎织女，使他们相望而不能团聚。地上的江河隔断了她和远行的爱人，他们连相望也做不到。她唯有轻声呼唤，希望爱人能在"千里共婵娟"的月圆之夜想起她来。这首诗好像是某一首宋词的改写，就连诗句"盈盈隔秋水"② 也是直接取自古人作品。作为"现代诗"，它就像是新文学运动初期被谑称为"解放脚"的古诗改写。但从中我们也可以看到戴望舒的古典文学素养。但这首以古代思妇为描写对象的诗歌，被戴望舒用来表达"五四"之后渴望爱情的普遍情绪，却又是受到了时代精神的激发。

《夜坐》继承了古代诗词描写闺怨的传统，通过对思妇心理的想象描写，表达了青春期的戴望舒对爱情的渴望。《独自的时候》③ 则是诗人实际经历了爱情以后内心孤独的诗意写照。

诗篇一开始就点明："房里曾充满过清朗的笑声，正如花园里充满过蔷薇。"恋人的来到和逗留曾经给这个空寂的房间带来了多少欢乐和希望。此时此刻，恋人早已经离去，只有诗人独坐，在空寂中回味着曾经的欢欣。耳畔回响着清朗的笑声，眼前却空空荡荡，仿佛是在梦中，而且是迷迷蒙蒙做不醒的梦。诗人寂寞地抽着烟，在袅袅烟雾中回想着恋人的笑声，那些个情景似真又幻，他感到就像是"沉想着消逝了的音乐"。诗人的心情恍惚而沉重，他写道："在心头飘来飘去的是什么啊，/像白云一样地无定，像白云一样地沉郁？""白云"的意象可能是寓意高远、纯洁、可望而不可即的恋人。"正如人徒然地向白云说话一样"，诗人感到自己的恋人似乎也是令人绝望地无法接受他的爱情。诗人黯然神伤，默然无语，任凭房间里的幽暗吞没自己，只有烟斗随着诗人的呼吸发出断断续续的微光，好像是它在喃喃自语。而当诗人沉湎于想象而忘记吸烟时，烟斗不再发出微光，就像它也陷入了自伤一

---

① 初次发表于《新上海》第二卷第 3 期（1926 年 12 月 1 日出版）。

② 歌伎崔云英寄给赵孟頫《有所思》原文是："思与君别后，几见芙蓉花；盈盈隔秋水，若在天之涯。欲涉不得去，茫茫是烟雾；汀洲多芳草，何必踩蘼芜。"

③ 初次发表于《未名》第 1 卷第 8 ~ 9 期（1928 年 11 月出版）。

样。通过对烟斗的描写，诗人将自己深沉的忧伤烘托出来。

如果说《夜坐》是替别人伤感，《独自的时候》则是替自己难过。诗人说："为自己悲哀和为别人悲哀是一样的事，/虽然自己的梦是和别人的不同的"，都是因爱而伤感。替别人伤感靠的是想象，也许还有"为赋新词强说愁"的意味。"但是我知道今天我是流过眼泪"，诗人有了实实在在的痛苦经验，写诗不是无病呻吟，而是有感而发。诗篇最后一句说："而从外边，寂静是悄悄地进来"。可以想见诗人独坐了很久，恋人并没有来，也许再也不会来了，再也不会有"清朗的笑声"打破刻骨的寂寞，诗人感到自己好像完全被漫无边际的寂静包围了。

戴望舒的诗歌翻译活动往往直接影响到他当下的诗歌创作。在《独自的时候》里我们可以看见戴望舒对耶麦《膳厅》一诗的借鉴。"光泽的木器"是对"有一架不很光泽的衣橱"的化用，而"默坐着，抽着陶器的烟斗"一句诗则简化改写了耶麦的诗句："我是无事闲想着。现在，正如当时一样/我抽着一支琥珀柄的木烟斗。"

中国古代文人有悲秋的传统，就像刘禹锡（772—842）所说的"自古逢秋悲寂寥"。

> 中国文化是一种天人合一的文化，重要特征之一就是人与自然之间具有内在的同构关系，人情因物变迁。"情以物迁"表现为两种情况，一种是人对自然的生理反应，诚如刘勰《文心雕龙·物色》所言："献岁发春，悦豫之情畅；滔滔孟夏，郁陶之心凝；天高气清，阴沉之志远；霰雪无垠，矜肃之虑深。"四季的景物变化在人心上激发了不同的生理性反应。另一种是人与自然的深层对应，人之情与物之象有特定的对应关系，所谓"人有悲欢离合，月有阴晴圆缺"（苏轼）。自然有四季，人有青春年少华发中年垂垂老矣直至归于尘土。于是，"东风无力百花残"时，人伤春景之凋零，伤韶华之逝去；"无边落木萧萧下"时，人悲秋色之萧瑟，悲老境之颓唐。自古文士多悲秋，女子易伤春。"花落水流红"的暮春景象让女子滋生"闲愁万种"，对落花的悲叹正是对青春易逝的感伤。①

---

① 颜湘君，伍魏. 开到荼蘼［J］. 书屋，2009（8）：44.

《秋天》① 似乎继承了中国文人的悲秋传统。一般来说，悲秋是中年以后容易产生的心理反应。年轻的戴望舒之所以在秋天产生强烈的伤感，其实与他徒劳伤神的爱情追求有关。诗人"默坐着，抽着陶器的烟斗"，他很清楚"再过几日秋天是要来了"，因为他"已隐隐地听见它的歌吹/从江水的船帆上"。这勾起了诗人的回忆，使他"想起做过的好梦"。做梦总有醒的时候，越是好梦越让人在醒来之后惆怅不已。诗人本来是不知悲秋为何物的年轻人，但是秋风唤起了他对于春梦的回忆，也就唤起了他的忧愁。他说："从前认它为好友是错了，/因为它带来了忧愁给我。"秋天本来有诗人熟悉的乐趣："林间的猎角声是好听的，/在死叶上的漫步也是乐事。"但作为一个苦恋而得不到回应的独身汉，诗人已"没有闲雅的兴致"。他说自己对秋天"没有爱也没有恐惧"，努力让自己淡定，"微笑着，安坐在我的窗前"，不要落入伤春悲秋的俗套里去。

这首诗从意象到诗句都直接借鉴了法国象征派以来诗人的作品。"再过几日秋天是要来了"一句脱胎于耶麦的《天要下雪了》开头："天要下雪了，再过几天。"至于"我是微笑着，安坐在我的窗前"一句，则是对耶麦《膳厅》里"而我微笑着他们以为只有我独自个活着"的改写。"猎角"意象可能取自阿波利奈尔有名的诗句："记忆是一只猎角它的/声响会在风中消逝"（《猎角》）②"在死叶上的漫步"则直接化用了戴望舒本人翻译的果尔蒙《西茉纳集》中《死叶》一诗反复吟唱的那一句："西茉纳，你爱死叶上的步履声吗？"戴望舒虽然在自己的作品中对外国诗人做了改写和化用，但他能够以纯熟的汉语来写出属于自己的作品。惟其如此，他才能很自信地将这些作品翻译出来，让读者去欣赏。

在《烦忧》③ 一诗中，诗人再次将悲秋与苦恋相联系，说明后者正是前者直接的，甚至是唯一的原因：

> 说是寂寞的秋的悒郁，
> 说是辽远的海的怀念。
> 假如有人问我烦忧的原故，
> 我不敢说出你的名字。

---

① 初次发表于《未名》第 2 卷第 2 期（1929 年 1 月出版）。
② ［法］保尔－让·图莱，等. 法国现代诗选［M］. 罗洛，编译. 长沙：湖南人民出版社，1983：46.
③ 初次发表于《新文艺》第 1 卷第 4 号（1929 年 12 月出版）。

第二节文字与第一节完全相同，但次序正好相反，造成了首尾相接、回环往复的阅读效果。同时，在结构上也形成了封闭状态，体现了表达的排他性：苦恋是诗人烦忧的唯一原因。

悲秋的主题继续出现在一年以后写的《秋天的梦》①一诗中。自卢梭以来，许多浪漫派和象征派文人都将生活在大自然中的人们理想化为身心健康的自然之子，而古代的田园诗歌和当代的民间歌谣也都强化了这种观念。②中国古代虽然有陶渊明、王维、孟浩然等伟大的山水田园诗人，但现代中国诗人的田园牧歌想象却主要是来自于西方文学的影响。

俗语云："一叶知秋。"生活在大自然中的人对于四季更替有更敏感的观察和注意。他们也习惯了春天花开花落，秋天木叶尽脱的景象，不会因此而生出伤春悲秋的情绪。但城里人忙于生计，被熙攘人群裹挟，在车水马龙中奔波，很少注意到自然的变化，直等到"月光流着，已秋了，已秋得很久很久了"（郑愁予《右边的人》），才会大吃一惊，生出"流光容易把人抛"（蒋捷《一剪梅·舟过吴江》）的怨叹。

住在繁华喧闹的上海城中，戴望舒觉得秋天好像是从遥远的乡野静悄悄地来到了城市里。他想到了安静淳朴的牧羊女和她身边安静的羊群，耳边仿佛听到了牧羊女手中铃铛发出的清响，眼前似乎飘动着在初秋的微风中轻轻落地的树叶。这同时产生的想象和联想，将牧羊女摇动铃铛招呼羊群的动作和一片片树叶轻轻落下的景象重叠，似乎就是她的铃铛摇落了树叶。这迷离恍惚的想象似乎是在梦境之中。

西方牧歌的一个主要主题是自由自在的乡间男女的恋爱表白，其语调是轻快的。戴望舒写道："秋天的梦是轻的，/那是窈窕的牧女之恋。"他联想到自己的爱之梦，它"静静地来了，/但却载着沉重的昔日"。在牧歌中，牧女的心是快乐的，她的脚步是轻快的，因为她在享受着自己的爱情。诗人戴望舒的心却是沉重的，爱情带给他的不是快乐，而是痛苦和折磨。他因爱情所激发的热情，由于遭遇了恋人持续的冷淡而慢慢降温。秋天来了，气温低了，让人感到一些寒意，但是真正的寒冷是在心底，来自于无望的爱。透过想象中牧女在秋风中的欢快，诗人把自己因爱而寒心的苦痛表现得含蓄矜持而富有感染力。他只是淡淡地说："唔，现在，我是有一些寒冷，/一些寒

---

① 初次发表于《小说月报》第 22 卷第 1 号（1931 年 1 月出版）。

② 许多中国人在读《诗经》国风部分的诗歌时，也会对尚未被礼教完全规训之前淳朴自然的男女交往极为神往。

冷，和一些忧郁。"表面上的轻描淡写无法掩盖内心极度的失望、苦痛和无可奈何。

三、爱情不确定的焦虑

"五四"以后，许多年轻人都在渴望爱情，梦想爱人，憧憬着爱情的幸福时代。"湖畔诗人"汪静之（1902—1996）的诗集《蕙的风》1922年初版，在全国引起巨大反响。我们来看其中最著名的《蕙的风》这一首诗：

> 是哪里吹来
> 这蕙花的风——
> 温馨的蕙花的风？
> 蕙花深锁在园里，
> 伊满怀着幽怨。
> 伊底幽香潜出园外，
> 去招伊所爱的蝶儿。
> 雅洁的蝶儿，
> 薰在蕙风里：
> 他陶醉了；
> 想去寻着伊呢。
> 他怎寻得到被禁锢的伊呢？
> 他只迷在伊底风里，
> 隐忍着这悲惨而甜蜜的伤心，
> 醺醺地翩翩地飞着。

这首诗表达的是年轻人对自由爱情的渴望和冲破障碍的决心。虽然有伤感，却也不乏坚毅。"五四"促进了个人意识的觉醒，但个人的力量在保守社会的巨大阻力面前显得那么渺小，似乎无法改变现状。这种渺小感和无力感在年轻人心里激发了一种普遍的感伤。戴望舒的《凝泪出门》① 大概是受了魏尔伦的《泪珠飘落萦心曲》的影响，感伤情绪更加强烈，但作者并没有说明他痛苦的原因何在：

---

① 初次发表于《璎珞》旬刊第 1 期（1926 年 3 月出版）。

昏昏的灯，

溟溟的雨，

沉沉的未晓天；

凄凉的情绪，

将我的愁怀占住。

凄绝的寂静中，

你还酣睡未醒；

我无奈踯躅徘徊，

独自凝泪出门：

啊，我已够伤心。

清冷的街灯，

照着车儿前进；

在我的胸怀里，

我是失去了欢欣，

愁苦已来临。

  1924 年，刘半农的歌谣体新诗《叫我如何不想她》，经赵元任谱曲而成为风靡一时的流行歌曲。两年后，刘半农的《扬鞭集》出版，奠定了他在中国新诗史中的地位。戴望舒的《可知》发表于 1926 年 4 月出版的《璎珞》旬刊第 3 期。这首带有歌谣（ballade）趣味的爱情诗，写得非常感伤。在中国古典诗歌中，李商隐、李煜、晏几道、柳永（约 984—约 1053）、秦观（1049—1100）、纳兰性德（1655—1685）、黄景仁都是以感伤闻名。但是中国现代文学中歌谣式的诗歌却是源于西方诗歌的影响。歌谣产生于中世纪晚期，维庸（François Villon，1431—1463）的作品对后世产生了很大的影响。19 世纪浪漫主义诗歌再次赋予这种古老的诗歌形式以新的活力，以表现诗人的苦恼、忧伤和叹息。其回环往复的结构形式和一唱三叹的抒情方式都强化了对读者感情的影响。因此，戴望舒的《可知》是直接受到刘半农《叫我如何不想她》的启发，同时也是间接地受到欧洲诗歌的影响而创作的。但是，刘半农的《叫我如何不想她》轻快愉悦，而戴望舒的《可知》则抑郁愁闷。此时他尚未有真正的恋爱经历，失恋的痛苦完全来自于想象，悲愁的调子则是他一贯性格的体现。

  单恋是一种特殊的爱情经验。被爱的人要么根本不知道这种感情，无法给予回应；要么根本就无动于衷，不予回应。无论是哪一种情况，当事人都在没有结果的自我燃烧中，品味着毫无安慰的精神苦痛，生命在没有升华的状态下，随着时间的流逝而虚度。俗语说："精诚所至，金石为开。"但在爱情的关系中却未必如此，一方真诚强烈的感情未必就能引起另一方的爱情回应，因为爱情并不等于感动。单恋者常常以为坚持下去就能感动对方，因此执着不放，使自己在很长的时间里都处于心理和精神的高度紧张和压抑状态。

在《自家伤感》[①] 一诗中，诗人说自己怀着满腔热情去见他的恋人，但对方却冷面无言，使他的希望受到沉重的打击，只能自伤自怜。

> 怀着热望来相见，
> 冀希从头细说，
> 偏你冷冷无言；
> 我只合踏着残叶远去了，
> 自家伤感。
>
> 希望今又成虚，
> 且消受终天长怨。
> 看风里的蜘蛛，
> 又可怜地飘断
> 这一缕零丝残绪。

戴望舒对施绛年的单恋具有相当强的悲剧性。他的追求热烈而执着，却始终得不到对方的回应。施绛年碍于戴望舒与自己兄长的朋友关系而不能做出断然回绝，又使得戴望舒对她抱有幻想而无法毅然决然地中止这份无望的爱情。施绛年的不明确拒绝无疑造成了诗人的巨大痛苦。

在《静夜》[②] 里，诗人写道："你盈盈地低泣，低着头，/你在我心头开了烦忧路。"在两人独处的时候，恋人没有表现出幸福和快乐，而是低泣，也没有言语。这使得满心欢喜、满怀渴望前来约会的诗人内心也被烦恼和忧虑所笼罩。他很急切地想知道"这烦忧是从何处生/使你坠泪，又使我伤心？"但她只是哭泣而不言语，诗人只好温柔地求她，而结果是可想而知的：

---

① 初次发表于《小说月报》第 19 卷第 8 号（1928 年 8 月出版）。
② 初次发表于《小说月报》第 19 卷第 8 号（1928 年 8 月出版）。

> 停了泪儿啊，请莫悲伤，
> 且把那原因细讲，
> 在这幽夜沉寂又微凉，
> 人静了，这正是时光。

在写于同一时间段的《山行》里，诗人描写了恋人在他心里引起的矛盾和痛苦。"见了你朝霞的颜色，/便感到我落月的沉哀"。相爱的人相会是喜悦的，但单恋者与被恋慕者的相见却是沉重、压抑和悲哀的。诗人将恋人比为"朝霞"，把自己喻为"落月"：前者朝气蓬勃，洋溢着活力和希望，后者则暮气沉沉，弥漫着衰颓和绝望。爱得如此之沉重、痛苦和绝望，为什么不断然舍弃呢？诗人说他根本无法摆脱自己对恋人的心理依赖：

> 可是不听你啼鸟的娇音，
> 我就要像流水地呜咽，
> 却似凝露的山花，
> 我不禁地泪珠盈睫。

在《残花的泪》① 里，诗人以无法移动、耗尽青春的残花自喻，将恋人比为美丽、自由的蝴蝶。"寂寞的古园中，/明月照幽素"，孤寂的残花向对它不以为意的蝴蝶哭诉道：

> 我的娇丽已残，
> 我的芳时已过，
> 今宵我流着香泪，
> 明朝会萎谢尘土。

> 我的旖艳与温馨，
> 我的生命与青春
> 都已为你所有，
> 都已为你消受尽！

---

① 初次发表于《小说月报》第 19 卷第 8 号（1928 年 8 月出版）。

残花抱怨说蝴蝶会忍心抛下自己，"独自蹁跹地飞去，/又飞到别枝春花上，/依依地将她恋住"。即使自己为了对蝴蝶的恋爱而耗尽生命，蝴蝶也不会回来凭吊它的。由此我们可以看出：戴望舒意识到了施绛年对他的爱是无动于衷的，即使他为她而死也不会打动她。

在《林下的小语》中，诗人叹息着："在这里，亲爱的，在这里，/这沉哀的，这绛色的沉哀。""绛色"一语双关，一方面使悲哀具有了唯美的色彩，一方面暗示着施绛年是沉哀的原因。

虽然对施绛年的绝情有了这样清醒的认识，诗人却仍然无法断然放弃这一份无望的爱情追求。他依然幻想着恋人有回心转意的时候。在《回了心儿吧》① 一诗中，诗人恳切地请求 "Ma chère ennemie"（意为 "我的可爱的冤家"）看一看 "我伤碎的心，我惨白的脸，/我哭红的眼睛"。他说自己所求无多："回来啊，来一抚我伤痕/用盈盈的微笑或轻轻的一吻。"他没有奢望，只求她 "Aime un peu"（意为 "爱我一点点"），而他将要 "把无主的灵魂"托付给她。他特别申明："这是我无上的愿望和最大的冀希。"在此我们可以看到戴望舒的爱情观是浪漫主义的，是将自己的生命意义完全系于一场爱情，这爱情因此就变得无比神圣、庄严、崇高和绝对。这种爱情观念使得男女双方都因此而承受巨大的心理负担。而且，诗人真正爱的是这种爱情观念，而施绛年不过是恰好被诗人视为这种理想爱情的最理想载体而已。施绛年作为一个中学生，只读过一些文学作品，她很难理解和接受戴望舒的这种带有空想性质的爱情。这也就解释了她对戴望舒的热烈追求根本不动心的理由。

戴望舒与施绛年在生活的空间里如此接近，却没有形成生命的交集，这是令人叹息的。诗人孤独敏感的心灵也更加悲苦抑郁，《雨巷》② 富有感染力地展示了诗人的这种心灵状态。

诗人是孤寂的："撑着油纸伞，独自/彷徨在悠长，悠长/又寂寥的雨巷"，他 "希望逢着/一个丁香一样地/结着愁怨的姑娘"。"丁香"意味着这个姑娘是高洁的，像 "我"一样坚持理想，决不苟且。"愁怨"则表明她对现状不满意，渴望一种理想生活。这两点其实也是 "我"所具有的。"我"想象着她也深受孤寂之折磨："她是有/丁香一样的颜色，/丁香一样的芬芳，/丁香一样的忧愁，/在雨中哀怨，哀怨又彷徨。"

"我"在想象中似乎看见她也漫无目的走在雨巷里：

① 初次发表于《莽原》第 2 卷第 20 期（1927 年 12 月出版）。
② 初次发表于《小说月报》第 19 卷第 8 号（1928 年 8 月出版）。

> 她彷徨在这寂寥的雨巷，
> 撑着油纸伞
> 像我一样，
> 像我一样地
> 默默彳亍着，
> 冷漠，凄清，又惆怅。

　　一对孤独寂寞而又执着于理想的年轻男女似乎可以成为结伴同走人生路的恋人。但他们被各自的刻骨孤独所束缚，无法相互施以援手，进而牵手再到永结同心，这正如两块寒冰挨在一起并不能相互带来温暖。沉湎于自己的孤独世界的人，其心灵是封闭的。这样两个人的邂逅不能制造一见钟情的浪漫故事，甚至连彼此寒暄的礼貌性问候都没有：

> 像梦中飘过
> 一枝丁香地，
> 我身旁飘过这女郎；
> 她静默地远了，远了，
> 到了颓圮的篱墙，
> 走近这雨巷。

　　"我"是孤独清高的，"我"希望遇到一个同样孤独清高的姑娘，使彼此的生命不再孤苦伶仃。但是，当这样理想的姑娘出现以后，双方却都因为矜持、被动而无所作为，甚至连一句话都没有说。姑娘却如同惊鸿一瞥，转眼消失在茫茫世界之中，留下"我"继续孤独惆怅不已。

　　这首诗的创作仍然与诗人追求施绛年而得不到回应的苦恋有关。诗中的"我"孤独凄清，独自彷徨于悠长的雨巷。寂静的雨巷显然是相对于繁忙热闹的世俗生活世界而言，隐喻的是诗人逃离俗世的理想之地。他渴望在理想之地有理想的爱人为伴，生命不再孤独。这是浪漫主义诗人渴望的生活。理想的女子出现了，但完全沉浸在属于她自己的理想世界，甚至在与我擦肩而过的时候可能没有注意到"我"的存在。有相遇而没有相爱，有过并肩行路的时刻，但她没有犹豫，没有停留，继续向前走，追求她的理想，而我只能眼睁睁地看着她走远，然后从视线中彻底消失。

有人也许会问：为什么"我"没有任何积极的行动来引起姑娘的注意？为什么"我"不像那些浪漫主义诗人一样以火热的爱情来激发姑娘的爱呢？爱情与尊重是密不可分的，爱一个人就必须最大限度地尊重他或她的自由意志。在《旧约·雅歌》里，"思爱成病"的女子请求同伴们说："耶路撒冷的众女子啊，我指着羚羊或田野的母鹿嘱咐你们：不要惊动、不要叫醒我所亲爱的，等他自己情愿。"（2：7）爱情可以激发爱情，但强迫最多只能收获违心的爱情承诺，而违心的承诺不能导向真心的践诺。在梅里美的小说《卡门》里，女主人公宁死也不愿意违心地跟她已经不再爱恋的男人回去。实际上，戴望舒对施绛年的爱情不可谓不强烈，追求不可谓不热情，但施绛年对他的冷淡却是无法改变的事实，是他必须默默咀嚼和吞食的苦果。因此，《雨巷》中"我"压抑着自己的强烈渴望，默默地目送着自己期待的姑娘的走远并彻底消失。在这表面的平静下，是他对姑娘的高度尊重和对自己的高度克制。这正是现代社会里处理爱情的文明原则。

前面提到《雨巷》的构思灵感可能来源于波德莱尔的《给一位过路的女子》①（À une passante）。波德莱尔笔下喧闹的巴黎大街，被戴望舒改写为他所熟悉的江南小巷。"穿重孝、显出严峻的哀愁、瘦长苗条的"巴黎妇女，在戴望舒笔下变成了"一个丁香一样地结着愁怨的姑娘"。波德莱尔笔下的巴黎妇女"用一只美丽的手摇摇地撩起她那饰着花边的裙裳"，而戴望舒笔下的丁香姑娘"撑着油纸伞""默默彳亍着"。波德莱尔笔下的巴黎妇女"轻捷而高贵"，而戴望舒笔下的丁香姑娘"冷漠，凄清，又惆怅"。在波德莱尔笔下，作为抒情主体的"我""像狂妄者浑身颤动，/畅饮销魂的欢乐和那迷人的优美"。戴望舒笔下的"我"则"默默彳亍着"，任由"她静默地走近"，"投出太息一般的眼光"，然后像"像梦一般地""飘过"。在波德莱尔笔下，当巴黎妇女一闪而过以后，"我"惊呼叹息说"去了！远了！太迟了！"而在戴望舒笔下，"我"依旧"撑着油纸伞，独自/彷徨在悠长，悠长/又寂寥的雨巷"。还有一个重要的差别：波德莱尔写的是真实发生在熙攘大街上的不期而遇，戴望舒写的是在想象中的寂静雨巷中的擦肩而过。有些人认为戴望舒的"丁香姑娘"就是施绛年。这种说法混淆了生活经验与艺术创作的区别。生活经验为创作预备了素材，但素材要变成艺术品则需要灵感的触发，在想象中对经验进行艺术性转化，并用具备美感价值的语言进行有技

---

① ［法］波德莱尔. 恶之花·巴黎的忧郁［M］. 钱春绮，译. 北京：人民文学出版社，1991：215.

巧的表达。

《雨巷》中的抒情主体"我"肯定是戴望舒的化身，其孤独、寂寞、彷徨和渴望正是诗人自己的写照。而"丁香姑娘"则是诗人情感投射的映像，她与"我"一样撑着油纸伞，默默彳亍于寂静的雨巷，被刻骨的孤独所笼罩，显得孤高冷漠，令人望而生畏，敬而远之。这也说明了"我"为什么会无动于衷地任其走过身旁，消失在雨巷的尽头。在现实中，恰好是施绛年的朝气蓬勃、质朴自然、落落大方强烈吸引了戴望舒，使他渴望施绛年的爱情能帮助他走出寂寞抑郁的心境，让他的生命重新焕发出信心和力量。因此，这份爱情对他是如此重要，以至于他几乎把全部的生命作为赌注投入其中。

《到我这里来》① 表达了诗人对其恋人的深情呼唤。"到我这里来，假如你还存在着"这句诗有些费解。它似乎是说恋人从自己的世界消失了而生死未知。他要求她以这样的方式来响应他的呼唤："全裸着，披散了你的发丝。"这大概是让她摆脱一切的束缚②，以完全"自然"③ 的样子来见他。让恋人"全裸"毫无色情动机，他在想象中建构了一个封闭的二人世界。在那里，没有他人关注，也不需要理会他人，"我将对你说那只有我们两人懂得的话"。在那里，他们将不谈论锦衣玉食，不谈论金银首饰，不谈论名誉地位，而只谈论美丽的花草和美好的梦想：

> 我将对你说为什么蔷薇有金色的花瓣，
> 为什么你有温柔而馥郁的梦，
> 为什么锦葵会从我们的窗间探首进来。

诗人认为他和恋人会达到心理的高度相知和精神的高度契合："人们不知道的一切我们都会深深了解。"他们在热恋中，彼此都感到了热烈的欲望（"我的手的颤动和你的心的奔跳"），但是没有放纵，而是对欲望进行节制——这种节制正是出于对对方人格的高度尊重。因此诗人让恋人打消一切疑虑：

---

① 初次发表于《新文艺》第 1 卷第 2 号（1929 年 10 月 15 日出版）。
② 即不再受到与"文明"相关联的习俗、舆论、利益、思虑等的限制。
③ "全裸着，披散了你的发丝"大概是要求恋人抛弃一切人为的装饰，以自然健康的样子来到他面前。18 世纪西欧知识界出现了赞美"好野蛮人"（le bon sauvage）的风气，认为他们生活在"自然"状态，没有被"文明"污染，因此身心健康，淳朴自然。卢梭的《论科学与艺术》（*Discours sur les sciences et les arts*，1750）将这种风气理论化。卢梭提出的"回归自然"（retour à la nature）借助浪漫主义运动而影响深远。

> 不要怕我发着异样的光的眼睛，
> 向我来：你将在我的臂间找到舒适的卧榻。

　　此时，抒情达到了高峰状态，读者跟着诗人想象和品味着他所描绘的神仙般理想、脱俗的恋爱生活。然而，美好的想象急转直下，落入了现实中的忧伤甚至绝望：

> 可是，啊，你是不存在着了，
> 虽则你的记忆还使我温柔地颤动，
> 而我是徒然地等待着你，每一个傍晚，
> 在菩提树下，沉思地，抽着烟。

　　"你是不存在着了"这句诗让读者最直接地产生这样的理解：恋人已经死了，只留下"我"孤独地活在这个鄙俗的世界。但"我是徒然地等待着你"则又让人想到他的恋人也可能是从"我"的世界里永远消失了，但未必是死了。我们将作者的实际生活与这首诗联系起来看，此诗中的"你"仍是施绛年。在她明确表示对诗人没有感情的情况下，他仍然对她一往情深，呼唤着她，等待着她，但也知道他的呼唤和等待是徒劳的。

　　如果说对施绛年的爱是戴望舒生命的全部内容和全部希望的话，对施绛年而言这份爱却几乎没有造成任何生命的触动。强烈的爱情追求遭遇到的是几乎无法打破的冷淡，戴望舒意识到自己是一个可悲的单恋者。他的心里鼓胀着爱情，但这爱情却没有着落。在《单恋者》① 中他写道：

> 我觉得我是在单恋着，
> 但是我不知道是恋着谁：
> 是一个在迷茫的烟水中的国土吗，
> 是一枝在静默中零落的花吗，
> 是一位我记不起的陌路丽人吗？
> 我不知道。
> 我知道的是我的胸膛胀着，
> 而我的心悸动着，像在初恋中。

---

① 初次发表于《小说月报》第 22 卷第 2 号（1931 年 2 月出版）。

这使"我"身心不得安宁。夜晚是人们安息的时段，但"我"却因为厌烦而在"暗黑的街头的踯躅"，"我不想回去，好像在寻找什么"。他当然在寻找能够向其交托自己，也能够接纳自己的那个人。也许他不是很清楚自己想要的，但却很清楚自己不想要的：

> 飘来一丝媚眼或是塞满一耳腻语，
> 那是常有的事。
> 但是我会低声说：
> "不是你！"然后踉跄地又走向他处。

不管别人如何看待自己，他自己有很清楚的自我认识："真的，我是一个寂寞的夜行人，/而且又是一个可怜的单恋者。"作为一个单恋者，他知道自己爱的是谁。作为一个夜行者，他踽踽独行，没有爱人相伴。

诗人把对施绛年的爱视为自己生命的全部和意义所在，但她却对他的爱无所谓。在这无望获得又无法自拔的苦恋中，诗人觉得自己的生命在无意义地消耗着，自己的青春年华已经逝去。在《老之将至》① 一诗中，戴望舒叹息说：

> 我怕自己将慢慢地慢慢地老去，
> 随着那迟迟寂寂的时间，
> 而那每一个迟迟寂寂的时间，
> 是将重重地载着无量的怅惜的。

在《二月》② 一诗里，诗人看到春回大地，万物都显得生机勃勃。他带着欣喜之情写道：

> 春天已在野菊的头上逡巡着了，
> 春天已在斑鸠的羽上逡巡着了，
> 春天已在青溪的藻上逡巡着了，
> 绿荫的林遂成为恋的众香国。

---

① 发表于《小说月报》第 22 第 1 号（1931 年 1 月出版）。
② 初次发表于《小说月报》第 22 卷第 10 号（1931 年 10 月出版）。

春天是恋爱的季节，真情的宣示将和假意的表白一同被说出来，也许假话更加动人。诗人不禁发出慨叹："于是原野将听倦了谎话的交换，/而不载重的无邪的小草/将醉着温软的皓体的甜香。"原野上遍地春色，恋人们相互表白，诗人感到了自己的孤独。他徘徊终日，直到红日西沉，暮色渐浓，而最后一个游春的女子也在时光催人老的怨叹中离去。没有爱人赠送的红玫瑰，只有自己采撷的一枝蒲公英。他迈着缓缓的脚步，依依不舍地离开，在这不舍中其实有他对真爱的期待。诗人是真心、全心地爱着施绛年，他当然不能仅仅满足于对方的口头答应，而是渴望她真心地回应他的爱情。因此，春天带来了希望，也带来了他的忧愁。

四、短暂的欢乐幸福时光

1929 年 4 月，戴望舒自编的第一部诗集《我底记忆》由上海水沫书店出版。在初版本的扉页上，有"À Jeanne"（意即"给绛年"）的法文题献，并用拉丁文题上了古罗马诗人提布卢斯（Albius Tibullus，约55—约前19）的诗句：

Te Spectem suprema mihi cum venerit hora.

Te teneam moriens deficiente manu.

他将这两句译为"愿我在最后的时间将来的时候看见你，/愿我在垂死的时候用我的虚弱的手把握着你"。借着提布卢斯的诗句，戴望舒向世人宣布：他已经把施绛年视为自己生死相依的爱人。

痴情苦恋而没有结果，戴望舒激愤之下决定跳楼殉情。施绛年不愿意看到戴望舒为自己而自杀的结局，于是勉强答应了他的请求。喜出望外的戴望舒立刻通知住在杭州的父母赶到上海向施的父母提亲。施绛年的父母也不太同意这桩婚姻，但在施蛰存的劝说下勉强答应了。1931 年春夏之际，戴望舒与施绛年举行了隆重的订婚仪式。这给诗人孤苦的心底打上了亮光，使他露出了微笑，也体会到了快乐。

1931 年 10 月，《小说月报》第 22 卷第 10 号发表了戴望舒的一组诗歌。在其中，《我的恋人》、《村姑》、《三顶礼》和《款步（一）》表达了诗人获得了婚姻承诺以后的欣喜，但无法抑制的忧虑使他不能开怀大笑。

　　人类爱情是有意识的，这一点不仅表现为预见、认识和按一定目的调整自己的行动，并且表现为富于幻想和殷切地渴望获得个人幸福。意识有三个向度：它从过去吸取教训，为现在建立一个思维方向，还能预见未来。意识把人的爱情改造成一种美好的、充满着情感联想的、令人激动的回忆，使人能充分地体验到幸福，赐予他将来再度获得享受的隐隐约约的希望。①

戴望舒把施绛年对他的求爱不做回应的事实理想化地解读为少女的羞怯，而羞怯又反过来加深了诗人对她的理想化。在《我的恋人》② 中他苦涩而自我安慰地写道：

> 我将对你说我的恋人，
> 我的恋人是一个羞涩的人，
> 她是羞涩的，有着桃色的脸，
> 桃色的嘴唇，和一颗天青色的心。

诗人赞美"她有黑色的大眼睛"，但她却"不敢凝看我"。她的刻意回避被解读为"不是不敢，那是因为她是羞涩的"。诗人进一步将恋人做了理想化的想象：

> 她有纤纤的手，
> 它会在我烦忧的时候安抚我，
> 她有清朗而爱娇的声音，
> 那是只向我说着温柔的，
> 温柔到销熔了我的心的话的。

事实上，诗人一直得不到恋人的爱的回应，他也不曾得到她的安抚和安慰，收获的只是因爱而生的忧伤和焦虑。但诗人为她辩护说：

> 她是一个静娴的少女，
> 她知道如何爱一个爱她的人，
> 但是我永远不能对你说她的名字，
> 因为她是一个羞涩的恋人。

---

① ［保］基·瓦西列夫. 情爱论［M］. 赵永穆，范国恩，陈行慧，译. 北京：三联书店，1984：31 -32.
② 初次发表于《小说月报》第 22 卷第 10 号（1931 年 10 月出版）。

　　在喧嚣的现代都市中，人们忙碌而紧张，对利益最大化的追求严重扭曲了人际关系。从浪漫主义运动以来，敏感的诗人们怀着对美好生活的渴望，把与城市相对的乡村加以理想化，渴望着逃离城市，到宁静的乡村去过一种单纯的生活。因此，单纯的乡村成为对腐败的城市的救赎，淳朴的乡下人成为歌颂和羡慕的对象。"五四"以后的新文学作家也受到了这种思想的影响。周作人转译了果尔蒙《西茉纳集》①中的几首诗，曾经引起许多人的共鸣②。沈从文以"乡下人"自居，以建立他在城里人面前的自尊和自信。

　　戴望舒非常喜爱"农民诗人"耶麦的诗歌。在 1929 年 9 月 15 日出版的《新文艺》创刊号上，戴望舒发表了他翻译的一组耶麦诗歌，在《译后记》中他写道：

> 　　耶麦（Francis Jammes）为法国现代大诗人之一。他是抛弃了一切虚夸的华丽、精致、娇美，而以他自己的淳朴的心灵来写他的诗的。从他的没有词藻的诗里，我们听到曝日的野老的声音，初恋的乡村少年的声音和为禽兽的谦和的朋友的圣弗朗西思一样的圣者的声音而感到一种异常的美感。这种美感是生存在我们日常的生活上，但我们适当地、艺术地抓住的。这里我从他的《从晨祷钟到晚祷钟》集中选译了六章诗，虽然经过了我自愧没有把作者的作风传神地表达出来的译笔，但读者总还可以依稀地辨出他的面目来。

我们来看一下戴望舒译的耶麦《少女》这首诗：

> 那少女是洁白的，
> 在她的宽阔的袖口里，
> 她的腕上有蓝色的静脉。

---

① 周作人译为《西蒙尼集》。
② 周作人的《西茉纳集》发表十年以后，戴望舒对这部诗集仍然念念不忘，将其全部译出。在写于 1932 年 7 月 20 日的《译后记》里，他写道："玄迷·特·果尔蒙是法国后期象征主义诗坛的领袖，他的诗有着绝端的微妙——心灵的微妙与感觉的微妙、他的诗情完全是呈给读者的神经，给微细到纤毫的感觉的、即使是无韵诗，但是读者会觉得每一篇中都有着很个性的音乐。《西茉纳》是他的一个小集，虽然小，却是他的著名诗作。从前周作人曾以《西蒙尼》的题名译出数首，编在《陀螺》里。现在我不揣谫陋，把全部译过来，介绍给读者。"

人们不知道她为什么笑着。
有时她喊着，
声音是刺耳的。

难道她恐怕
在路上采花的时候
摘了你们的心去吗？

有时人们说她是知情的。
不见得老是这样罢。
她是低声小语着的。

"哦！我亲爱的！啊，啊……
……你想想……礼拜三
我见过他……我笑……了。"她这样说。

有一个青年人苦痛的时候，
她先就不作声了：
她十分吃惊，不再笑了。

在小径上
她双手采满了
有刺的灌木和蕨薇。

她是颀长的，她是洁白的，
她有很温存的手臂。
她是亭亭地立着而低下了头的。

这首诗描绘了一个淳朴自然的乡村少女。她皮肤白皙，身材颀长。她无论是大笑或者高喊，动作都是那样的自然，毫无城市女性的矜持和做作。她恋爱了，因为看见了自己所爱的男子而激动得喃喃自语。当另一个男子因为对她的爱而痛苦的时候，她感到吃惊，陷入了沉默。这表明她是一个很有同情心的女子。

　　耶麦这首诗一定给戴望舒留下了深深的印象。当身材颀长、活泼大方的施绛年终于答应了他以后，戴望舒便将她与耶麦笔下的少女联系起来，将其理想化为淳朴自然的"村姑"。戴望舒《村姑》一诗脱胎于耶麦的《少女》，融入了他本人的生活经验和爱情理想，通过质朴而纯熟的语言，描绘了想象中的中国南方乡村女子因为初恋而发生的微妙心理变化。我们毋庸讳言戴望舒对耶麦的模仿，但他不是简单地照搬，而是更加细致地描绘了乡村生活的单纯宁静，那里简直就是渴望逃离城市的现代诗人的理想归宿。更加令人向往的是，那里还有单纯的爱情带给人幸福和希望。

　　多年的追求终于等来了永结同心的婚约，诗人的心灵获得了极大安慰。但是，他也知道施绛年答应自己不是出于对他的爱的积极热烈回应，而是在他以死相逼之下的违心承诺。这使他的内心在欢乐之中仍然有驱散不去的疑虑和担忧。过去所遭受的痛苦似乎变成了苦涩而甜蜜的回忆，而现在的幸福也仍然显得不很确定。因此，写在这一时期的诗歌在快乐中仍然有痛苦的阴影和预感。

　　在《三顶礼》一诗中，戴望舒将"恋人的发"比喻为"翻着软浪的暗暗的海"，而茫茫大海又使他联想到乘船旅行的经验，而漫长的海上之旅是会"引起寂寂的旅愁的"，但诗人恰恰因此而带着崇拜之心怀念恋人的头发。"恋人的眼"被诗人比喻为"佻佻的夜合花"，它的光彩打破黑夜的沉寂，它的清香使人神清气爽，它的绰约风姿让诗人带着崇拜之心沉醉。是受我沉醉的顶礼。"恋人的唇"被诗人比喻为"小小的红翅的蜜蜂"，它给诗人以"苦痛的螫"。诗人渴望着恋人的吻带给他无上的快乐，正是因为恋人不肯吻他才使他苦痛不已。无望的爱是痛苦的，但诗人愿意为爱付出代价，所以他心痛并快乐着。尽管如此，他还是因为得不到恋人的吻（即对自己爱情的热烈回应）而心生怨尤，但这是极度的爱所引起的怨恨，是爱的另一种表现形式。因为"顶礼"是佛教拜佛时的最高敬礼姿势：崇拜者跪下，两手伏地，以头顶着佛陀的脚。戴望舒使用这个佛教词汇表达了他对施绛年的带有崇拜意味的热爱。这种爱不是传统中国恋人对永结同心的渴望，而是像西方浪漫主义和象征主义诗人那样把所爱的女子当作女神，展开理想主义的想象。因此，爱情就被夸张到具有生命救赎性质，需要用全部生命去追求，并且为此承受心碎神伤而在所不辞。

　　我们从《山行》《林下的小语》等诗作中已经看见：诗人和恋人一起出去游玩，恋人的冷淡使他和她在一起的时候不仅没有快乐，反而强化了他的烦恼和忧愁。但是，在订婚以后，诗人的心情快乐了许多。《款步（一）》记录了诗人和施绛年重游故地时的欢乐和幸福感。诗人因为爱而快乐，周围的自然风物在他眼中也似乎受了他的感染。沉浸于幸福之中的诗人，似乎在指着眼前的景物，请他的恋人看它们的表现，来体会他们的幸福。

首先映入眼帘的是那一棵巍然屹立的"苍翠的松树"，诗人主观地认为它"是爱我们的"，它像一个善良的老人一样"曾经遮过你的羞涩和我的胆怯"。诗人略带谐谑地称它为"我们的这个同谋者"。诗人说它虽然苍老，但却不糊涂健忘，主观地认为它"有一个好记性"。它肯定还记得诗人在恋人面前的笨拙和胆怯，也应该记得恋人的冷淡和不知所措。再见到关系变得密切了的这一对恋人之时，它没有揶揄嘲讽他们过去的表现，而是宽厚地欢迎他们，仍像过去一样敞开自己的绿荫来欢迎他们。从这样的拟人和想象中，我们可以感受到洋溢在诗人心底的快乐和幸福是多么强烈！

在松树旁边的深草间，曾经有一条小溪。潺潺的水声曾经打破了他和她之间难堪的沉默和寂静。今天，当他和她言笑晏晏的时候，却没有看到小溪的清流，没有听到欢快的水声。不息的流水很容易使人联想到时时刻刻在逝去的生命。为不使他触景生情，想起生命中那些随着苦恋而浪费了的日子，诗人也许更愿意对消逝了的小溪作另一种解读。他猜想它可能是改道了，"饶舌着，施施然绕着小村而去了"。

再看看周围茂盛的青草和缤纷的野花，诗人情不自禁地想到它们如此盛装是为了参加他和施绛年的婚宴：

> 这边是来做夏天的客人的闲花野草，
> 它们是穿着新装，像在婚筵里，
> 而且在微风里对我们作有礼貌的礼敬，
> 好像我们就是新婚夫妇。

接着，诗人深情地呼唤他的恋人，说他现在想要吻她，而且她也感觉到了他的渴望：

> 我的小恋人，今天我不对你说草木的恋爱，
> 却让我们的眼睛静静地说我们自己的，
> 而且我要用我的舌头封住你的小嘴唇了，
> 如果你再说：我已闻到你的愿望的气味。

爱情的喜悦使戴望舒心情开朗了许多。1931年10月发表于《北斗》第1卷第2期的《野宴》和《昨晚》即可为证。

《野宴》更像是作者在浪漫的想象中向恋人发出的野餐邀请。热恋中的男女喜欢到人少的地方，免得受到打扰，败坏了心情。诗人找到了一个僻静的所在："对岸青叶荫下。"那里"只有百里香和野菊作伴"，没有使恋人不自在的旁人的喧闹和窥视，因为河水形成了天然屏障，而天上的白云成为他们野餐的巨大帐幕，似乎天底下只有他们这一对幸福的恋人。西方浪漫主义文学"回归自然"和爱情至上的诉求在戴望舒的想象和诠释里达到了高度的统一。俗话说："爱情不能当饭吃。"恋人是要吃饭的，但浪漫的恋人即使吃东西也是诗意的：

> 那里有木叶一般绿的薄荷酒，
> 和你所爱的芬芳的腊味，
> 但是这里有更可口的芦笋
> 和更新鲜的乳酪。

他的恋人是娇柔的、挑剔的，诗人保证说他预备了丰盛的饮食，一定会让恋人心情舒畅，大快朵颐：

> 我的爱软的草的小姐，
> 你是知味的美食家：
> 先尝这开胃的饮料，
> 然后再试那丰盛的名菜。

戴望舒曾经在《独自的时候》里抑郁地写道：

> 幽暗的房里耀着的只有光泽的木器，
> 独语着的烟斗也黯然缄默，
> 人在尘雾的空间描摹着惨白的裸体
> 和烧着人的火一样的眼睛。

曾经因为苦恋而感到寂寞孤独的诗人，现在因为恋人的承诺而沉浸在巨大的幸福感之中。虽然还没有结婚，但快乐已经洋溢了他的房间。在《昨晚》一诗里，戴望舒想象着在他出门与恋人约会的时候，他的小屋里各样物品也趁机狂欢了一次。屋里的凌乱景象被他认为是物品们狂欢的证据，尽管在他回来以后似乎一切都正常摆放着。我们也可以将这首诗视为一个狂欢的邀请：诗人邀请曾经被主人的抑郁感染了的物品们自由地活动，痛快地享乐，因为曾经的压抑是不正常的。透过这天真的诗情，我们可以体会到诗人的巨大幸福感。

五、被迫独自远行的惆怅

施绛年虽然在口头上答应了戴望舒的求爱，也以订婚的方式确认了二人的关系，但她在内心始终没有爱上戴望舒，不能以热情来回报戴望舒的热情。因此，她有时勉强答应戴望舒，有时仍然会像过去一样冷淡。

1932 年 5 月 1 日，由施蛰存主编的《现代》第 1 卷第 1 期出版。在这一期上，戴望舒发表了一组诗，包括《款步（二）》《过时》《有赠》和《前夜》。

在《款步（二）》这首诗中，我们可以看到戴望舒和施绛年在枫树林中游玩，头顶的青空中的片片红叶与眼前恋人的红唇让人忘记了这是萧疏的秋天。诗人因为恋人在身边而显得特别兴奋，他兴致勃勃地提议：

> 答应我绕过这些木栅，
> 去坐在江边的游椅上。
> 啮着沙岸的永远的波浪，
> 总会从你投出着的素足
> 撼动你抿紧的嘴唇的。

诗人的热情和浪漫，得到的回应却是恋人的缄默。它不仅浇灭了诗人的热情，也凉透了他的身心。他叹息着：

> 虽然残秋的风还未来到，
> 但我已经从你的缄默里，
> 觉出了它的寒冷。

一般的情侣从订婚到结婚间隔的时间不会太长。但是，在同意订婚的时候，施绛年还附加了一个条件：戴望舒必须出国留学，取得学位，在国内找

到有较高地位且收入稳定的工作以后，才能够与她完婚。熟悉戴望舒的朋友
们都知道，他热衷于写诗和译诗，对上课、写论文、拿学位的事情根本不感
兴趣。为了爱情，戴望舒答应了这个要求，决定强自己所难，去法国留学。
但是，谁都知道在国外学习并获得高级学位是一个相当漫长的过程。从前，
他追求施绛年，对方不为所动，可望而不可即，让他感到绝望。现在，施绛
年答应了他，却又逼着他远走异国去读书，不知道何年才可以获得学位回来
完婚。从前，他是无希望的单恋者；现在，他仍然像单恋者一样，因为希望
是那样渺茫。从前，他多年都在等待着恋人接纳并回应他的爱；现在，他还
要等待多年才可以共结连理。他觉得日子就在这几乎无望的等待中白白地耗
掉了，自己也从生机勃勃的年轻人变得老气横秋，失去了生命的活力。在
《过时》一诗里，戴望舒说自己满腹惆怅，被人揶揄为"过时"的人。他感
慨万千：

> 是呀，过时了，我的"单恋女"
> 都已经变作妇人或是母亲，
> 而我，我还可怜地年轻——
> 年轻？不吧，有点靠不住。

从年龄上讲，他还是年轻人。可是，多年单恋的苦痛折磨，使他感到自
己好像一个老人了：

> 老实说，我是一个年轻的老人了：
> 对于秋草秋风是太年轻了，
> 而对于春月春花却又太老。

《有赠》这首诗是诗人对自己多年苦苦追求的反思。他苦涩地问道：

> 谁曾为我束起许多花枝，
> 灿烂过又憔悴了的花枝，
> 谁曾为我穿起许多泪珠，
> 又倾落到梦里去的泪珠？

这是诗人的自问：在无望的爱情追求中，多少美好的时光都白白地流逝

了？自己为单恋所受的苦痛，所流的眼泪，又有谁珍惜呢？这也是对施绛年的责问：你为什么如此忍心让"我"的如花青春像花一样枯萎，让"我"为你流了那么多的泪水？

作者没有说明这首诗写给谁。第二节对此做了暗示：

> 我认识你充满了怨恨的眼睛，
> 我知道你愿意缄在幽暗中的话语，
> 你引我到了一个梦中，
> 我却又在另一个梦中忘了你。

"你"看"我"的眼神中"充满了怨恨"。"我"完全知道"你"没有说出来的话语要表达什么意思。因此，我们可以断定二人具有特别的关系。第三、四两句则让我们明白："你"单恋着"我"，"我"也知道"你"对"我"的深情。但是，当"你"唤起"我"的爱之梦时，"我"的梦中情人却是别人！这里涉及爱情关系里的错位："你"爱的是"我"，"我"却钟情于"她"，而"她"对"我"无动于衷，但是"我"也做不到忘掉"她"来爱"你"。不是所有的爱情都能唤起爱情。"我"对"你"满怀歉疚，却也无法补救。诗人写道：

> 我的梦和我的遗忘中的人，
> 哦，受过我暗自祝福的人，
> 终日有意地灌溉着蔷薇，
> 我却无心地让寂寞的兰花愁谢。

第三句中的"有意"使我们联想到"有心插花花不发"的俗语，暗示了诗人对施绛年的执着而痛苦的爱。

眼看着多年的爱情追求得到了对方的接纳，自己却又必须离开，不知多少年以后才能再回来。这使戴望舒感到眼看要实现的幸福又变得遥不可及，就连婚姻的承诺也似乎不那么靠得住。在《梦都子——致霞村》里，戴望舒感叹道："你的衬衣上已有了贯矢的心，/而我的指上又有了纸捻的约指。"尽管不是靠得住的约定，但至少施绛年已经口头接受了戴望舒的爱情。乘船去法国的日期一天天地近了，戴望舒被离愁别绪所苦，他实在不想离开上海，不想离开他的恋人和他的诸多朋友们。

在《前夜——一夜的纪念，呈呐鸥兄》一诗中，戴望舒描绘了一个叫托密的年轻人，他即将告别家乡和亲人，漂洋过海到远方去。在轮船起锚的前夜，他的那个"她"依依不舍，泪水涟涟，而托密也借酒浇愁，醉倒在地。诗人想象着：明天，当托密发现自己置身于天海之间时，他可能才真正意识到家的甜蜜，而那爱他的女子却将因为独守家园而更加消瘦。从这首诗我们可以体会到戴望舒百般不情愿离开施绛年去法国，他甚至设想了施绛年会因他不在身边而身心憔悴。

对远航异国的想象还催生了《游子谣》① 这首诗。初次航海的旅人常常表现得非常兴奋。当"海上微风起来的时候"，他可能会诗意地想象为"暗水上开遍青色的蔷薇"。但是诗人问道："——游子的家园呢？"他想到世界上那些不起眼的动植物都有自己的家：

> 篱门是蜘蛛的家，
> 土墙是薜荔的家，
> 枝繁叶茂的果树是鸟雀的家。

人虽是万物之灵，竟然没有乡愁。这让诗人感到不可思议：

> 游子却连乡愁也没有，
> 他沉浮在鲸鱼海蟒间：
> 让家园寂寞的花自开自落吧。

戴望舒诧异于游子没有乡愁，他实际上在暗示读者：他尚未登船起航，已经被浓浓的乡愁笼罩了。"由此可见，诗人对于即将到来的出国远行在意识深处是恐惧的，在理性认知上是抗拒的。"②

六、时空距离与爱情消失

1932 年 10 月 8 日，怀着对故土和故人的万般不舍，戴望舒搭乘"达特安"号邮船从上海前往法国。

他在这一天的日记中写道："今天终于要走了。早上六点钟就醒来。绛

---

① 初次发表于《现代》第 1 卷第 3 期（1932 年 7 月出版）。
② 刘宝昌. 戴望舒传［M］. 武汉：湖北出版集团崇文书局，2007：96 – 97.

年很伤心。我们互相要说的话实在太多了，但是结果除了互相安慰之外，竟没有说了什么话。我真想哭一回。"①

前来送行的亲友很多："送行者有施老伯、（施）蛰存、杜衡、（穆）时英、（胡）秋原夫妇、（刘）呐鸥、王、瑛姊、蕙及绛年。父亲和蕙没有上船来。我们在船上请王替我们摄影。"②

戴望舒舍不得离开，施绛年也生出惜别之情：

> 最难堪的时候是船快开的时候。绛年哭了。我在船舷上，丢下了一张字条去，说："绛，不要哭。"那张字条随风落到江里去，绛年赶上去已来不及了。看见她这样奔跑着的时候，我几乎忍不住我的眼泪了。船开了。我回到舱里。在船掉好了头开出去的时候，我又跑到甲板上去，想不到送行的人还在那里，我又看见了一次绛年，一直到看不见她的红绒衫和白手帕的时候才回舱。③

邮船开出码头，将上海远远抛在身后。戴望舒百感交集：

> 饭后把绛年给我的项圈戴上了。这算是我的心愿的证物：永远爱她，永远系念着她。
>
> 躺在舱里，一个人寂寞极了。以前，我是想到法国去三四年的。昨天，我已答应绛年最多去两年了。现在，我真懊悔有到法国去那种痴念头了。为了什么呢，远远地离开了所爱的人。如果可能的话，我真想回去。常常在所爱的人、父母、好友身边活一世的人，可不是最幸福的人吗？④

戴望舒在海上走了一个月，不断地写着炽烈的情书，在邮船经停的港口为施绛年选购寄送礼物。

---

① 戴望舒. 航海日记 [M] //戴望舒诗文名篇. 王金亭，编. 长春：时代文艺出版社，2003：365.

② 戴望舒. 航海日记 [M] //戴望舒诗文名篇. 王金亭，编. 长春：时代文艺出版社，2003：365.

③ 戴望舒. 航海日记 [M] //戴望舒诗文名篇. 王金亭，编. 长春：时代文艺出版社，2003：365－366.

④ 戴望舒. 航海日记 [M] //戴望舒诗文名篇. 王金亭，编. 长春：时代文艺出版社，2003：366.

到达以后，戴望舒在巴黎大学旁听，同时在一所语言学校学习西班牙语。如果不正式注册、上课、做论文，是不可能取得学位的。这样做背离了施绛年为他定下的出国留学目标。戴望舒知其不可为而为之，只能说明他在讨好施绛年和发扬自己的个性之间选择了后者。同在巴黎留学的沈宝基（1908—2002）为戴望舒辩护说：他"是讨厌学院派教授的，不会太认真，把很多时间花在听课上"，"他不会去死啃学校课程，而是大量阅读法国的、美国的、南欧的诗人的作品，或是某些可以翻译的作品"①。而戴望舒在里昂的同学罗大冈（1909—1998）则认为："他（戴望舒）到法国之后，先在巴黎混了一年，没有正式上学，过着闲散艺术家的生活。"②

戴望舒在物价昂贵的巴黎生活自费留学，生活费始终是大问题，而他还有访书购书的嗜好。③ 在大病一场之后，他入不敷出，连吃饭都成问题。④ 他实在无法坚持下去，萌生了回国的想法。1933 年 8 月，他写信告诉父亲准备回国。父亲焦急中连忙写信告知施蛰存，施蛰存迅速电告戴望舒，请他慎重考虑回国一事。施蛰存不希望戴望舒大张旗鼓地出国留学⑤，却很快两手空空灰溜溜地回来。戴望舒于是打算转学到学费和生活费相对便宜的里昂中法大学（Institut Franco-Chinois de Lyon）去。

这所大学是法国政府用一部分庚子赔款建立起来的，只接受公费的中国留学生。"他（戴望舒）在国内是名诗人，有人⑥向中法推荐。里昂中法大学接受了他的申请，条件是他必须和别的中法留学生一样，在里昂大学正式报名，选习一张文凭（当时法国大学是文凭制，不是学年制。文科大学生通过四张文凭算毕业，得硕士学位）。学年终了，如考试不及格，可以再学一年。第二学年考试再不及格，即被中法大学开除学籍，遣送回国。"⑦ 戴望舒得到这个机会后，施蛰存特地去信祝贺。

———————————

① 转引自陈丙莹. 戴望舒评传［M］. 重庆：重庆出版社，1993：64.

② 罗大冈. 望舒剪影［M］∥罗大冈文集：第 2 卷. 北京：中国文联出版社，2004：495.

③ 戴望舒的《巴黎的书摊》发表于林语堂主编的《宇宙风》第 45 期（1937 年 7 月 16 日出版）。他说："在滞留巴黎的时候，在羁旅之情中可以算做我的赏心乐事的有两件：一是看画，二是访书。"

④ 刘宝昌. 戴望舒传［M］. 武汉：湖北出版集团崇文书局，2007：108.

⑤ 施蛰存主编的《现代》杂志曾经发表了铜版纸精印的两面插页，以《诗人之出帆》为题，给他送行。

⑥ 根据戴望舒的法国好友杜贝莱神父的说法，这个帮助戴望舒被中法大学破例录取的人是马尔罗（André Malraux，1901—1976）。参见：刘宝昌. 戴望舒传［M］. 武汉：湖北出版集团崇文书局，2007：111.

⑦ 罗大冈. 望舒剪影［M］∥罗大冈文集：第 2 卷. 北京：中国文联出版社，2004：495.

戴望舒选择了法国文学史作为自己的文凭课程。"他正式注册，缴了学费，但是从不去上课听讲，也不和法国同学一样按期做作业。到学年终了，他当然不能去应考试。"与他同住一间宿舍的罗大冈做出了这样的判断："看他的样子是打定主意在里昂混两年，不参加考试，到了期限，他离开里昂回国。"①

那么戴望舒在里昂的两年时间里都干什么呢？罗大冈说："在我的记忆中，他成天坐在窗前埋头用功。他写诗吗？不。搞别的创作或写论文吗？不。给他在国内的未婚妻写信吗？不。他几乎用全部时间搞翻译。将一部比利时的短篇小说集译成中文。据他说，他出国时曾向中华书局预支了一笔稿费。这部比国短篇小说集的译稿就准备偿还预支的稿费。"②

戴望舒不去听课，不去考试，自然没有考试成绩。一年期满，"照规定应当开除学籍，遣送回国。但他申请延长一年，有势力的人替他从旁说话，所以学校又一次批准了他的申请。"1934 年 8 月 22 日，他从里昂出发去西班牙旅行，"旅行的目的是到马德里图书馆去查阅并抄录收藏在那里的中国古代小说"③。他在西班牙流连了几个月，购买了不少西班牙诗人的作品，也搜集了《堂吉诃德》的多个版本为翻译做准备。

1935 年 4 月，他刚返回里昂，就被中法大学开除学籍，"限他于三天之内离开法国"④。戴望舒被破例接纳，但注册两年，既不上课，也没有一门课的成绩，被开除是早晚必定发生的事情。但罗大冈认为还有一个政治原因：思想"左倾"的戴望舒在西班牙参加群众游行，被西班牙警方作为危险分子通报给法国警方，法国警方又通报了中法大学，校方才做出了立即开除的决定。⑤ 通过杜贝莱神父（Abbé Éduard Duperray，1900—1990）⑥ 的介绍，戴

---

① 罗大冈. 望舒剪影［M］//罗大冈文集：第 2 卷. 北京：中国文联出版社，2004：496.
② 罗大冈. 望舒剪影［M］//罗大冈文集：第 2 卷. 北京：中国文联出版社，2004：496.
③ 罗大冈. 望舒剪影［M］//罗大冈文集：第 2 卷. 北京：中国文联出版社，2004：498.
④ 罗大冈. 望舒剪影［M］//罗大冈文集：第 2 卷. 北京：中国文联出版社，2004：499.
⑤ 罗大冈. 望舒剪影［M］//罗大冈文集：第 2 卷. 北京：中国文联出版社，2004：499.
⑥ 杜贝莱神父生于里昂，1916 年结识后来去印度传教的孟沙南（Jules Monchanin，1895—1957），与其成为志同道合的朋友。他们都认同利玛窦寻求文化契合点的传教方法，也注重与其他宗教的对话和与哲学、文学、艺术界人士的互动。他与马克斯·雅克布（Max Jacon）、考克多（Jean Cocteau）、毕加索等人关系密切。从 1927 年起，他担任里昂中法大学中国学生的指导神父。第二次世界大战中，他参加了法国的抵抗运动。1946 年，他受邀到南京教区。1950 年被新政权驱逐。1956 年，他编辑出版了一本中国传教史文献资料集《神的使者在中国》（Ambassadeurs de Dieu à la Chine）。详见 http://museeudioCESedelyon.com/MUSEEduDIOCESEdeLYONduperrayedouard.htm.

望舒到巴黎拜访了他所景仰的诗人许拜维艾尔（Jules Superville，1884—1960）①，然后动身回国。

从旁观者的角度来看，认真读书的罗大冈觉得戴望舒的留学生活是不可理解的：

> 说也奇怪，望舒在法国"留学"四年之久，并没有认真地研究法国文学，既没有正式上学，也没有自己订一个研究计划。对法国文学既没有从古到今做系统的全面研究，也没有选择一个专题，作一点突破的深入研究。既没有按照自己研究计划的需要，花一笔钱买一批法文书，也没有在巴黎或外省的各有特色的图书馆中搜集一些有助于他研究工作的材料。很显然，他并没有返国后在法国文学方面著书立说，或讲学授课的打算。他在诗歌创作方面也没有雄心壮志和较大的计划呢？从他的谈话（我们同居一室，可以说无所不谈），从他的行动中，似乎并无这方面的迹象。我只有在他的枕头底下发现过一本小手册，上面记录着一些他随时想到的诗意、诗料，也可以说是写诗的零碎的"灵感"，此外仿佛没有任何宏大计划。到西班牙去抄录流散在海外的中国古代珍本小说，倒似乎是他早有准备的一项既定计划。也许诗人早有改行的打算。②

戴望舒在法国期间的诗歌创作数量很少。三年间仅写了五首诗③：《见勿忘我花》④、《微笑》⑤、《霜花》⑥、《古意答客问》⑦ 和《灯》（"灯守着我"）⑧。有人认为这表明了他的创作灵感趋于枯竭，有人认为他的兴趣发生了转移。从罗大冈的观察来看，戴望舒一方面是忙于翻译书稿来换取生活费，

---

① 戴望舒写了《记诗人许拜维艾尔》记述了这次会面，发表于他回国后主编的《新诗》第 1 卷第 1 期（1936 年 10 月出版）。

② 罗大冈. 望舒剪影［M］//罗大冈文集：第 2 卷. 北京：中国文联出版社，2004：498–499.

③ 《古神祠前》写作日期不详，在收入《望舒诗稿》时，排在《断指》和《我底记忆》之间，很可能是那一时期的作品。

④ 写作日期不详，收入《望舒诗稿》。

⑤ 写作日期不详，收入《望舒诗稿》。

⑥ 写作日期不详，发表于戴望舒本人主编的《现代诗风》第一册（1935 年 10 月出版），收入《望舒诗稿》。

⑦ 写于 1934 年 12 月 5 日，发表于戴望舒本人主编的《现代诗风》第一册（1935 年 10 月出版），收入《灾难的岁月》。

⑧ 写于 1934 年 12 月 21 日，发表于戴望舒本人主编的《现代诗风》第一册（1935 年 10 月出版），收入《灾难的岁月》。

一方面对西班牙发生了很大兴趣。他花了不少时间学习西班牙文，到西班牙去旅行，购买西班牙诗人的作品集。他忙忙碌碌，没有闲暇，兴趣转移，自然影响了诗情的酝酿和灵感的发生。

《见勿忘我花》可能写于戴望舒初到法国之时。勿忘我（学名为 Myosotis sylvatica）是一种常见于山地林缘、山坡、林下以及山谷中的杂蓝色花。根据传说，一个欧洲中世纪骑士和恋人在海滨游览的时候，他的恋人看见有一束花挺立水中，想采下插戴。骑士涉水去采，却不幸被汹涌的潮水卷去。在他被卷走之前，还不忘将花抛在岸上，对着他的恋人喊："不要忘记我！"（Forget me not！）此后，在俗语中人们便将这种花称为"勿忘我"，视其为爱情的信物。

戴望舒对于施绛年的爱是毫无疑问的，但是他对于施绛年对他的爱却没有绝对的信心。这让他多年都被痛苦和悒郁折磨着。在万里之外秋日的阳光下，他看到了勿忘我花，触景生情，伤感不已。在上海登船之时，他和施绛年都因为离别而流泪。现在他们二人远隔千山万水，一种相思，两处闲愁。他觉得勿忘我花是为他们二人默默开放的：

> 为你开的
> 为我开的勿忘我花，
> 为了你的怀念，
> 为了我的怀念，
> 它在陌生的太阳下，
> 陌生的树林间，
> 谦卑地，悒郁地开着。

爱得太深切反而表现为难堪的沉默。诗人把勿忘我花视为相爱的男女之间的传话者。然而它也被爱人的沉默所感染，更增加了沉默的难堪：

> 在僻静的一隅，
> 它为你向我说话，
> 它为我向你说话；
> 它重数我们用凝望
> 远方潮润的眼睛，
> 在沉默中所说的话，

　　而它的语言又是
　　像我们的眼一样沉默。

　　当相爱的双方都长久的默然无语时，唯有借助于外人或外物来打破难堪的沉默。虽然勿忘我花也是悄无声息的，但它至少是爱情的一个活生生的见证。诗人请求：

　　开着吧，永远开着吧，
　　挂虑我们的小小的青色的花。

　　在《微笑》一诗中，诗人从自然界的山岚和水蜘蛛的怡然自得联想到了人的痛苦：

　　有人微笑，
　　一颗心开出花来，
　　有人微笑，
　　许多脸儿忧郁起来。

　　诗人独在异乡为异客，与恋人的分离增加了他的郁结和愁烦。他渴望恋人以微笑给他以鼓励，使他能够获得坚持下去的信心和力量：

　　做定情之花带的点缀吧，
　　做迢遥之旅愁的凭借吧。

　　戴望舒到达法国以后，一开始与施绛年之间的书信来往还比较频繁。但施绛年的来信渐渐稀少，语气也渐渐冷淡。他猜想施绛年可能移情别恋了，但施蛰存却用善意的谎言安慰他，好让他安心留学。戴望舒感到很受伤，从1933 年 11 月到第二年 3 月，他没有给施绛年写过一封信。这样的举动带有赌气的成分，同时也是他渐渐心死的表现。又逢秋天，秋霜摧残了草木，造成岁末的荒凉和寒冷。因过度痛苦而濒于心死的诗人不禁呼唤着霜花绽放在自己鬓边，使自己快快老去。在《霜花》在他写道：

　　开着吧霜花

九月的霜花，
十月的霜花，
雾的娇女，
开到我鬓边来。

装点着秋叶，
你装点了单调的死。
雾的娇女，
来替我簪你素艳的花。

你还有珍珠的眼泪吗？
太阳已不复重燃死灰了。
我静观我鬓丝的零落，
于是我迎来你所装点的秋。

诗人曾经深受西方爱情观的影响，把世俗爱情视为生命升华的唯一途径和生命意义的唯一依据。这使他将自己的生命与施绛年绑定，竭力追求她的爱情，虽屡遭拒绝而不肯放弃。到法国以后，时间和空间的距离使他冷静了许多，也对自己的爱情观做了反思。他渐渐接受了自己的孤独，也发现了这个事实：没有爱情的生活并非没有欢乐、安息和生命境界的升华。在《古意答客问》中他写道：

孤心逐浮云之炫烨的卷舒，
惯看青空的眼喜侵阈的青芜。
你问我的欢乐何在？
——窗头明月枕边书。

侵晨看岚踯躅于山巅，
入夜听风琐语于花间。
你问我的灵魂安息于何处？
——看那袅绕地、袅绕地升上去的炊烟。

渴饮露，饥餐英；

　　鹿守我的梦，鸟祝我的醒。

　　你问我可有人间世的挂虑？

　　——听那消沉下去的百代之过客的跫音。

　　这里我们可以看到戴望舒似乎变成了一个古代中国的世外高人，远离尘世，心境极为明净澄澈，不受世俗事务（包括爱情）的打扰。戴望舒很可能自己将这首诗译成法文寄给他所仰慕的诗人许拜维艾尔作为自我介绍的材料。在拜会许拜维艾尔的时候，这首诗受到了高度赞扬。许拜维艾尔说："是的，我昨晚才听到念你的诗。它们带来了一个新的愉快给我，我向你忏白，我不能有像你的《答客问》那样澄明静止的心。我闭在我的世界中，我不能忘情于它的一切。"① 受到佛教和道教影响，一些中国人将心如止水作为生命的一个高境界来追求。但是，受到基督教的陶冶，西方人即使是追求生命境界的提升也不至于彻底否定世俗生活。

　　1935 年 5 月，戴望舒坐船回到了上海。虽然他已经预感到了这场恋爱的结局，虽然他的热情已经因绝望而近乎心死，他还是立即到施家去探个究竟。施绛年坦承自己爱上了别人，戴望舒虽然愤怒，却也无法强迫她。两人于是登报宣布解除婚约，长达 8 年的恋爱终于画上句号。戴望舒不止一次地预想过这个结局，但真正发生了以后，还是在他的心里留下了不可治愈的创伤。这也给他后来与穆丽娟和杨静的婚姻都带来了无法拂去的阴影。

　　爱情在西方哲学中被视为自我完善的途径和导向对绝对真理的认识与追求的标杆。戴望舒的爱情诗歌并非是简单意义上的爱与愁，而是带着西方爱情的色彩。他对美和爱非常敏感，非常执着于理想，沉醉其中，具有高蹈派风格。人不能没有理想，但是，对人和事的高度理想化则会导致对世界不完美现实的忽视和对人性的阴暗面的无视，从而不断遭受理想在现实中的挫折，心灵世界陷于孤独、忧伤、苦闷、抑郁、焦虑之中。

---

　　① 　戴望舒 . 记诗人许拜维艾尔［M］//戴望舒诗文名篇 . 王金亭，编 . 长春：时代文艺出版社，2003：299. 发表于《新诗》第 1 卷第 1 期（1936 年 10 月出版）。

第八章
戴望舒以后的象征主义倾向诗人

1930 年左右出现的一系列杂志，为象征主义的深入传播提供了更加广阔而坚实的阵地。如 1930 年创办的《文艺月刊》，1931 年创办的《青年界》，1932 年创办的《现代》，1943 年创办的《文学》《文学季刊》《文学评论》《水星》《译文》等，以及 1936 年创办的《文艺》《文季月刊》《文学杂志》《新诗》等。与早期译介相比，这一时期译介的数量与分量都有明显的增加。除了继续对波德莱尔、魏尔伦进行译介之外，还加强了对后期象征主义诗歌的关注。法国保尔·福尔、耶麦、果尔蒙、瓦雷里等人的诗歌，以及德国里尔克、英国叶芝、T. S. 艾略特等人的作品都被翻译介绍过来。值得注意的是，其中的大部分译者本身就是诗人或是理论家，例如卞之琳、曹葆华、戴望舒等，从他们身上不难看出，其译诗与作诗之间大都产生了一种良性的互动，即二者相互渗透、相得益彰。

1930 年代初，在戴望舒之后，卞之琳、何其芳等一批青年诗人出现了。他们与前辈诗人不同的地方在于：他们将对西方象征主义诗艺的学习和吸收和重点放在西方声势最大的后期象征主义上。再加上他们都有很好的中国古典诗歌的修养，因此他们最显著的特点就是自觉地进行各种试验，力求把中西文学进行融合。在评论卞之琳诗集《十年诗草》时，李广田（1906—1968）指出："作为一个诗人，作者在其思维方式、感觉方式上，不但是承受了中国的，而且也承受了外国的。不但是今日的，而且还有那昨日的。所以，在作品内容上可以说是古今中外融会贯通的。"①

在 1932 年施蛰存受现代书局委托创办的文艺刊物《现代》所引发的以象征主义为主要艺术倾向的现代诗歌创作热潮中，除了戴望舒、卞之琳、何其芳外，还有不少有特色的诗人，如徐迟（1914—1996）、陈江帆、废名、

---

① 李广田. 诗的艺术 [M]. 桂林：开明书店，1943：14.

李广田、玲君、路易士①（1913—2013）、施蛰存、史卫斯等。在施蛰存编辑
《现代》的同时，卞之琳在北平编辑《水星》（1934 年 10 月—1935 年 6 月），
戴望舒也（邀请卞之琳、冯至、孙大雨、梁宗岱参与）编辑了《新诗》月刊
（1936 年 10 月—1937 年 7 月）；另外，《现代诗风》《星火》《今代文艺》
《菜花》《诗志》《小雅》等刊物上也有大量诗歌被发表。曾与戴望舒、徐迟
一起筹办《新诗》并创办《菜花》《诗志》的路易士回忆说："我称一九三
六—三七年这一时期为中国新诗自五四以来一个不再的黄金时代。其时南北
各地诗风颇盛，人才辈出，质佳量丰，是一种嗅之馥郁的文化景气。"②《小
雅》的编者吴奔星（1913—2004）称 1936 年为中国自有新文学运动以来诗
的狂飙期，而写诗的技巧至此也臻于成熟。

第一节　卞之琳：冷隽的诗人

　　少年时代，卞之琳"从家里找到的一些旧书里耽读过一些词章"③。他对
李商隐的诗歌、姜白石（1154—1221）的诗词，以及《花间词》都很熟悉。
中学后期，他接触到一些英文原文诗。1927 年上了北京大学外文系以后，他
读了更多的诗，包括法文现代诗。他自己说："我就在 1930 年读起了波德莱
尔、高蹈派诗人、魏尔伦、马拉美以及其他象征派诗人。我觉得他们更深沉、
更亲切，我就撇下了英国诗。"④ 与此同时，他开始了诗歌创作。1931 年所作
《长途》一诗，"是有意仿照魏尔伦一首无题诗的整首各节的安排"⑤。波德
莱尔写巴黎街头老人、穷人、盲人对他也有启发，他早期写北平街头灰色景
物的诗就打着《恶之花》的印记。但是，更本色的卞之琳的诗却是在他读了
T. S. 艾略特、叶芝、里尔克、瓦雷里等后期象征主义诗人的诗歌以后创作
的。

　　后期象征主义诗人始于 20 世纪初，在 1920 年代盛极一时。这时期的象
征主义沿袭了前期的艺术风格，但因与意象派合流，并吸收了同一时期其他

---

① 　原名路逾，去台湾以后以纪弦为笔名开创台湾的现代诗派。

② 　路易士（纪弦）. 三十自述［M］//三十前集. 上海：诗领土出版社，1945：7.

③ 　卞之琳. 雕虫纪历·自序［M］//卞之琳文集：中卷. 合肥：安徽教育出版社，2002：458.

④ 　卞之琳. 开讲英国诗想到的一些体验［M］//卞之琳文集：中卷. 合肥：安徽教育出版社，
2002：418.

⑤ 　卞之琳. 雕虫纪历·自序［M］//卞之琳文集：中卷. 合肥：安徽教育出版社，2002：460.

现代主义流派的一些表现手法而具有了新的特点。意象派是本世纪初主要流行于英美的一个流派，他们反对直接陈述和抒情，主张用直觉捕捉鲜明具体的意象构成诗篇。后期象征主义从意象派那里吸收了重视绘画美、建筑美的经验，结合自己原有的注重音乐美的特点，艺术上更注意精雕细琢；同时又从其他流派吸收了"意识流"、"时空错乱"、自由联想等手法。在英美，17世纪玄学诗人被作为标的。玄学派诉诸理智的诗，使后期象征派诗歌的思考成分大大增加。

卞之琳说自己写诗"总倾向于克制，仿佛故意要做'冷血动物'"①。雄踞诗坛近四十年的 T. S. 艾略特有一个著名的论点："诗并不是放纵情绪，而是避却情绪；诗并不是表达个性，而是避却个性。"② 他指出："诗人的任务并不是寻求新情绪，而是要利用普通的情绪。将这些普通情绪锤炼成诗，以表达一种根本就不是实际的情绪所有的感情。"③ 也就是说，诗人要将自己的感情客观化。在 T. S. 艾略特、瓦雷里等人的诗集中，我们很难找到他们个人遭际的直接表现。正因为有相近的诗学观点，卞之琳"最初读到20年代西方'现代主义'文学，还好像一见如故，有所写作不无共鸣"④。这一写作时期结束于1937年。正是在这一段时间里写的诗，使他成为一个有特色的诗人。这些诗大多收在他1947年于桂林出版的《十年诗草》中。我们以下探讨的也主要是他这一段时间作的诗。

卞之琳"写抒情诗，像我国多数旧诗一样，着重'意境'，就常通过西方的'戏剧性处境'而作'戏剧性台词'"⑤。"戏剧性台词"又叫"戏剧性独白"，是由英国19世纪诗人罗伯特·勃朗宁加以完善的一种诗歌独白形式。它有以下特点：（1）单独一人——这人不是诗人自己，在一个关键的时刻，一个特定的场合讲述全诗；（2）这个人向一个或更多的人讲话，彼此互相影响。但根据唯一的说话人的讲话所提供的线索，我们知道听话人在场和他们说了些什么；（3）控制选择：组织说话人说话内容的原则是说话人无意地把他们的气质和性格透露出来。这种诗体在 T. S. 艾略特手中得到了极大的发展，他写了著名的《普鲁弗洛克的情歌》《小老头》等戏剧独白诗，尤其是他的里程碑式的作品《荒原》的发表，使他成为欧美现代诗坛的领袖。

① 卞之琳. 雕虫纪历·自序［M］//卞之琳文集：中卷. 合肥：安徽教育出版社，2002：444.
② ［英］托·斯·艾略特. 传统与个人才能［J］. 外国文艺，1980（1）：130.
③ ［英］托·斯·艾略特. 传统与个人才能［J］. 外国文艺，1980（1）：130.
④ 卞之琳. 雕虫纪历·自序［M］//卞之琳文集：中卷. 合肥：安徽教育出版社，2002：446.
⑤ 卞之琳. 雕虫纪历·自序［M］//卞之琳文集：中卷. 合肥：安徽教育出版社，2002：459.

T. S. 艾略特的作品被众多的诗人学习和模仿，卞之琳自然也受到了他的影响。其实在卞之琳以前，新月派诗人闻一多已经进行了试验。卞之琳说他从《死水》学到的东西，除口语外，就是他"常倾向于写戏剧性处境，做戏剧性独白或对话，甚至进行小说化"。闻一多也讲过要"尽量采取小说戏剧的态度，利用小说戏剧的技巧"①，并且在《天安门》《荒树》《飞毛腿》等诗作中进行了试验。徐志摩后期也在一些诗中作了试验，但特色不甚明显。

卞之琳的此类诗作得相当成功，比如《酸梅汤》就是洋车夫（说话人）在夏末秋初的街头，对卖酸梅汤老头的调侃。他从"一年/到底过了半了"，想到"快又是/就在这儿街边上，摆些柿，/摆些花生的时候了"。进而又猜想："今年这儿的柿子，一颗颗/想必还是那么红，那么肿，/花生和去年的总是同/一样黄瘦，一样瘦。"他滔滔不绝地说着，我们从"老头儿，倒像生谁的气，/怎么你老不做声"的质问中，可以知道卖酸梅汤的老头没有洋车夫那样的兴致，他只是默默地听着，在车夫的追问下，老头儿也许发了一句"老喽"的感叹，车夫立刻表示赞同："哈，不错，/只有你头上倒是在变，/一年比一年白了。"风吹过，一片树叶掉进怀里，洋车夫回过神来，发现原先躺在树下的老李已经醒了，或许就是被他的大声吵醒的，他不免又把老李打趣一番。这时过来了些行人，车夫立刻迎上前去："哪儿去，先生，要车不要？"结果"不理我，谁都不理我！"一赌气，他又掏出一枚铜板，索性喝掉它。这时一阵簌簌的秋风吹过，正在喝酸梅汤的车夫不禁叫道："啊，好凉！"可以看到诗中的口吻、话语、心态，都十分符合洋车夫在当时环境中所可能具有的，短短的一首诗就通过车夫的话语把他的性格揭示出来了。

T. S. 艾略特不仅是著名的诗人，也是很有见地的文学批评家。他的许多诗学观点在当时都影响很大。他主张用高度集中、新颖、有效的方式来反映整个时代，努力寻找"一组事物，一个局势，一连串情节"，使之成为"表达某一种特殊情绪的公式，也即找到情感的客观对应物"，达到"像你闻到玫瑰香味那样地感知思想"。他的名作《荒原》没有完整的情节，纯粹按作者"想象的逻辑"，由一些互不衔接的片段构成，忽古忽今，忽真忽幻，神话与现实交错。作者有意地把各片段之间解释性连贯性的东西，即作为链条的环节砍掉，以构成突然的对照，产生一种虽然隐晦却有刺激性的、最有力的效果。其语言变化多端，或庄严高雅，或俚俗可哂，或五彩缤纷，或深

---

① 卞之琳. 完成与开端：纪念诗人闻一多八十生辰［M］//卞之琳文集：中卷. 合肥：安徽教育出版社，2002：155.

沉玄妙。卞之琳说自己更多地"借景抒情、借物抒情、借人抒情、借事抒情"，"倾向于小说化、典型化、非个人化"①。这类作品很多，《傍晚》《月夜》等，是借景抒情；《群鸦》《夜风》《白螺壳》是借物抒情；《一个和尚》《一个闲人》《几个人》等是借人抒情；《酸梅汤》《路过居》《尺八》《春城》等则是借事抒情。

卞之琳说自己的"极大多数诗里的'我'也可以和'你'或'他'（'她'）互换，当然要随整首诗的局面互换，互换得合乎逻辑"②。T. S. 艾略特在《荒原》中就已经很成功地运用了这种方法。在一首诗中让作者（或者隐蔽作者）、叙述者、主人公在不同层次上都得到了表现，从而极大地增加了诗的蕴涵，使诗意有了纵深感。卞之琳的《西安长街》《春城》《尺八》《白螺壳》《水成岩》中都有这种技巧的运用，而且极成功。比如《尺八》一诗中，海西客、叙述者、诗人三者的声音是不同的。尺八是唐代人创制的一种箫管，长八尺，因以为名。唐代有许多日本人来到长安城求学，海西头指的就是中国。现在，海西客却乘坐日本的海船"长安丸"来到日本的古都，夜晚听到楼下醉汉吹得尺八，不禁想起了古代那个"孤馆寄居的客"。听雁声而动乡愁，却"得了慰藉于邻家的尺八"。第二天早上就去繁华的长安市上"独访取一支凄凉的竹管"，海西客感叹面前的霓虹灯闪烁。在故国早已绝迹的尺八"飘着一缕凄凉的古香"，在"霓虹灯的万花间""尺八乃成了三岛的花草"。历史的变迁，故国的衰微，痛苦的海西客不禁再次情绪激动地迸声呼叫："归去也。"石人乡海西客问道："你想带回失去的悲哀吗？"诗中两次与白话诗句似乎不协调实则极恰当的文言"归去也"，在强烈的感慨中让三重主体重合。一首短短的诗，唱出了深沉的历史感和对祖国衰微的哀愁。

被称为 20 世纪上半叶法国最伟大的诗人的保尔·瓦雷里曾是前期象征派大师马拉美的弟子，后来放弃写诗，一心钻研哲理。他在 1917 年发表了长诗《年轻的命运女神》，引起诗坛极大震动，甚至有人称："我国今年来产生了一件比欧战更重要的事，那就是保罗·梵乐希③底《年轻的命运女神》。"④ 1922 年，他出版了《幻美集》，一举成为后期象征派大师。卞之琳"刚进大学稍懂了一点法文就开始读了更少，更片面的一些法国诗。……自觉不自觉，

① 卞之琳. 雕虫纪历·自序 [M] //卞之琳文集：中卷. 合肥：安徽教育出版社，2002：446.

② 卞之琳. 雕虫纪历·自序 [M] //卞之琳文集：中卷. 合肥：安徽教育出版社，2002：446 – 447.

③ 即保尔·瓦雷里。

④ 梁宗岱. 诗与真·诗与真二集 [M]. 北京：外国文学出版社，1984：14.

有所借鉴，有所吸收，也自难免"①。他主张诗要精炼，很看重含蓄，这使他很容易与瓦雷里后期的短诗合拍。瓦雷利后期的诗里，经常表现事物的辩证的对立统一关系，这给本来就"喜爱淘洗，喜爱提炼，期待结晶，期待升华"② 的卞之琳以启发。卞之琳的不少诗表现了诗人相对性的思考。比如《断章》：

> 你站在桥上看风景，
> 看风景人在楼上看你。
>
> 明月装饰了你的窗子，
> 你装饰了别人的梦。

当"你站在桥上看风景"的时候，"你"是看风景的主体，这些美丽的风景则是被看的客体。到了第二行诗里，就在同一个时空中，人物与风景依旧，而他们的感知地位却发生了变化。同一时间里，另一个在楼上看风景的人已经成了主体，而"你"这个原先是看风景的人却变成了被看的风景。主题在同一时空中变成了客体。第二节诗进一步强化这一思想，同第一节诗一样，这里的"你"可以换成我，也可以换成"他"，因此诗意具有广泛的适用性。第一句中"你"是窗前明月画面的主体，照进窗子的明月是客体，它装饰了你的窗子。可是此刻，你已经进入了那一位亲友的好梦之中，成为别人梦中的装饰了。那个梦见你的别人已成为主体，而变为梦中人的"你"又扮起客体的角色。整首诗全部在具体的语言中展开，没有抽象的训诲、谈理或直抒胸臆，完全是具体的境界，却极好地传达了他智性思考所得的人生哲理：在宇宙万物乃至整个人生历程中，一切都是相对的，又都是相互关联的。这首诗写的是常见物，眼前景，可是诗人用现代意识对诗作了适当的安排，两节诗分别用"看"和"装饰"，把不相关的事物联系在一起，充分发挥了现代艺术中意象叠加和电影蒙太奇的功能。

瓦雷里不仅影响了卞之琳的诗意，还影响到他对新诗格律的探索。他的《白螺壳》的韵式很复杂。这是采用了瓦雷里《棕榈树》（*Palme*）一诗的韵式。下面将两诗的韵式加以对照：

---

① 卞之琳. 雕虫纪历·自序［M］//卞之琳文集：中卷. 合肥：安徽教育出版社，2002：458.

② 卞之琳. 雕虫纪历·自序［M］//卞之琳文集：中卷. 合肥：安徽教育出版社，2002：444.

请看这一潮烟雨，（A）

水一样把我浸透，（B）

像浸透一片鸟羽。（A）

我仿佛一座小楼，（B）

风穿过，柳絮穿过，（C）

燕子穿过像穿梭，（C）

楼中也许有珍本，（D）

书叶给银鱼穿织，（E）

从爱字通到哀字——（E）

出脱空华不就成！（D）

我们看《棕榈树》原诗的一节：

De sa grace redoubtable（A）

Voilant à peine l'éclat，（B）

Un ange met sur ma table（A）

Le pain tendre，le lait plat；（B）

Il me fait de la paupière（C）

Le signe d'une prière（C）

Qui parle à ma vision：（D）

—calme，calme，reste calme！（E）

Connais le poid d'une palme（E）

Portant sa profusion！① （D）

现代诗人中有不少人喜欢用欧美的十四行诗体。卞之琳认为它最近于我国的七言律体诗，他的《空军战士》在形式上就取自于瓦雷里的《风灵》。

马拉美、瓦雷里、里尔克等人都在追求诗的沉思，他们的诗都写得很含蓄。可是由于西方语言的特点，他们的沉思的诗的表现对于他们所使用的语言来说都已经是极含蓄了，却仍不免有前因后果的陈述。中国古典诗，尤其是李商隐的诗、温庭筠的词，句与句之间都有相当大的间距，往往一联自成

① Paul Valéry. Palme［M］//œuvres complètes（t. I）. Paris：Gallimard，2002：153.

一个意义的单位。卞之琳为了追求诗的大容量，"有些诗行，本来可以低徊往复，感叹歌诵，各自成篇，结果只压缩成一句半句"①，因而一行诗里就蕴含了本来需要一首或一段诗才能说清楚的意思。各行之间又相对独立，使诗意极为蕴藉、丰厚。比如《归心》：

> 像一个天文学家离开了望远镜，
> 从热闹中出来闻自己足音。
> 莫非在自己圈子外的圈子外？
> 伸向黄昏去的路像一段灰心。

第一、二行说"归"是从极远归向极近，从极闹归到极静，从宏观归到微观，从客体归向自我，这是一个艰难的工作，使主人公手足无措（"闻"足音）。至第二行主人公发现这"归"的方向错误，自我之外尚有一圈圈大得多的世界，退缩回来并不解决"归"向何处的问题。最后一行为这种追求提供了看来是悲观的结局：无处可归，就像走在"伸向黄昏"的路上，越走越暗，归向灰心。

抗战中，卞之琳出版了《慰劳信集》，风格有了较大变化，不在论述之列。

第二节　何其芳："带着盛夏的记忆走入荒凉的季节"②

和卞之琳一样寂寞，有着相近的文学爱好，互相切磋、交流诗意的何其芳稍晚于卞之琳登上诗坛。他以 1931 年秋作的《预言》而成名。他对诗歌艺术的追求是严格而虔诚的。他曾经"翻开那些经过了长长的时间啮损还是盛名未替的古人的著作"，"悲哀地喊道：他们写了多少坏诗！"③。因此他无情地删去了许多诗作，以至于他的第一本诗集《预言》（收 1931—1937 年诗作）在 1945 年由文化生活出版社出版时，只收了三十四首诗。

---

① 卞之琳．十年诗草［M］．桂林：明日出版社，1942：214.

② 何其芳．梦中道路［M］∥易明善，编．何其芳研究专集．成都：四川文艺出版社，1986：164.

③ 何其芳．梦中道路［M］∥易明善，编．何其芳研究专集．成都：四川文艺出版社，1986：162.

1930 年秋天，他到北京上学。十八岁的青年人有着许多的梦，"我那时温柔而多感地读着克里斯丁娜·乔治娜·罗塞谛和阿尔弗烈·丁尼生的诗，一种悠扬的俚俗的音乐回荡在我心里"①。到第二年夏天，"我读着晚唐五代时期的那些精致的冶艳的诗词，蛊惑于那种憔悴的红颜上的妩媚，又在几位班纳斯派以后的法兰西诗人的篇什中找到了一种同样的迷醉"，"阴影一样压在我身上的那些十九世纪的浮夸的情感变为宁静透明了"，"我才像一块经过了磨琢的璞玉发出自己的光辉，在我自己的心灵里听到了自然流露的真纯的音籁"，他说："这才算是我的真正的开始。"② 这就是说，在中国传统文学和法国象征派诗的融合中产生了何其芳的诗。

何其芳"那时最大的快乐或酸辛在于一个崭新的文字建筑的完成或失败"③。他说："我从童年时翻读着那小楼上的木箱里的书籍以来便坠入了文字魔障。我喜欢那种锤炼，那种色彩的配合，那种镜花水月。我喜欢读一些唐人的诗句，那譬如，一微笑，一挥手，纵然表达着意思但我欣赏的却是姿态"，"我不是一个从概念的闪动去寻求它的形体，浮现在我心里的原来就是一些颜色，一些图案"④ 他的这个观点同意象派诗人所主张的具体呈现很相似。

象征主义对何其芳产生影响是在 1931—1933 年间，收在《预言》卷 1 的十八首诗就是这一时期的作品。他甚至有着象征主义诗人那样的文艺观点："文艺什么也不为，只是为了抒写自己，书写自己的幻想、感觉、情感。"⑤

音乐性是象征主义诗人努力追求的一个目标，但个人所走的路却各不相同。何其芳在《预言》中追求的是一种能引起读者感情震动的内在的节奏感和诗句本身的波动性。流动的情趣在诗句的起伏中传达给读者，产生了歌吟的效果。"让我燃起每一个秋天拾来的落叶，/听我低低地唱起我自己的歌"（《预言》）在恳切的请求中有一股淡雅的情致。"伐木声丁丁地飘出幽谷"（《秋天》）把清新而有节奏的伐木声传送到读者的心中。与戴望舒的《望舒

---

① 何其芳. 梦中道路 [M] //易明善，编. 何其芳研究专集. 成都：四川文艺出版社，1986：163.

② 何其芳. 梦中道路 [M] //易明善，编. 何其芳研究专集. 成都：四川文艺出版社，1986：163.

③ 何其芳. 梦中道路 [M] //易明善，编. 何其芳研究专集. 成都：四川文艺出版社，1986：162.

④ 何其芳. 梦中道路 [M] //易明善，编. 何其芳研究专集. 成都：四川文艺出版社，1986：165.

⑤ 何其芳.《夜歌》出版后记 [M] //易明善编. 何其芳研究专集. 成都：四川文艺出版社，1986：242.

草》不同，《预言》不仅追求从诗行中自然流出的音乐，而且不放弃对脚韵的自然、恰当的安排，这就使《预言》中的音乐性大大增强了。比如与诗集同名的《预言》这首诗，诗人美丽迷惘的心情笼罩着整首诗。全诗共有六节，每行大体上有五顿。前后两行同一位置的顿里的字数不大相等。这就在整齐中寓变化。如第一节：

> 这一个/心跳的/日子/终于/来临
> 你/夜的/叹息似的/渐近的/足音
> 我/听得清/不是林叶/和夜风/私语
> 麋鹿/驰过/苔茎的/细碎的/蹄声
> 告诉我/，用你/银铃的/歌声/告诉我，
> 你/是不是/预言中的/年轻的/神？
> （"/"表示一顿的间隔）

另外，除了一、二、四、六行押相近的韵脚外，在每一句中也安排了同韵或近韵字，如第一句中"终"和"临"，第二句中"近"和"音"等。这使得诗情曲折而绵延地向前发展，旋律流转自然。

通感也是象征主义诗歌的一大特色。《预言》中也很好地运用了这一艺术手法。"青色的夜流荡在花阴如一张琴。/香气是它飘散出的歌吟"（《祝福》）从视觉到听觉又到嗅觉被打通。《欢乐》一诗则主要是靠通感来构思：

> 告诉我，欢乐是什么颜色？
> 像白鸽的翅膀？鹦鹉的红嘴？
> 欢乐是什么声音？
> 像一声声芦笛？还是从簌簌的松声到潺潺的流水？
> 是不是可握住的，如温情的手？
> 可看见的，如亮着爱怜的眼光？
> 会不会使心灵微微地颤抖。
> 或者静静地流泪，如同悲伤？
> 欢乐是怎样来的？从什么地方？
> 萤火虫一样飞在朦胧的树阴？
> 香气一样散自蔷薇的花瓣上？
> 它来时脚上响不响着铃声？

> 对欢乐我的心是盲人的目。
>
> 但它是不是可爱的如我的忧郁？

　　这首诗的迷人之处正在于诗人打通了各种感觉之后所产生的丰富的想象和比喻。《预言》对于通感的另一种运用是用新奇的想象把两个相距很远的事物加以连接，亦即来自朱自清的"远取譬"。如"饱食过稻香的镰刀"（《秋天（二）》）"我的怀念正飞着，/一双红色的小翅又轻又薄"，"我的心张开明眸，/给你每日一次的祝福"（《祝福》），"梦纵如一只随风的船，/能驶到冻结的夜里去吗？"（《脚下》）。著名电影导演爱森斯坦（Sergei M. Eisenstein，1898—1948）论电影蒙太奇时说："两个不同的镜头的并置（蒙太奇）是整体的创造，而不是一个镜头和另一个镜头的总和，它是一种创作行为。"① 这话对于诗歌同样适用。新奇的比喻、联想，能使读者产生更加自由的想象，因而更具有启发性，并且丰富了诗意。

　　梁宗岱在1920年代末就开始大力译介象征派诗人瓦雷里（梁译保罗·梵乐希）的作品。他不仅翻译了瓦雷里的著名诗篇《水仙辞》《水仙的断片》，还撰文《保罗梵乐希先生》，对他推崇备至。当时正沉醉于象征主义诗歌的何其芳很可能读了梁宗岱的文章和译诗。他的《预言》一诗中"年轻的神"的构思显然受到了瓦雷里的《年轻的命运女神》的启发。"年轻的神"在森林里接近又远离了她的情人。短短的六节诗写出了爱的突发性，爱的令人向往，爱的渴求，爱的不能如愿和爱的倏忽而逝。通篇都是恋者的自白，诗意浓郁的口语在严谨的格律里回荡。

　　明示也是象征诗的一大特色。叶芝说："全部声音、全部颜色、全部行式，或者是因为它们的固有的力量，或者是由于源远流长的联想，会唤起一些难以用语言说明，然而却又是很精确的感情。"② 比如何其芳的《爱情》一诗，第一节前八行：

> 晨光在带路的石榴花上开放，
>
> 正午的日影是迟迟的脚步
>
> 在垂杨和菩提树间游戏。

---

① 引自叶维廉. 寻求跨中西文化的共同文学规律［M］. 北京：北京大学出版社，1986：65.

② ［英］叶芝. 诗歌中的象征主义［M］//伍蠡甫，林骧华. 现代西方文论选. 上海：上海译文出版社，1988：54-55.

> 当南风从睡莲的湖水
>
> 把夜吹来，原野上
>
> 更流溢着郁热的香气。
>
> 因为长春藤遍地牵延着
>
> 而菟丝子从草根缠上树尖。

　　作者用了几个美丽温和的意象来暗示自己的心绪，因而当诗人唱出："南方的爱情是沉沉地睡着的，/它醒来的扑翅声也催人入睡"时，我们会感到这是极其自然的。

　　1933 年暑假中的一次出游后，何其芳再回到北京时，天空在他眼里变了颜色，再也不能引起他"想象一些辽远的温柔的东西了"[①]。他从"蓬勃、快乐、又带着一点忧郁的歌唱变成彷徨在'荒地'里的绝望姿态，绝望的叫喊"[②]。这时现代英美诗人的诗给他带来了慰藉。他"更喜欢 T. S. 艾略忒[③]的那种荒凉和绝望"[④]。现实与幻想的矛盾，使他感到人的生活的悲哀，深沉的寂寞包围着他。"驴子的鸣声吐出/又和泪吞下喉颈"（《岁暮怀人（一）》）诗人的寂寞，凄怆和孤独感由这一奇异的意象体现出来了。阳光也"衰老"了，"北方的夜遂更阴暗、更长"。他这一时期的十一首诗全部为自由诗，语言比前一时期更加沉郁，诗情也更加忧抑。T. S. 艾略特寻找情绪的"客观对应物"的诗歌主张对他也有了影响。他极为孤独、寂寞、绝望。在诗中他并不直陈出来最能暗示自己情绪的意象，而是含蓄地表达自己。上面所举"驴子的鸣声"两行诗即是一例。又如"最后一乘旧马车走过"，"在重门闭锁的废宫内，/在栖满乌鸦的城楼上"传出了"或远或近"的哭声，黄昏中"石狮子流出了眼泪"，"夜风在摇城头上的衰草"（《夜景（一）》），把生活在沉闷的北京城的敏感的诗人在死寂的夜里的寂寥感极好地传达出来了。

　　卞之琳、何其芳二人一样，既有深厚的古典文学素养，又吸收了象征主义和后期象征主义诗人作品的优点。他们熟练地运用汉语，写出了比较成功

---

　　① 何其芳. 梦中道路//易明善，编. 何其芳研究专集［M］. 成都：四川文艺出版社，1986：164.

　　② 何其芳. 刻意集·序//易明善，编. 何其芳研究专集［M］. 成都：四川文艺出版社，1986：229.

　　③ 即 T. S. 艾略特.

　　④ 何其芳. 给艾青的一封信//易明善，编. 何其芳研究专［M］集. 成都：四川文艺出版社，1986：69.

的象征主义作品。但由于他们的诗都侧重于含蓄、暗示，常常略去那些从意象到意象之间的链条，因而读者面比较小，并被有些人认为晦涩。运用象征法写诗，却又拥有广大的读者群的诗人可能要算稍晚于这两位诗人的艾青了。

第三节　艾青：从彩色的欧罗巴带回了一支芦笛

与卞之琳、何其芳不同，艾青所受的文艺教育，几乎全是"五四"以来的中国文艺和外国文艺。"对于过去的我来说，莎士比亚、歌德、普希金是比李白、杜甫、白居易稍稍熟识一些的"①。如同中国的第一位象征主义诗人李金发，艾青也是去象征主义的故乡法国去学习美术，却受到文学的感染，成为有成就的象征主义诗人。

1920 年春，十九岁的艾青去法国学习绘画，"在巴黎度过了精神上自由，物质上贫困的三年"②。在异国他乡，他感到了精神上的孤独。在寂寞中，他读了叶赛宁（Sergueï Essénine, 1895—1925）的《一个无赖汉的忏悔》、勃洛克的《十二个》、马雅可夫斯基（Vladimir Mayakovsky, 1893—1930）的《穿裤子的云》，以及兰波、阿波里奈尔、桑特拉斯（Blaise Cendrars, 1887—1961）、凡尔哈伦（Emile Verhaeren, 1855—1916）③ 等人的诗。从前用色彩表现自己对世界的感情的画家艾青这时不禁提起笔来以语言来表现了。李金发当年只因为在树上用小刀刻了"【"字，朋友说他有雕塑家的天资，因而放弃他的成为化学家或飞机机师的梦想，去从事美术；而画家艾青却在听了朋友认为他的诗比他的画好些的话后，撇开学了五六年的绘画而写起诗来了。雕刻家李金发的诗不能不受他的雕塑的影响，他的许多诗颇富雕塑的意味。艾青的诗也不能不受到他的绘画的影响，在绘画上他倾向于后印象派，尤其喜欢凡·高。凡·高把自己的强烈的生命热情注入色彩中，因此他的许多画作具有浓郁的诗意。艾青在《向太阳》（1938 年）一诗里高度评价了凡·高的"燃烧的笔"和"燃烧的颜色"。后印象派的绘画风格影响到艾青的诗歌美学倾向。当他开始写诗时，他就是"在速写本里记下一些瞬即消逝的感觉印象和自己的观念之类。学习用语言捕捉美的光、美的色彩、美的形体、美

① 艾青. 诗论 [M]. 北京：人民文学出版社，1983：22.
② 艾青. 艾青诗选·自序 [M]. 北京：人民文学出版社，1984：2.
③ 今通译为"维尔哈伦"。在本节中，为了与艾青使用的译名保持一致，我们使用"凡尔哈伦"这个译名。

的运动？……"①。和在绘画中他倾心于近代的艺术流派一样，在文学上，他比较喜欢近代的诗人。他坦率地说："我最不喜欢浪漫主义的诗人们的作品"，甚至连浪漫主义诗人雨果、拜伦的大部分作品，他也没有耐心看，因为他们"把情感完全表露在文字上"②。而象征派以来的诗都很重视主观感受的再创造，特别强调一个诗人要培养自己善于抓住刹那间不同的感觉。从这种感觉出发，产生意象的联想，获得一种感受效果的暗示的作用，以此写成一首诗。这样的诗，其抒情形象和产生主观感受的直观现实是不一致的。它是主观感受的一种象征：人们通过这个象征形象而产生多层次的想象和联想，从而获得更大的感受效果。艾青喜欢波德莱尔、兰波的诗，他从这些诗人的风格中得到启示："欧美的现代诗可以说是物象的诗，由具体物象而提示意义。"③

　　艾青喜欢的诗人很多，可是他"最喜欢的，受影响最深的是比利时大诗人凡尔哈伦的诗"④。通晓法文的诗人艾青终生只翻译了凡尔哈伦的诗集《原野与城市》，从这件事就可以看出他对凡尔哈伦的喜爱程度。

　　凡尔哈伦是前期象征主义向后期象征主义过渡时期的人物。他以"力的诗"和"现代生活的诗人"而著称。敏锐的现实感和时代感给他带来了新的灵感。他把目光投向时代的内在节奏，投向新的生活形象，注意到一个新时代的细胞——以现代化步伐兴起的城市：它的空前的罪恶，它的空前的进步，它的废墟，它的奇迹。于是，城市工业的题材被大量引进诗歌，进而取代了乡村题材。波德莱尔最早歌咏城市生活，但他多关注病态化的市民生活，而凡尔哈伦则更多的是从客观历史的角度去看待城市，把工业化的现代城市给予人的总体感受带进了诗歌。因此，被传统诗歌摒弃不用的码头、铁路、高层建筑、煤气、街道、旅店等等都成了他笔下的意象。工业化的城市生活也改变了乡村生活牧歌式的审美情趣。人们开始需要强烈的刺激，复合的、立体的、雕塑般的沉重的美。力度之美代替了中和之美。凡尔哈伦崇拜力量，他力求以多种方式创造诗歌的力度。他吸取了浪漫派和惠特曼式的排比并列、气势宏大的诗歌形式，使同一意象连续出现，造成一泻千里的情势。但他又没有采用浪漫派式的直抒胸怀，或是客观地罗列物象，而是在具体的意向选择和组合上运用了象征手法，使每一个诗句都具有自己的独立内容，暗示一

---

①　艾青. 母鸡为什么下鸭蛋 [J]. 人物，1980（3）：57.

②　艾青. 我怎样写诗的? 我与诗 [M]. 广州：花城出版社，1983：53.

③　艾青. 艾青选集·自序 [M]. 上海：开明书店，1951：5.

④　艾青. 艾青选集·自序 [M]. 上海：开明书店，1951：5.

个侧面，由此构成诗歌内在的复杂意蕴，从而显得深厚饱满、深沉有力。

艾青从童年起就感受了近代中国的苦难农民的忧郁，因此凡尔哈伦那些描写由于城市的发展而造成的衰败景象的诗很能激起他的共鸣。艾青的《巴黎》《马赛》《旷野》《吊楼》《浮桥》等一系列诗篇中，可以看出凡尔哈伦的诗所激发出的灵感和激情。诗人具体而生动地把握错觉，有机地组合富有意蕴的形象，由此产生多层次的联想和单纯的总体艺术感受。

艾青的《旷野》与凡尔哈伦的《原野》几乎同名，都展示了农村的荒芜、衰败、破落和人们穷困的生活画面。流离失所的人群在这片荒凉的原野上走过。人与物、自然都被抛入这个无际的原野背景。在一种象征关系上，诗人自由处理所有的意象，并采用自由体容纳了丰富多变的形象组合和陈述方式。尤其是层递、回复首发的大量运用，更强化了诗歌的内在情调和深远的暗示。由于角度的转换，对原野的描绘就呈现出雕塑般的块面，显得厚重有力。艾青的《旷野》中间插入两个双行诗，"一切都这样地/静止，寒冷，而显得寂寞"，"你悲哀而旷达/辛苦而由贫困的旷野啊"同凡尔哈伦在《原野》中插入略有变化的两行诗"这是原野，广大的/在残喘着的原野"，"这是原野，无终止的/永远一样的枯萎的原野"，"这是原野，这是仅只徘徊着恐怖与哀怨的原野"起着相近的作用。这是在一系列精细的景象描绘以后，诗人的无法压抑的呼喊。而艾青诗的开头"薄雾在迷蒙着旷野啊……"与凡尔哈伦的《城市》一诗的开头"一切的路都朝向城市去"一样，都为全诗定下了抒情的基调，而两诗结尾也有着异曲同工之妙："这是像触手般扩展的城市啊，/热烈的虔诚/和庄严的骸骨的骷髅啊。而无数的道路从这里到无限地/朝向它去"（《城市》）和"旷野啊。——/你将永远忧虑而容忍/不平而又缄默么？/薄雾在迷蒙着旷野啊"（《旷野》）都是意味深长的收束全诗。不同之处在于，艾青的结尾有较强的暗示性。

叶赛宁是对艾青产生很大影响的另一位象征主义诗人。叶赛宁把自己的挚爱和热诚全都奉献给了俄罗斯的大自然和农民。高尔基常称赞说叶赛宁与其是一个人，不如说是"大自然专门为了写诗、为了表达那绵绵不绝的田野的哀愁，为了表达对世间所有动物的爱而创造的一个器官"[1]。艾青自己很坦然地说："由于我生在农村，甚至也喜欢过对旧式农村表示怀恋的叶赛宁。"[2]

---

① [俄]高尔基. 谢尔盖·叶赛宁 [M] //高尔基政论杂文集. 北京：三联出版社，1982：344.

② 艾青. 艾青诗选·自序 [M]. 上海：开明书店，1951：7.

但最吸引他的还是叶赛宁的杰出的抒情才能。在一篇关于叶赛宁的文章里，艾青这样评价他："他的诗和周围的景色联系得那么紧密、真切、动人，具有奇异的魅力，以致达到难于磨灭的境地。"从叶赛宁的诗句："啊，你，罗斯，我温柔的祖国，/我只对你珍藏着浓烈的爱，/当春天在草场响起银铃的歌，/你那短暂的快乐会勾起何等的愉快！"（《罗斯》）和艾青的著名诗句"为什么我的眼里常含泪水？/因为我对这大地爱得深沉……"（《我爱这土地》）中不难体味出两位诗人对自己的祖国的一片深情。艾青写了不少抒发对祖国的深情的诗，除了《我爱这土地》，著名的还有《雪落在中国的土地上》《手推车》《北方》《风的歌》《村庄》《献给乡村的诗》。这些诗在写作技巧上都受到了叶赛宁的影响，诗情通过外界的景色表现出来。只是叶赛宁的调子在忧郁中透露着轻灵和快乐，而艾青的诗中只弥漫着沉重的忧郁。

艾青基本上可以说是现实主义诗人，因此引起他注意的多是凡尔哈伦和叶赛宁现实感较强的诗，这些诗虽然运用了象征的手法，却不一定是象征意味很强的诗。

第四节　九叶诗人：最后的闪光

1937 年抗战全面爆发，这对所有从事文学创作的人都是一个强烈的震撼。大多数诗人突然间从个人的感伤、梦幻中醒过来，民族的危亡使他们摆脱了自我的小天地，而用笔去为抗战服务，以自己的绵薄之力去尽报国之心。还有些诗人，从此搁下了诗笔，从诗坛上消失了。戴望舒去香港从事文化界的救亡活动，并与艾青合编《顶点》诗刊，这时，他们的眼光更多地着重于书写抗战的情绪。何其芳、卞之琳辗转去了延安。卞之琳写了《慰劳信集》以表达他对抗日军民的崇敬之情。何其芳经历了一次痛苦的蜕变，他满怀希望却又不无浪漫地憧憬、歌咏新的生活，《夜歌》就是他这一时期心态的记录。

冯至是 1921 年就开始写诗的老诗人。三十年代以前，他已经出版过两本诗集：《昨日之歌》（1924）和《北游及其他》（1929）。他的这些早期诗作写的是他的愿望、苦闷、忧郁、同情、爱和恨，充满细腻的情感和丰富的想象。1930 年他赴德国留学，里尔克的诗歌深深吸引了他。里尔克是 20 世纪最伟大的德语诗人之一。他早年的诗充满神秘、梦幻和伤感的情调。1906 年他任法国雕塑大师罗丹的秘书，罗丹的雕塑启发了他对观察外物的重视。从书写内心主观的"我"转向对客观事物观察后的精细描绘，并把自己的主观意识和情感深深地灌于事物中。这就使得外物不再是单纯的事物本身，而是打上了哲理的色彩，成了诗人内心感情的象征体，从而达到了 T. S. 艾略特所提倡的"思想知觉化"的效果。里尔克发现了许多物体的灵魂，在这些物体中领悟到宇宙万物的本质和变化，探求人生奥秘的哲理性。他的诗从音乐性的变成雕塑性的，流动的变为结晶的。仿佛诗人情感的溶液冷却成了千姿百态的岩石。冯至早年的诗歌就常用形象的、雕塑性的语言来表达抽象的事物和内心的情感了，如"我的寂寞是一条小蛇，／静静地没有言语"（《蛇》），"我是一条小河，／我无心地从你身边流过"（《我是一条小河》）等。因此当他在 1931 年春天，第一次读到里尔克的《给一个青年诗人的十封信》时，"觉得字字都好似从自己心里流出来的一般，又流回到自己的心里，感到一种满足，一种兴奋，禁不住读完一封信，便翻译一封"①。而一直等 1941 年在昆明的一座山里，一个冬日的下午，望着几架银色的飞机在蓝得像结晶体一般的天空里飞翔，想到古人的鹏鸟梦，随着脚步的节奏，随口吟出一首无韵诗的时候，才使他枯涩已久的诗思畅快地流动起来。在很短的时间里，他写成了二十七首十四行诗。这些诗思考着生与死，瞬间与永恒，渺小与伟大，寂寞与结友，出世与恋尘，超我与堕落等矛盾，以及过去的回忆，遥远的地方，无名的已死的人与现在的"我"的关系。诗人从思考中寻找出了这一切事物间的联系，写得很成功。

以象征主义为主体的现代诗歌，这时更多地是由一些更年轻的作者来继续加以探索了。在西南联合大学，英国学者燕卜荪（William Empson，1906—1984）讲授西方现代诗，使学生们受到熏陶。当时有不少著名诗人在此任教，他们多已搁下诗笔，却以极大的热情关注新诗，并提携那些后起之秀。朱自清、李广田、卞之琳、冯至等的诗和诗论，对学生多有启发。年轻的诗人不仅受到这些前辈诗人的影响，也受到西方现代诗人里尔克、T. S. 艾略特、W. H. 奥登（Wystan Hugh Auden，1907—1973）等的熏染。闻一多在《现代诗抄》中选登了其中三位佼佼者穆旦、郑敏（1920—）和杜运燮（1918—2002）的诗，以作勉励。四十年代末期，在上海出版的《诗创造》和《中国新诗》（主要是后者，创刊于 1948 年 6 月，出了五集，被查抄）上，除了前面三位诗人，又汇聚了杭约赫（曹辛之，1917—1995）、陈敬容、

---

① 冯至. 译者序［M］//里尔克. 给一个青年诗人的十封信. 冯至，译. 北京：三联出版社，1994：1.

王辛笛（1912—2004）、袁可嘉、唐祈（1920—1990）、唐湜（1920—2005）等六位年轻诗人。由于"对诗与现实的关系诗歌艺术的风格，表现手法等方面有相当一致的看法"①，他们形成了一个自成风格的流派。他们的诗借鉴西方现代派诗歌的技艺，用现代人的思想意识和西方现代派诗人的思维方式来观察现实，思考人生，探索宇宙哲理，形成一种含蓄、深沉、冷峻的诗风。这个流派直到1981年江苏人民出版社合并九位诗人的诗选出版为《九叶集》以后才愈来愈引起人们的注意，并以书名命名之为"九叶诗人"。

从波德莱尔开始，西方现代诗人就竭力从浪漫派的风花雪月中摆脱出来，把目光集中在最能表现现代人心态和都市生活特征的现代都市里的各种事物上。都市是人类文明高度发展的产物，可是它本身却成了丑恶的最集中表现。T. S. 艾略特以其影响巨大的《荒原》对现代都市里贪婪狠毒、卑劣猥琐、荒淫无耻，深陷罪恶中不能自拔的人进行严厉的批判，深刻地表现了二十年代西方知识分子普遍的失望。里尔克也描写了西方都市中的乞丐、盲人、酒徒、自杀者、寡妇、白痴、侏儒和麻风病人等形象。九叶派诗人对象征派诗歌，尤其是象征派大家 T. S. 艾略特、里尔克的诗非常推崇。他们又都生活在大都市里，敏锐的眼光使他们能够深刻细致地观察，敏感的心灵又使他们对都市生活有着深切的体验。因此当他们发而为诗的时候，他们就非常成熟地写出了思想内容和艺术技巧都很新颖的中国现代都市诗。

杭约赫写出了《荒原》式的长诗《火烧的城》。通过剖析一个江南小城市从繁盛到衰败的过程，表现了中国市民阶层的没落形象：夜郎自大、自感优越、自私自利、鼠目寸光、势利胆小等等。他们空虚寄生，游手好闲，无所事事而又虚伪。市民们整天穿着大褂，袖着双手，含着烟管，唇不离茶，讲着大道理，嚷着礼义廉耻。

> ……
>
> 生活在这个城市
>
> 便是一种舒适的享受啊：
>
> 太阳洒满了天井的时候，
>
> 才懒懒地爬下床沿
>
> 到街坊上踱踱方步，

---

① 袁可嘉. 九叶集·序［M］//九叶集. 南京：江苏人民出版社，1981：4.

到茶馆里听听书和清唱。

到酒楼上谈谈天南地北。

傍晚——

踏过板桥，

到郊外看看老树昏鸦，残阳古道。

带了满腹诗情回来

一榻横陈，

吞云吐雾，

或是在姑娘们那里打几圈牌，

或是倚着一盏灯火，压住心跳，

往聊斋里去谈鬼说狐

……

这是中国内地许多中小城市的写照。这里的每一个人，无论男女老少，都是一只只蛀虫。在这种暮气沉沉的享受中，他们终将中国人的生机和创造力蛀蚀殆尽。

上海是旧中国畸形繁荣的典型城市，诗人们写了不少诗篇鞭笞这个"饕餮的海"中沉浮的各色人等。"疲惫而焦急"的人们走过，"桥下是乌黑的河水"，而盛宴将在"机械的笑容下展开"（陈敬容《冬日黄昏桥上》）。诗人"走进城就走进沙漠"，在这里"空虚比喧哗更响"（袁可嘉《进城》）。年年都在陆沉的上海，"新的建筑仍如魔掌般上升"（袁可嘉《上海》）。唐祈的《时间与旗》更是表达了对产生于这个城市的丑恶的严厉批判和对于斗争的渴望。压抑的现实环境不免使他们感到孤独，而孤独感又是现代知识分子的普遍特征。里尔克的诗正是这种心境的最好表现。

九叶诗人在诗歌艺术上最突出的特征是表现上的客观性与间接性。他们批评以往新诗的说教与伤感，说二者都只是自我描写，不足以说服和感动他人。他们认为诗是生活经验的转化、升华或结晶，不是它的临摹或复制；诗不是情绪的"喷射器"，而是它的"等价物"（庞德语）。在《新诗的戏剧化》① 一文中，九叶诗人的理论发言人袁可嘉认为："诗的唯一的致命的重要处却正在于过程，一个把材料转化为成品的过程"，也就是"把意志和情感

---

① 袁可嘉. 新诗的戏剧化 [J]. 诗创造, 1947 (4): 24.

化作诗经验的过程"。因此他提出了新诗的戏剧化原则，主张在诗歌创作中，"要尽量避免直截了当地正面陈述而以相当的外界事物寄托作者的意志与情感"，"你必须融合思想的成分，从事物的深处，本质中转化自己的经验"，达到表现的客观性和间接性。前文已指出，在中国新诗歌中，闻一多早在二十年代就提出了新诗的戏剧化，并做了比较成功的试验，卞之琳又对之有所发展。其实戏剧化也就是 T. S. 艾略特所谓寻找感情的客观对应物。这种方法与中国古典诗歌寓意、寓情的艺术传统不无相通之处，使诗歌含蓄，耐人寻味。九叶诗人的戏剧化探求可分为两方面：郑敏、陈敬容、穆旦、唐湜等师承里尔克，杜运燮、杭约赫、袁可嘉则主要学习 W. H. 奥登。

前文已说过冯至受里尔克的影响而写出了著名的《十四行诗》，除此之外，这位伟大的德语诗人还赢得了九叶派两位女诗人郑敏和陈敬容的喜爱。郑敏说："因为我希望走入物的世界，静观其所含的深意，里尔克的咏物诗对我就很有吸引力。物的雕塑中静的姿态出现在我的眼前，但它的静中是包含着生命的动的，透过它的静的外衣，找到它动的核心，就能理解客观世界的真意和隐藏在静中的动。"① 四十年代初，她在西南联大主修哲学，有哲学家对人生宇宙进行沉思的习惯，又喜欢绘画、雕塑和音乐。她以诗来掌握世界的方式是里尔克式的：冷静地观察事物，以敏感的触须去探索事物可能含有的意蕴。她的诗富于想象，又富有哲理。她的《马》《荷花》《金黄的稻谷》《树》《鹰》等咏物诗具有里尔克的《豹》那样的雕塑性，并从这些事物中发掘了深蕴的哲理；《小漆匠》、《清道夫》和《人力车夫》等也不单纯是写人，而像里尔克的《寡妇之歌》《孤儿之歌》一样，通过这些个别的人对人类的生存状态进行思考。

陈敬容既译过法国现代诗歌，又译过里尔克的诗。引起她兴味的是里尔克诗中那沉思的灵光和智慧的火花。在她的诗歌里既有波德莱尔的深刻，又带有里尔克的沉思的意象。在对宇宙人生进行思考时，她的沉思交织着异样的惶惑与清醒，如："在熟悉的事物面前/突然感到的陌生/将宇宙和我们/断然地划分"（《划分》），"流得太快的水/象不在流。/转得太快的轮子/象不在转。/笑得太厉害的脸孔/就象在哭。/太强列的光耀眼，/象你在黑暗中一样/看不见"（《逻辑病者的春天》），"尽管想象里有无边的绿，可是水，水，水呵/我们依旧怀抱着/不尽的渴"（同上诗）。诗人痛苦地感到"当所有的虚饰

---

① 转引自袁可嘉. 现代派论·现代诗论 [M]. 北京：中国社会科学出版社，1985：383.

层层剥落，/将听到真理在暗中哀哭"（《捐输》），可是，"从灰尘中望出去：一角蓝天！"（《从灰尘中望出去》）。诗人的希望渐渐坚定起来："黑夜的边上/那儿就有黎明/有红艳艳的太阳。"（《黄昏，我在你的边上》）而极富哲理又深蕴痛苦的诗《力的前奏》，则表达了诗人对全人类的共同黎明的信念。

她从"水波的起伏，/雨声的断续，/远钟的悠扬……"中感受到了"宇宙永在着，/生命永在着，/律动，永在着"（《律动》）。甚至"当一只青蛙在草丛间跳跃"，也使得她"仿佛看见大地眨着眼睛"（《雨后》）。陈敬容的诗给人以无法减轻的生命的沉重感和痛苦的智慧。她没有像里尔克那样洁身自好地保持着孤独，而是积极地沉思，竭力进行着内在精神的自我超越。

W. H. 奥登是三十年代英国最杰出的年青一代诗人之一。在他二十来岁时，T. S. 艾略特就把他的诗发表在自己主编的著名杂志《准则》上。甚至有人说英美诗坛二十年代是 T. S. 艾略特称雄，而三十年代则是奥登的天下。这样说虽有些夸张，却足可以说明 W. H. 奥登在三十年代的影响。与他同时写诗的英国年轻诗人兼评论家燕卜荪在西南联大任教师，开过《现代诗歌》课程。由于他的介绍，奥登的诗引起了一些青年诗人的注意。1938 年，他曾和伊修伍德（Christopher Isherwood，1904—1986）来中国访问，著有《战地行》（*Journey to a War*），后陆续由卞之琳译为中文。三十年代的 W. H. 奥登有较强的社会意识，面对西方世界的种种怪现象，他常以轻松幽默的笔触加以鞭笞。

W. H. 奥登善于对事物作心理的探索，在客观地描写事物时，总要发掘它们一些真切的心理特征，以此增加真实性和戏剧性。他写小说家觉得自己不如诗人们"级别"显明，而必须承受绝顶的厌烦和俗气的病痛，如爱情"在公道场公道，在龌龊堆里也龌龊个够"（《小说家》）。他写"伏尔泰在斐而奈"如何善于要花招，用诡计，也懂得必要时的卑躬屈膝等待对手自己栽倒。这类心理分析笔触加强了人物的性格刻画，再加上机智的锋芒，有助于诗的表达效果。杜运燮自己说《游击队之歌》《善诉苦者》等诗的写作受到奥登的启迪。《善诉苦者》在借用了"弗洛伊德""心理分析"等现代词语以后，说他"对自己的姿态却有绝大的信心，/嘲笑他成为鼓励他，劝告是愚蠢，/怜悯他只能引来更多的反怜悯"。他写山的诗句"来自平原，而只好放弃平原；/根植于地球，却更想根植于云汉"，"他向往的是高原万千变化的天空"，"还喜欢一些有音乐天才的流水"，"欣赏人海的波涛起伏，却只能孤独地/生活。到夜里，梦着流水流着梦"（《山》）曾被指为晦涩难懂，其实他只是将山拟人化，并赋予它以心理活动而已。

　　W. H. 奥登的诗即使写严肃的主题，也免不了加几句俏皮话。他写中国士兵"被使用在远离文化中心的地方，又被他的将军和他的虱子所遗弃"。杜运燮写被遗弃在路旁的老总只要求"给我一个墓，随便几颗土"，将寓言沉痛于幽默之中。对重大的社会事件，杜运燮也能用幽默的笔法来写，如《追物价的人》，采取了颠倒的写法，把人人痛恨的物价说成是大家追求的红人，妙在从事的真实说起，句句是反话；而从心里的真实说，则句句是真话，形成反讽效果。作者还用奥登常用的心理分析手段，把隐藏在追物价者心里的精神活动作了细致逼真的描绘：一则是绝不能落后于伟大时代的英雄心理；二则是怕追不上物价飞涨速度和被人们嘲笑的恐惧心理；三则是感到自己追不上还不行的自卑心理；四则是看见人家在飞，自己必须迎头赶上的逞强心理。这种种心理相互作用，导致了一个荒诞的结论：必须拼命地追求物价，即使丢掉一切甚至生命也在所不惜。

　　杭约赫的《知识分子》与 W. H. 奥登的《名人志》《小说家》等诗的风格基本相近：

　　　　多向往旧日的世界，
　　　　你读破了名人传记：
　　　　一片月光、一瓶萤火
　　　　墙洞里搁一顶纱帽。

　　　　在鼻子前挂面镜子，
　　　　到街坊去买本相书。
　　　　谁安于这淡茶粗饭，
　　　　脱下布衣直上青云。

　　　　千担壮志，埋入书卷，
　　　　万年历史不会骗人。
　　　　但如今你齿落鬓白，
　　　　门前的秋夜没了路。

> 这件旧长衫拖累住
>
> 你，空守了半世窗子。

这就将中国知识分子的迂腐、庸俗、不安现状又无力摆脱，最后一事无成的心理极为真切细致却又风趣诙谐地表现出来了。W. H. 奥登的此类诗能够洞察表现对象灵魂深处的最细微的波动，运用自己的机智、聪敏和文字功夫，将所写对象写得栩栩如生，而人对所写对象的同情、厌恶、仇恨、讽刺都只从语气及比喻中得到部分表现，诗意蕴藉而含蓄。杜运燮、杭约赫的此类诗中诗人的主观感情不自觉地还是流露较多，这和作者具有强烈的批判现实的精神有关。

W. H. 奥登的诗从平淡中见惊奇，在他的诗里渺小的事物与崇高的事物，日常用语和典雅用语混杂嵌合，使诗歌语言极有兴味，如《在战争时期》第十八首中写国民党士兵"被他们的将军和他们的虱子所遗弃"，把"将军"和"虱子"并列使用，使"将军"变成"虱子"一类的事物，将作者的强烈愤懑和不平充分地表达出来了。第四首中"像一颗良心，太阳统治着他的日程"，第七首"他拥抱他的悲哀，像一块田地"都是用平常事物进行比喻，可是效果却很奇异。在杜运燮的《月》中，"咀嚼着/'低头思故乡'，'思故乡'，/仿佛故乡是一块橡皮糖"，在他《善诉苦者》中，"谈话中加满受委屈的标点"，就使用了此类比喻。在杭约赫的《知识分子》中，"一片月光"、"一瓶萤火"、"布衣"、"青云直上"与"纱帽""淡茶粗饭"、"旧衫"等词语共存于一首诗中，就使得诗有很强的历史纵深感，成为多少世纪以来中国知识分子的形象写照。

九叶诗派最杰出的诗人是穆旦。在西南联大，他直接听了燕卜荪讲的现代诗，并从他那里借阅了现代诗人的作品，又加上他气质冷峻、沉郁，使他的诗歌观念和诗歌创作趋向于叶芝、T. S. 艾略特和 W. H. 奥登的现代诗风。他特别强调要用现代的形象来表现现代的生活。他很赞同 W. H. 奥登的观点：他写他那一代人的历史经验，就是前人所未遇到过的独特的经验。他的目标是反叛传统的陈词滥调和模糊不清的浪漫诗意。他的诗在思维方式、句式和语言方面都更多地倾向于现代派诗人，甚至连感叹词都不用"呵"而用英文字母"o"，认为只有"o"才足以表达一种特殊的感情。他的诗中多带有对人生哲理的探索或内心的自我发掘和剖析。他不习惯于显露的直抒胸臆，也不满足于描述表面现象，而是努力透过或联系表象向更深远处开掘，观察着、思考着外部世界与内心世界的新颖处，力图既抒情也谈理，谈理却是为了更深刻地抒情。不是干巴巴的谈理，而是努力通过鲜明的形象来表达。因而，在他的抒情诗中，往往就有比较多的理性成分。无论对待社会、自然、人生还是爱情，他都采取十分自觉的理性态度。这种自觉的态度在新诗史上是从未有过的。他的内心充满矛盾和焦虑："我们作什么？我们不作什么？/啊。谁该负责这样的罪行：/一个平凡的人，里面蕴藏着/无数的暗杀，无数的诞生"（《"控诉"》）。这种知识分子的令人痛苦的内心搏斗是西方现代派诗歌的基调之一。他们都是在对现实感到失望之后转而求之于内心的自我反省的。抽象观念与具体形象的嵌合，显然得益于向西方现代派的借鉴。被誉为"九叶奇葩"的《诗八首》是一组爱情诗，其冷酷、尖锐、自嘲的口吻在中国现代诗中是罕见的。卞之琳的诗情已经是很冲淡了，以致闻一多认为他没有写过情诗。而穆旦的情诗可以让人感觉到作者在写情，可是长久被浪漫化了的爱情被作者极为冷静理智地剖析，甚至让人难以忍受作者的直率，如第一首：

> 你底眼睛看见这一场火灾，
> 你看不见我，虽然我为你点燃，
> 哎，那烧着的不过是成熟的年代，
> 你底，我底。我们相隔如重山！
>
> 从这自然底蜕变程序里，
> 我却爱了一个暂时的你。
> 即使我哭泣，变灰，变灰又新生，
> 姑娘，那只是上帝玩弄他自己。

诗中没有一点浪漫的情调，而是坦率地承认爱情的物质基础，很有英国玄学诗的味道。第二首从玄学的角度解释爱情这"俗气的病痛"（W. H. 奥登语）之不可避免："一个变形的生命永远不能完成他自己。"第三首写得极好：

> 你底年龄里的小小野兽，
> 它和青草一样地呼吸，
> 它带来你底颜色，芳香丰满，
> 它要你疯狂在温暖的黑暗里。

> 我越过你大理石的智慧底殿堂，
> 而为它埋藏的生命珍惜；
> 你我底手底接触是一片草场。
> 那里有它底固执，我底惊喜。

　　抽象中有具体，肉感中有思变。形象与思想密不可分，比喻是大跨度的，富于暗示性，语言则锋利有力。《从空虚到充实》《智慧的来临》《控诉》《春》（1942）等不少诗都是摆脱了具体的依傍而以理性为想象的中心，诗思开阔，容量很大，时空跳跃和思维跳跃的可能性很大。诗中包含了大量的意识活动，却又具体清晰地写出了繁复的诗意。

结　语

　　中国现代诗歌受到外国诗歌，尤其是西方诗歌的极大影响，这是中国现代诗歌区别于中国古典诗歌的一个重要标志。正是由于西方诗歌的影响，已显老态的中国诗歌才重新焕发了生机。因此要研究中国现代诗歌，就不能不弄清楚外国诗歌是如何影响了中国现代诗人，而外国诗歌的影响又是如何通过汉语这个不同于西方的语言媒介传达出来的。对一些比较成功的范例进行研究无疑会发现一些有益的启示。本书就从象征主义对中国现代诗人的影响这一侧面进行了探讨。

　　作为文学流派的象征主义已经结束了其发展历程。但它在西方文学中产生了深远的影响，在后来的文学流派诸如意识流、超现实主义、荒诞派中都有着象征手法的广泛运用。中国的象征主义诗歌，大体上到1949年就基本结束了。但是，从李金发的《微雨》出版到《现代》杂志创刊以后将近十年的时间里，象征派在中国诗界是个非常引人注目的诗歌流派，"三分天下有其一"，不仅有李金发和戴望舒两位影响很大的诗人，而且涌现了王独清、冯乃超、穆木天等自觉的象征主义诗人。他们的学习对象全是早期法国象征派诗人，以波德莱尔和魏尔伦为主。这些中国诗人在对法国象征诗歌学习、研究、模仿的过程中，都是努力将外来影响与中国诗歌传统结合起来，追求一种创造性融合，而不是生搬硬套，尽管各人努力所获得的实绩未必都是令人满意的。

　　而从《现代》杂志催生出的中国的现代主义诗歌即"现代派"开始，到1940年代涌现出的以"九叶派"为代表的高度智性诗人群体，则是沿着西方文学史的演变脉络，将目光转向了已经发展为世界文学运动的后期象征主义诗人。他们学习、模仿的对象很多，其中最著名的有法国的瓦雷里、比利时的凡尔哈伦、美裔英籍的 T. S. 艾略特、奥地利的里尔克、西班牙的洛尔迦、英国的 W. H. 奥登等。中国现代派诗人还注意到了意象主义（庞德等）、未来主义（阿波里奈尔等）、超现实主义（艾吕雅等）这些与象征主义既有联系又有区别的文学潮流，从中学习诗歌写作的技巧，汲取诗歌创作的灵感。如果说 1920—1930 年代的中国象征派诗人基本上都是讲法语的，那么 1930—1940 年代的中国现代派诗人则是多语种的，比如英、法、德、西班牙语。戴望舒兼通法语和西班牙语，卞之琳兼通法语和英语，梁宗岱则兼通法语和德语。这种以后期象征主义为主，兼及其他文学流派的开放态度，使得中国现代派诗人在呈现"现代性"的同时，又有作品内容、形式和风格的多样性。中国现代派诗人更加注重从日常口语中提炼出自然、凝练的诗歌语言，以贴近现实生活的散文化诗句来呈现极为别致的诗意。虽然一般的读者还是比较欣赏旋律明显、音乐性强、象征意味较易感受的诗歌，但是，从诗歌发展史的角度来看，现代派诗歌对作者和读者的智性要求更高，是对象征派诗歌的一种超越和提升。

如果我们把审视的目光从"五四"时期一直延伸到当下，就会发现：在将近一个世纪的中国新诗发展历程中，成就最大的是 1919—1949 这三十年。虽然是新诗的初创阶段，却涌现了许多优秀的诗人，写出了许多璀璨的诗歌。这个现象理所当然地要求人们去探讨、借鉴他们的创作经验。尽管有"象征派"和"现代派"的先后之分，他们却因为学习和借鉴象征主义而具有了内在的逻辑关联。正是由于贯穿了中国现代诗歌三十年发展历程的象征主义的积极影响，才催生了那些卓有成就的现代中国诗人和已成经典的现代汉语诗歌。

在这些诗人中，戴望舒是非常有代表性的，他在中国现代诗歌史中具有承前启后的枢纽作用。这与他自身的诗人气质，良好的国学功底和创作的好时机都分不开。由于谙熟中国古典诗歌，加上其本人心理忧郁的特点，他对于以李商隐、李煜为代表的注重烘托暗示的诗风很有共鸣。由于是在新文学诞生以后五年才开始了持续的现代汉语诗歌写作，他自觉地对此前诗人们（如胡适、郭沫若、李金发等）的创作进行反思，对其利弊都有清醒的认识。这也使得他在诗歌创作中具有了自觉的超越意识。学习法语使他得以直接阅读开创了现代诗歌写作的波德莱尔和魏尔伦的作品，使他的诗歌感觉得到印证，促使他自觉地将中国传统与象征主义融合为自己的诗歌作品，为中国现代文学呈现了传统性与现代感完美结合的成功范例。虽然他不是中国象征派诗歌的创始人，但却是早期主要参与者并且取得了公认的艺术成就，以至于获得了"雨巷诗人"的美名。他不满足于既有的成绩，积极寻求艺术上的自我突破，这使他转而关注魏尔伦之后的象征主义诗人，比如果尔蒙、福尔、耶麦、核佛尔第、苏佩维艾尔、瓦雷里等。从这些被选译了作品的诗人名单中，我们可以看出戴望舒转益多师的开放心态和自我突破的积极努力，以及他有对诗歌写作的认真执着，也有高度的艺术敏感和高超的学习能力。

这些因素使戴望舒迅速实现了诗歌风格的转型。他诗风的变化，比较典型地反映出新诗从传统走向现代的变化。其早期诗歌常常像是古典诗歌的拉长版，诗歌表达的情绪也是传统文学意义上的惆怅忧伤，并且由于长期对浪漫主义诗歌的阅读更加强化了这种写作。在接触到了波德莱尔、魏尔伦等的诗歌后，戴望舒深受影响，诗风从表现传统的惆怅，到表现具有形而上意义的忧郁。在诗歌艺术上，开始追求诗歌的音乐性与迷离恍惚的意境。继而，戴望舒受到福尔、耶麦、果尔蒙等的启迪，不再刻意追求诗歌的音乐性，而是让诗意从似乎随意流淌出来的诗行中洋溢出来，以散文式诗歌表现强烈的诗意。这种艺术追求因为诗人对于核佛尔第、阿波里奈尔以及超现实主义诗人苏佩维艾尔、爱吕雅的欣赏、翻译而得到强化。

戴望舒诗歌的创作多反映对爱情的渴望、焦虑、忧伤。虽然这与其个人遭遇有关，但戴望舒诗歌中的忧郁已经不完全是传统中国诗歌中的忧国忧民忧己的情绪，而是深深地具有西方诗人忧郁的形而上的特质。在诗歌中，戴望舒常常反映出想逃逸到理想之所的情怀，这个主题虽然在中国古代诗人，如屈原、陶渊明、李白、王维等的诗歌里很常见，但戴望舒的逃逸情绪却是西方诗人精神意义上的"高举"，到能安顿身心与灵魂的所在，具有存在哲学的意味。这一切都与在现代化的社会和城市中，个人与社会的关系有关。戴望舒诗中的个人与社会的疏离感、被遗弃感，既来自于现代中国"个人"意识的觉醒，也来自于浪漫主义以来的欧洲诗歌对他的激发与强化。爱情在西方哲学中被视为是自我完善的途径，和导向对绝对真理的认识与追求的标杆。戴望舒的爱情诗歌并非是简单意义上的爱与愁，而是带着西方爱情的色彩。

戴望舒在诗歌创作实践的同时也有自己的思考，看似零散的《诗论零札》既是对自己创作经验的总结，也是对中国新诗发展方向的要求。

诗歌创作与理论探索的双重实绩使戴望舒当之无愧地成为1930年代中国现代派的领袖。在三十年的中国现代诗歌史中，我们找不出第二个像戴望舒这样的诗人：在他二十多年的诗歌创作中始终贯穿着象征主义，但其学习的对象和创作的风格却在自己本人的生命历程中，随着象征主义本身的演变而延伸与扩大。他所取得的诗歌成就与象征主义的影响自然是密不可分的，所以，通过研究象征主义对戴望舒诗歌创作的影响，我们可以更好地把握中国现代诗的发展历程、演变脉络和成败得失，使个案研究具有引向深入理解、融会贯通的可能性。

不同文学之间的影响不是一方施加影响，另一方接受影响的消极过程，而应该是两种文学的创造性融合。因为双方使用着不同的语言媒介，而且有着不同的文学传统，所以，被动地完全模仿将会因为游离于本文学系统之外而失去读者，或在本文学系统扩大以后才得以承认。李金发的诗除少数写得清晰易懂外，大多数景象过于怪异，意象之间大幅度跳跃，却又缺少关联。也许他的诗比其他诗人更接近前期象征主义，如前所析，在艺术上有诸多优点；但当他用汉语写诗时，并没有得到多少中国读者的首肯。另一个是九叶诗人穆旦，他的《诗八首》被誉为"九叶奇葩"，但在很长一段时间并未引起注意。这是因为他的过分冷峻、理智的对待爱情的态度与大多数读者不大相同。而近年来由于西方现代诗歌得到广泛介绍，才使得一些研究者对这组诗有所注意。

中国古典诗歌有贵含蓄的传统，而象征主义诗歌重暗示。这种近似的诗学追求为中国现代诗人受象征主义影响创造了一个良好的契机。这就是为什么在短时间内有那么多的中国诗人自觉地学习西方象征诗艺。戴望舒就是他们中的典范，也是贡献最大的一个。也正是这些有着良好的传统文学修养的中国诗人成功地完成了两种文学的融合。他们的诗既不是古典诗词的解释，也不是西方诗歌的汉语翻译，而是把传统文学习见的意象注入了新的内涵或加以象征化的点化，从而成功地创作出了广受赞誉的中国现代象征诗。在戴望舒的实践和理论的带领下，卞之琳、何其芳、九叶诗人等的大多数象征主义诗作往往既能吸引住读者，而且又耐人寻味。

我们对这一段文学接受史的考察、厘清和分析，并非为了满足求知的好奇心理，而是希望经由这一个案研究多重目标：理解戴望舒的诗歌创作之路和取得艺术成就的深层原因，理解中国现代诗歌发展的脉络和经验教训，理解以波德莱尔为奠基人和以《恶之花》为典范的象征主义诗学追求的深刻意义，进而打通因为文化差异而导致的中西诗歌之隔阂，理解诗歌的深层意义和根本精神，并透过诗歌去理解在现代性展开过程中，敏感的现代人的希望与绝望交织，梦想与焦虑混杂的心灵状态。

参考文献

（一）基本文献类（戴望舒作品版本价值高者）

[1] 戴望舒. 我底记忆 [M]. 上海：水沫书店，1929.

[2] 戴望舒. 望舒草 [M]. 上海：现代书局，1933.

[3] 戴望舒. 望舒诗稿 [M]. 上海：上海杂志公司，1937.

[4] 戴望舒. 灾难的岁月 [M]. 上海：星群出版社，1948.

[5] 戴望舒. 戴望舒诗选 [M]. 艾青，编. 北京：人民文学出版社，1957.

[6] 戴望舒. 戴望舒诗集 [M]. 周良沛. 编. 卞之琳，作序. 成都：四川人民文学出版社，1981.

[7] 戴望舒. 戴望舒译诗集 [M]. 施蛰存，编. 长沙：湖南人民出版社，1983.

[8] 戴望舒. 戴望舒——中国现代作家选集 [M]. 香港：三联书店香港分店，1987.

[9] 戴望舒. 戴望舒文录 [M]. 程步奎，编. 香港：三联书店香港分店，1987.

[10] 戴望舒. 望舒草（影印版中国现代文学史参考资料）[M]. 上海：上海书店，1988.

[11] 戴望舒. 戴望舒诗全编 [M]. 梁仁，编. 杭州：浙江文艺出版社，1989.

[12] 戴望舒. 中国现代作家选集：戴望舒 [M]. 北京：人民文学出版社，1993.

[13] 戴望舒. 望舒诗稿（中国现代诗歌名家名作原版库）[M]. 北京：中国文联出版公司，1998.

[14] 戴望舒. 戴望舒全集（三卷）[M]. 王文彬，金石，编. 北京：中国青年出版社，1999.

[15] 戴望舒. 望舒草（新文学碑林）[M]. 北京：人民文学出版社，2000.

[16] 戴望舒. 望舒草（毛边本现代文学名著原版珍藏）[M]. 天津：百花文艺出版社，2004.

［17］戴望舒. 戴望舒选集（中国文库）［M］. 北京：人民文学出版社，2005.

［18］戴望舒. 我的记忆 望舒草 望舒诗稿 灾难的岁月（昨日书林）［M］. 郑州：中州古籍出版社，2017.

［19］戴望舒. 望舒诗稿（现代文学名著原版珍藏）［M］. 天津：百花文艺出版社，2018.

［20］戴望舒. 灾难的岁月 望舒诗稿（影印版）［M］. 上海：上海科学技术文献出版社，2018.

（二）基本文献类（戴望舒作品普及性版本）

［21］戴望舒. 我的恋人［M］. 北京：人民文学出版社，1989.

［22］戴望舒. 戴望舒抒情诗［M］. 北京：作家出版社，1989.

［23］戴望舒. 戴望舒译诗集［M］. 北京：作家出版社，1989.

［24］戴望舒. 残花的泪［M］. 石家庄：河北人民出版社，1990.

［25］戴望舒. 雨巷：戴望舒诗歌赏析［M］. 李复威，刘勇，编. 北京：中国广播电视出版社，1991.

［26］戴望舒. 戴舒望名作欣赏［M］. 孙玉石，编. 北京：中国和平出版社，1993.

［27］戴望舒. 戴望舒代表作［M］. 北京：华夏出版社，1999.

［28］戴望舒. 戴望舒全集（三卷）［M］. 长春：时代文艺出版社：2000.

［29］戴望舒. 戴望舒散文诗歌全集（中国现代文豪书系）［M］. 北京：中国致公出版社，2001.

［30］戴望舒. 戴望舒散文经典［M］. 北京：印刷工业出版社，2001.

［31］戴望舒. 戴望舒经典（世纪经典文丛）［M］. 齐乐，编. 海口：南海出版社，2001.

［32］戴望舒. 戴望舒诗集［M］. 上海：上海古籍出版社，2002.

［33］戴望舒. 戴望舒诗文名篇（上中下）［M］. 长春：时代文艺出版社，2003.

［34］戴望舒. 戴望舒经典作品选（现代文学名家名作文库）［M］. 北京：当代世界出版社，2004.

［35］戴望舒. 中国现代文学名家经典文库：戴望舒作品［M］. 长春：时代文艺出版社，2004.

［36］戴望舒. 戴望舒作品精编［M］. 桂林：漓江出版社，2004.

［37］戴望舒. 雨巷中的伊人：戴望舒诗歌全集［M］. 北京：西苑出版社，2005.

［38］戴望舒. 戴望舒（中国现代散文经典文库）［M］. 北京：大众文艺出版

社，2005.

［39］戴望舒．雨巷：戴望舒诗文［M］．北京：中华书局，2006.

［40］戴望舒．雨巷·我用残损的手掌［M］．复旦大学出版社，2006.

［41］戴望舒．戴望舒作品新编（中国现代作家作品新编丛书）［M］．北京：人民文学出版社，2009.

［42］戴望舒．戴望舒文集［M］．北京：线装书局，2009.

［43］戴望舒．戴望舒精品文集［M］．北京：中国画报出版社，2010.

［44］戴望舒．戴望舒代表作：雨巷［M］．北京：华夏出版社，2011.

［45］戴望舒．戴望舒经典诗集［M］．济南：山东文艺出版社，2010.

［46］戴望舒．戴望舒精选集（世纪文学60家）［M］．北京：燕山出版社，2011.

［47］戴望舒．月朦胧，鸟朦胧［M］．北京：中国友谊出版公司，2011.

［48］戴望舒．雨巷（中外名家经典诗歌戴望舒卷）［M］．武汉：长江文艺出版社，2011.

［49］戴望舒．雨巷：戴望舒经典诗选（全彩典藏版）［M］．南京：江苏文艺出版社，2012.

［50］戴望舒．雨巷［M］．长春：北方妇女儿童出版社，2012.

［51］戴望舒．丁香空结雨中愁［M］苏州：古吴轩出版社，2012

［52］戴望舒．戴望舒诗文集［M］．沈阳：万卷出版公司，2014.

［53］戴望舒．戴望舒译回旋舞（旧译珍藏）［M］．济南：山东文艺出版社，2014.

［54］戴望舒．雨巷：戴望舒精品文集［M］．成都：成都时代出版社，2014.

［55］戴望舒．戴望舒诗精编（名家经典诗歌系列）［M］．武汉：长江文艺出版社，2014.

［56］戴望舒．戴望舒诗全集［M］．北京：现代出版社，2015.

［57］戴望舒．戴望舒诗集［M］．北京：华文出版社，2015.

［58］戴望舒．纵然你有柔情，我有眼泪——戴望舒经典诗集［M］．海口：南海出版公司，2015.

［59］戴望舒．戴望舒作品精选［M］．武汉：崇文书局，2016.

［60］戴望舒．雨巷［M］．北京：中国青年出版社，2016.

［61］戴望舒．你出现在我诗里的每一页［M］．天津：天津人民出版社，2016.

［62］戴望舒．我是一个寂寞的夜行人（民国大师精美诗文系列）［M］．北京：中国文史出版社，2016.

［63］戴望舒．戴望舒诗选［M］．北京：民主与建设出版社，2019.

［64］戴望舒. 白蝴蝶：戴望舒诗集精选［M］. 天津：百花文艺出版社，2019.

［65］戴望舒. 戴望舒诗歌精读［M］. 杭州：浙江人民文学出版社，2019.

［66］戴望舒. 望舒诗稿（中国现代名家诗集典藏）［M］. 北京：人民文学出版社，2020.

［67］戴望舒. 戴望舒作品精选集［M］. 太原：山西人民出版社，2020.

（三）直接相关类

［68］北塔. 雨巷诗人——戴望舒传［M］. 杭州：浙江人民出版社，2003.

［69］戴咏素，戴咏絮，戴咏树. 忆父亲——纪念戴望舒诞辰一百周年［J］. 诗刊，2005（21）：60－64.

［70］董乃斌. 李商隐和现代诗人戴望舒［J］. 天中学刊，2002（1）：32－35.

［71］端木蕻良. 和戴望舒最初的会晤［J］. 随笔，1988（4）.

［72］胡光付. 戴望舒早期诗歌的情感自喻［J］. 徐州师范大学学报（哲社版），2000（2）：127－129.

［73］姜云飞. 戴望舒论［M］. 天津：天津人民出版社，2001.

［74］刘宝昌. 戴望舒传［M］. 武汉：湖北长江出版集团，2007.

［75］阙国虬. 试论戴望舒诗歌的外来影响与独创性［J］. 文学评论，1983（4）：31－41.

［76］王文彬. 中西诗学交汇中的戴望舒［M］. 合肥：安徽教育出版社，2003.

［77］王文彬. 雨巷中走出的诗人：戴望舒传论［M］. 北京：商务印书馆，2006.

［78］赵卫民. 戴望舒［M］. 台北：三民书局，2006.

［79］周红兴、葛荣. 艾青与戴望舒［J］. 新文学史料，1983（4）：144－148.

［80］Gregory Lee. Dai Wangshu. The Life and Poetry of a Chinese Modernist［M］. Hong Kong：Chinese University Press，1989.

（四）诗歌诗论类

［81］［英］托·斯·艾略特. 传统与个人才能［J］. 外国文艺，1980（3）：122－131.

［82］艾青. 我与诗［M］. 广州：花城出版社，1983.

［83］艾青. 诗论［M］. 北京：人民文学出版社，1983.

［84］艾青. 艾青诗选［M］. 北京：人民文学出版社，1984.

［85］卞之琳. 雕虫纪历［M］. 北京：人民文学出版社，1980.

［86］卞之琳. 卞之琳文集［M］. 合肥：安徽教育出版社，2002.

［87］［法］波德莱尔. 恶之花［M］. 郭宏安，译. 北京：中国戏剧出版社，

2000.

[88]〔法〕波德莱尔. 恶之花·巴黎的忧郁〔M〕. 钱春绮, 译. 北京: 人民文学出版社, 1991.

[89]〔法〕波德莱尔. 夏尔·波德莱尔美学论文选〔M〕. 郭宏安, 译. 北京: 人民文学出版社, 1987.

[90]〔俄〕别林斯基. 别林斯基选集: 第 2 卷〔M〕. 上海: 上海译文出版社, 1979.

[91] 曹葆华. 现代诗论〔M〕. 上海: 商务印书馆, 1937.

[92]〔英〕查尔斯·查德威克. 象征主义〔M〕. 周发祥, 译. 北京: 昆仑出版社, 1989.

[93] 邓以蛰. 诗与历史〔N〕. 晨报副刊·诗镌, 1926 (2).

[94] 冯文炳 (废名). 谈新诗〔M〕. 北京: 人民文学出版社, 1984.

[95] 废名 (冯文炳). 论新诗及其他〔M〕. 陈子善, 编. 沈阳: 辽宁教育出版社, 1998.

[96] 废名 (冯文炳). 废名文集〔M〕. 止庵, 编选. 北京: 东方出版社, 2000.

[97] 郭宏安. 郭宏安译文集〔M〕. 桂林: 广西师范大学出版社, 2002.

[98] 郭沫若. 郭沫若全集: 文学编第十五卷〔M〕. 北京: 人民文学出版社, 1982.

[99] 郭绍虞. 沧浪诗话校译〔M〕. 北京: 人民文学出版社, 1998.

[100] 蓝棣之. 现代派诗选〔M〕. 北京: 人民文学出版社, 1987.

[101] 胡适. 尝试集·自序——胡适学术文集〔M〕. 北京: 中华书局, 1993.

[102] 胡适. 尝试集四版自序——胡适文集〔M〕. 欧阳哲生, 编. 北京: 北京大学出版社, 1998.

[103] 黄参岛.《微雨》及其作者〔J〕. 美育, 1928 (2).

[104] 黄晋凯, 张秉真, 杨恒达. 象征主义·意象派〔M〕. 北京: 中国人民大学出版社, 1989.

[105] 黄遵宪. 人境庐诗草〔M〕. 北京: 中国青年出版社, 2000.

[106] 金丝燕. 文学接受与文化过滤——中国对法国象征主义诗歌的接受〔M〕. 北京: 人民大学出版社, 1994.

[107] 康白情. 新诗底我见——中国现代诗论〔M〕. 广州: 花城出版社, 1985.

[108] 蓝棣之. 现代史的情感与形式〔M〕. 北京: 人民文学出版社, 2002.

[109] 李广田. 诗的艺术〔M〕. 上海: 开明书店, 1943.

[110] 李璜. 法兰西诗之格律及其解放〔J〕. 少年中国, 1920 (12).

[111] 李金发. 论侯汝华的诗〔J〕.《橄榄月刊》, 1933 (34).

［112］李金发．飘零闲笔［M］．台北：侨联出版社，1964．

［113］李金发．食客与凶年［M］．北京：北新书局，1927．

［114］李金发．诗问答［M］．广州：花城出版社，1988．

［115］李金发．微雨［M］．北京：北新书局，1925．

［116］李金发．异国情调［M］．重庆：商务印书馆，1942．

［117］［奥］里尔克．给一个青年诗人的十封信［M］．冯至，译．北京：三联出版社，1994．

［118］梁实秋．读《诗底进化的还原论》［N］．晨报副刊，1922 - 06 - 25．

［119］梁实秋．我也谈"胡适之体"的诗［J］．自由评论，1936（12）．

［120］梁宗岱．诗与真·诗与真二集［M］．北京：外国文学出版社，1984．

［121］梁宗岱．梁宗岱文集［M］．北京：中央编译出版社，2003．

［122］梁锡华．徐志摩新传［M］．台北：台湾联经出版公司，1994．

［123］刘半农．扬鞭集［M］．北京：中国文联出版公司，2009．

［124］刘铁冷．作诗百法［M］．北京：文化艺术出版社，2018．

［125］龙泉明．中国新诗的现代性［M］．武汉：武汉大学出版社，2005．

［126］陆侃如，冯沅君．中国诗史［M］．天津：百花文艺出版社，1999．

［127］路易士（纪弦）．三十前集［M］．上海：诗领土社，1945．

［128］罗振亚．中国现代主义诗歌史论［M］．北京：社会科学文献出版社，2002．

［129］［英］约翰·弥尔顿．失乐园［M］．朱维之，译．上海：上海译文出版社，1984．

［130］穆木天．谭诗［J］．创造月刊，1926（1）．

［131］钱锺书．谈艺录［M］．上海：开明书店，1948．

［132］钱锺书．谈艺录（补订重排本下卷）［M］．北京：三联书店，2001．

［133］彼得·琼斯．意象派诗选［M］．裘小龙，译．桂林：漓江出版社，1989．

［134］任钧．新话诗［M］．上海：国际文化服务社，1948．

［135］沈雁冰．我们现在可以提倡表象主义的文学么？［J］．小说月报，1920（2）．

［136］孙党伯，袁謇正．闻一多全集［M］．武汉：湖北人民出版社，1993．

［137］孙近仁．孙大雨诗文集［M］．石家庄：河北教育出版社．1996．

［138］孙绍先，周宁，编．外国名诗鉴赏辞典［M］．北京：中国工人出版社，1989．

［139］孙玉石．现代主义诗潮史论［M］．北京：人民文学出版社，2010．

［140］孙玉石．中国现代诗歌艺术［M］．北京：北京大学出版社，2010．

[141] 苏雪林．论李金发的诗［J］．现代，1933（3）．

[142] 孙大雨．诗歌底格律［J］．复旦学报，1956（2）：1 – 15．

[143] 唐弢．诗人：卓越的无产阶级文化战士［J］．诗刊，1978（8）：78 – 89．

[144] 田汉．诗人与劳动［J］．少年中国，1920（8）．

[145] 王独清．再谭诗——寄给木天、伯奇［J］．创造月刊，1926（1 – 1）．

[146] 王元忠．艰难的现代——中国现代诗歌特征性个案研究［M］．北京：中国社会科学出版社，2007．

[147]［法］魏尔伦．魏尔伦诗选［M］．罗洛，译．桂林：漓江出版社，1987．

[148]［法］魏尔伦，兰波，马拉美．多情的散步——法国象征派诗选［M］．飞白，小跃，译．北京：中国文联出版公司，1992．

[149] 闻一多．冬夜评论——冬夜草儿评论［M］．北京：清华文学社，1922．

[150] 闻一多．寄怀实秋［J］．创造季刊，1922（4）．

[151] 闻一多．诗的格律［N］．晨报诗刊，1926 – 05 – 13．

[152] 闻一多．闻一多集外集［M］．北京：教育科学出版社，1989．

[153] 吴晟．中国意象诗探索［M］．广州：中山大学出版社，2000．

[154] 吴笛．论俄国象征主义诗歌的独创性见［J］．浙江大学学报（人文社会科学版），2004（4）：131 – 136．

[155] 吴忠诚．现代派诗歌精神与方法［M］．上海：东方出版社，1999．

[156] 许霆．中国现代主义诗学论稿［M］．上海：上海文化出版社，2005．

[157] 杨匡汉，刘福春，编．中国现代诗论［M］．广州：花城出版社，1985．

[158] 叶公超．论新诗［J］．文学杂志，1937（1）．

[159] 佚名．李金发的一生［EB/OL］．［2008 – 09 – 22］（2013 – 03 – 11）．无尽的爱纪念网．http：//www.eeloves.com/memorial/archive – show？id = 14248．

[160] 易明善，编．何其芳研究专集［M］．成都：四川文艺出版社，1986．

[161] 袁可嘉．诗创造［M］．上海：上海星群出版社出版，1947．

[162] 袁可嘉．九叶集［M］．南京：江苏人民出版社，1981．

[163] 袁可嘉．现代诗论［M］．北京：中国礼科出版社，1985．

[164] 袁枚．随园诗话［M］．南京：凤凰出版社，2006．

[165] 云陵．小平坛（四）·小诗的流行［J］．诗，1928（3）．

[166] 张大明．中国象征主义百年史［M］．开封：河南大学出版社，2007．

[167] 张德厚．中国现代诗歌史论［M］．长春：吉林教育出版社，1995．

[168] 张新泉．李金发诗集［M］．成都：四川文艺出版社，1987．

[169] 赵毅衡．意象派与中国古典诗歌［J］．外国文学，1979（4）：3 – 10．

［170］周作人. 诗的效用［N］. 晨报副刊，1922 - 02 - 26.

［171］伊丽莎白·朱. 当代英美诗歌鉴赏指南［M］. 李力，余石屹，译. 成都：四川人民出版社，1987.

［172］朱光潜. 谈文学［M］. 上海：开明书店，1946.

［173］朱光潜. 朱光潜全集（第四卷）［M］. 合肥：安徽教育出版社，1988.

［174］朱自清. 新诗杂话［M］. 上海：作家书屋，1947.

［175］宗白华. 新诗略谈［J］. 少年中国，1920（8）.

［176］Charles Baudelaire. Œuvres complètes［M］. texte établie, présenté et annoté par Claude Pichois. Paris：Gallimard, 1975（t. 1）et 1976（t. 2）.

［177］Charles Baudelaire. Fusées（première partie des journaux intimes）［M/OL］. édition du groupe Ebooks libres et gratuits, 2004. http：//www. ebooksgratuits. com/pdf/baudelaire_ fusees. pdf.

［178］Henri Bremond. La Poésie pure, avec un débat sur la poésie par Robert de Souza ［M］. Paris：Bernard Grasset, 1926.

［179］Henri Bremond. Prière et poésie［M］. Paris：Librairie Grasset, 1926.

［180］Henri Bremond. Racine et Valéry：notes sur l'initiation poétique［M］. Paris：Librairie Grasset, 1930.

［181］Ingrid Krüßmann-ren. Zur Struktur des "Lyrischen Ich" in der chinesischen Dichtung der zwanziger und dreißiger Jahre des 20 Jahrhunderts. Analysen der Theoriebildungen zu dieser Rede situation in der Chinesischen Literaturwissen- schaft und empirische Untersuchungen bei Dai Wangshu（1905—1950）und ein- igen Zeit genossen［M］. European University Studies, Series XXVII（Asian and African Studies）, Vol. 38. New York · Frankfurt am Main：Peter Lang, 1993.

［182］Michelle Loi. Poètes chinois d'écoles françaises［M］. Paris：Librairie d'Amérique et d'Orient, 1980.

［183］Stéphane Mallarmé. Crise de vers［M］// Divagations. Paris：Bibliothèque- Charpentier, Eugène Fasquelle, éditeur, 1897.

［184］Stéphane Mallarmé. Correspondance：tome 1（1862—1871）［M］. Paris：Gallimard, 1995.

［185］Bertrand Marchal. Le symbolisme［M］. Paris：Armand Colin, coll. Lettres sup, 2011.

［186］Paul Valéry. Avant-Propos［M］// Lucien Fabre. Connaissance de la déesse. Paris：Société littéraire de France, 1920.

[187] Paul Valéry. Ouvres complètes [M]. Paris：Bibliothèque de la Pléiade，2002.

[188] Paul Verlaine. Romances sans paroles [M]. Sens：Typographie de Maurice L'Hermitte，1874

[189] Paul Verlaine. L'art poétique [A]. Paris Moderne. Revue littéraire et artistique，1882.

（五）其他著作论文类

[190] ［法］艾田伯. 比较文学之道：艾田伯论文集 [M]. 胡玉龙，译. 北京：生活·读书·新知三联书店，2006.

[191] ［美］埃德蒙·威尔逊. 阿克瑟尔的城堡——1870 年至 1930 年想象文学研究 [M]. 黄念欣，译. 南京：江苏教育出版社，2006.

[192] 柏拉图. 柏拉图全集 [M]. 王晓朝，译. 北京：人民出版社，2003.

[193] 蔡元培，等. 中国新文学大系导论集 [M]. 上海：上海良友图书公司/上海书店，1940/1982.

[194] 范伯群，朱栋霖. 1898—1949 中外文学比较史 [M]. 南京：江苏教育出版社，1993.

[195] ［奥］弗洛伊德. 弗洛伊德文集——作家与白日梦 [M]. 车文博，编. 长春：长春出版社，2004.

[196] ［苏联］高尔基. 高尔基政论杂文集·谢尔盖·叶赛宁 [M]. 北京：生活·读书·新知三联出版社，1982.

[197] ［德］歌德. 歌德谈话录 [M]. 艾克曼，辑录. 朱光潜，译. 北京：人民文学出版社，1978.

[198] ［德］海德格尔. 思·语言·诗 [M]. 霍夫斯达特，编选. 彭富春，译. 北京：文化艺术出版社，1991.

[199] ［德］黑格尔. 美学 [M]. 朱光潜，译. 北京：商务印书馆，1979.

[200] 郭绍虞，王文生. 中国历代文论选 [M]. 上海：上海古籍出版社，2001.

[201] 吉联抗. 乐记译注 [M]. 北京：音乐出版社，1958.

[202] 贾玉民. 论中国现代感伤文学 [J]. 郑州大学学报（哲学社会科学版），1990（5）：95–101，116.

[203] ［德］康德. 判断力批判 [M]. 宗白华，韦卓民，译. 北京：商务印书馆，1964.

[204] 黎皓智. 20 世纪俄罗斯文学思潮 [M]. 北京：北京大学出版社，2006.

[205] 李金发. 论风景画 [J]. 美育，1929（3）.

[206] 李欧梵. 上海摩登——一种新都市文化在中国 1930—1945 [M]. 毛尖，

译．北京：北京大学出版社，2001．

[207] 李石岑．象征之人生 [J]．东方杂志，1921 (12)．

[208] 李泽厚，刘纪纲．中国美学史 [M]．北京：中国社会科学出版社，1984．

[209] 梁启超．饮冰室文集 [M]．上海：上海中华书局，1936．

[210] 梁启超．夏威夷游记——饮冰室合集·专集 [M]．北京：中华书局，1989．

[211] 刘纳．望夜空——从一个角度比较辛亥革命时期与五四时期的我国文学 [J]．中国现代文学研究丛刊，1988．

[212] 鲁迅．鲁迅全集 [M]．北京：人民文学出版社，2005．

[213] [法] 雅克·马利坦．艺术与诗中的创造性直觉 [M]．刘有元，罗选民，译．北京：三联书店，1991．

[214] 马良春，张大明．中国现代文学思潮史 [M]．北京：十月文艺出版社，1995．

[215] 毛泽东．毛泽东书信选集 [M]．北京：人民出版社，1983．

[216] 茅盾．回忆录一集 [M]．// 茅盾全集第 34 卷．北京：人民文学出版社，1997．

[217] [俄] 德米特里·梅列日科夫斯基．论当代俄国文学的衰落原因及其新兴派流 [J]．俄罗斯文艺，1998 (02)：37 - 38．

[218] 钱穆．国史大纲（修订本）[M]．北京：商务印书馆，1996．

[219] 钱穆．国学概论 [M]．北京：商务印书馆，1997．

[220] 裘廷梁．论白话为维新之本 [N]．中国官音白话报，1898 - 08 - 27．

[221] 任建树．陈独秀著作选编 [M]．上海：上海人民出版社，2009．

[222] 沈雁冰．为新闻学研究者进一解 [J]．改造，1920 (1)．

[223] [德] 亚瑟·叔本华．作为意志和表象的世界 [M]．石冲白，译．北京：商务印书馆，1982．

[224] 孙作云．论"现代派"艺术 [J]．清华周刊，1935 (1)．

[225] 谭桂林．"二十世纪中国文学"概念性质与意义质疑 [J]．海南师范学院学报，1999 (1)：1 - 9．

[226] 唐正序，陈厚诚．20 世纪中国文学与西方现代主义思潮 [M]．成都：四川人民出版社，1992．

[227] 王国维．静庵文集 [M]．沈阳：辽宁教育出版社，1997．

[228] 邬国平，黄霖．中国文论选·近代卷 [M]．南京：江苏文艺出版社，1996．

[229] 伍蠡甫．西方文论选 [M]．上海：上海译文出版社，1979．

[230] 伍蠡甫. 西方古今文论选 [M]. 上海：复旦大学出版社，1984.

[231] 伍蠡甫，林骧华. 现代西方文论选 [M]. 上海：上海译文出版社，1988.

[232] 徐志摩. 徐志摩全集（八卷）[M]. 韩石山，编. 天津：天津人民出版社，2005.

[233] 徐真华，张弛. 20 世纪法国小说的"存在"观照 [M]. 广州：暨南大学出版社，2011.

[234] 严复. 论世变之亟——严复集 [M]. 胡伟希，选注. 沈阳：辽宁人民出版社，1994.

[235] 阎国忠. 美是上帝的名字——中世纪美学 [M]. 上海：上海社会科学院出版社，2003.

[236] 叶维廉. 寻求跨中西文化的共同文学规律 [M]. 北京：北京大学出版社，1986.

[237] 中国史学会. 湖南龙南致用学会章程序——中国近代史资料丛刊·戊戌变法 [M]. 翦伯赞等，编. 上海：上海人民出版社，2000.

[238] 郁达夫. 郁达夫文集 [M]. 广州：花城出版社，1982.

[239] 郁沅，张明高. 魏晋南北朝文论选 [M]. 北京：人民文学出版社，1999.

[240] 周振甫. 文心雕龙今译 [M]. 北京：中华书局，1986.

[241] 刘勰. 文心雕龙 [M]. 范文澜，注. 北京：人民文学出版社，1958.

[242] 张伯琦，编译. 新旧约圣经原文编号逐字中译（读经工具书）. 上海：中国基督教两会，2017.

[243] 张弛. 中国文化的艰难现代化——"现代"焦虑视点中的 20 世纪中国文化演进 [M]. 西安：西北大学出版社，2011.

[244] 张大明，陈学超，李葆琰. 中国现代文学思潮史 [M]. 北京：十月文艺出版社，1995.

[245] 赵明，薛敏珠. 道家文化及其艺术精神 [M]. 长春：吉林文史出版社，1991.

[246] 赵园. 五四时期小说中的婚姻爱情问题 [J]. 中国社会科学，1983（4）：163 – 173.

[247] 赵园. 五四时期小说中的知识分子形象 [J]. 文学评论，1984（4）：70 – 80.

[248] 周无. 法兰西近世文学的趋势 [J]. 少年中国，1920（4）.

[249] 周作人. 泽泻集·过去的生命 [M]. 石家庄：河北教育出版社，2002.

[250] 周作人. 周作人自编文集·谈龙集 [M]. 止庵，校订. 石家庄：河北教育出版社，2002.

［251］周作人. 周作人卷［M］. 黄乔生，编，沈阳：辽宁人民出版社，2009.

［252］朱栋霖，等. 中国现代文学史（1917—1997）［M］. 北京：高等教育出版社，1999.

［253］朱光潜. 朱光潜全集［M］. 合肥：安徽教育出版社，1987.

［254］朱自清. 朱自清全集［M］. 南京：江苏教育出版社，1990.

［255］朱自清. 中国新文学大系·诗集导言［M］. 上海：良友图书印刷公司/上海书店，1935/1982.

［256］拉鲁斯法汉双解词典. 北京：外语教学与研究出版社，2001.

［257］Madelaine Ambrière（dir.）. Précis de littérature française du XIXᵉ siècle［M］. Paris：PUF，1990.

［258］Jean-Louis Backès. La littérature européene［M］. Paris：Belin，1996.

［259］Albert Camus. Le mythe de Sisyphe［M］. 69ᵉ édition. Paris：Gallimard，1942.

［260］Thomas Carlyle. A Carlyle Reader［M］. G. B. Tennyson（eds.）. Cambridge：Cambridge University Press，1984.

［261］Joris-Karl Huysmans. À rebours［M］. Paris：Gallimard et Musée d'Orsay，2019.

［262］Jean Moréas. Le manifeste du symbolisme［M/OL］.（2013 – 04 – 12）. http：//www. poetes. com/moreas/manifeste. htm.

［263］Odile Kaltenmark. La littérature chinoise［M］. Paris：PUF，1977.

［264］Henri Lemaître. L'aventure littérature xixᵉ siècle，1890—1930［M］. Paris：Bordas，1984.

［265］William Joseph Long. English Literature，Its History and Its Significance for the Life of the English Speaking World［M］. Cambridge：Ginn and Co. ，1909.

［266］Marcel Raymond. De Baudelaire au surréalisme［M］. Paris：Librairie José Corti，1952.

［267］Josette Rey-Debove，Alain Rey（dir.）. Le Nouveau Petit Robert：Dictionnaire alphabétique et analogique de la langue française［M］. Paris：Dictionnaires Le Robert，1993.

［268］Philippe Van Tieghem. Les grandes doctrines littéraires de France［M］. Paris：PUF，1993.

［269］Stéphane Santerres-Sarkany. Théorie de la littérature［M］. Paris：PUF，1990.

［270］George Steiner. La mort de la tragédie［M］. trad. de l'anglais par Rose Celli. Paris：Seuil，1965.